Irene Hannon
PUPPEN LÜGEN NICHT

Irene Hannon

Puppen lügen nicht

francke

Über die Autorin:
Irene Hannon studierte Psychologie und Journalistik. Sie kündigte ihren Job bei einem Weltunternehmen, um sich dem Schreiben zu widmen. In ihrer Freizeit spielt sie in Gemeindemusicals mit und unternimmt Reisen. Die Bestsellerautorin lebt mit ihrem Mann in Missouri.

Bibliografische Information Der Deutschen Bibliothek
Die Deutsche Bibliothek verzeichnet diese Publikation in der
Deutschen Nationalbibliografie; detaillierte bibliografische Daten sind im
Internet über http://dnb.ddb.de abrufbar.

ISBN 978-3-86827-266-6

Originally published in English under the title
In Harm's Way by Revell,
a division of Baker Publishing Group,
Grand Rapids, Michigan, 49516, USA

Deutsch von Dorothee Dziewas
Umschlagbilder: © iStockphoto.com / nickpit
MyTopShelf © www.fotolia.de
Umschlaggestaltung: Verlag der Francke-Buchhandlung GmbH /
Christian Heinritz
Satz: Verlag der Francke-Buchhandlung GmbH
Druck: Bercker Graphischer Betrieb, Kevelaer

www.francke-buch.de

Prolog

In ein paar Minuten würde das Baby ihr gehören.

Für immer.

Debra krümmte ihre Finger in den eng anliegenden Latexhandschuhen und fasste die Drahtschlinge in ihrer Hand fester, während sie sich noch weiter in den Schatten im hinteren Teil der düsteren, neogotischen Kirche zurückzog. Die letzten Orgeltöne hallten noch durch den leeren Kirchenraum und ihr dumpfes Echo verklang in den dunklen Nischen in den Wänden, als die Frau hinter den Tasten eine Flasche Wasser an ihre Lippen setzte und sie mit zwei langen Schlucken leerte.

Ein kleines Lächeln umzuckte Debras Mundwinkel. Wenn Rebecca O'Neil etwas war, dann berechenbar.

Rebecca stand auf, beugte sich über die Kirchenbank hinter ihr und zog die Decke gerade, die sie über den Säugling in seinem Maxi-Cosi gebreitet hatte. Sie murmelte ein paar Worte, die Debra nicht verstehen konnte, und lächelte, als ihre Tochter mit gurgelnden Lauten antwortete.

Die Mutter beugte sich tiefer, um einen zärtlichen Kuss auf die winzige Stirn zu drücken, und es juckte Debra in den Fingern, die Kleine zu nehmen, an sich zu drücken und ihren Neugeborenenduft einzuatmen. Sie konnte es kaum erwarten, all die wundervollen Freuden des Mutterseins zu erfahren, die ihr bisher versagt gewesen waren.

Aber sie würden ihr nicht versagt bleiben.

Heute würde sie das Unrecht wiedergutmachen.

Debra holte tief Luft und versuchte ihren schneller werdenden Puls zu verlangsamen. Sie war ganz, ganz kurz davor, ihren Traum zu verwirklichen. Wenn alles nach Plan lief, würde es keine fünf Minuten mehr dauern, bis sie ihr Baby im Arm hielt.

Und dann würde sie es nie wieder loslassen.

Die Organistin drehte sich um und schritt den Mittelgang hinunter in Richtung Ausgang. Debras Hände schlossen sich fester um den Draht, lockerten sich wieder und drückten erneut zu, wie in einem krampfartigen Rhythmus. Rebecca kam näher und für den Bruchteil einer Sekunde kamen Debra Zweifel. Die Frau wirkte wie ein liebevoller Mensch, eine gute Mutter. Eine, die ihr Baby vermissen würde. Aber vor drei Monaten, damals im Oktober, hatte Debra im Fitnessstudio mit angehört, wie Rebecca einer Freundin gestanden hatte, sie sei ziemlich überfordert. Die Worte hatten sich tief in Debras Gedächtnis eingeprägt.

„Es ist ganz schön anstrengend", hatte Rebecca gesagt. „Die Kinder sind längst nicht so weit auseinander, wie wir es geplant hatten. Ich hätte nicht gedacht, dass ich zwei Wickelkinder gleichzeitig haben würde. Aber Megan ist wirklich ein liebes Kind. Sie ist erst sieben Wochen alt und fängt schon an durchzuschlafen. Willst du mal ein aktuelles Foto sehen?"

Während Rebecca das Bild aus ihrer Handtasche gezogen hatte, war Debra an den beiden Frauen vorbeigeschlendert und hatte über ihre Schultern geblickt. Es war nur ganz allgemeine Neugier gewesen … bis sie die roten Locken des Babys gesehen hatte – die genau die gleiche Farbe hatten wie Debras Haare – und die blauen Augen, die ihren eigenen so ähnlich waren.

Das Kind sah aus wie das Baby, das sie hätte bekommen können, hatte Debra mit einem Schlag erkannt. Das sie hätte bekommen *sollen*. Sie hatte ein Baby verdient. Mehr als Rebecca, die schließlich schon ein Kind hatte.

Die plötzliche Erkenntnis, die darauf folgte, hatte sie sprachlos gemacht.

Das sollte mein Baby sein.

Sie hatte es so sicher gewusst, wie sie wusste, dass die sanften Herbstwinde sich bald in eisige Winterstürme verwandeln würden.

Deshalb befand sie sich an diesem kalten Januartag, nach wochenlanger sorgfältiger Planung, allein hier in einem Gotteshaus. Wäre die ungeheuerliche Aufgabe dieses Tages nicht gewesen, hätte sie niemals eine Kirche betreten. Sie und Gott hatten sich schon vor langer Zeit voneinander verabschiedet.

Ein vertrauter Schmerz an dem leeren Platz, wo früher einmal ihre Gebärmutter gewesen war, strahlte nach oben hin aus und schnürte ihr die Kehle zu. Eine natürliche Geburt war vielleicht nicht mehr möglich. Und eine Adoption auch nicht. Alleinstehende bekamen kein gesundes weißes Kind. Und Frauen mit ihrer Vergangenheit sowieso nicht. Aber es gab andere Methoden, an ein Baby zu kommen.

Und sie würde Rebecca nicht kinderlos zurücklassen. Das würde sie niemals irgendjemandem antun, schließlich wusste sie, wie es sich anfühlte, ein Kind zu verlieren. Aber Rebecca hatte schon eine Tochter.

Außerdem war Debras Plan für alle Beteiligten von Vorteil. Rebecca wäre künftig weniger gestresst und beide Kinder kämen in den Genuss ungeteilter Aufmerksamkeit. Und sie hätte endlich das Baby, das das Schicksal oder die Natur oder Gott – oder die Verschwörung zwischen ihren Ärzten und ihrem Mann – ihr vorenthalten hatte.

Rebecca ging an ihr vorbei, nur wenige Zentimeter von ihr entfernt, und Debra drückte sich noch dichter an die Wand, während sie die Drahtschlinge in ihren Händen bereithielt. Abgesehen von dem Tag, an dem sie das Foto des Babys gesehen hatte, war sie der Mutter noch nie so nahe gewesen. Aber seitdem sie sie im Fitnessstudio belauscht hatte, hatte sie eine Menge über die Frau herausgefunden. Rebecca war Organistin und übte jeden Samstagvormittag in der leeren Kirche. Ihr Baby nahm sie mit, während ihr Mann die zweijährige Tochter hütete. Ihre Adresse ausfindig zu machen, war nicht schwierig gewesen – sie war Rebecca einfach irgendwann zu ihrem Auto gefolgt und hatte sich das Kennzeichen aufgeschrieben. Und bei ihrer Arbeit hatte Debra Zugriff auf die dazugehörigen Informationen.

Die Kirche hatte sie ebenfalls problemlos gefunden. Debra hatte nur am Ende von Rebeccas Straße warten und ihr an einem Samstag folgen müssen. Am nächsten Tag war sie in den Gottesdienst gegangen, um den Ort auszukundschaften. Während der Probe unbemerkt in die Kirche zu gelangen, war nicht ganz so einfach gewesen, aber sie hatte es geschafft. Rebecca schloss die Kirchentür immer auf und öffnete sie sperrangelweit, bevor sie das Baby aus dem Auto holte, damit die Kleine nicht länger als nötig dem eisigen Chicagoer Januarwetter ausgesetzt war. Das gab Debra die perfekte Gelegenheit, hineinzuschlüpfen.

Es waren nur zwei Fahrten nötig gewesen, um den richtigen Zeitpunkt zu ermitteln und einen Plan zu schmieden. Die junge Mutter brachte immer eine große Flasche Wasser mit und etwa nach der Hälfte ihrer Übungsstunde ging sie zur Toilette.

So wie sie es jetzt tat.

Mit klopfendem Herzen wartete Debra, bis die Frau in die Kabine der Toilette trat und die Tür hinter sich zudrückte. Als das Klicken des Schlosses in der leeren Kirche widerhallte, ging Debra zur Tür und legte die kleine Drahtschlinge um den Türknauf, wobei die Gummisohlen ihrer Schuhe lautlos über den Terrazzoboden glitten. Sie zog das Ende des Drahts fest und wickelte es um den Knauf des danebenstehenden Wandschranks. Dann schlang sie den Draht noch ein paar Mal um den Knauf der Toilettentür.

Das ganze Manöver dauerte nicht länger als fünfzehn Sekunden.

Sie war schon halb bei dem Baby, als an der Tür zur Toilette gerüttelt wurde. Dann noch einmal. Und wieder, diesmal kräftiger.

„Hallo? Ist da draußen jemand?"

Rebeccas Stimme klang durch die schwere Eichentür gedämpft.

Wieder ein Rütteln an der Tür.

Debra ging um die Kirchenbank herum und lächelte zu dem winzigen Baby hinunter. Die blauen Augen der Kleinen waren weit geöffnet und die kupferroten Locken hüpften auf und ab, während sie mit den Beinen strampelte. Sie umklammerte eine Stoffpuppe, die ein geflicktes Gesicht und dünne, schlaffe Wollhaare hatte. Als Debra leicht an der abgewetzten Puppe zog, packte das Baby sie fester und schnitt eine Grimasse, offenbar um lauten Protest anzukündigen. Debra zögerte. Ein weinendes Baby zog Aufmerksamkeit auf sich und das war nicht gut. Sie konnte die Puppe später entsorgen.

Als Nächstes zog Debra eine Wollmütze aus ihrer Manteltasche, zog sie sich tief in die Stirn und hob dann den Säugling aus seinem Maxi-Cosi. Sie genoss das Gefühl der Vollständigkeit, das sie durchströmte, als sie das winzige Bündel an ihre Schulter legte. Es war ein gutes Gefühl, das Baby in ihren Armen zu halten. So, als gehöre es dorthin.

„Ist da jemand? Bitte … lassen Sie mich raus!"

Debra blendete Rebeccas flehende Bitte aus und eilte auf den Seitenausgang zu. Soweit sie wusste, gab es auf dem kleinen Kirchengelände keine Überwachungskameras und der Parkplatz war von der Straße aus nicht einzusehen. Ungesehen zu entkommen, wäre ein Kinderspiel.

Sie öffnete die Tür einen Spaltbreit und ließ ihren Blick über den Parkplatz schweifen. Leer. Dann schlüpfte sie hinaus und zog die schwere Tür hinter sich zu. Die Steinmauern dämpften die nun leisen, panischen Rufe von drinnen.

Das Baby wimmerte, als spüre es, dass etwas nicht stimmte.

„Schhhh, meine Kleine." Debra fuhr beruhigend mit dem Finger über die seidige Wange des Babys, während sie es in den nagelneuen Kindersitz in ihrem Mietwagen setzte. „Mami wird gut für dich sorgen. Bald halten wir an und essen etwas, in Ordnung?“

Wieder zog sie an der Puppe. Und wieder zögerte sie, als das Baby einen Protestschrei ausstieß und die Puppe mit beiden Händen an seine Brust drückte. Wenn die Puppe dafür sorgte, dass die Kleine während der Fahrt glücklich war – und still –, dann konnte sie das Ding ruhig noch ein paar Stunden behalten. Debra würde es später immer noch entsorgen können.

Als sie sich hinters Lenkrad schob, fing es an zu schneien. Weiche, fedrige Flocken, die auf ihrer Windschutzscheibe landeten. Jede von ihnen war vollkommen und einzigartig. Aber auch kurzlebig. Gott hatte bei den Schneeflocken einen Fehler gemacht, wurde Debra klar, als sie sah, wie die Flocken auf dem Glas schmolzen. Sie hätten so viel mehr verdient als nur einen kurzen Augenblick der Herrlichkeit.

Aber machte Gott nicht jede Menge Fehler? Wie bei ihr zum Beispiel. Sie wollte Kinder haben, seit sie denken konnte. Sie hatte es verdient, Kinder zu haben. Warum sonst hätte sie heiraten sollen? Sich all den Behandlungen unterziehen? Warum hätte sie es nach den Fehlgeburten immer weiter versuchen sollen? Wenn sie könnte, würde sie es immer noch versuchen.

Aber sie hatte die anderen alle Lügen gestraft. All die Leute, die behauptet hatten, sie würde nie ein Baby bekommen. Ihren Arzt. Ihren Mann. Gott.

Sie hatte jetzt ihr Baby. Das Kind ihres Herzens. Den einen Menschen in ihrem Leben, der sie immer lieben würde. Bedingungslos.

Heute war sie endlich eine echte Mutter geworden.

Lächelnd legte sie den Gang ein und machte sich auf den langen Heimweg.

Kapitel 1

Einen Monat später

Schnellimbiss.

Was für ein Witz.

Rachel Sutton trommelte mit dem Fuß auf den Bodenfliesen vor der Abholtheke, seufzte und blickte wieder auf ihre Armbanduhr. Zehn Minuten Wartezeit waren definitiv nicht schnell. Wenn das so weiterging, würde sie auf der Fahrt alle Geschwindigkeitsbeschränkungen ignorieren und ihr Mittagessen inhalieren müssen, wenn sie zur ersten Unterrichtsstunde an diesem Nachmittag nicht zu spät erscheinen wollte.

„Rachel!" Ein gestresster Angestellter ließ ihre Bestellung auf die Theke fallen, während er ihren Namen rief.

Endlich.

Rachel schob sich durch die Menge, schnappte sich die große Tüte mit den belegten Sandwichs und Pommes und stellte sie zwischen die zwei Becher auf das Papptablett. Ihre Einkäufe vor sich herbalancierend, bahnte sie sich einen Weg durch das Kundenmeer und stieß mit der Schulter die Glastür auf.

Eine für den Anfang Februar ungewöhnlich frühlingshafte Temperatur schlug ihr entgegen, nach dem rauen Wetter des vergangenen Monats eine willkommene Abwechslung. Wenn der Andrang um sie herum etwas zu bedeuten hatte, waren alle Bewohner von St. Louis plötzlich aus dem Winterschlaf erwacht.

Und niemand schien in Eile zu sein. Hatten diese Leute alle keine Arbeit? Verpflichtungen? Termine, die sie einhalten mussten?

Sie machte einen Bogen um eine hartnäckig vereiste Stelle und stapfte zu der letzten Parkbucht auf dem Parkplatz, wo sie ihren alten Toyota Camry zwischen einen Berg geräumten Schnee und den Müllcontainer gequetscht hatte. *Entspann dich, Rachel,* ermahnte sie sich. *Die Welt geht nicht gleich unter, wenn du fünf Minuten zu spät zum Unterricht kommst.*

Aber die aufmunternden Worte halfen nicht, ihre angespannten Nerven zu beruhigen. Zum x-ten Mal in den vergangenen Wochen versuchte Rachel zu ergründen, warum sie so gestresst und nervös war. Es ergab keinen Sinn. Ihr Leben war gut und ihr Beruf füllte sie aus. Sie unterrichtete gerne Musik in der Grundschule und am späten Sonntagnachmittag in einem der elegantesten Hotels von St. Louis Klavier zu spielen, war für sie jede Woche wieder ein Highlight. Ihre kleinen Klavierschüler bereiteten ihr viel Freude und ihrer künstlerischen Begabung konnte sie frönen, indem sie nebenbei ein sehr erfolgreiches Geschäft mit Wandmalereien begonnen hatte. Es gab keinen Anlass für die Unruhe, die sie in letzter Zeit erfüllte.

Und doch konnte sie sie nicht abschütteln. Sie hatte seit einem Monat nicht mehr gut geschlafen und ihr Geduldsfaden war bis zum Zerreißen gespannt. Vor zehn Tagen hatte sie an der Technik eines Klavierschülers herumgemeckert, bis das arme Kind beinahe in Tränen ausgebrochen wäre. Letzte Woche hatte sie sich geweigert, ein Wandgemälde mit viktorianischen Schnörkeln zu verkitschen und damit einen sehr gut zahlenden Kunden verärgert. Gestern hatte sie ihre Kollegin Marta angeblafft, als diese versucht hatte, ihr ein Lächeln zu entlocken.

Dieser letzte Anfall von schlechter Laune war auch der Grund, warum Rachel in der Mittagszeit zu diesem beliebten Imbiss gefahren war, obwohl sie gewusst hatte, dass sie mitten in die Horde anderer hungriger Menschen hineingeraten würde, die sich um diese Zeit immer dort herumtrieb. Das Mittagessen heute sollte ein Friedensangebot sein – auch wenn sie sich noch nie weniger friedfertig gefühlt hatte als an diesem Tag.

Rachel wich einer Pfütze aus, verlagerte das Tablett so, dass sie es auf einer Hand balancieren konnte, und kramte in ihrer Handtasche nach dem Autoschlüssel. Marta hatte es gestern nur gut gemeint, gestand sie sich ein, während sie auf der Beifahrerseite zwischen ihrem Auto und dem Berg aus schmelzendem Schnee stand. Sie musste wirklich dringend mal wieder lachen. Die steilen Falten auf ihrer Stirn wurden allmählich zu einer festen Einrichtung und das passte gar nicht zu ihr. Im Allgemeinen war Rachel gut gelaunt, geduldig und ausgeglichen. Sie hatte keine Ahnung, warum ihre natürliche Gelassenheit verflogen und einer alarmierenden Anspannung gewichen war.

Wie um diesen Gedanken zu unterstreichen, zuckte Rachel zusammen, als die Hupe des Wagens neben ihr ertönte, weil der Besitzer ihn mit der Fernbedienung von der anderen Seite des Parkplatzes aus aufschloss. Missmutig sah sie zu, wie die Becher ins Wanken gerieten. Irgendwie gelang es ihr, sie wieder ins Gleichgewicht zu bringen, aber bei der Sandwichtüte hatte sie weniger Glück. Sie fiel kopfüber in den tauenden Schneeberg.

Angewidert stellte Rachel das Tablett auf ihrem Kofferraum ab und bückte sich, um die Tüte aufzuheben. Diese ganze Imbissidee entwickelte sich allmählich zu einer einzigen Katastrophe.

Als sie das obere Ende der schmutzigen weißen Tüte in die Hand nahm, um sie aus dem dreckigen Schnee zu ziehen, stach ihr ein Büschel leuchtend orangefarbener Wolle ins Auge, das unter dem Schneehaufen hervorblickte. Eine Strickmütze vielleicht oder das Ende eines Schals. Hatte wahrscheinlich jemand an einem verschneiten, windigen Abend auf dem Parkplatz verloren und dann war das Teil von den Räummaschinen zur Seite geschoben worden.

Nachdem sie das Essen auf den Beifahrersitz gestellt hatte, stupste sie das orangefarbene Etwas mit ihrer Stiefelspitze an. Wenn sie eine barmherzige Samariterin sein wollte, könnte sie es ausgraben und im Laden abgeben. Aber es sah nicht so aus, als ob es sich lohnen würde. Wahrscheinlich lag es schon seit Monaten dort und die Person, der es abhandengekommen war, hatte sicher längst die Hoffnung aufgegeben, es jemals wiederzufinden.

Plötzlich brach ihre Schuhspitze ein größeres Stück Eis aus dem Haufen und ein Knopfauge blickte sie an.

So viel zu der Mützen- oder Schaltheorie. Dem geflickten Gesicht nach zu urteilen, das da erschien, als sie Eis und Schnee wegbrach, handelte es sich bei dem begrabenen Gegenstand um eine heiß geliebte Stoffpuppe. Und die wurde bestimmt vermisst.

Das warf ein ganz anderes Licht auf die Situation.

Sie wusste, dass es albern war, aber aus irgendeinem Grund konnte Rachel sich nicht überwinden, die Puppe dort auf dem Parkplatz liegen zu lassen. Nur für den unwahrscheinlichen Fall, dass eine Mutter verzweifelt das geliebte Püppchen ihrer Tochter suchte, beschloss Rachel, die Puppe auszubuddeln und sie im Restaurant abzugeben.

Sie holte ihren Eiskratzer aus dem Handschuhfach und machte sich an die Arbeit. Es war schwieriger als gedacht, die Puppe aus dem gefrorenen Schneematsch zu befreien. Die warme Sonne hatte die Oberfläche angetaut, aber je tiefer sie grub, desto vereister wurde der Schnee.

„Entschuldigen Sie, Ma'am … gibt es ein Problem? Kann ich Ihnen vielleicht helfen?"

Rachel drehte sich in der Hocke um und blickte auf. Ein älterer Mann mit einer weißen Tüte in der Hand musterte sie unter buschigen Augenbrauen hervor. „Nein. Ich … äh … ich versuche nur, diese Puppe zu retten."

„Gehört sie Ihnen?"

„Nein." Wärme stieg in ihre Wangen. „Aber ich kann mir vorstellen, das kleine Mädchen, das sie verloren hat, hätte sie gerne wieder."

Der Mann trat näher und bückte sich, um versuchsweise an

einem Stoffarm zu ziehen. Er rührte sich nicht von der Stelle. „Ich weiß nicht. Sie sitzt ziemlich fest.“ Er richtete sich wieder auf und betrachtete die schmutzige, durchnässte Puppe. „Außerdem bin ich mir nicht sicher, ob die Mutter des kleinen Mädchens sie würde wiederhaben wollen. Sie ist bestimmt voller Bakterien.“ Mit einem angewiderten Blick sah er auf seine nassen Finger hinunter.

Rachel musterte die Puppe, die jetzt bis auf einen schwarzen Fuß freigelegt war. Er hatte nicht ganz unrecht. Das verschlissene Baumwollkleid war fleckig und die dünne weiße Schürze vor Schmutz ganz grau. „Da haben Sie wahrscheinlich recht.“

„Aber es war eine nette Idee“, sagte der Mann.

„Danke.“ Rachel warf ihm ein kurzes Lächeln zu und erhob sich, um den Eiskratzer zurück ins Auto zu werfen.

„Na ja … guten Appetit jedenfalls.“ Er hob zum Gruß seine Tüte und ging weiter zu seinem Wagen.

Rachel wollte gerade die Wagentür schließen, aber dann zögerte sie. Sie sah die Stoffpuppe noch einmal an. Sie wirkte so verloren, so einsam in der dreckigen Pfütze. Aber sie bezweifelte, dass die Leute vom Imbiss erbaut sein würden, wenn sie ein verschmutztes, triefendes Spielzeug an einem ihrer Schalter abgab.

Aber sie könnte die Puppe an einem gut sichtbaren Ort auf dem Parkplatz deponieren. So könnte die Mutter, falls sie öfter hierherkam, sie sehen – und mitnehmen, wenn sie wollte. Rachel sah sich auf dem Platz um und entdeckte den Schacht einer Klimaanlage. Perfekt.

Jetzt, wo sie einen Plan hatte, trat Rachel mit dem Stiefel den restlichen Schnee vom Fuß der Puppe und bückte sich dann, um sie aufzuheben. Als ihre Finger sich um den Puppenarm schlossen, hatte sie sich bereits halb in Richtung Klimaanlagenschacht gedreht. Wenn sie sich beeilte, könnte sie vielleicht noch fünf Minuten mit Marta zusammensitzen und etwas von ihrem Mittagessen –

Rachel hatte kaum zwei Schritte auf ihr Ziel zu gemacht, als ihr plötzlich ganz schwarz vor Augen wurde. Ihr Puls schoss schlagartig in die Höhe. Während die Welt um sie herum ins Wanken geriet, lehnte sie sich an ihr Auto und sog scharf die Luft ein. Ihr ganzer Körper fing an zu zittern, wodurch die Puppe ihrem Griff entglitt und zu Boden fiel.

So schnell die heftige Reaktion aufgetreten war, so schnell legte sie sich wieder. Ihr Puls beruhigte sich, ihre Lunge atmete wieder richtig, die Welt war wieder im Gleichgewicht.

Was in aller Welt war da gerade passiert?

Ein Nachbeben erfasste Rachel und raubte ihren Beinen jede Kraft. Während sie sich an das Heck ihres Wagens klammerte, suchte sie den Parkplatz nach einer Erklärung ab. Nach irgendetwas Ungewöhnlichem, das eine solch intensive Reaktion hatte hervorrufen können.

Aber alles wirkte normal. Einige Menschen gingen in das Restaurant, andere kamen heraus, manche telefonierten mit ihren Handys, wieder andere lachten, die meisten trugen Tüten. Der Himmel war blau, die Sonne schien. Ein Cabrio fuhr vorbei, das Verdeck zu Ehren der für diese Jahreszeit untypischen Wärme heruntergelassen, der Fahrer mittleren Alters mit Sonnenbrille und kurzer Hose, während aus dem Radio ein altes Lied der Beach Boys erklang.

Um sie herum gab es nichts, was die Ereignisse von eben hätte erklären können.

Aber ihre Reaktion war echt gewesen. Und es gab nur ein Wort, das die Gefühle, die sie erschüttert hatten, angemessen beschreiben konnte: Schrecken.

Aber was hatte ihn hervorgerufen?

Und warum war er so unglaublich schnell verebbt, nachdem sie die Puppe hatte fallen lassen?

Ihr Atem ging keuchend und ihr Blick wanderte langsam zu der Puppe auf dem Boden. Lächelnd sah das harmlose, geflickte Gesicht sie an, so unschuldig wie die Kindheit. Konnte es etwa sein, dass …?

Ungehalten verdrängte sie diesen Gedanken. Sie glaubte nicht an solche unheimlichen Dinge. Kein gesunder, logisch denkender Mensch tat das. Was auch immer ihre Reaktion verursacht hatte, stand in keinerlei Zusammenhang mit der Puppe zu ihren Füßen.

Das war unmöglich.

Und sie konnte es beweisen. Sie musste die Puppe nur wieder aufheben.

Aber genau das wollte sie nicht.

Rachel wischte sich die Handflächen an ihrer schwarzen Hose ab und ärgerte sich über sich selbst. Das war doch lächerlich!

Sie presste die Lippen zusammen, bückte sich, streckte die Finger aus und packte die Puppe.

Sofort überfiel sie der Schrecken wieder und drückte die Luft aus ihrer Lunge.

Während sie um Atem rang, hielt Rachel die Puppe mit ausgestrecktem Arm von sich weg und starrte sie an. Kalter Schweiß trat auf ihre Stirn und sie fing an zu zittern. Erschütternde, unzusammenhängende Bilder und Geräusche brachen über sie herein. Sie hörte den entfernten Schrei eines Babys. Sie spürte Gefahr. Schmerz. Qualen.

Das konnte doch nicht wahr sein!

Ungeschickt fingerte sie an der Wagentür herum und riss die Tür auf. Dann schleuderte sie die Puppe hinein.

Die panischen Gefühle ließen sofort nach. Zurück blieben ein Rest von Angst – und Dringlichkeit.

Es war beinahe wie eine Botschaft.

Eine Aufforderung, etwas zu tun.

Aber was?

Ratlos betrachtete Rachel die Puppe, die sie vom Rücksitz aus anlachte. Merkwürdig. Aus der Entfernung spürte sie keine Gefahr, sondern eher das Gegenteil. Die Puppe gab ihr ein warmes, glückliches Gefühl. Erst bei der Berührung strahlte sie eine unheilvollere Aura aus.

Aura.

Rachel schnitt eine Grimasse. Jetzt fing sie schon an, wie eine Esoteriktante zu denken.

Hin- und hergerissen musterte Rachel die Puppe. Der Mann, der vor ein paar Minuten stehen geblieben war, hatte die Puppe angefasst und keine negativen Reaktionen gezeigt. Nur sie schien die negativen Schwingungen zu spüren.

Warum ich?, hätte sie das lächelnde Gesicht am liebsten gefragt. *Warum quälst du ausgerechnet mich?*

Sie hätte die Frage laut ausgesprochen, wenn dann nicht alle gedacht hätten, sie hätte nicht mehr alle Tassen im Schrank. Und sie selbst auch.

Außerdem war die eigentliche Frage doch, was sie mit der Puppe machen sollte.

Sie auf dem Parkplatz zurückzulassen, war jetzt keine Alternative mehr. Rachel verstand vielleicht nicht, warum dieses Stoffding eine solche Wirkung auf sie hatte, aber das Gefühl der Gefahr, das die Puppe hervorrief, war zu real – und zu stark –, als dass sie es hätte ignorieren können.

Sie könnte sie zur Polizei bringen. Das waren schließlich Experten in Sachen Gefahr, oder nicht? Aber sie konnte sich vorstellen, wie man auf der Wache reagieren würde, wenn sie dort erschiene und ihre Geschichte erzählte.

Sie würden sie für verrückt halten.

Und wenn man bedachte, wie merkwürdig sie sich in letzter Zeit fühlte, stimmte das ja vielleicht sogar.

Unsicher, wie sie weiter vorgehen sollte, schlug Rachel die Wagentür zu, ging um den Kofferraum herum und setzte sich hinters Lenkrad. Als sie den Gang einlegte, fiel ihr Blick auf das vergessene Mittagessen auf dem Sitz neben ihr – und dann hatte sie eine Idee. Martas Mann war Polizist. Sie könnte ihrer Freundin von dem Vorfall erzählen und sehen, was sie vorschlug. Marta wusste, dass sie ein ernsthafter, ausgeglichener, intelligenter Mensch war, der nicht zu Hirngespinsten neigte. Sie hatten in den vergangenen zwei Jahren schon oft zusammen gegessen und gemeinsam über die Possen ihrer Schüler gelacht.

Marta würde sie nicht für verrückt halten.

Jedenfalls hoffte Rachel das.

* * *

Marta hörte mitten im Kauen auf zu essen und starrte ihre Kollegin an. „Das ist verrückt."

Der Bissen des Sandwiches, auf das sie ohnehin keine Lust mehr hatte, blieb Rachel im Hals stecken. „Ich weiß, es klingt seltsam. Aber es ist die Wahrheit. Immer, wenn ich die Puppe anfasse, spüre ich Gefahr."

Mehrere Sekunden verstrichen, während Marta weiterkaute und ihre Freundin prüfend ansah. „Das ist dein Ernst, oder?"

„Ja."

„Also gut. Damit ich das richtig verstehe: Du hast eine Puppe gefunden und als du sie aufgehoben hast, hat sie dir eine tierische Angst eingejagt."

„Zweimal."

„Und wo ist diese Puppe jetzt?"

„Auf dem Rücksitz in meinem Auto."

„Sieh zu, dass du sie loswirst."

Rachel stand auf und begann in dem vollgestellten Aufenthaltsraum auf und ab zu gehen. Jetzt war sie froh, dass sie sich verspätet hatte, denn so waren all die anderen Lehrer bereits in ihre Klassen zurückgegangen und Marta und sie hatten das Lehrerzimmer für sich. „Das habe ich mir auch schon überlegt, aber ich kann nicht. Ich habe dieses starke Gefühl, dass ich die Puppe der richtigen Person wiedergeben muss."

„Und wer wäre das?"

„Ich weiß es nicht."

„Weißt du was? Das ist wirklich unheimlich." Marta trank einen Schluck von ihrer Limonade und trommelte mit den Fingern auf dem Tisch. „Es ist wie bei einem dieser Science-Fiction-Filme spätabends, die man als Teenie geguckt hat und von denen man wochenlang Albträume hatte. Ich glaube, ich lasse heute Nacht das Licht brennen."

Rachel verschränkte die Arme vor der Brust und schüttelte den Kopf. „Es tut mir leid. Ich wollte dich nicht auch noch beunruhigen. Um ehrlich zu sein, hatte ich gehofft, du könntest Joe nach seiner Meinung fragen. Ich dachte, die Polizei könnte sich vielleicht dafür interessieren."

Marta schnitt eine Grimasse. „Ich frage ihn, wenn du willst. Aber ich habe von ihm im Laufe der Jahre ein paar Geschichten über Leute gehört, die auf der Wache erschienen sind, behauptet haben, sie wären ein Medium, und der Polizei ihre Hilfe bei der Aufklärung eines Verbrechens angeboten haben."

„Ich behaupte ja gar nicht, dass ich ein Medium bin. Ich *glaube* noch nicht einmal an all das Zeug. Und offen gestanden kann ich kaum fassen, dass wir uns überhaupt darüber unterhalten." Rachel schob sich ihre schulterlangen Haare hinter die Ohren und rückte die Brille auf ihrer Nase zurecht.

Marta legte den Kopf schief. „Die Sache hat dich ganz schön mitgenommen, oder?"

„Irgendwie schon." Rachel massierte ihre Schläfen und kehrte zum Tisch zurück. Während sie ihr beinahe unangetastetes Sandwich wieder einpackte, merkte sie, dass ihre Hände zitterten. Ein kurzer Blick verriet ihr, dass Marta es auch bemerkt hatte. Hastig ließ sie das Sandwich sinken und schob die Hände in ihre Hosentaschen.

„Also gut, Rachel." Marta knüllte ihr Sandwichpapier zu einer festen Kugel zusammen. „Lass mich mit Joe reden. Ich kann dafür bürgen, dass du nicht verrückt bist – oder es jedenfalls bis vor ein paar Wochen noch nicht warst. Ich habe dich noch nie so gestresst gesehen. Bist du sicher, dass alles in Ordnung ist?"

„Ja, alles ist bestens. Ich habe keine Ahnung, warum ich so nervös bin." Rachel hörte die Verärgerung in ihrer Stimme und ließ ihren Tonfall weicher klingen. „Aber ich weiß deine Fürsorge zu schätzen."

„He ..." Marta legte eine Hand auf ihren Arm. „Wir finden schon eine Lösung."

Rachel spürte, wie ihr die Tränen kamen. Auch das war ein neues – und zu häufiges – Phänomen in den letzten Wochen. „Klar."

„Vielleicht hat es irgendwas mit Hormonen zu tun."

„Ich wünschte beinahe, es gäbe eine medizinische Erklärung dafür."

„Vielleicht gibt es die ja auch. Mach einen Termin bei deinem Arzt. Und in der Zwischenzeit frage ich Joe, was er davon hält. Heute Abend steht unser allmonatliches Abendessen ohne Kinder auf dem Programm, dann habe ich seine ungeteilte Aufmerksamkeit. Ich erzähle dir morgen, was er gesagt hat, in Ordnung?"

„Ja, danke. Und hör mal ... ihr erzählt doch niemandem davon, oder?"

„Natürlich nicht. Ich kann meinen Mund halten, wenn es nötig ist, und Joe schweigt wie ein Grab. Nur eins noch ... lass die Finger von der Puppe, bis wir Joes Meinung kennen, ja?"

* * *

Claudia Barnes liebte die Suppe im Le Bistro. Der Koch konnte wirklich mit Pilzen umgehen, keine Frage. Und die Nachspeisen waren einfach himmlisch, trotz der Löcher, die sie in ihr Journalistengehalt rissen. Aber heute Abend war die Unterhaltung des Pärchens am Nachbartisch sogar noch besser als das Essen.

Claudia zog ihr Notizbuch heraus und schlug eine leere Seite auf. Dann lauschte sie mit dem Stift in der Hand.

„Sag ihr, sie soll es vergessen", sagte die Männerstimme.

„Aber die Sache hat sie wirklich mitgenommen, Joe." Jetzt sprach die Frau. „Und Rachel ist niemand, der sonst auf so übernatürliches Zeug steht. Wir arbeiten seit zwei Jahren zusammen und sie ist sehr vernünftig. Sie findet die ganze Sache ja selbst merkwürdig."

„Das ist verständlich. Ich meine, komm schon, Marta. Sie findet auf dem Parkplatz einer Imbisskette eine Stoffpuppe unter einem Schneehaufen und sagt, sie schicke ihr eine Botschaft?"

„Ich weiß. Wenn es nicht Rachel wäre, die mir das erzählt hat, würde ich es ja auch für Unsinn halten. Aber ich habe ihr versprochen, dass ich dich frage, ob die Polizei sich dafür interessieren könnte."

„Nee." Das Geräusch von Eiswürfeln, die gegen einen Glasrand stießen, war zu hören.

„Bist du dir sicher?"

„Wenn sie damit zur Wache kommt, wird niemand sie ernst nehmen, Liebling. Die Kollegen werden sich ihre Geschichte anhören, ohne eine Miene zu verziehen, aber sobald sie weg ist, werden sie ausgiebig darüber lachen. Das kannst du mir glauben. Diese Peinlichkeit kannst du deiner Freundin ersparen."

Ein Seufzer. „Das dachte ich mir." Besteck klapperte auf Porzellan. „Was meinst du, was sie mit der Puppe machen soll?"

„Wegwerfen."

„Das habe ich auch gesagt. Aber vielleicht muss ich das für sie machen. Ich glaube, sie will sie nicht noch einmal anfassen."

Wieder klirrte das Eis. „Halt du dich besser da raus, ja? Lass die Finger von der Puppe."

„Ich dachte, du hältst ihre Geschichte für völligen Unsinn."

„Das tu ich ja auch. Aber manchmal geschehen merkwürdige Dinge."

„Und was soll das jetzt heißen?"

„Ich weiß nicht. Nichts."

„He, so einfach kannst du dich nicht aus der Affäre ziehen." Der Tonfall der Frau war halb scherzhaft, halb ernst. „Jetzt mal ehrlich. Ich merke doch, dass da was dahintersteckt."

„Nichts Wichtiges."

„Komm schon, Joe. Raus damit. Wir haben immer gesagt, dass wir in unserer Ehe keine Geheimnisse voreinander haben wollen."

„Es ist ja auch kein Geheimnis."

„Dann erzähl es mir."

„Also gut. Ich hatte in der Highschool diesen Freund. Ein netter Typ, eher still, ein ziemlicher Moralapostel. Jedenfalls hatte ich gerade meinen ersten gebrauchten Wagen bekommen und zwei Tage später warf ich ihm den Schlüssel zu und fragte ihn, ob er eine Runde drehen wolle. Er stand mit dem Schlüssel in der Hand da, und plötzlich sagte er zu mir: ‚Ich würde mit dem Trinken und Rauchen aufhören, wenn ich du wäre. Es könnte dich in ziemliche Schwierigkeiten bringen.' Das hat mich echt umgehauen."

„Warum?"

„Weil ich mich am Abend vorher mit ein paar Kumpels getroffen, und wir ziemlich über die Stränge geschlagen hatten. Wir hatten im Garten von einem der Jungs an einem Picknicktisch gesessen und uns jede Menge Bier und Zigaretten zu Gemüte geführt. Niemand konnte uns sehen – aber ich hatte die ganze Zeit über eine Heidenangst, dass jemand uns erwischt. Es war das erste Mal, dass ich so was gemacht hatte. Aber die Sache ist die: Mein Schlüssel lag den ganzen Abend auf dem Picknicktisch."

„Willst du damit sagen, dass der Schlüssel ihm dein Geheimnis irgendwie … übermittelt hat?"

„Ich habe keine Ahnung, ich habe ihn nicht gefragt. Schließlich wollte ich nicht zugeben, was ich getan hatte, und habe einen Witz darüber gemacht. Aber ich wusste, dass er es wusste. Ich habe mir eingeredet, dass er uns gesehen haben musste, aber so richtig überzeugt war ich davon nie. Er wohnte in einem anderen Stadtteil und hatte mit uns sonst nichts zu tun."

Einige Sekunden Stille folgten. Als die Frau schließlich antwortete, klang sie ernsthafter als vorher. „Vielleicht sollte die Polizei sich doch mit Rachels Geschichte befassen."

„Das wird nicht passieren, Marta, das kann ich dir versprechen."

„Hast du einen anderen Vorschlag?"

„Sie soll die Puppe wegwerfen."

„Abgesehen davon."

„Sie könnte es beim FBI versuchen."

„Würden die ihr eher glauben?"

„Wahrscheinlich nicht. Aber etwas anderes fällt mir nicht ein. Übrigens, wollen wir uns diesen dekadenten Schokoteller zum Nachtisch teilen? Dann hätte ich kein ganz so schlechtes Gewissen."

Während das Gespräch sich alltäglicheren Dingen zuwandte, legte Claudia ihren Stift fort und tauchte den Löffel in die erkaltete Suppe. Gedanklich ging sie ihre eigenen Alternativen durch. Die Redaktion des Boulevardblattes, für das sie arbeitete, war immer auf der Suche nach ungewöhnlichen Geschichten. Eine Bürgerin dieser Stadt, die übersinnliche Kräfte hatte, müsste eigentlich in diese Kategorie fallen. Ihre Geschichte wäre eine prima Einleitung für einen Artikel über außersinnliche Wahrnehmung oder Hellseherei. Wenn sie ein bisschen nachforschte, würde sie bestimmt eine interessante Verbindung zwischen ASW und Verbrechensbekämpfung finden. Vielleicht könnte sie sogar einen heimatnahen Aspekt ausfindig machen, wenn sie tief genug bohrte.

Das Mindeste, was eine solche Story bewirken konnte, war eine Steigerung der Auflage. Die Leser mochten vielleicht beteuern, sie wollten keinen Sensationsjournalismus, aber er verkaufte Zeitungen. Man musste sich nur den *National Enquirer* ansehen. Und alles, was den Verkauf anheizte, sorgte auch für mehr Werbeeinnahmen. Das würde ihrem Redakteur gefallen.

Schade, dass sie nicht die ganze Unterhaltung mitbekommen hatte. Claudia stützte das Kinn in die Hand und spielte mit ihrem Löffel. Das Einzige, was sie hatte, war der Vorname der übersinnlichen Frau: Rachel.

Aber es gab eine Möglichkeit, das zu ändern. Die Frau am Nachbartisch war die Freundin dieses Mediums. Folglich würde Claudia diese Rachel vermutlich durch die Frau des Polizisten ausfindig machen können. Sie musste nur ihren Nachnamen herausfinden – und den könnte sie von der Kreditkarte ablesen.

Es sei denn, sie bezahlten bar.

Claudia aß bedächtig ihre Suppe und lauschte, während der Kellner dem Paar die Rechnung brachte. Als klar war, dass die beiden mit Kreditkarte bezahlen würden, lächelte sie. Sie folgte dem Kellner, bezog hinter einem Pfeiler Position und als er von der Kasse zurückkam, stieß sie mit ihm zusammen. Während er sich entschuldigte, hob sie schnell die Karte auf und prägte sich die Informationen ein, die sie benötigte.

Man wurde keine Starreporterin, indem man sich zurückhielt, sagte sie sich, als sie sich mit einem zufriedenen Lächeln wieder auf ihren Platz setzte. Und das war ihr Ziel. Für eine Boulevardzeitung zu arbeiten, machte ihr nicht besonders viel Spaß, aber sie war vierundzwanzig Jahre alt und hatte erst vor zwei Jahren die Journalistenschule beendet. Irgendwo musste sie schließlich anfangen. Wenn sie irgendetwas Besonderes schrieb, das Aufmerksamkeit erlangte, könnte sie vielleicht früher als gedacht eine größere Aufgabe in Angriff nehmen.

Claudia notierte sich den Namen des Polizeibeamten in ihrem Notizbuch und lächelte erneut. Nicht schlecht für einen Abend.

Sie gab dem Kellner ein Zeichen und bestellte ein Dessert. Währenddessen überlegte sie, ob sie die Rechnung für das Essen als Spesen einreichen sollte.

Schließlich war das alles Recherche.

Kapitel 2

Ich hätte nicht kommen sollen.

Der Knoten in Rachels Magen zog sich zusammen und sie knetete ihre gefalteten Hände, sodass die Knöchel weiß hervortraten. Sie hatte noch nie unter Klaustrophobie gelitten, aber die Wände des kleinen, sterilen Verhörzimmers in dem FBI-Bürogebäude in der Innenstadt von St. Louis schienen immer näher zu kommen. Mit jeder Minute, die verging – bis jetzt zehneinhalb –, wurde sie nervöser. Die Versuchung zu fliehen, bevor sie einen völligen Narren aus sich gemacht hatte, war groß.

Aber die Ausstrahlung der Puppe war stärker.

Stark genug, um dem zweifelnden Blick der Frau hinter der schusssicheren Scheibe am Eingang standzuhalten. Und stark genug, um sie davon zu überzeugen, dass sie die Puppe jemandem aushändigen musste, der in der Lage war, Nachforschungen anzustellen – egal, ob er es letztendlich tat oder nicht.

Nach ihrem Gespräch mit Marta an diesem Vormittag wusste sie, dass „nicht" die wahrscheinlichere Alternative war. Auch wenn ihre Kollegin die Bemerkungen ihres Mannes vom Vorabend vorher sehr diplomatisch wiedergegeben hatte, hatte Rachel zwischen den Zeilen seine Einschätzung herauslesen können: „hysterisch". Und wenn schon ein normaler Polizeibeamter fand, dass ihre Geschichte unglaubwürdig war, dann machte sie sich kaum Hoffnungen, dass das FBI sie ernst nehmen würde.

Trotzdem verspürte sie das überwältigende Bedürfnis, es zu

versuchen. Und selbst wenn sie tatsächlich niemanden dazu bringen könnte, sich mit den merkwürdigen Schwingungen zu beschäftigen, die von der Puppe in der kleinen Papiertüte zu ihren Füßen ausgingen, könnte sie wenigstens in der Gewissheit nach Hause gehen, dass sie alles versucht hatte.

***

„Nick? Sharon hier. Ich habe was für dich."

Special Agent Nick Bradley klemmte sich den Telefonhörer zwischen Ohr und Schulter und sah auf seine Uhr. Noch zwanzig Minuten bis zum Feierabend. „Was ist los?"

„Vor ein paar Minuten ist eine Frau hier erschienen. Sie möchte mit einem Agenten sprechen."

„Worüber?"

„Das wollte sie nicht sagen."

Nick unterdrückte einen Seufzer und fuhr sich mit den Fingern durchs Haar. Er hatte eine wichtige Verabredung zum Essen und wollte sich nicht verspäten. „Ich bin gerade dabei, ein Interviewprotokoll zu verfassen. Kann das nicht jemand anders übernehmen?" Er bezweifelte, dass die erfahrene Beamtin am Empfang des FBI-Büros von St. Louis seine Ausrede, ein Standardformular ausfüllen zu müssen, gelten lassen würde, aber er wollte es wenigstens versuchen.

„Das habe ich schon versucht, aber schließlich ist Freitag. Die meisten sind schon weg. Wahrscheinlich haben alle etwas vor."

„Ich auch."

„Tut mir leid, aber du bist der Glückliche. Sie heißt Rachel Sutton."

„Vielen Dank." Der Sarkasmus wich Resignation. „Also gut. Ich bin in fünf Minuten da."

Nick ließ den Hörer auf die Station fallen und überflog das Formular 302 auf seinem Schreibtisch. Er könnte es bis Montag liegen lassen, aber er füllte solche Formulare lieber aus, solange die Informationen noch frisch waren. Außerdem war er beinahe fertig. Die Frau am Empfang konnte warten, bis er die letzten Einträge gemacht hatte.

Acht Minuten später zog er seine dunkelgraue Anzugjacke an und nahm Notizblock und Stift vom Schreibtisch. Wenn er Glück hatte, war diese Rachel Sutton mit irgendeiner wertlosen Information gekommen, die er schnell abtun konnte. Die meisten Leute, die von der Straße einfach hier hereinspazierten, konnten keine brauchbaren Hinweise liefern, und es gab keinen Grund anzunehmen, dass es diesmal anders sein würde.

Während er durch die Sicherheitstür auf den Eingangsbereich zuging, fuhr Sharon ihren Computer herunter. Ohne seine Schritte zu verlangsamen, fragte er sie: „Welcher Raum?"

„Zwei. Vielleicht dauert es ja nicht lange."

„Wollen wir's hoffen."

„Hast du heute Abend ein heißes Date?" Sie grinste ihn dreist an.

Wortlos, aber mit einem geheimnisvollen Lächeln auf den Lippen, ging Nick weiter auf das Verhörzimmer zu. Als Single war er an solche Bemerkungen gewöhnt, dabei hatte er in Wirklichkeit nur selten ein heißes Date. Und zwar ganz bewusst. Es gab jede Menge Frauen, die es aufregend und schick fanden, mit einem FBI-Agenten auszugehen, und in den meisten Bars hätte er einige von ihnen aufgabeln können.

Frauen, die auf Abenteuer aus waren, entsprachen allerdings nicht im Geringsten seiner Vorstellung von einem heißen Date. Für One-Night-Stands oder unverbindliche Affären war er nicht zu haben. Ein heißes Date war für ihn ein Abend mit einer intelligenten Frau, die mehr zu bieten hatte als ihren Körper und deren Werte mit seinen eigenen übereinstimmten.

Aber diese Art Frau, das hatte er inzwischen erkannt, war nicht so leicht zu finden. Und mit achtunddreißig Jahren, nach zwölf Jahren ernsthafter Suche, war er kurz davor aufzugeben.

Nein, seine Freitagabendplanung hatte nichts mit einer Frau

nach seinem Herzen zu tun. Trotzdem freute er sich darauf. Er mochte das fünfte Rad am Wagen sein, aber seine Kollegen Mark und Coop gaben ihm nie dieses Gefühl. Und ihre Frauen Emily und Monica genauso wenig. Es würde ein schöner Abend mit guten Freunden werden, eine der seltenen Gelegenheit, bei denen sie zu fünft etwas unternehmen konnten, da Coop und Monica nicht oft aus Virginia herkamen. Und es war tausendmal besser, als den Abend allein mit der Renovierung seines Hauses zu verbringen – was normalerweise freitagabends auf dem Programm stand.

Vor der Tür zum Verhörzimmer blieb Nick kurz stehen, rückte sein Jackett zurecht und griff dann nach dem Türknauf. Professionell, höflich, schnell. Das war sein Plan.

Er stieß die Tür auf und eine schlanke Frau, die Anfang dreißig zu sein schien, erhob sich von ihrem Stuhl.

„Tut mir leid, dass Sie warten mussten." Er schloss die Tür hinter sich, trat näher und streckte die Hand aus.

Während sie seinen festen Händedruck mit kalten und nicht ganz ruhigen Fingern erwiderte, nahm er eine schnelle Einschätzung vor. Größe ungefähr eins siebzig, Gewicht fünfundfünfzig, maximal sechzig Kilo. Schulterlanges braunes Haar mit helleren Strähnchen, auf der linken Seite gescheitelt. Samtbraune Augen, umrahmt von langen Wimpern, die das kupferfarbene Brillengestell nicht verbergen konnte. Ein klassisches ovales Gesicht, eine kecke Nase und ein langer, schlanker Hals. Nur ein Hauch von Make-up. Ihre schwarze Hose lag eng um ihre sportlichen Hüften und auf ihrem pflaumenfarbenen Rollkragenpullover ruhte ein filigranes goldenes Kreuz an einer dünnen Kette.

Eine hübsche Frau.

Die nicht hier sein wollte.

Nick brauchte nur ein paar Sekunden, um zu diesem Schluss zu kommen. Die Unsicherheit in ihren Augen war leicht zu lesen, ebenso das leichte Zittern ihrer Finger, als sie sich mit der freien Hand die Haare hinters Ohr schob.

Genauso, wie er dazu ausgebildet worden war, solche Feinheiten zu bemerken, hatte Nick auch gelernt, diese Fähigkeit zu seinem Vorteil zu nutzen. Je nach Situation konnte er den Druck verstärken – oder seinen Charme. Was immer seinen Zwecken eher dienlich war.

In diesem Fall entschied er sich für die zweite Strategie.

„Ich bin Special Agent Nick Bradley, Ms Sutton." Er lächelte sie entspannt an. „Setzen wir uns doch – und Sie erzählen mir, was ich für Sie tun kann."

Einen Augenblick lang befürchtete er, sie würde türmen. Er erkannte ihren Fluchtinstinkt an der subtilen Anspannung ihrer Muskeln, an der Art, wie ihre Kehle sich bewegte, wenn sie schluckte, an dem schnellen Blick, den sie zu der geschlossenen Tür hinüberwarf.

Er behielt seine lockere Haltung bei und auch sein Lächeln blieb unverändert. „Ms Sutton? Bitte nehmen Sie doch Platz. Ich würde gerne hören, was Sie zu sagen haben." Er deutete auf den Stuhl und streckte die Hand aus, um ihn noch ein Stück weiter unter dem Tisch herzuziehen – wodurch er ihr gleichzeitig den Fluchtweg abschnitt.

Sie verschränkte die Arme vor der Brust und warf einen prüfenden Blick auf die blütenweiße Hemdmanschette, die unter dem Ärmel seines Jacketts hervorlugte. Ein winziges Lächeln umzuckte ihre Mundwinkel. „Interessante Technik, nervöse Personen einzuzäunen. Sehr elegant." Sie blickte zu ihm auf. „Aber in diesem Fall unnötig. Ich bin bis hierhergekommen und habe nicht die Absicht zu gehen, bevor ich Ihnen meine Geschichte erzählt habe."

Sie nahm wieder Platz. Steif saß sie auf der vorderen Stuhlkante, während sie die Hände vor sich auf dem Tisch faltete.

Eine kluge Frau, folgerte Nick. Außerdem einfühlsam und entschlossen. Und sie hatte allem Anschein nach Sinn für Humor. Er bewunderte ihre Fähigkeit, sich diesen Humor trotz ihres offensichtlichen Unbehagens zu bewahren. Das brachten nicht viele Menschen zustande.

Vielleicht wurde die Sache ja doch noch interessant.

Er setzte sich auf den Stuhl, der im rechten Winkel zu ihrem stand, und schlug sein Notizbuch auf. Dann zog er eine Visitenkarte aus seiner Tasche und legte sie auf den Tisch. „Also, wie kann ich Ihnen helfen, Ms Sutton?"

Sie fuhr sich mit der Zungenspitze über die Lippen. Hübsche Lippen, bemerkte er. Weich und voll und gut geformt.

„Ich bin mir nicht sicher, wo ich anfangen soll."

Er räusperte sich, nahm seinen Stift und zwang sich, den Blick zu heben und sich zu konzentrieren. „In Ordnung. Dann stelle ich Ihnen ein paar Fragen. Was genau hat Sie heute hierhergeführt?"

Sie tat mit den Lippen wieder das, was ihn so ablenkte, dann lehnte sie sich zurück und hob eine kleine Papiertüte vom Boden auf, die sie vorsichtig an den Henkeln fasste und vor ihn auf den Tisch stellte. „Das hier."

Mit ungerührter Miene betrachtete Nick die Tüte. Sie war durch das Magnetometer und das Röntgengerät am Eingang gekommen, also befand sich nichts offensichtlich Gefährliches darin. Trotzdem behandelte sie die Tüte, als würde sie gleich explodieren. Merkwürdig.

„Was ist da drin?"

„Eine Stoffpuppe."

Nick war völlig erstaunt und schindete einige Sekunden Zeit, indem er die Tüte zu sich hin neigte. Tatsächlich lag darin zusammengefaltet eine mitgenommene Puppe. Ihr orangefarbenes Haar war voller Dreck und ihre Kleidung fleckig. Er überlegte sich, dass er besser Latexhandschuhe anziehen sollte, bevor er das Ding anfasste.

Langsam ließ er die Tüte los und warf ihr einen verhaltenen Blick zu. „Warum haben Sie das zu uns gebracht, Ms Sutton?"

Sie blinzelte und schluckte erneut. Die Spannung im Raum war beinahe mit Händen zu greifen. Jetzt war seine Neugier erst recht geweckt.

„Ich habe die Puppe auf dem Parkplatz eines Schnellrestaurants gefunden.“ Sie gab ihm die genaue Anschrift.

Er wartete, doch sie machte keine Anstalten weiterzusprechen und so legte er den Kopf schief und lehnte sich zurück. Seine Haltung blieb ungezwungen und entspannt, als er seine letzte Frage anders formulierte. „Warum sind Sie der Meinung, dass wir uns dafür interessieren könnten?“

Sie schloss die Augen, holte tief Luft und schlug sie dann wieder auf. Ihr Blick begegnete dem seinen und er spürte, dass sie sich wappnete. „Also gut. Was jetzt kommt, klingt verrückt, das weiß ich. Aber es ist die Wahrheit, egal, ob Sie mir glauben oder nicht. Ich habe diese Puppe gestern in der Mittagspause gefunden, begraben unter einem Schneehaufen, den die Räumfahrzeuge aufgehäuft hatten. Nur die orangefarbene Wolle war zu sehen. So habe ich die Puppe überhaupt bemerkt. Ich dachte, vielleicht wird sie von einem kleinen Mädchen vermisst, also habe ich sie ausgegraben. Ich wollte sie auf den Schacht der Klimaanlage neben dem Gebäude setzen, für den Fall, dass ihre Mutter regelmäßig dort ist.“

Sie umfasste die Tischkante so fest, dass ihre Knöchel weiß hervortraten. „Und jetzt wird es … seltsam. Als ich die Puppe aufhob, habe ich eine … Reaktion erlebt.“

In Nicks Kopf schrillte ein Alarm los, der ihn warnte, Vorsicht walten zu lassen. Er betrachtete sie mit neutraler Miene. „Können Sie ‚Reaktion‘ näher definieren?“

„Ich habe Schrecken verspürt. Gefahr.“ Sie senkte die Stimme. „Und ich glaube, ich … konnte ein Baby weinen hören.“

Oh nein.

In seinen fünfzehn Jahren beim FBI hatte Nick genügend Spinner gesehen, angefangen bei einem Typen, der steif und fest behauptet hatte, er sei von Außerirdischen entführt worden, über eine Frau, die darauf bestanden hatte, dass Gott ihr gesagt habe, sie solle dem FBI bei schwierigen Fällen als seine Mittelsperson helfen, bis hin zu einem Mann, der geglaubt hatte, er sei eine Wiedergeburt von J. Edgar Hoover, und der Chef des FBIs hatte werden wollen.

Und jetzt das hier. Zu allem Überfluss auch noch kurz vor Dienstschluss am Freitagabend.

Was für ein Abschluss der Arbeitswoche.

In der Stille, die auf Rachel Suttons Enthüllung folgte, versuchte er sich ein Bild von ihr zu machen. Sie sah vielleicht normal aus – nein, das stimmte nicht, sie war überdurchschnittlich, was das Aussehen betraf, man konnte sie sogar schön nennen –, aber Verrückte gab es in allen möglichen Verpackungen. Und sie hatte sich eindeutig in diese Kategorie katapultiert, keine Frage. Jetzt ging es darum, sie auf diplomatische Weise loszuwerden.

„Sie glauben mir nicht, oder?"

Ihre leisen, resignierten Worte – eigentlich mehr eine Aussage als eine Frage – überrumpelten ihn. Viele Leute, die dem FBI bizarre Geschichten auftischten, waren empört oder gar wütend, wenn sie den Verdacht hatten, dass ein Agent ihre Geschichte anzweifelte. Aber Rachel Suttons gerötete Wangen und das leichte Zittern in ihrer Stimme ließen mehr auf Verlegenheit schließen als auf Verärgerung. Keine typische Reaktion auf Skepsis.

„Ich stelle nicht in Frage, was Sie erlebt haben, Ms Sutton." Er wählte seine Worte sorgfältig aus.

„Aber Sie glauben nicht, dass es wirklich passiert ist."

Anstatt zu antworten, stellte er eine Gegenfrage. „Warum erzählen Sie mir nicht, was genau passiert ist, als Sie diese Reaktion erlebt haben?"

„Ich konnte nicht atmen. Mein Herz fing an zu rasen und mir wurde schwindelig. Ich konnte den Adrenalinstoß spüren. Und ich hatte panische Angst."

„Haben Sie eine solche Reaktion vorher schon einmal erlebt?"

„Nein."

„Sie hatten noch nie Panikattacken?"

„Nein. Und ich bin auch kein Psychospinner. Ich glaube nicht einmal an so übersinnliches Zeug. Deshalb hat mich die Erfahrung ja auch so aufgewühlt."

„Aber jetzt liegt die Puppe einen halben Meter von Ihnen entfernt und es geht Ihnen gut."

„Es geschieht nur, wenn ich sie anfasse."

Nick zögerte und überlegte, was er als Nächstes tun sollte. Er würde sich schon jetzt zum Abendessen verspäten und diese Befragung fortzusetzen, wäre die reinste Zeitverschwendung. Er musste Namen, Anschrift und Telefonnummer der Frau in Erfahrung bringen, ihr für ihr Kommen danken und sie loswerden. So ging man am besten mit solchen Situationen um. So machte er es immer.

Aber Rachel Suttons ernsthafte Augen hielten ihn irgendwie zurück. Sie glaubte ihre eigene Geschichte, unabhängig davon, ob er es tat oder nicht. Und aus irgendeinem Grund fiel es ihm schwer, ihre Geschichte einfach abzutun.

Er spielte mit seinem Stift, ließ ihn durch seine Finger gleiten und trommelte mit der Spitze auf die Tischplatte. „Warum haben Sie der Polizei nichts von diesem Erlebnis erzählt?"

„Darüber habe ich auch nachgedacht. Aber der Mann einer Kollegin ist Polizist und sie hat ihn nach seiner Meinung gefragt. Sie hat sich sehr diplomatisch ausgedrückt, aber es war ziemlich klar, dass ich mich zum Gespött des ganzen Polizeireviers machen würde. Niemand würde mich ernst nehmen. Ich hatte gehofft, beim FBI würde es mir besser ergehen." Sie holte zitternd Luft. „Aber da habe ich mich wohl geirrt."

Sie hob das Kinn in einem letzten Versuch, ihre Würde zu wahren, wie Nick vermutete, dann nahm sie ihre Handtasche von der Stuhllehne und stand auf. Die Karte, die er auf den Tisch gelegt hatte, beachtete sie nicht. Verblüfft erhob er sich ebenfalls. Dieses Gespräch lief eindeutig nicht nach dem typischen Muster ab. Normalerweise war es schwierig, Psychopathen loszuwerden. Rachel Sutton schien jedoch darauf erpicht, so schnell wie möglich zu verschwinden.

„Ich hätte gerne Ihre Anschrift, bevor Sie gehen, Ms Sutton."

„Für den Fall, dass Sie Fragen haben, was Ihre Notizen betrifft?" Sie warf einen spitzen Blick auf die leere Seite seines Notizbuchs.

Er spürte, wie die Röte seinen Nacken hinaufkroch. „Ich war mir nicht sicher, was ich schreiben sollte. Ihre Geschichte ist … ungewöhnlich."

„Das weiß ich." Plötzlich ließ sie die Schultern hängen. „Und ich nehme es Ihnen auch nicht übel, dass Sie skeptisch sind, Mr Bradley. Wenn ich Sie wäre, würde ich wahrscheinlich genauso reagieren. Ich hatte nur das Bedürfnis, etwas zu unternehmen. Das habe ich getan und jetzt werde ich gehen. Vielen Dank für Ihre Zeit."

Sie drehte sich um, um ihren Mantel zu nehmen, und Nick überlegte, was er tun sollte. Das Klügste … das Vernünftigste wäre, sie gehen zu lassen. Sie hatte zugegeben, dass sie selbst nicht anders handeln würde. Aber er ertappte sich dabei, wie er die Hand ausstreckte und ihren Arm berührte.

„Bevor Sie gehen – würden Sie mir noch einen Gefallen tun?"

Sie drehte sich halb zu ihm um. Ihre Miene war skeptisch. „Was denn?"

„Nehmen Sie die Puppe in die Hand."

Ihr Gesicht wurde ein wenig blasser und sie trat einen Schritt zurück. „Lieber nicht."

Er sah sie durchdringend an. „Ich will ehrlich sein, Ms Sutton. Ich habe im Laufe der Jahre schon einige Hinweise wie diesen hier bekommen und am Ende haben sie sich immer in Luft aufgelöst. Deshalb bin ich skeptisch. Andererseits machen Sie auf mich einen intelligenten, vernünftigen Eindruck, und ich bin neugierig, wie diese Reaktion, die Sie beschrieben haben, aussieht. Physische Beweise sind schwer zu widerlegen."

Sie zögerte und biss sich auf die Unterlippe. Ihr Blick huschte zu der Papiertüte hinüber und sie fasste den Riemen ihrer Handtasche fester.

Nick wartete. Wenn das gespielt war, dann war sie sehr gut. Er jedenfalls glaubte ihr die Unentschlossenheit, das Unbehagen – ihre Angst – sofort.

Schließlich wischte sie sich die Handflächen an ihrer Hose trocken und ließ den Riemen ihrer Tasche von ihrer Schulter gleiten. Sie stellte die Tasche neben ihren Mantel und ging einen Schritt auf Nick zu. „Also gut."

Wortlos nahm er die Tüte und hielt sie auf.

Sie ging darauf zu, holte tief Luft und ihr Rückgrat versteifte sich, als sie die Hände in die Papiertüte steckte und die Puppe herauszog.

Was als Nächstes geschah, ließ sich mit nichts vergleichen, was Nick in all den Jahren im Polizeidienst gesehen hatte.

Das bisschen Farbe in Rachel Suttons Gesicht verschwand völlig, bis nur noch ein paar blasse Sommersprossen auf ihrer Nase sichtbar waren. Auf ihre Oberlippe traten Schweißperlen, während sie die Puppe mit ausgestreckten Armen von sich weghielt und ihr ganzer Körper zu zittern begann. Ihre Atmung wurde flach und hektisch und sie hatte Mühe, Luft zu holen. Nick war sich sicher, dass ihr Puls raste.

Vor wenigen Minuten hatte sie ihre Reaktion auf die Puppe als Schrecken bezeichnet.

Sie hatte nicht gelogen.

Das hier war echt.

Nick wollte es nicht akzeptieren, aber er bezweifelte, dass selbst eine Weltklasseschauspielerin die körperlichen Symptome hätte vortäuschen können, die Rachel gerade zeigte.

Andererseits ergab es überhaupt keinen Sinn.

Plötzlich knickten Rachels Beine ein und ließen ihn schlagartig aktiv werden. Er packte ihren Oberarm und setzte sie vorsichtig auf den Stuhl, vor dem sie vor einer Minute aufgestanden war. Ohne den Blick von ihr abzuwenden, zog er die Puppe aus ihren zitternden Händen und legte sie auf den Tisch.

Die Veränderung trat sofort ein – und war erstaunlich. Ihr

Zittern legte sich, ihre Atmung ging ruhiger und ihre Muskeln fingen an sich zu entspannen. Auch ihr Gesicht nahm wieder Farbe an.

Es war das Merkwürdigste, was er je gesehen hatte.

„Ich hole Ihnen etwas Wasser.“ Er machte einen Schritt auf die Tür zu.

„Nein, mir geht es gut.“ Sie rückte ihre Brille mit unsicheren Fingern zurecht und warf ihm einen prüfenden Blick zu. „Glauben Sie mir jetzt?“

Offen gestanden hatte Nick keine Ahnung, was er glauben sollte. Er konnte nicht leugnen, was er mit angesehen hatte, aber er konnte es auch nicht erklären. Er nahm die Puppe in die Hand, untersuchte sie und suchte nach irgendeiner Erklärung. Aber das lächelnde Gesicht bot keine. Und er spürte auch keine Reaktion bei sich selbst, als er die Puppe anfasste. Nur Rachel schien irgendwelche Schwingungen zu spüren.

Nick legte die Puppe wieder auf den Tisch, setzte sich und griff nach seinem Stift. „Warum geben Sie mir nicht Ihre Daten, Ms Sutton? Fangen wir mit Anschrift und Telefonnummer an.“

„Bedeutet das, Sie wollen etwas unternehmen?“

Er überlegte, ob er die Standardantwort ausspucken sollte. Dass alle Hinweise ernst genommen und geprüft würden. Doch stattdessen beschloss er, dass die Frau mit den hellen Augen, die ihm gegenübersaß – und die vermutlich gegen besseres Wissen hergekommen war, auf die Gefahr hin, sich lächerlich zu machen –, eine ehrliche Antwort verdient hatte.

„Ich weiß nicht, was ich tun werde.“ Wieder klopfte er mit dem Stift auf die Tischplatte. „Ich habe Ihre Reaktion auf die Puppe gesehen und das war sehr beunruhigend. Aber ob es auf ein Verbrechen hinweist, das jemand begangen hat, oder ob es nur eine sehr persönliche Reaktion ist … ich habe keine Ahnung. Ich möchte darüber nachdenken.“

Nach einem Augenblick nickte sie langsam. „Dagegen kann ich nichts sagen. Was brauchen Sie von mir?“

Nachdem sie alle seine Fragen beantwortet hatte, nahm sie seine Visitenkarte und stand auf, um ihren Mantel zu nehmen. Er war schneller und hielt ihn ihr hin, sodass sie in die Ärmel schlüpfen konnte. Der ungewöhnliche grünblaue Stoff des Mantels fiel ihm auf.

„Hübsche Farbe."

Ein kleines Lächeln umspielte ihre Mundwinkel, als sie den Mantel über ihre Schultern zog. „Der Winter ist trostlos genug, das hellt ihn etwas auf."

„Gute Idee. Ich bringe Sie raus."

Überraschung flackerte in ihren samtigen braunen Augen auf. „Das ist nicht nötig."

„Wo haben Sie geparkt?"

„Um die Ecke."

„Es ist nötig." Ohne ihre Antwort abzuwarten, durchquerte er den Raum und öffnete die Tür.

Sie betrachtete ihn, ohne sich zu rühren. „Ich bin gewohnt, selbst auf mich aufzupassen, Mr Bradley."

„Und ich bin es gewohnt, Leute zu beschützen. Das ist mein Beruf." Er grinste freundlich. „Sehen Sie es einfach so: Es ist dunkel und die Bösewichter sind alle unterwegs. FBI-Agenten sind nicht besonders glücklich, wenn in ihrem eigenen Hinterhof ein Verbrechen begangen wird."

Rachel knöpfte ihren Mantel zu und kapitulierte mit einem flüchtigen Lächeln und einem leichten Schulterzucken. „Was kann ich dagegen schon einwenden?"

„Nicht viel."

Ein kleines Lachen entwischte ihren weichen Lippen, als sie an ihm vorbeiging, und er schnappte einen schwachen, angenehmen Duft auf. Nett.

Als sie das Gebäude verließen, deutete er auf ein paar glänzende Stellen auf dem Gehweg, während sie auf ihren Wagen zugingen. „Achten Sie auf das Eis. Tagsüber sind das Pfützen, aber nachts frieren sie meistens zu."

Kaum hatte er seine Warnung ausgesprochen, erwischte eine rutschige Stelle Rachel auf dem falschen Fuß. Er streckte den Arm aus, um sie zu stützen, und sie erlangte schnell das Gleichgewicht wieder. „Alles in Ordnung?"

„Ja." Ihre Antwort klang ein bisschen atemlos und sie berührte mit einer Hand die Brille auf ihrer Nase. „Danke für das Rettungsmanöver. Ich muss aufpassen, dass ich die hier nicht verliere – ohne Brille bin ich so blind wie ein Maulwurf."

Während sie weitergingen, stützte er ihren Arm weiterhin locker ab. Hätte er es nicht getan, hätte er wahrscheinlich die leichte Unebenheit in ihrem Gang nicht bemerkt. Eine dauerhafte Behinderung oder eine akute Verletzung?

Beim Wagen angekommen, holte sie den Schlüssel aus ihrer Handtasche und wandte sich ihm zu. „Hören Sie … ich möchte Ihnen dafür danken, dass Sie nicht über meine Geschichte gelacht haben."

„Ihre Reaktion war nicht lustig."

Sie quittierte seine Bemerkung mit einem kurzen Nicken, dann setzte sie sich hinters Lenkrad. „Gute Nacht, Mr Bradley."

„Gute Nacht." Er schloss ihre Wagentür, hob eine Hand zum Abschied und ging zurück zum Gehweg. Ein schneller Blick auf seine Armbanduhr bestätigte ihm, dass er sich zum Essen verspäten würde. Er musste sich beeilen und die Arbeit für ein paar Stunden vergessen.

Aber er hatte den Verdacht, dass das dank einer attraktiven Frau mit einer Puppe nicht so einfach sein würde.

* * *

Während Nick Bradley in der Dunkelheit verschwand, holte Rachel lange und zitternd Luft.

Die letzte halbe Stunde war anstrengend gewesen. Sehr anstrengend.

Aber es hätte schlimmer sein können. Wenigstens hatte der

FBI-Agent ihr eine faire Chance gegeben. Wenn er später mit seinen Kollegen über sie lachte, sollte es ihr egal sein. In der persönlichen Begegnung hatte er ihr die Möglichkeit gegeben, trotz ihrer bizarren Geschichte ihre Würde zu wahren, und dafür verdiente er Bestnoten.

Sie würde ihm auch in anderen Bereichen gute Noten geben. Ihr erster Eindruck, als er den Raum betreten hatte, war der eines Strahlemanns gewesen. Mit seinen ein Meter fünfundachtzig oder neunzig, dem blonden Haar und der schlanken, sportlichen Figur passte die Bezeichnung hundertprozentig auf ihn. Aber während des Gesprächs hatte sie erkannt, dass die entschlossene Miene und die feinen Fältchen in den Augenwinkeln ein Zeichen von Reife und Alter waren und dass sich hinter dem attraktiven Lächeln eine gewisse Härte verbarg. Der Mann strahlte eine gewisse zurückgehaltene Kraft und Beherrschung aus und Rachel hatte den Eindruck, dass er schon einige wilde Abenteuer erlebt hatte, obwohl er aussah wie der nette Junge von nebenan. Eine blasse Narbe auf seiner Schläfe war ein Hinweis darauf.

Es war eine interessante Kombination.

Außerdem war er ihr wie ein Mann erschienen, der Informationen und Möglichkeiten sorgfältig abwägte. Anstatt sich in wilden Spekulationen zu ergehen, wirkte er eher wie jemand, der die Fakten betrachtete und seine Schlüsse daraus zog.

Mit anderen Worten: er war genau der richtige Gesprächspartner für Rachel gewesen.

Als sie den Zündschlüssel ins Schloss steckte, bemerkte sie plötzlich ein merkwürdiges Kribbeln im Bauch, das sich verdächtig nach Schmetterlingen anfühlte.

Woher kam das denn jetzt? Sie waren sich doch erst vor einer halben Stunde begegnet. Und sie hatte ihm eine abgedrehte Geschichte erzählt, die sie wahrscheinlich trotz seiner professionellen Höflichkeit ins Land der Spinner verbannte. Außerdem musste er eine Frau oder feste Freundin haben, auch wenn er keinen Ring am Finger trug. Ein Mann, der so gut aussah, konnte nicht zu haben sein.

Rachel kurbelte das Fenster zur Hälfte herunter und atmete tief die kalte Nachtluft ein, weil sie hoffte, so den Kopf frei zu bekommen – und jegliche abstrusen Gedanken in Bezug auf Special Agent Nick Bradley zu vertreiben. Nie im Leben würde ein Mann wie er sich für eine Frau interessieren, die behauptete, Botschaften von einer Puppe zu erhalten. Und sie konnte ihm das nicht verübeln.

Was die Puppe betraf – trotz seiner Freundlichkeit konnte es gut sein, dass er sie in diesem Augenblick in den Müll warf. Aber das lag nicht mehr in ihrer Hand. Sie hatte getan, was sie konnte, indem sie die Stoffpuppe den Behörden übergeben hatte.

Und was sie betraf, war die Sache damit erledigt.

Kapitel 3

Eine Stunde später, als Nick sich dem Tisch für fünf Personen in einer Nische des ruhigen West-County-Restaurants näherte, hob Mark Sanders das Glas zur Begrüßung. „Na, endlich. Wir wollten gerade das FBI einschalten. Ach warte … wir sind ja das FBI." Er grinste und stellte sein Glas wieder auf den Tisch.

„Tut mir leid, dass ich so spät dran bin." Nick umarmte Emily und Monica und reichte Mark und Coop die Hand. Dann blieb er bei dem Maxi-Cosi stehen, der neben Monica auf der Sitzbank stand, und strich mit dem Finger sanft über die Wange des zwei Monate alten Michael David Callahan. „Ich habe mich schon darauf gefreut, das jüngste Mitglied der Cooper-Sippe kennenzulernen. Ein hübscher kleiner Kerl."

„Was hast du denn anderes erwartet, mit Monica als Mutter?" Coop legte den Arm um die Frau, mit der er seit fünfzehn Monaten verheiratet war, und drückte sie zärtlich an sich.

Monicas Gesicht rötete sich ein wenig und sie schüttelte bedauernd den Kopf. „Dass Rothaarige aber auch immer rot werden müssen."

„Rotbraun, das ist deine Haarfarbe", berichtigte sie Coop, während er mit den Fingern eine Haarsträhne entlangfuhr, um sie zu begutachten. „Wie polierte Blätter im Herbst."

„Oh, Mann! Ehemaliges Mitglied des Geiselrettungsteams wird zum Dichter. Das muss ich den Jungs erzählen." Mark nahm sich einen gefüllten Champignon von dem Vorspeisenteller in der Mitte des Tisches, während er sich über seinen früheren Kollegen lustig machte.

„Das könntest du." Coop ließ den Blick über die Häppchen schweifen und wählte dann eine der gebratenen Ravioli aus. „Aber dann müsste ich ihnen auch von den Rosenblättern erzählen, die du in eurem Flitterwochenhäuschen am Wren Lake auf dem Bett verteilt hast."

„Rosenblätter?" Nick setzte sich auf den freien Platz neben Mark und grinste. „Hast du die weibliche Seite in dir entdeckt, oder was?"

„Halt dich da raus", knurrte Mark, aber sein Hals lief rot an.

„Ich fand es sehr romantisch." Emily hakte sich bei Mark ein. Ihr goldblondes Haar glänzte in dem schummrigen Licht. „Aber woher weißt du das?", fragte sie Coop.

„Mark hat mich vorher um meine Meinung gefragt. Ich habe ihm gesagt, dass es zu dick aufgetragen sei, und habe davon abgeraten, aber er hat nicht auf mich gehört."

„Gut gemacht, Mark", schaltete Monica sich ein. „Ich gebe Emily recht. Es war sehr romantisch. Die ganze Hochzeit klingt romantisch und ich werde auf ewig bereuen, dass ich sie verpasst habe."

„Wenn dieser kleine Kerl hier nicht unsere Pläne durchkreuzt hätte, indem er zwei Wochen zu spät kam, hättest du sie nicht verpasst." Coop beugte sich an Monica vorbei über den Säugling und steckte die Decke um ihn fest. „Du kannst mir glauben, dass es dem Trauzeugen auch lieber gewesen wäre, seine Liebste bei sich zu haben." Nachdem er Monica angelächelt hatte, konzentrierte er sich wieder auf Mark. „Weißt du, je länger ich darüber nachdenke, desto mehr bin ich davon überzeugt, dass die Geschichte mit den Rosenblättern erzählt werden sollte."

„Coop."

Marks warnender Unterton ließ Coop auflachen. „Keine Sorge. Ich kann mir sowieso nicht vorstellen, dass irgendeiner der Jungs mir das glauben würde. Du und romantisch? Ich ein Dichter? Keine Chance."

„Vermisst ihr beide das Team eigentlich gar nicht?" Nick trank einen Schluck von seinem Himbeereistee, den Mark für ihn geordert haben musste. Alle beim FBI wussten, dass Nick nach dem Zeug süchtig war.

„Manchmal schon", gab Coop zu. „Aber das Unterrichten in Quantico macht mir Spaß. Und am besten finde ich, dass ich abends zu Hause bin – jetzt, wo ich eine Familie habe, zu der ich nach Hause gehen kann."

„Da stimme ich dir zu", bestätigte Mark. „Ich war mir nicht sicher, ob die Arbeit an der Basis nach der Zeit im Geiselrettungsteam genug Herausforderungen für mich bieten würde, aber das SEK hier zu leiten, ist interessant. Und die Arbeitszeiten sind auch viel besser als früher beim Geiselrettungsteam. Obwohl du offensichtlich heute Überstunden machen musstest." Mark sah Nick fragend an.

„Stimmt. Wir hatten kurz vor Feierabend noch Besuch und ich habe das kurze Streichholz gezogen."

„Dumm gelaufen", meinte Mark. „War es ein Typ, der nicht wieder gehen wollte, bevor er seine ganze Lebensgeschichte erzählt hatte?"

„Es war kein Typ, sondern eine Frau. Und sie wollte überhaupt nicht bleiben – ganz im Gegenteil. Sie konnte es kaum erwarten wieder zu gehen."

„Das ist mal was anderes."

Der Kellner kam, um ihre Bestellungen aufzunehmen, und die Unterhaltung wandte sich anderen Themen zu, schließlich mussten die Vorzüge von Schweinelendchen in Rosmarinjus gegenüber dem Risotto mit Spargel und Schinken auf der Tageskarte ausführlich diskutiert werden.

Nick war über die Ablenkung ganz froh. Wenn jemand mit einer bizarren Geschichte im Büro auftauchte, machte das üblicherweise schnell die Runde und alle amüsierten sich köstlich.

Aber aus irgendeinem Grund wollte er nicht, dass die anderen über Rachel Sutton lachten.

Doch anstatt das Thema auf sich beruhen zu lassen, kam Mark sofort darauf zurück, nachdem sie ihr Essen bestellt hatten. „Erzähl uns mehr von dieser geheimnisvollen Frau."

„Sie ist kein Geheimnis. Ich habe alle ihre Kontaktdaten. Außerdem würde ich mich lieber entspannen, als über die Arbeit zu reden. Ihr kommt doch alle am Sonntag zum Brunch zu mir, oder?"

„Das lasse ich mir auf keinen Fall entgehen", sagte Monica. „Nach all den Geschichten, die ich gehört habe, will ich endlich dein Haus sehen."

„Wie sieht es an der Rigipsfront aus?", fragte Coop.

„Viel besser als letzten Sommer, als du und Mark bei mir gewohnt habt. Das Erdgeschoss ist fast fertig und im ersten Stock habe ich kaum Zwischenwände eingezogen. Eigentlich müsstest du atmen können, ohne zu niesen."

„Das kann ich bestätigen", warf Mark ein. „Deine Nasennebenhöhlen sind sicher."

„Das Haus ist toll", schwärmte Emily Monica vor. „Es hat zwei Geschosse und ist ein Backsteinhaus von … 1850, Nick?"

„1852."

„Und es hatte zehn Jahre lang leer gestanden, bevor er es vor einem Jahr gekauft hat", fuhr Emily fort.

„Ich kann mir nicht einmal vorstellen, so ein Riesenprojekt in Angriff zu nehmen." Monica schüttelte den Kopf. „Ich finde das bewundernswert."

„Wir hatten im letzten Sommer ein paar weniger schmeichelhafte Worte dafür, weißt du noch, Coop?" Mark grinste seinem Ex-Partner zu.

„Ich verweigere die Aussage."

„Du bist also immer noch der stille Typ, wie ich sehe. Vielleicht sollte er noch mal das Buch über Kommunikation lesen, das du geschrieben hast, Monica", neckte Mark ihn.

Sie kuschelte sich an ihren Mann. „Er kommuniziert ganz ausgezeichnet, vielen Dank."

Mark warf einen Blick auf das Baby in dem Maxi-Cosi und grinste. „Sieht so aus."

„Mark!" Emily stieß ihm spielerisch den Ellbogen in die Seite. „Wir haben über das Haus gesprochen. Ich finde, du hast großartige Arbeit geleistet", sagte sie zu Nick.

„Danke. Es ist das ehrgeizigste Renovierungsprojekt, das ich mir bisher vorgenommen habe, aber so langsam wird es. Nach dem Brunch am Sonntag zeige ich euch alles."

„Was das angeht, habe ich noch eine Frage", Coop zwinkerte Nick zu. „Gibt es Tofu?"

Mark lachte und sah Nick an. „Diese Ökophase werden wir dir in zehn Jahren noch unter die Nase reiben, nur dass du es weißt."

„Ich ernähre mich immer noch gesund. Und an Tofu ist überhaupt nichts auszusetzen. Aber ich kann euch beruhigen: Am Sonntag gibt es Eier Benedikt – mit echtem Schinken."

„Na, das ist mal eine gute Nachricht." Coop grinste und wandte sich Monica zu. „Nick ist eigentlich ein richtig guter Koch, trotz all der Frotzeleien, die er sich im letzten Sommer von Mark und mir anhören musste. Die Frau, die ihn irgendwann mal bekommt, wird großes Glück haben – falls er sich jemals dazu entschließen sollte, jemanden so sehr zu lieben, wie er dieses alte Haus liebt."

„Wo wir gerade von Frauen sprechen … ich will immer noch wissen, was mit der Besucherin heute im Büro war", warf Mark ein. „Wie kommt es, dass du dich so darüber ausschweigst?"

„Ich schweige mich nicht aus. Ich versuche nur, meine Arbeit im Büro zu lassen."

„Seit wann denn das?"

„Seit heute Abend."

Die beiden dunkelhaarigen Agenten wechselten einen fragenden Blick.

„Ich glaube, hier ist irgendwas im Busch“, sagte Coop.

„Das glaube ich auch.“ Mark wandte sich Nick zu. „Du kannst es genauso gut gleich ausspucken, sonst graben Coop und ich ein paar der Verhörmethoden aus, die wir im Geiselrettungsteam gelernt haben.“

Nick unterdrückte ein Seufzen. Er hatte bereits einen strategischen Fehler begangen, indem er das Thema vermieden und dadurch Verdacht erregt hatte. In jeder anderen Situation wäre er der Erste gewesen, der von einem abstrusen Hinweis ans FBI erzählt hätte. Sie hätten alle über die Verrückte gelacht und sich anderen Dingen zugewandt.

Aber er glaubte nicht, dass Rachel verrückt war. Nur ihre Geschichte war es. Aber er konnte sich vorstellen, was die Jungs davon halten würden. Und von ihm, wenn er die Sache nicht ebenso rundheraus von der Hand wies, wie sie es tun würden. Er hätte das ganze Thema lieber vermieden, aber er sah keinen Ausweg aus der Ecke, in die er sich selbst manövriert hatte.

Er rutschte auf seinem Platz herum und nahm einen großen Schluck von seinem Eistee, während er um eine Eingebung betete.

„Wisst ihr, was ich glaube?“, warf Emily ein.

Alle sahen sie an. Ihre selbstbewusste Psychologenstimme zog immer Aufmerksamkeit auf sich.

„Was denn?“, fragte Monica.

„Ich glaube, dass Nick heute Nachmittag etwas erlebt hat, das ihn beunruhigt.“

Jetzt wandten sich die Blicke wieder ihm zu.

„Stimmt das?“, wollte Mark wissen.

„Ich weiß nicht, woher Emily das weiß, aber … es stimmt.“

Mark schüttelte den Kopf. „Das ist erstaunlich. Manchmal habe ich das Gefühl, meine Frau kann Gedanken lesen.“

„Das macht die Ehe mit ihr sicherlich interessant.“ Coop grinste schief, während er sich einen Tortilla-Chip mit Salsa in den Mund schob.

„Das hat überhaupt nichts mit Gedankenlesen zu tun." Emily warf Coop einen ironischen Blick zu. „Man kann viel über einen Menschen erfahren, wenn man sein Verhalten beobachtet. Nick ist heute Abend nicht so entspannt und offenherzig wie sonst. Er wirkt abgelenkt – und besorgt."

Hätte Nick irgendwie vermeiden können, über seine Begegnung mit Rachel Sutton zu sprechen, er hätte es getan. Aber er saß in der Falle. Wenigstens boten Emilys scharfsinnige Bemerkung und Marks Anspielung auf übersinnliche Fähigkeiten ihm einen guten Einstieg.

„Hut ab vor Emily." Nick hob sein Glas zu ihren Ehren. „Du hast meinen Zustand genau beschrieben."

„Ich muss sagen, jetzt bin ich neugierig." Monica lehnte sich vor und sah ihn aufmerksam an. „Was ist passiert?"

„Weißt du was?", wandte Mark sich an Coop. „Die beiden hier hätten wir bei unseren Verhören damals gut gebrauchen können."

„Stimmt. Eine Psychologin und eine Kommunikationsexpertin. Was für ein geniales strategisches Team."

„Die Frage ist aber, ob ihre einfühlsame Technik funktioniert." Mark sah Nick an. „Wirst du jetzt also reden? Oder müssen wir uns weniger angenehme Methoden einfallen lassen, um dir die Informationen zu entlocken?"

„Sehr witzig." Nick trank noch einmal von seinem Tee und stellte das Glas genau auf den Wasserrand auf der glänzenden Oberfläche der Eichenholztischplatte. „Also gut, ich erzähle euch, was passiert ist. Kurz vor Feierabend kam eine Frau und wollte mit einem Agenten sprechen. Und meine Wenigkeit musste dran glauben. Ich habe in einem der Verhörzimmer im Eingangsbereich mit ihr gesprochen. Sie war ordentlich angezogen und hatte eine Papiertüte dabei."

„Oh nein." Mark verdrehte die Augen. „Die alte ‚Beweis-in-der-Einkaufstüte'"-Masche."

„Willst du die Geschichte nun hören oder nicht?" Eine untypische Schärfe lag in Nicks Stimme.

Mark sah ihn überrascht an und wechselte wieder einen Blick mit Coop. „Ist ja schon gut. Tut mir leid."

„Also gut. In der Tüte befand sich eine mitgenommene Stoffpuppe. Die Frau sagte, sie habe sie auf dem Parkplatz einer Imbisskette gefunden, begraben unter einem Haufen alten Schnee. Sie beschloss die Puppe zu retten und im Laden abzugeben."

„Sie hat eine dreckige Puppe aus einem vereisten Schneeberg ausgegraben?" Mark zog die Augenbrauen hoch.

„Sie dachte, ein kleines Mädchen vermisste sie vielleicht und ihre Mutter könnte die Puppe suchen." Nicks defensiv klingende Antwort machte seinen Kollegen nur noch neugieriger.

Emily dagegen lächelte. „Sie hat ein gutes Herz, das gefällt mir."

„Mir auch", stimmte Monica ihr zu. „Ich hatte als Kind auch eine Stoffpuppe. Sie ist mit mir durch die ganze Welt gereist, von einer Botschaft zur nächsten. Ich wäre am Boden zerstört gewesen, wenn ich sie verloren hätte."

Nick, der in den Frauen seiner Freunde Verbündete witterte, konzentrierte sich auf die beiden, als er fortfuhr. „Als ich sie fragte, warum sie meinte, das FBI könnte sich für die Puppe interessieren, sagte sie ..."

Er verstummte.

Mit einem Mal wusste er, wie Rachel Sutton sich gefühlt hatte, bevor sie ihm den Grund für ihren Besuch genannt hatte, und seine Bewunderung für sie stieg. Es war schlimm genug, Freunden die Geschichte zu erzählen, und die hatten keine Vorurteile. Er konnte nur erahnen, wie viel schwieriger es für sie gewesen sein musste, in eine offizielle Behörde zu gehen, wo sie damit rechnen musste, dass ihr – im besten Falle – Zynismus entgegenschlug, und über das zu sprechen, was geschehen war.

„Was hat sie gesagt, Nick?" Emily streckte die Hand aus und berührte seinen Arm.

Er starrte auf ihre Finger und schöpfte Mut aus der tröstlichen, unterstützenden Geste. „Sie sagte, sie habe eine Reaktion gespürt, als sie die Puppe berührte."

Schweigen folgte seiner Erklärung. Er hielt den Blick starr auf Emilys Finger gerichtet und erwartete, dass sie ihre Hand jeden Augenblick fortziehen würde, um sich von ihm zu distanzieren. Aber als das Schweigen anhielt und ihre Hand sich nicht vom Fleck rührte, wagte er es, in die Runde zu schauen.

Auf Marks und Coops Gesichtern lag derselbe Gesichtsausdruck, eine Mischung aus Vorsicht, Zweifel und Skepsis. Und es wunderte ihn nicht, dass ihre Lippen ein verdutztes „Willst-du-uns-auf-den-Arm-nehmen"-Lächeln umspielte.

Die beiden Frauen hingegen schienen für die Geschichte deutlich empfänglicher zu sein. Emilys Miene war nachdenklich und Monica hatte die Stirn in Falten gelegt. Jetzt beugte sie sich vor.

„Was hat sie mit ‚Reaktion' gemeint, Nick?"

Ihre Frage wunderte ihn nicht. Sie war ein analytischer Mensch und klare Kommunikation war ihr Ding. Außerdem hatte er Rachel ja selbst diese Frage gestellt.

„Sie sagte, als sie die Puppe angefasst habe, habe sie einen Schrecken empfunden."

„Und das hast du ihr abgekauft?" Marks Frage klang ungläubig.

„Zuerst nicht."

„Und warum hast du deine Meinung geändert?", schaltete Coop sich ein.

„Ich habe sie gebeten, die Puppe anzufassen. Und ich habe die Reaktion selbst miterlebt."

Wieder Schweigen.

„Also gut, nur damit ich das richtig verstehe." Mark faltete die Hände vor sich auf dem Tisch. „Sie hat die Puppe angefasst und ist … was? Ausgerastet?"

„Sie hatte alle Anzeichen von Angst, wie bei einer Panikattacke."

„Adrenalinstoß, Zittern, Muskelverspannung, schnelles und flaches Atmen?", hakte Emily nach.

„Genau. Und ich glaube nicht, dass man solche Symptome einfach vortäuschen kann."

„Das kann man auch nicht", bestätigte Emily.

„Aber wie erklärst du dir dann, was da passiert ist?" Mark ließ nicht locker.

„Du meinst, abgesehen von der Erklärung, die sie mir gegeben hat?"

„Ihre Erklärung ist unlogisch."

„Ich habe ihre Reaktion gesehen", entgegnete Nick.

„Also gut." Coop ergriff das Wort. „Lassen wir die Frage nach der Glaubwürdigkeit mal außen vor und stellen wir die nächste Frage. Was sollst du ihrer Meinung nach deswegen unternehmen?"

„Der Sache nachgehen. Sie spürte eine Gefahr und hatte das Bedürfnis, die … sagen wir Botschaft … jemandem weiterzugeben, der Nachforschungen anstellen kann."

„Und wo ist die Puppe jetzt?", fragte Mark.

„Die liegt auf meinem Schreibtisch."

„Wirf sie weg."

Nick fuhr sich mit den Händen durchs Haar. „Das wollte ich zuerst auch tun. Aber ich konnte es nicht. Sie wirkte so … ernsthaft."

„Das tun sie alle."

„Aber warum sollte sie so etwas erfinden?" Monica trommelte nachdenklich mit ihren Fingern auf den Tisch.

„Um Aufmerksamkeit zu erlangen? Weil sie Wahnvorstellungen hat? Warum kommen Verrückte mit ihren abstrusen Geschichten zu uns?"

„Sie ist nicht verrückt." Nicks Unterkiefer spannte sich an und er holte tief Luft. „Sie ist Lehrerin. Und sie ist sehr intelligent, kann sich gut ausdrücken."

„Eine Frau erscheint beim FBI, behauptet, sie empfange negative Schwingungen von einer Puppe, und will, dass wir das untersuchen. Das nennst du nicht verrückt?"

„Theoretisch schon. Aber in diesem Fall … es passt irgendwie nicht."

„Willst du damit etwa sagen, dass du ihr glaubst?", bohrte Mark nach.

Nick rutschte unbehaglich auf seinem Sitz herum. „Ich will nicht. Es ist zu abgedreht."

„Aber du tust es trotzdem." Mark lehnte sich zurück und sah ihn prüfend an. „Wie alt ist diese Frau?"

„Anfang dreißig, würde ich sagen."

„Attraktiv?"

Nick runzelte die Stirn. „Was hat das denn damit zu tun?"

„Es ist nicht so einfach, hübsche Frauen als Spinner abzutun."

„Ich habe nicht gesagt, dass sie hübsch ist."

„Das habe ich durchaus bemerkt. Aber du hast die Frage auch nicht beantwortet."

Nick verschränkte die Arme vor der Brust. „Also gut. In Ordnung. Sie war hübsch. Aber ihr Aussehen hat nichts damit zu tun. Ich habe ihre Reaktion gesehen. Wie erklärst du dir die?"

„Das kann ich nicht. Aber vielleicht gibt es ja eine psychologische Erklärung und wir haben immerhin eine bekannte Psychologin in unserer Mitte. Ich glaube, ich kann ein angemessenes Beratungshonorar erwirken, da sie meine Frau ist." Er zwinkerte Emily zu und legte den Arm um ihre Schultern. „Dr. Lawson, was meinen Sie dazu?"

„Ich fürchte, mit solchen Sachen kenne ich mich nicht aus. Es hat mehr mit Parapsychologie zu tun als mit Psychologie. Aber ich weiß, dass solche paranormalen Phänomene von den meisten Psychologen als nicht sehr glaubhaft eingestuft werden. Es gibt Studien zu diesem Thema, aber viele davon sind unwissenschaftlich und arbeiten mit zweifelhaften Daten. Deshalb gibt es keine aussagekräftigen Belege, obwohl Befürworter seit Jahrzehnten versuchen, diese Art von Phänomenen zu beweisen."

„Was ist mit Menschen, die behaupten, dass Gegenstände

Schwingungen aussenden? Gibt es dafür irgendwelche Beweise?“, fragte Monica.

„Das wird als eine Form der ASW, der außersinnlichen Wahrnehmung betrachtet“, antwortete Emily. „Vertreter dieser Richtung sagen, dass sie die Geschichte eines Gegenstands und seiner Besitzer lesen können, indem sie sie in der Hand halten. Es gibt eine Menge unterhaltsamer Geschichten, aber wiederum keine zuverlässigen empirischen Beweise, um ihre Gültigkeit zu untermauern.“

„Mit anderen Worten: Die Frau, mit der Nick gesprochen hat, ist eine Schauspielerin.“ Mark lehnte sich auf seinem Platz zurück.

„Das habe ich nicht gesagt“, widersprach Emily.

Mit gerunzelter Stirn beugte Mark sich wieder vor. „Sondern?“

„Mir kommt es so vor, als wäre ihre Reaktion sehr echt, das dürfen wir nicht außer Acht lassen. Ich könnte mir vorstellen, dass es eine vernünftige Erklärung dafür gibt. Vielleicht eine Erinnerung, die irgendwo in ihrem Gedächtnis verborgen ist. Die Puppe könnte eine Art Auslöser sein.“

„Du glaubst also nicht, dass sie spinnt.“ Nick atmete erleichtert auf. Emily hatte die erste logische Erklärung für das geliefert, was er selbst miterlebt hatte. Eine Erklärung, die Rachel Sutton das Stigma der „Verrückten“ nahm. Und dafür war er dankbar – was merkwürdig war, da Rachel eine Fremde war und er sie wahrscheinlich nie wiedersehen würde.

„Nicht unbedingt. Eine so extreme Reaktion, wie du sie beschrieben hast, ist selten, aber ich hatte schon Patienten, die sehr stark auf Gegenstände aus ihrer Vergangenheit reagiert haben. Manchmal konnten wir den Grund ausfindig machen und manchmal nicht. Ich habe die Erfahrung gemacht, dass es bei einem Menschen, der ansonsten völlig klar und normal wirkt, beinahe immer eine logische Erklärung für solche Symptome gibt, wenn man nur tief genug gräbt. Nach allem, was du gesagt hast, vermute ich, dass die Frau in diese Kategorie fällt.“

„Es passiert nur, wenn sie die Puppe anfasst", bemerkte Nick. „Die Berührung könnte eine traumatische, unterbewusste Erinnerung wachrufen." Emily legte den Kopf schief und spielte mit ihrem Löffel. „Das ist eine faszinierende Situation."

Ihre Salate kamen und zu Nicks Erleichterung ließen Mark und Coop von seinem Fall ab. Die Unterhaltung wandte sich anderen Themen zu und der restliche Abend verlief angenehm und entspannt.

Nachdem sie noch eine Weile bei Nachspeise und Kaffee zusammengesessen hatten, verabschiedeten sie sich auf dem Parkplatz voneinander. Und während Nick zusah, wie die beiden Paare jeweils Arm in Arm davonzogen, die Köpfe zusammengesteckt, in ihr leises, intimes Gespräch vertieft, dachte er wieder an Rachel Sutton.

Jetzt, wo Emily ihn im Hinblick auf die geistige Zurechnungsfähigkeit der jungen Frau beruhigt hätte, ertappte er sich bei der Frage, wie es wohl wäre, mit ihr bei einem vertrauten Abendessen zu sitzen. Ihren Arm zu nehmen, wenn sie anschließend zum Auto gingen. Und im silbernen Mondlicht diese vollen, weichen Lippen zu küssen.

Dieser absurde Gedanke überraschte ihn. Und er ergab ungefähr genauso viel Sinn wie die Geschichte, die Rachel ihm an diesem Nachmittag erzählt hatte.

Nick kehrte den beiden glücklichen Pärchen den Rücken zu und ging zu seinem Wagen. Das Beste wäre, die kurze Begegnung mit der Besucherin mit den samtenen Augen und dem kleinen goldenen Kreuz um den schlanken Hals einfach zu vergessen.

Aber während er durch die Dunkelheit nach Hause fuhr, wurde er das Gefühl nicht los, dass er sich, wenn sie sich unter anderen Umständen begegnet wären, dafür interessiert hätte, sie besser kennenzulernen.

Sehr sogar.

Kapitel 4

Eine Menge Recherchen waren nötig gewesen, um ihre Chefin davon zu überzeugen, dass sie genügend Stoff für eine fesselnde Geschichte hatte, aber beinahe eine Woche, nachdem sie das Gespräch in dem Restaurant belauscht hatte, bekam Claudia endlich grünes Licht für einen Artikel über paranormale Phänomene. Unter einer Bedingung: Sie musste den Lokalbezug herstellen, den sie versprochen hatte.

Das war ihre nächste Aufgabe und die hatte sie jetzt beinahe erledigt. Anfang der Woche hatte die Internetausgabe des Telefonbuchs von St. Louis nur einen Eintrag unter Joseph Birkner angezeigt – dem Namen, den sie im Restaurant von der Kreditkarte abgelesen hatte. Er und Marta wohnten in der Willow Lane, Hausnummer 7135.

Es war ein Kinderspiel gewesen herauszufinden, wo Marta arbeitete. Sie war ihr einfach morgens zur Stafford-Grundschule gefolgt. Nachdem sie sich in den vergangenen Tagen ihre Taktik überlegt hatte, war Claudia zuversichtlich, dass sie ihren Plan in die Tat umsetzen und an die benötigten Informationen kommen konnte, ohne Verdacht zu erregen.

Sie verließ ihre Box im Großraumbüro und ging zum Konferenzzimmer – dem einzigen Raum in der ganzen Redaktion, der eine Tür hatte. Das war das Einzige, was sie an der Zeitung – und dem Journalismus allgemein – auszusetzen hatte: Es gab keinerlei Privatsphäre. Wie sollte eine Reporterin vertrauliche

Quellen pflegen oder exklusive Interviews ergattern, wenn jeder im Umkreis von sechs Metern jedes Gespräch mit anhören konnte?

Sie ging ihr Skript noch einmal durch, zog ihr Handy aus ihrer Tasche und tippte die Nummer der Grundschule ein. Möglicherweise war an einem Donnerstagnachmittag um halb fünf keiner mehr dort, aber sie hoffte, dass sie Glück hatte. Jetzt, wo sie grünes Licht hatte, wollte sie so bald wie möglich anfangen. Sie klopfte ungeduldig mit der Fußspitze auf den Boden, während das Telefon einmal, zweimal, dreimal klingelte. Beim vierten Klingeln stellte sie sich darauf ein, gleich einen Anrufbeantworter zu hören. Doch in diesem Moment nahm am anderen Ende jemand ab.

„Bin ich froh, dass ich Sie noch erreiche", antwortete Claudia auf die Begrüßung der Frau, während sie versuchte, möglichst hektisch zu klingen. „Ich versuche, eine von Ihren Lehrerinnen zu erreichen, aber ich kann meine eigene Handschrift nicht mehr lesen. Kein Wunder, dass ich im Schönschreiben immer schlechte Noten hatte." Sie lachte verlegen. „Sie heißt Rachel …" Sie ließ den Satz in der Luft hängen und hoffte, dass die Frau am anderen Ende der Leitung ihn vollendete.

„Sutton?"

Ja! „Das könnte sein. Es sei denn … gibt es noch eine Rachel im Kollegium?"

„Nein, wir haben nur eine Rachel."

„Dann muss sie es sein."

„Wollten Sie vielleicht wegen Klavierunterricht mit ihr sprechen?"

Noch ein Informationsschnipsel. Hervorragend. Claudia würde sich das merken, nur für den Fall, dass sie es später mal gebrauchen konnte. „Genau. Für meine Tochter."

„Meine Tochter hat auch Unterricht bei ihr", sagte die gesprächige Frau. „Rachel ist eine sehr gute Lehrerin. Ich bin mir sicher, Sie werden begeistert sein. Leider dürfen wir am Telefon keine Auskünfte über das Personal geben, aber wenn Sie mir Ihren Namen und Ihre Nummer nennen, werde ich ihr Bescheid sagen, dann ruft sie zurück."

„Wunderbar. Der Name ist Judy Denham." Claudia erfand eine Nummer.

„Habe ich aufgeschrieben. Ich gebe es an Rachel weiter."

„Vielen Dank. Sie haben mir sehr geholfen."

Mehr, als Sie ahnen.

Lächelnd beendete Claudia das Gespräch.

Und jetzt zum nächsten Schritt.

* * *

Rachel fröstelte, als sie den Schlüssel in das Türschloss ihres kleinen Bungalows steckte. Die Kälte war im Laufe des Nachmittags noch einmal mit aller Macht zurückgekehrt und sie bereute, dass sie ihre Handschuhe an diesem Morgen auf dem Küchentresen hatte liegen lassen. Schon die wenigen Schritte von ihrer Garage bis zur Haustür hatten ihre Finger ganz taub werden lassen.

Ein eisiger Windstoß erfasste sie und ließ sie erneut zittern. Die gefühlten Temperaturen mussten im zweistelligen Minusbereich liegen. So viel zum Tauwetter mitten im Winter. Ein Blick auf die bedrohlichen Wolken, die den Himmel von St. Louis um halb fünf beinahe nachtschwarz erscheinen ließen, legte die Vermutung nahe, dass noch mehr Schnee unterwegs war. Nicht zu ändern. Die Winterpause war kurz, aber schön gewesen.

Rachel betrat ihr Haus und schloss so schnell wie möglich die Tür, um die bittere Kälte auszusperren. Dann holte sie langsam und tief Luft. Es war eine lange Woche gewesen. Sie hatte am Dienstag und Mittwoch doppelt so viele Klavierstunden wie sonst gegeben, weil sie den gestrigen Abend für den Elternsprechtag an einer der beiden Schulen, an denen sie Musik unterrichtete, hatte freischaufeln müssen. Nachdem auch die letzten Eltern abgezogen waren, hatten einige Kolleginnen sie überredet, mit ihnen Pizza essen zu gehen, und es war beinahe elf Uhr gewesen, als sie nach Hause gekommen war.

Heute Abend wollte sie sich entspannen. Sie *musste* sich nach diesem merkwürdig stressigen Monat entspannen. Und so hatte sie ihren Freitagabend geplant. Zuerst würde sie die Linguini mit Scampi und Brokkoli in einer leichten Olivenölsauce genießen, die sie auf dem Heimweg bei ihrem Lieblingsitaliener abgeholt hatte. Danach sollte ein großes Stück Schokoladentorte folgen, das sie sich heute aus dem Lehrerzimmer stibitzt hatte. Anschließend würde sie den Abend mit einem heißen Bad und einem guten Buch ausklingen lassen. Und sich vielleicht noch einen letzten Luxus erlauben – ein paar Gedanken an einen gewissen blonden FBI-Agenten mit kobaltblauen Augen zu verwenden.

Seit ihrem Besuch bei der Behörde vor genau einer Woche hatte sie nicht oft an ihn gedacht. Beziehungsweise sie hatte es sich nicht *gestattet*, viel an ihn zu denken. Dafür war sie viel zu realistisch. Wenn man als Pflegekind aufwuchs, lernte man das wohl zuerst, vermutete sie. Man lernte Freundlichkeit zu schätzen, Gleichgültigkeit zu akzeptieren und ohne nostalgischen Blick zurück in die Zukunft zu sehen, egal wie man behandelt wurde. Eigentlich war niemand gemein zu ihr gewesen, aber eine Folge von Pflegefamilien hatte in ihr eine Sehnsucht nach Wurzeln entstehen lassen. Und eine tiefe, anhaltende Würdigung ihres Zuhauses. Ihr Haus war vielleicht klein und nichts Besonderes, aber es gehörte ihr. Und das war ihr unglaublich wichtig.

Und wenn sie niemanden hatte, mit dem sie dieses Zuhause teilen konnte … dann war das eben so. Sie dachte nicht viel darüber nach. Nur manchmal, an bestimmten Tagen, die man mit einem lieben Menschen verbringen sollte.

Wie heute.

Valentinstag.

Sie stellte die weiße Tüte mit ihrem Essen auf einen kleinen Tisch in der Nähe des Eingangs, streifte ihren Mantel ab und versuchte dasselbe mit der Melancholie zu tun, die sie plötzlich überfiel. Anstatt sich selbst leidzutun, würde sie sich auf all die Dinge konzentrieren, für die sie dankbar sein konnte. Darunter auch den erholsamen Abend, der vor ihr lag.

Mit wenigen Schritten durchquerte sie das kleine Wohnzimmer und entzündete das Gasfeuer in ihrem Kamin. Sie hatte immer gesagt, wenn sie sich jemals ein Haus kaufen sollte, dann müsse es einen Kamin haben. Die Häuser, die sie sich in den Gegenden hatte leisten können, in denen sie wohnen wollte, hatten so etwas jedoch allesamt nicht gehabt, und so hatte sie bald nach ihrem Einzug einen Kamin einbauen lassen. Er war ein Luxus – aber einer, den sie noch nie bereut hatte. An einem kalten Winterabend gab es nichts Besseres, als es sich mit einem Becher heißen Kakao vor dem flackernden Feuer gemütlich zu machen. Das könnte sie dem Plan für ihren Abend eigentlich noch hinzufügen, vielleicht nach dem Bad.

Der erste Punkt auf ihrer Liste war jedoch das Essen. Das Frühstück war lange her und sie hatte einen Mordshunger. Das Unterrichten an zwei Schulen zu koordinieren, war nicht immer einfach, und oft fiel das Mittagessen diesem Umstand zum Opfer. Andererseits hatte das ausgefallene Mittagessen den Vorteil, dass sie wegen der Pastaschlemmerei heute Abend kein schlechtes Gewissen haben musste.

Sie nahm die Tüte von dem Tisch im Flur und war schon halb in der Küche, als es an der Tür schellte.

Hin- und hergerissen zögerte Rachel. Sie wollte nicht unhöflich sein, aber sie war nicht in der Stimmung für Gesellschaft – oder für einen Vertreterbesuch. Andererseits könnte der Besucher ja auch jemand sein, der sich für ein Wandgemälde interessierte oder für Klavierunterricht … obwohl die meisten potenziellen Klavierschüler anriefen und die Mehrzahl derjenigen, die sich für ihre Gemälde interessierten, eine E-Mail schickten, nachdem sie sich Rachels Internetseite angesehen hatten. Aber im Laufe der Jahre waren manche Kunden auch einfach an ihrer Haustür erschienen.

Resigniert stellte sie die Tüte wieder auf den Tisch und ging zur Tür zurück, um durch den Spion zu sehen.

Draußen stand eine junge Frau, deren mittellange, dunkelblonde Haare im Nacken mit einer Haarspange zurückgebunden waren. Ein goldener Halsreif blinkte unter dem Kragen ihres schwarzen Wollmantels hervor und glänzte im Licht der Verandalampe. Eine lederne Handtasche hing über der Schulter der Frau und ein einigermaßen neues sportliches rotes Auto parkte am Bordstein hinter ihr. Obwohl Rachel sie nicht kannte, sahen ihre Aufmachung und ihr Wagen nicht nach Vertreterin oder Meinungsforscherin aus. Das war gut. Sie müsste eigentlich schnell mit der Störung fertigwerden und dann ihren Abend genießen können.

Mit einem aufgesetzten Lächeln öffnete sie die Tür. „Hallo. Kann ich Ihnen helfen?"

„Rachel Sutton?"

„Ja."

„Mein Name ist Claudia Barnes. Ich komme von der *St. Louis Scene.*" Sie hielt Rachel eine Visitenkarte hin. „Ich frage mich, ob Sie ein paar Minuten Zeit für mich haben."

Instinktiv nahm Rachel die Karte entgegen. „Tut mir leid, aber mit dem Blatt bin ich nicht vertraut."

„Das kommt viel zu häufig vor, befürchte ich. Uns gibt es erst seit zwei Jahren, aber die Auflage steigt. *Scene* ist ein kostenloses wöchentliches Nachrichtenmagazin. Es wird in Restaurants, Lebensmittelläden und verschiedenen anderen Geschäften ausgelegt. Ich bin Journalistin."

Das Logo auf der Karte kam Rachel irgendwie bekannt vor. „Ich glaube, das habe ich schon mal gesehen. Vielleicht in dem Café, in dem ich manchmal bin. Es ist ein Boulevardblatt, nicht wahr?"

„Das stimmt."

Rachel legte den Kopf schief und sah die Frau fragend an. Der Besuch verwirrte sie. „Und was kann ich für Sie tun, Ms Barnes?"

„Ich würde mich freuen, wenn ich Sie zu einem Artikel interviewen könnte, in dem es um paranormale Phänomene geht."

Die Bitte traf Rachel wie ein linker Haken – und ihr schwirrte der Kopf. Mehrere Sekunden verstrichen, bevor sie ihre Stimme wiederfand. „Entschuldigung?"

Die Frau wirkte plötzlich nicht mehr ganz so selbstsicher und ihr Lächeln ließ kaum merklich nach. Sie räusperte sich, schob den Schulterriemen ihrer Handtasche ein wenig höher und fixierte ihr Lächeln. „Ich arbeite an einem Artikel zum Thema übersinnliche Erfahrungen. So eine Geschichte ist immer interessanter, wenn sie einen Lokalbezug hat, und ich habe gehört, Sie hatten vor Kurzem ein Erlebnis, das in diese Kategorie fällt. Mit einer Stoffpuppe?"

Verblüfft starrte Rachel sie an. „Woher haben Sie das?" Die Frage klang gepresst und heiser.

„Ich kann meine Quelle leider nicht nennen, das wäre gegen den Verhaltenskodex der Presse. Es ist also wahr? Sie haben übersinnliche Fähigkeiten?"

„Nein."

„Und was ist mit der Puppe?"

„Das war das einzige Mal, dass …" Rachel verstummte und presste die Lippen aufeinander, aber es war zu spät. Sie hatte ihr Erlebnis mit der Puppe so gut wie zugegeben.

„Es ist eine faszinierende Geschichte, Ms Sutton. Ich weiß, dass unsere Leser sich sehr dafür interessieren würden. Auch wenn das FBI es nicht getan hat."

Die Augen der Frau verengten sich und Rachel hatte den Verdacht, dass sie jetzt im Trüben fischte. Dass sie nicht wusste, wie das FBI reagiert hatte. Aber woher wusste sie überhaupt von Rachels Besuch bei der Behörde?

Nur eine Antwort fiel ihr ein. Jemand beim FBI musste ihre Geschichte an die Presse weitergegeben haben. Vielleicht nicht absichtlich, obwohl das kaum eine Rolle spielte. Der Schaden war angerichtet.

Aber wer könnte es gewesen sein? Sie hatte ihre Geschichte niemandem außer Nick Bradley erzählt und irgendwie konnte sie sich nicht vorstellen, dass er aus dem Nähkästchen geplaudert hatte. Er könnte allerdings anderen Agenten davon erzählt haben und die wiederum hatten sie vielleicht jemandem gegenüber erwähnt, der Beziehungen zur Presse hatte. Wie sonst konnte diese Frau an die Information gekommen sein?

„Wissen Sie, Ms Sutton, egal, ob Sie es zugeben oder nicht, die Behörden setzen bei der Verbrechensbekämpfung durchaus Menschen mit übersinnlichen Fähigkeiten ein. Ich habe zu dem Thema Recherchen angestellt und in den siebziger Jahren gab es eine Frau in St. Louis, die –"

„Ms Barnes." Rachel unterbrach sie, während sie die Türkante umklammert hielt. „Ich weiß nicht, wer Ihnen meinen Namen genannt hat, aber ich bin nicht an Ihrem Artikel interessiert und will nichts damit zu tun haben." Sie machte Anstalten, die Tür zu schließen.

„Das bleibt natürlich Ihnen überlassen." Die Frau sprach jetzt etwas lauter. „Ich wollte Ihnen nur die Gelegenheit geben, Ihre Geschichte mit Ihren eigenen Worten zu erzählen, anstatt dass ich sie wiedergebe und schreibe, dass Sie keine Stellungnahme dazu abgeben wollten."

Rachels Hoffnung auf einen ruhigen, friedvollen Abend – oder besser gesagt: ein ruhiges, friedvolles Leben – löste sich in Luft auf. Vielleicht bluffte die Reporterin in der Hoffnung, dass ihre letzte Bemerkung sie zur Zusammenarbeit bewegen würde, aber wenn es kein Bluff war, dann würde sie Rachel öffentlich lächerlich machen. Es war schlimm genug gewesen, mit jemandem vom FBI zu sprechen. Wenn die Sache von einer Boulevardzeitung ausgewählt und von Zehntausenden gelesen würde, würde sie das Etikett der Verrückten nie wieder loswerden.

Eine Welle der Panik schlug über ihr zusammen.

In dem Bestreben, sich an einen letzten Strohhalm zu klammern, ließ sie die Tür halb offen stehen und versuchte es mit einer eigenen Drohung: „Sie sollten sich Gedanken über eine Verleumdungsklage machen, bevor Sie meinen Namen ohne meine Erlaubnis abdrucken."

„Leugnen Sie denn, dass Sie die Puppe gefunden haben, ein Gefühl des Schreckens oder der Gefahr hatten, als Sie sie berührt haben, und dass Sie Ihre Geschichte den Behörden erzählt haben?"

Sosehr sie auch versucht war, Ja zu sagen – Rachel hielt nichts von Lügen. Also schwieg sie und bemühte sich, einen neutralen Gesichtsausdruck zu wahren.

„Das habe ich mir gedacht." Die Frau zog ihren Autoschlüssel aus der Tasche. Ein selbstgefälliges Lächeln umzuckte ihre Mundwinkel. „Es ist keine Verleumdung, wenn es wahr ist, wenn es eine Nachricht wert ist und wenn es keine böswilligen Hintergedanken gibt. Sollten Sie Ihre Meinung ändern und doch mit mir sprechen wollen, haben Sie ja meine Karte."

Mit diesen Worten drehte die Reporterin sich auf ihren hochhackigen Schuhen um und schritt den Weg zur Straße hinunter, wobei ihre Umrisse im dämmrigen Schein der Straßenlaternen immer unschärfer wurden. Als sie sich in ihren Wagen setzte und den Motor anließ, begannen große Schneeflocken vom Himmel zu fallen und bedeckten den gefrorenen Boden, als wollten sie alle Spuren der Frau auslöschen. Sekunden später verschwand der rote Wagen in der Dunkelheit.

Rachel schloss die Tür und stolperte zu ihrem Sofa vor dem Kamin. Was sollte sie jetzt tun? Was konnte sie tun? Die *St. Louis Scene* wurde vielleicht nicht jedem Haushalt der Stadt zugestellt, aber wahrscheinlich lasen viele Menschen die Zeitung. Manche davon würden sie kennen. Schüler. Kunden. Kollegen. Und wenn sie ihre Geschichte erst einmal gelesen hatten, würden sie einen Bogen um sie machen, sie mit Fragen löchern oder hinter ihrem Rücken über sie lachen.

Keine dieser Vorstellungen war gut.

Zu aufgeregt, um still sitzen zu bleiben, erhob Rachel sich und begann vor dem Kamin auf und ab zu gehen. Währenddessen wich ihr anfänglicher Schock einem Gefühl der Wut. Wegen eines gedankenlosen Fehlers – oder einer Indiskretion – würde ihr guter Ruf ruiniert werden. Und das hatte sie dem FBI zu verdanken.

Als Rachel das Gebäude der Behörde vor einer Woche verlassen hatte, hatte sie nicht erwartet, dass sie jemals wieder mit dem FBI zu tun haben würde. Ihre erste Begegnung mit dem Agenten hatte ihr gereicht – für den Rest ihres Lebens.

Aber sie musste dieses Leck melden. Man musste etwas unternehmen. Irgendjemand musste zur Verantwortung gezogen werden.

Rachel hatte nur eine Kontaktperson beim FBI und sie hatte das Gefühl, dass er von dieser Wendung der Dinge ebenso wenig begeistert sein würde wie sie selbst und dass er sein Möglichstes tun würde, um den Schuldigen zu finden.

Es sei denn, er war selbst das Leck.

Und das war eine Möglichkeit, die sie nicht einmal in Erwägung ziehen wollte.

* * *

„Hast du heute Abend was Besonderes vor?" Mark lehnte sich gegen die Wand der Box, die Nicks Arbeitsplatz im Großraumbüro von dem seines Nachbarn abtrennte, und schob die Hände in die Hosentaschen.

„Nee. Und wie ist es mit dir und Emily?" Nick drehte sich auf seinem Stuhl herum und sah seinen Kollegen an.

„Ein schönes Abendessen zu zweit vor dem Kamin. Ich hole auf dem Heimweg ein Vier-Gänge-Menü beim Delikatessengeschäft ab. Dazu Kerzenschein und ein bisschen romantische Hintergrundmusik … das reicht für den Abend."

„Klingt nach einem guten Plan."

„Du arbeitest heute aber nicht am Haus, oder?"

„Vielleicht."
„Es ist Valentinstag."
„Das ist mir durchaus bewusst."
Mark verschränkte die Arme vor der Brust und sah ihn prüfend an. „Was ist eigentlich mit dir los? Während unseres Studiums warst du doch ein regelrechter Partylöwe – jedenfalls hattest du den Ruf. Seit wann bist du zum Einsiedler mutiert?"
„Erstens war mein Ruf reichlich übertrieben. Ich habe immer ein ziemlich ruhiges Leben geführt, aber ein Einsiedler bin ich deshalb noch lange nicht."
„Wenn es um Frauen geht, aber schon."
„Sagen wir einfach, ich bin wählerisch."
„Oder pingelig."
„Du musst gerade reden! Du bist auch nicht gerade mit großen Schritten auf den Altar zugerannt. Wie alt warst du noch, als du Emily vor zwei Monaten geheiratet hast?"
„Achtunddreißig. Genauso alt wie du. Aber ich hatte vorher ein sehr attraktives Sozialleben."
„Weißt du was? Du bist in die typische Falle für frisch Verheiratete getappt." Nick lehnte sich auf seinem Stuhl zurück und verschränkte die Finger hinter seinem Kopf.
Zwei steile Falten bildeten sich auf Marks Stirn. „In was für eine Falle?"
„In die ‚Ich-bin-vor-Glück-völlig-aus-dem-Häuschen-und-will-dass-alle-meine-Freunde-auch-glücklich-sind'-Falle."
„Stimmt, das bin ich und das will ich."
„Ich weiß deine Fürsorge zu schätzen, aber überlass mein Liebesleben bitte mir, in Ordnung?"
„Das würde ich ja, wenn du eins hättest."
„Das Thema ist durch, Mark." Nick wandte sich wieder seinem Schreibtisch zu.
„Gut. Ich lasse es auf sich beruhen. Für heute jedenfalls." Er spähte um einen Aktenschrank herum in die Ecke von Nicks Büroabteil, in der die geflickte Stoffpuppe lag. Sie grinste ihn

von unter dem Schreibtisch, unter den sie geschoben worden war, an. Nur ihr Kopf war über dem Rand der Tüte hinweg sichtbar. „Du hast die Puppe noch, wie ich sehe. Ich dachte, du wolltest sie wegwerfen."

„Das werde ich auch."

„Wann?"

„Bald."

„Ist das Thema auch tabu?"

„Geh nach Hause zu Emily, Mark."

„Ist ja schon gut, ich habe verstanden." Als Nick ihn zweifelnd ansah, grinste Mark. „Dann wünsche ich dir ein schönes Wochenende – und atme nicht zu viel Baustaub ein."

„Ich werde mir Mühe geben. Übrigens, falls Emily und du Langeweile bekommen solltet – ich kann immer Hilfe gebrauchen."

„Ich habe schon genug Stunden in deinen Bau gesteckt. Und Emily und mir wird schon was einfallen, wie wir uns beschäftigen können."

Nick lachte und scheuchte ihn mit einer Handbewegung fort. „Bis Montag."

Als Mark ging, warf Nick einen Blick auf seine Armbanduhr. Es war beinahe Feierabend. Auch letzten Freitag hatte sich das Büro ein wenig früher geleert, aber heute war der Exodus noch deutlicher zu beobachten. Wahrscheinlich hatten alle Pläne für den Valentinstag.

Vielleicht würde er die ja auch irgendwann einmal haben. Aber das lag allein in Gottes Hand. Er hatte Gott deswegen schon oft etwas vorgejammert und gebetet, eine ganz besondere Frau möge in sein Leben treten. Jetzt blieb ihm nichts anderes übrig, als Vertrauen zu haben – und die Gelegenheiten, die sich ihm boten, beim Schopf zu packen.

Während er seinen Computer herunterfuhr, verdrängte Nick den Gedanken an seinen einsamen Valentinsabend. Was nützte es schon, sich das Unmögliche zu wünschen? Dieses Jahr wurde nichts daraus. Er stand auf, reckte sich und griff nach seinem Mantel. Zeit, nach Hause zu gehen.

Nick hatte bereits einen Arm in den Mantel geschoben, als das Telefon klingelte. Er beugte sich vor und sah auf das Display. Es war eine Nummer aus St. Louis, aber sie kam ihm nicht bekannt vor. Und es war zwei Minuten vor fünf. Der Arbeitstag war so gut wie zu Ende, sodass er den Anruf guten Gewissens ignorieren konnte. Für den Fall, dass jemand dringend Hilfe brauchte, gab es eine Notrufnummer. Er schlüpfte in den zweiten Ärmel und band sich seinen Schal um.

„Gehst du nicht ran?"

Als er die Frage von Steve Preston, dem Leiter der Einsatztruppen hier im Büro in St. Louis, hörte, konnte Nick einen Seufzer nur schwer unterdrücken. Dass aber auch ausgerechnet jetzt einer seiner Vorgesetzten vorbeikommen musste.

Er nahm den Hörer ab und salutierte ironisch vor Steve, während er sprach. „Special Agent Nick Bradley."

„Mr Bradley, hier ist Rachel Sutton."

Die Frau mit den samtbraunen Augen und den weichen Lippen.

Nick vergaß Steve augenblicklich, während er versuchte, sich zu konzentrieren. Rachel Suttons Anruf war das Letzte, womit er gerechnet hatte. Er bemühte sich, nicht zu überrascht zu klingen – oder zu erfreut. „Ms Sutton. Was kann ich für Sie tun?"

„Sie können herausfinden, wer meine Geschichte an die Presse weitergegeben hat."

Als sie ihren Namen gesagt hatte, war ihm ihr zorniger Tonfall entgangen, aber jetzt war ihre Wut laut und deutlich zu vernehmen. Und ihre Angst. Und der Grund für ihren Anruf.

„Warten Sie einen Augenblick." Mit gerunzelter Stirn schob er den Stoff seines Mantels zurück und stemmte eine Faust in seine Hüfte. „Erzählen Sie mir, was passiert ist."

„Ich hatte gerade Besuch von einer Reporterin der *St. Louis Scene*. Claudia Barnes. Sie wusste alles über mein Erlebnis mit der Puppe und über meinen Besuch beim FBI. Sie schreibt an einem Artikel über paranormale Phänomene und wollte mich interviewen, um einen Lokalbezug zu haben. Und sie sagte, sie werde auf jeden Fall über die Geschichte schreiben, ganz egal ob ich mit ihr zusammenarbeite oder nicht. Ich will wissen, wer ihr den Tipp gegeben hat."

Nicks Gedanken überschlugen sich. Er hatte niemandem von Rachels Geschichte erzählt, nur seinen vier besten Freunden am Freitagabend. Und in deren Verschwiegenheit hatte er absolutes Vertrauen. Außerdem war er sich ziemlich sicher, dass er ihren Namen während der Unterhaltung nicht erwähnt hatte. Hinzu kam, dass sie eine abgelegene Nische ganz für sich gehabt hatten, also war es unwahrscheinlich, dass jemand sie im Restaurant belauscht hatte. Die offiziellen Formulare, die er nach ihrem Besuch ausgefüllt hatte, waren gleich in den Aktenschrank gewandert. Er hatte mit niemandem über ihre Aussage gesprochen.

„Das FBI war es nicht, Ms Sutton."

„Sie müssen es gewesen sein. Ich behaupte ja nicht, dass es absichtlich geschehen ist, aber wahrscheinlich haben diese Woche alle im Büro über meinen Besuch gelacht. Und vielleicht hat jemand eine Bemerkung fallen lassen, die von den falschen Leuten gehört wurde."

„Niemand hat über Ihre Geschichte gelacht, das kann ich Ihnen versprechen."

„Vielleicht nicht, während Sie dabei waren. Aber Sie können es nicht mit Sicherheit ausschließen – genauso wenig, wie Sie ausschließen können, dass die Informationen irgendwie nach draußen gekommen sind."

„Zufällig kann ich das doch. Weil niemand von Ihrem Besuch erfahren hat außer ein paar vertrauenswürdigen Freunden."

Mehrere Sekunden verstrichen, in denen es vollkommen still war. „Sie haben es niemandem im Büro erzählt?"

„Nein."

Ein leises Seufzen war in der Leitung zu hören. „Das weiß ich zu schätzen. Danke. Aber … wenn das stimmt, wie ist die Reporterin dann an die Informationen gekommen?"

Das war eine gute Frage und Nick hatte keine Antwort darauf. „Ich weiß es nicht. Aber es muss eine logische Erklärung geben." Aus heiterem Himmel hatte er eine Idee. Eine, von der er nicht genau wusste, ob er ihr nachgeben sollte. Aber die Worte entschlüpften ihm, bevor er sie zurückhalten konnte. „Ich wollte gerade hier Schluss machen und ich komme gerne vorbei, damit wir alles besprechen können. Ich bin mir sicher, wir können das Rätsel lösen."

Sein Angebot wurde mit einem Schweigen quittiert und plötzlich fiel ihm wieder ein, was für ein Tag heute war. Er hatte bemerkt, dass sie keinen Ring trug, als sie einander begegnet waren, aber sie hatte bestimmt Pläne für den Valentinstag. Keine Frau, die so attraktiv war, würde diesen Abend allein verbringen.

„Tut mir leid", sagte er, während er sich wie ein Idiot vorkam. „Mir war entfallen, was für ein Tag heute ist. Ich bin mir sicher, Sie haben heute Abend etwas Besseres vor. Aber ich versuche gerne ein andermal, Ihnen bei der Aufklärung dieser Situation zu helfen."

Rachel Sutton zögerte kurz, bevor sie antwortete. „Um ehrlich zu sein, bestanden meine Pläne für den heutigen Abend aus einem leckeren Essen, einem guten Buch und ein bisschen Entspannung vor dem Kamin. Angesichts dessen, was passiert ist, wird daraus sowieso nichts. Ich wäre froh, wenn wir herausfinden könnten, wie meine Geschichte an die Presse gelangt ist … und dankbar für Tipps, wie ich damit umgehen soll, wenn die Geschichte in der Zeitung erscheint."

Sie hatte keine Verabredung.

Das überraschte Nick ebenso sehr wie die undichte Stelle, aber diesmal war die Überraschung sehr viel angenehmerer Natur. „Ich kann in einer halben Stunde da sein, wenn Ihnen das recht ist."

„Das klingt gut. Bis dann also."

Als es in der Leitung klickte, zog Nick den Schal fester um seinen Hals und knöpfte seinen Mantel zu. Ein feines Lächeln umspielte seine Lippen. Das mit der undichten Stelle und dem Ärger, den Rachel deswegen haben würde, tat ihm leid. Offenbar hatte sie an dem Tag, als sie über das verlorene Spielzeug eines kleinen Mädchens gestolpert war, einfach kein Glück gehabt. Die grinsende Puppe mit den orangefarbenen Haaren hatte ihr nur Schwierigkeiten beschert.

Aber sie hatte durchaus auch Glück beschert – zumindest ihm. Und vielleicht war dies ja genau die Gelegenheit, um die er Gott gebeten hatte. Denn dank einer sehr schäbigen Stoffpuppe würde er einen Teil seines Valentinstages doch noch mit einer schönen Frau verbringen.

Kapitel 5

Sie hätte nicht zulassen sollen, dass er herkam.

Rachel ärgerte sich über sich selbst, während sie in ihrem kleinen Wohnzimmer auf und ab ging, ihr Abendessen längst vergessen. Ein Mann wie Nick Bradley hatte freitagabends gewiss andere Pläne, und erst recht diesen Freitagabend. Aber sein überraschendes Angebot hatte sie überrumpelt und sie hatte nicht darüber nachgedacht, dass dieser spontane Besuch *seine* Valentinstagspläne durchkreuzen würde.

Als ihr dies fünf Minuten nach ihrem Telefonat aufgegangen war, hatte sie versucht, ihn zurückzurufen, aber die Ansage auf dem Band hatte sie wissen lassen, dass er schon gegangen war. Jetzt konnte sie sich nur noch für ihren Mangel an Rücksicht entschuldigen und ihn zu der glücklichen Frau schicken, die auf ihn wartete.

Als es an der Haustür klingelte, blieb sie wie angewurzelt stehen. Zumindest ihre Beine taten es – ihr Puls hingegen raste mit doppelter Geschwindigkeit weiter.

Du liebe Güte, Rachel, reiß dich zusammen! Der Mann ist dienstlich hier.

Ein Blick durch den Spion reichte jedoch, um sie endgültig nervös zu machen. Es müsste verboten sein, so gut auszusehen. Allein diese kobaltblauen Augen! Und obwohl wild und dunkelhaarig natürlich auch etwas für sich hatte, war ihr der blonde, ordentliche Typ, wie Nick Bradley ihn verkörperte, immer lieber gewesen. Dazu hatte er noch ein markantes Kinn, volle Lippen und einen süßen kleinen Knick in der Nase, der darauf hinwies, dass sie wahrscheinlich irgendwann einmal gebrochen gewesen war. Das Endergebnis war entschieden zu attraktiv.

Zu schade, dass sie sich nicht unter normaleren Umständen begegnet waren.

Obwohl das eigentlich keine Rolle spielte. Ein Mann wie Nick würde sich nie für sie interessieren. Vierauge hatten die anderen Kinder sie immer genannt. Sie hatten sich auch über ihr Hinken lustig gemacht, das in ihrer Kindheit viel ausgeprägter gewesen war. Außerdem hatte sie mausbraune Haare, durchschnittliche braune Augen und ein durchschnittliches Aussehen. Kein Wunder, dass sie den Valentinstag allein verbrachte.

Es klingelte wieder und Rachel zuckte zusammen. Ach, du liebe Güte! Wie lange hatte sie den Agenten vor ihrer Tür angestarrt? Zu lange, schloss sie aus den besorgten Falten, die auf seiner Stirn erschienen.

Sie setzte ein höfliches Lächeln auf, trat von dem Spion zurück und zog die Tür auf. „Danke für Ihren Besuch, Mr Bradley."

Das echte Lächeln, das er ihr schenkte, ließ ein Grübchen auf seiner linken Wange erscheinen – und ihre Knie weich werden.

„Kein Problem. Es tut mir nur leid, dass Sie diesen Ärger haben." Noch immer fielen große, weiche Schneeflocken vom Himmel, und ihre Eiskristalle funkelten im Licht der Wandlampe, während sie sich auf der Schulterpartie seines dunklen Wollmantels und auf seinen blonden Haaren niederließen. Eine verfing sich in seinen Wimpern und Rachel sah fasziniert zu, wie er lächelte und die Schneeflocke mit langen, schlanken Fingern fortwischte. „Sieht so aus, als müssten wir uns auf die nächste Runde schlechtes Wetter einstellen."

Wetter. Er sprach übers Wetter. Irgendwie gelang es Rachel sich zu konzentrieren. „Das haben die Meteorologen auch gesagt. Ich bin froh, dass Wochenende ist und ich bis Sonntag nirgends mehr hinmuss. Aber kommen Sie doch bitte rein.“ Sie trat beiseite.

Nick Bradley überschritt die Schwelle und seine kräftige Gestalt mit den breiten Schultern ließ ihr Wohnzimmer auf einen Schlag winzig erscheinen. Während sie die Tür hinter ihm schloss, blickte er sich kurz im Zimmer um. Sie tat es ebenfalls und war sich sicher, seinem scharfen Blick entging nichts von der Unordnung – weder die Decke in Petrol und Lila, die sorglos über das cremefarbene Sofa geworfen war, noch die Notenhefte, die sich auf einem der zwei blau gepolsterten Sessel zu beiden Seiten des Kamins stapelten, oder das Kunstbuch, das aufgeschlagen auf der zum Couchtisch umfunktionierten alten Truhe mit den Messinggriffen lag.

Und er sah bestimmt auch die leuchtend pinkfarbenen Plüschpantoffeln, die sie vor ein paar Abenden am Kamin hatte stehen lassen. Sie hoben sich wie eine Neonreklame von dem gebohnerten Dielenfußboden ab. Und auf dem Kaminsims lag neben einem kleinen gerahmten Foto die Post von zwei Tagen.

„Setzen Sie sich doch, während ich die hier entsorge.“ Sie nahm eine kleine Vase mit welkenden Gänseblümchen von dem kleinen Beistelltisch neben dem Sofa. Wenn sie schon den restlichen Raum nicht aufräumen konnte, wollte sie wenigstens die mickrigen Blumen wegwerfen. „Normalerweise hole ich freitags neue, aber an der Blumentheke im Supermarkt war heute Abend zu viel Andrang. Ich bin gleich wieder da.“

Sie ließ ihn im Wohnzimmer zurück und floh in die Küche. Nachdem sie die schlaffen Blumen in den Mülleimer verfrachtet hatte, holte sie erst einmal tief Luft. Nick Bradley war ihr schon im Büro des FBIs stark und beeindruckend erschienen, aber in ihrem winzigen Haus war seine Gegenwart geradezu überwältigend. Er schien den Raum mit Kraft zu füllen. Und mit Muskeln. Und Männlichkeit. Es war eine berauschende Mischung.

Aber sich davon tatsächlich berauschen zu lassen, wäre töricht, das wusste sie. Sie war ein vernünftiger Mensch, der romantische Fantasien als das erkannte, was sie waren – Fantasien. Ihre Reaktion heute Abend wies auf einen Anfall geistiger Umnachtung hin und war wahrscheinlich auf die Tatsache zurückzuführen, dass Valentinstag war. Jetzt erinnerte sich Rachel daran, dass sie Nick schnell nach Hause hatte schicken wollen, damit er den Anlass gebührend feiern konnte.

Als sie zurückkam, stand er immer noch. Gut. Er brauchte es sich gar nicht erst gemütlich zu machen, schließlich würde er ja nicht lange bleiben.

Sie trat hinter die Couch, sodass diese sich zwischen ihnen befand, und legte die Hände auf den Stoffbezug. „Ich habe versucht, Sie noch mal anzurufen, aber Sie waren schon weg. Wir können ein andermal über die undichte Stelle reden, Mr Bradley. Sie haben für heute Abend bestimmt andere Pläne."

Ihre Bemerkung wurde mit Schweigen quittiert. Die leichte Verengung seiner Augen, das winzige Zucken um seine Lippen und die kaum merkliche Neigung seines Kopfes verrieten ihr, dass er überlegte, was er antworten sollte.

„Wenn man die Arbeit an meinem renovierungsbedürftigen Haus nicht als Plan bezeichnet, dann habe ich nichts vor." Er sprach langsam und mit Bedacht, während er sie mit einem offenen, eindringlichen Blick ansah.

Rachel versuchte, sich ihre Überraschung angesichts seiner entwaffnenden Ehrlichkeit nicht allzu sehr anmerken zu lassen. „Oh. Na dann … aber ich möchte nicht Ihre Freizeit in Anspruch nehmen."

Einer seiner Mundwinkel zuckte nach oben. „Ich bin ungewöhnliche Arbeitszeiten gewöhnt. Die bösen Jungs kennen keine Feiertage."

Ihre eigenen Lippen erwiderten sein Lächeln. „Da haben Sie wohl recht. Also gut ... wenn Sie sich sicher sind, dass es Ihnen nichts ausmacht ... darf ich Ihnen dann den Mantel abnehmen?"

Er streifte ihn ab und reichte ihn ihr. Dann wartete er, bis sie sich in die eine Ecke des Sofas setzte, bevor er in der anderen Platz nahm.

„Auf dem Weg hierher habe ich über die Situation nachgedacht." Er drehte sich zu ihr und legte einen Arm über die gepolsterte Rückenlehne des Sofas. „Letzten Freitag, nachdem wir miteinander gesprochen hatten, war ich mit zwei befreundeten Ehepaaren zum Essen verabredet. Das sind die Freunde, denen ich von Ihrem Erlebnis erzählt habe. Beide Männer sind Agenten. Das eine Paar lebt in Virginia und war nur übers Wochenende hier, also hatten weder er noch seine Frau die Gelegenheit, irgendjemandem in St. Louis davon zu erzählen. Der andere Agent und seine Frau leben hier. Ich habe ihn vom Auto aus angerufen und sie haben die Sache auch niemandem gegenüber erwähnt. Ich glaube, die undichte Stelle muss in Ihrem Umfeld sein. Sie haben doch erwähnt, dass Sie einer Freundin von dem Vorfall erzählt und sie gebeten hatten, ihren Mann deswegen zu fragen. Könnte irgendjemand die Unterhaltung zwischen Ihnen beiden belauscht haben?"

„Nein, wir waren allein im Lehrerzimmer."

„Was ist mit Ihrer Freundin und ihrem Mann – könnten sie es jemandem erzählt haben?"

„Ich habe Marta gebeten, es für sich zu behalten, und sie hat mir versprochen, dass sie beide kein Wort sagen. Ich vertraue ihr."

Nick fuhr sich mit den Fingern durchs Haar und schüttelte den Kopf. „Das ergibt keinen Sinn."

„Fast genauso wenig wie die Geschichte, die ich Ihnen letzte Woche erzählt habe." Rachel lächelte kurz, aber freudlos.

„Genau genommen erscheint mir diese Geschichte inzwischen etwas plausibler."

Rachel beugte sich neugierig vor. „Wie meinen Sie das? Haben Sie irgendetwas über die Puppe herausgefunden?

„Nein. Aber die Frau von einem der Agenten, mit denen ich letzte Woche aus war, ist Psychologin. Sie meinte, die Puppe könne ein Auslöser für eine Erinnerung sein, die tief in Ihrem Unterbewusstsein vergraben ist. Und da die Reaktion nur dann eintritt, wenn Sie die Puppe berühren, sagte sie, das Element der Berührung könne etwas mit der Erinnerung zu tun haben."

Rachel zog nachdenklich die Augenbrauen zusammen. „Ich nehme an, das wäre möglich. Die Puppe anzusehen, macht mir überhaupt nichts aus. Im Gegenteil, das gibt mir sogar irgendwie ein gutes Gefühl. Nur das Anfassen ist ein Problem. Ich kann mich nicht erinnern, jemals eine Stoffpuppe besessen zu haben, aber ich habe meine Kindheit in Pflegefamilien verbracht und hatte sehr wenig, was ich von einem Ort zum anderen mitgenommen habe. Deshalb kann es durchaus sein, dass ich mal so eine Puppe hatte."

Er zog die Augenbrauen hoch. „Sie waren ein Pflegekind?"

„Ja. Meine Mutter kam bei einem Autounfall ums Leben, als ich neun Monate alt war. Ich weiß nur wenig über sie, aber sie muss allein erziehend gewesen sein und keine Angehörigen gehabt haben außer ihrem Vater. Doch der hatte sie enterbt, als sie schwanger geworden war. Das ist sie, dort auf dem Kamin. Es ist das einzige Bild, das ich von ihr habe."

Nick betrachtete das Foto der jungen Mutter mit rotbraunen Haaren. Die Strähnchen in Rachels Haar wiesen denselben Farbton auf, aber abgesehen davon erkannte er kaum eine Ähnlichkeit. Und doch erinnerte sie ihn an jemanden, auch wenn er nicht daraufkam, an wen. Aber dies war nicht der richtige Zeitpunkt, um das Rätsel zu lösen. Im Augenblick interessierte er sich mehr für die Frau neben ihm – und ihre überraschende Enthüllung.

Nick wandte seine Aufmerksamkeit wieder Rachel zu und legte den Kopf schief. „Und niemand hat Sie adoptiert?"

Sie lächelte traurig. „Keiner wollte mich. Ich hatte auch in dem Unfallwagen gesessen und ein paar schwere Verletzungen. Sie haben vielleicht bemerkt, dass ich hinke. Dieser Knöchel enthält eine Menge Nägel und Schrauben." Sie wackelte mit dem rechten Fuß. „Ich kann es den potenziellen Adoptiveltern nicht verübeln, dass sie Abstand genommen haben. Wer will schon ein Kind mit vielen Verletzungen, das zahlreiche Operationen braucht? Also war ich, wenn ich nicht gerade im Krankenhaus oder in der Reha war, in Pflegefamilien untergebracht. Eine Stoffpuppe könnte irgendwann Teil meines Lebens gewesen sein, aber wenn, dann ist die Erinnerung daran wirklich tief vergraben." Sie zog ihr linkes Bein unter sich. „Aber um auf den Grund für Ihren Besuch zurückzukommen – was glauben Sie, wie die Presse Wind von der Geschichte bekommen hat?"

Nick wollte nicht über die undichte Stelle reden. Er wollte mehr über die faszinierende Frau herausfinden, die nur eine Armlänge von ihm entfernt saß. Obwohl sie ganz sachlich und offen über ihren familiären Hintergrund gesprochen hatte, musste diese Art Trauma ihren Tribut gefordert haben. Aber das merkte man nicht. Rachel Sutton strahlte eine ruhige, beständige Kraft aus, die vermuten ließ, dass sie die Stürme in ihrem Leben auf bewundernswerte Weise überstand. Weitaus besser, vermutete er, als er selbst es getan hatte. Ein Dutzend Fragen brannte ihm unter den Nägeln, aber eine persönliche Unterhaltung war nicht der Zweck seines Besuches an diesem Abend.

Nick beugte sich vor, faltete die Hände zwischen seinen Knien und konzentrierte sich auf das zu lösende Problem. „Wenn Sie es sonst niemandem erzählt haben, glaube ich, dass Ihre Freundin der Schlüssel ist."

Rachel schüttelte den Kopf. „Das glaube ich nicht. Das einzige Mal, dass sie darüber gesprochen hat, war letzte Woche Donnerstag, als sie mit ihrem Mann Joe essen war, und sie hat gesagt, er habe versprochen, es für sich zu behalten."

„Sie waren in einem Restaurant?"

„Ja."

„An einem öffentlichen Ort kann man leicht belauscht werden."

„Das stimmt sicher, aber wie groß ist die Wahrscheinlichkeit, dass jemand von den Medien zufällig nah genug sitzt, um Ihr Gespräch mit anzuhören?"

„Es sind schon merkwürdigere Dinge passiert. Viele Hinweise, die wir bekommen, beruhen nur darauf, dass jemand zur richtigen Zeit am richtigen Ort war. In welchem Restaurant waren Sie?"

„Ich bin mir nicht sicher, aber ich kann sie am Montag fragen."

„Wie wäre es mit heute Abend? Dann kann ich im Restaurant nachfragen, ob einer der Kreditkartenbelege vom letzten Donnerstag von einer Claudia Barnes unterzeichnet wurde. Und schon wüssten wir, wo die undichte Stelle war. Ich würde das lieber so schnell wie möglich wissen."

„Natürlich, ich kann Marta anrufen. Sie und ihr Mann haben zwei kleine Kinder, also feiern sie den Valentinstag mit einem Trickfilmvideo." Rachel grinste ihn an und erhob sich. „Geben Sie mir zwei Minuten."

Wie angekündigt war sie keine neunzig Sekunden später mit der Information zurück. „Wenn es eine Übereinstimmung gibt, kann ich dann irgendetwas tun, um die Veröffentlichung zu stoppen?"

Nick wünschte, das könnte sie. Dem Wenigen nach zu urteilen, was Rachel ihm über ihre Vergangenheit erzählt hatte, hatte sie bereits mehr als genug durchgemacht. „Ich würde gerne Ja sagen, aber die Antwort lautet: Nicht wirklich. Pressefreiheit und so. Leider neigt die *St. Louis Scene* zu Sensationsjournalismus. Sie haben schon öfter unsere Pressestelle angerufen und versucht, an Informationen über irgendwelche Verbrechen zu kommen. Und obwohl unsere Antwort immer ‚Kein Kommentar' lautet, bringen sie die Berichte meistens doch. Vieles von dem, was sie schreiben, ist Spekulation und Mutmaßung, aber sie achten immer darauf, ihre Berichterstattung auch so zu formulieren, damit niemand sie verklagen kann. Oder sie zitieren Pseudoexperten oder Freunde von Opfern. Dadurch haben sie eine Menge Spielraum."

Rachels Miene zeigte ihre Enttäuschung deutlich. „Mit anderen Worten, ich habe kein Glück."

„Es sei denn, sie beschließen, die Geschichte nicht zu bringen, weil Sie nicht mitspielen."

„Die Reporterin wirkte sehr entschlossen. Ich habe das Gefühl, dass sie keinen Rückzieher machen wird." Rachel ließ die Schultern hängen.

Nick suchte nach etwas, womit er sie trösten könnte. „Sehen Sie es so, Ms Sutton. Die meisten Leute, die die *St. Louis Scene* kennen oder lesen, sind sich über den Ruf des Blattes im Klaren. Ich glaube, die Leser wissen schon, dass sie nicht alles für bare Münze nehmen dürfen, was die schreiben. Außerdem hat die Zeitung keine große Auflage – die meisten Menschen in St. Louis dürften sie kaum wahrnehmen. Ich vermute, dass ein Großteil der Leute, mit denen Sie zu tun haben, sowieso keine Zeit darauf verschwendet, so ein Boulevardblatt zu lesen. Und die Berichte werden schnell vergessen – eine Woche, nachdem eine Geschichte erschienen ist, ist sie schon wieder Schnee von gestern."

Rachel entspannte sich ein wenig und ein vorsichtiges Lächeln umspielte ihre Lippen. „Danke, dass Sie versuchen, die Sache in ein positiveres Licht zu rücken."

„Was ich gesagt habe, ist die Wahrheit. Aber um Ihre Neugier zu befriedigen, werde ich morgen früh in dem Restaurant nachfragen und Ihnen anschließend berichten, was ich herausgefunden habe."

„Danke, das weiß ich zu schätzen."

Seine Aufgabe hier war erledigt. Es war Zeit zu gehen. Aber Nick rührte sich nicht von der Stelle und Rachel auch nicht.

In der plötzlichen Stille fuhr sie sich mit der Zungenspitze über die Lippen, was, wie er inzwischen wusste, lediglich eine nervöse Angewohnheit war. Nichtsdestotrotz ging sein Puls schlagartig schneller. Deutlicher als zuvor war ihm bewusst, dass die flackernden Flammen im Kamin die rötlichen Akzente in ihrem Haar hervorhoben und ihre Wangen leicht röteten. Er konnte sich nicht erinnern, wann er das letzte Mal einer so reizenden, intelligenten Frau begegnet war.

Mit einem Mal begann in der hintersten Ecke seines Gehirns sich ein Gedanke zu formen. Oder vielleicht war es auch eher eine Eingebung. Sowohl er als auch Rachel hatten wenig aufregende Pläne für den Abend. Wie würde sie reagieren, wenn er vorschlug, dass sie ein paar Stunden gemeinsam verbrachten? Nicht um über Puppen und Schwingungen und Reporter zu sprechen, sondern um einander besser kennenzulernen?

Er versuchte ihre Stimmung einzuschätzen, aber das Einzige, was er ausmachen konnte, war Nervosität. Ähnlich wie vor einer Woche im Büro. Nur dass ihre Augen damals nicht weich geworden waren und eine Offenheit zu beinhalten schienen, wie er sie jetzt in ihren Tiefen zu entdecken glaubte. Es sei denn, er sah, was er sehen wollte, und nicht die Realität.

Es gab nur einen Weg, das herauszufinden. Er musste das Terrain sondieren.

„Das ist wohl alles, was wir im Moment tun können." Er blieb sitzen und hoffte, dass sie ihm ein Signal geben würde, aus dem er schließen konnte, dass sie für eine Fortsetzung des Abends offen war.

„Da haben Sie wohl recht." Sie griff nach einem der Sofakissen und schlang die Arme darum. „Tut mir leid, dass ich Sie von Ihrem Abendessen abgehalten habe. Sie haben sicherlich Hunger."

Stimmt. Den hatte er. Aber Hunger war nicht alles, was er plötzlich verspürte.

Er räusperte sich. „Ich brauche nicht lange, um mir ein Omelett zu machen."

Sie blinzelte. „Sie machen sich ein Omelett zum Abendessen?"

Er lächelte schief. „Ob Sie es glauben oder nicht, ich kann ganz gut kochen."

„So habe ich das nicht gemeint. Aber ich hätte gedacht, ein Omelett reicht nicht für ..." Ihre Wangen wurden dunkler und sie zog verlegen eine Schulter hoch. „Ich meine, ich hätte Sie eher für einen Typen gehalten, der ein tellergroßes Steak verdrückt."

„Sehen Sie, wie sehr Äußerlichkeiten täuschen können? Ich esse kaum Rindfleisch – und habe sogar eine Weile mit Tofu experimentiert, sehr zum Entsetzen meiner Freunde. Aber ich muss zugeben, dass ich bei Ihnen den gleichen Fehler gemacht habe. Als wir uns letzte Woche begegnet sind, hielt ich Sie für eine …" Er ließ den Satz unvollendet und lächelte entschuldigend.

„Eine Verrückte, da bin ich mir sicher." Sie erwiderte sein Lächeln. „Ich hoffe, Sie haben Ihre Meinung geändert."

„Vollkommen. Und was das Abendessen betrifft … ich wette, Sie haben auch noch nicht gegessen."

„Stimmt. Ich wollte gerade, als diese Pressetante plötzlich vor der Tür stand."

Er nahm den Arm von der Sofalehne und erhob sich langsam. „Dann lasse ich Sie jetzt in Ruhe essen. Wahrscheinlich ist es ein spannenderes Menü als meins."

Sie warf das Kissen beiseite und stand ebenfalls auf. Er betete, dass ihre unsichere Miene das bedeutete, was er hoffte.

„Es ist nicht schlecht. Ich habe mir auf dem Nachhauseweg in einem meiner Lieblingsrestaurants Linguini mit Scampi und Brokkoli geholt."

„Eindeutig ein besseres Menü." Er lächelte ermutigend.

Wieder fuhr sie sich mit der Zunge über die Lippen und rieb sich die Hände an ihrer Hose ab. Dann rückte sie ihre Brille zurecht und strich sich die Haare hinters Ohr. Alles positive Zeichen, wie er hoffte.

„Hören Sie … ich weiß, das kommt jetzt vielleicht etwas überfallartig, aber … die Pasta hat eine ganz leichte Sauce, das heißt, sie ist ziemlich gesund. Von dem Brot, das dabei ist, kann ich das leider nicht behaupten, und von der Schokoladentorte, die ich im Lehrerzimmer habe mitgehen lassen, auch nicht. Aber ich habe einige Zutaten für einen Salat im Kühlschrank. Jedenfalls bin ich froh, dass Sie vorbeigekommen sind, und möchte mich irgendwie dafür bedanken. Wenn Sie zum Essen bleiben wollen – es ist genug da."

Danke, Herr!

Nick lächelte entspannt und herzlich. Das Essen war ihm völlig egal. Er wollte einfach nur ein paar Stunden in der Gegenwart dieser Frau verbringen. Die Mahlzeit war eine Zugabe. „Wenn Sie sich sicher sind, leiste ich Ihnen gerne Gesellschaft. Sagen Sie mir, wie ich helfen kann."

Ihr freudiges Erröten darüber, dass er die Einladung angenommen hatte, beschleunigte seinen Pulsschlag noch ein bisschen mehr.

„Alles ist fertig, abgesehen von dem Salat. Und das Brot braucht zehn Minuten im Ofen. Ansonsten müssen wir nur noch den Tisch decken."

„Das schaffe ich, wenn Sie mir zeigen, wo."

Rachel lachte leise und ein bisschen nervös. „Es ist ziemlich schwierig, sich in diesem Haus zu verlaufen." Sie ging ihm voran durch einen Durchgang, der an einer halbhohen Mauer vorbei ins Esszimmer führte. Als sie den Lichtschalter betätigte, wurde die satte Patina eines Walnusstisches für vier Personen in das warme Licht eines Messingkronleuchters getaucht. Nick bewunderte den modernen Kerzenhalter in der Mitte des Tisches, in dem auf unterschiedlichen Ebenen drei lange Kerzen steckten, dann fiel sein Blick auf eine kleine Anrichte, auf der eine japanische Tonschale mit ihrer typisch changierenden Glasur im Licht schimmerte.

Aber es war die Rückwand des Raums, die er wie gebannt anstarrte.

Obwohl das Zimmer sehr klein war, hatte jemand mit einem Wandgemälde ein bemerkenswertes Gefühl von Weite geschaffen. Korallenrote Stuckbögen umrahmten eine dreidimensionale Aussicht auf ein weites blaues Meer am Horizont. Einige mit roten Schindeln gedeckte Dächer waren in der Ferne auf einem üppig grünen Hügel zu sehen und deuteten ein mediterranes Ambiente an. Bougainvillea-Zweige rankten sich über die Bögen und von einer Seite ragten die Wedel einer Palme ins Bild. Ein kunstvolles weißes Geländer wurde von Töpfen mit bunten, exotischen Pflanzen gekrönt, die Nick nicht identifizieren konnte.

„Wow." Etwas anderes fiel ihm nicht ein.

„Diese Reaktion höre ich öfter." Rachel grinste und verschränkte die Arme vor der Brust. „Aus diesem Blickwinkel ist die Wirkung am dramatischsten."

Nick schob sein Jackett nach hinten und stemmte die Hände in die Hüften, während er das Gemälde betrachtete. „Wenn ich nicht wüsste, dass ich mich mitten im Winter in St. Louis befinde, würde ich versuchen, auf diese Terrasse zu gehen, um an den Blumen zu schnuppern und die Aussicht zu genießen."

„Das ist das Besondere bei Trompe-l'œil-Malereien. Sie sind extra so gestaltet, dass das Auge getäuscht wird und einem den Eindruck vermittelt, das, was man sieht, wäre echt."

„Bei mir hat es jedenfalls funktioniert." Er legte die Stirn in Falten und versuchte sich zu erinnern. „Ich glaube, ich habe den Ausdruck schon mal irgendwo gehört. Diese Technik geht bis ins Mittelalter zurück, oder?"

„Sehr gut." Rachel warf ihm einen anerkennenden Blick zu. „Die meisten Menschen sind mit dem Begriff nicht vertraut, geschweige denn mit der Geschichte dieser Technik. Eigentlich ist sie sogar noch älter. Bereits in Pompeji gibt es Beispiele, aber sehr beliebt war sie während der Renaissance. Viele reiche Leute benutzten sie an den Wänden und Decken ihrer Paläste und Villen, um eine dramatische Wirkung zu erzielen oder die Räume optisch zu öffnen und größer erscheinen zu lassen. Ich habe beschlossen, was für sie gut genug war, ist auch für mich gut genug. Dieser Raum konnte so viel Illusion von Weite wie möglich gebrauchen."

Nick schüttelte den Kopf. „Es ist wirklich erstaunlich. Wer hat es gemalt?"

„Eine Firma namens *Gemalte Illusionen*."

„Wie sind Sie auf die gekommen?"

„Das war nicht schwierig. Die Gründerin, Geschäftsführerin und einzige Angestellte steht vor Ihnen."

Nick starrte sie an. „Sie haben das gemalt?"

„Ja."

„Ich dachte, Sie wären Lehrerin."

„Bin ich auch. Musik. Das hier ist ein Hobby, mit dem ich zufällig noch ein bisschen Geld verdiene."

Er betrachtete das Wandgemälde noch einmal. „Was für ein Hobby! Wie haben Sie das gelernt?"

„Ich musste es nicht lernen. Die Begabung war ein Geschenk." Sie lächelte und lehnte sich mit der Schulter an die Wand neben ihm. „Aber wenn wir uns ständig ablenken lassen, wird das mit dem Abendessen nie was."

„Stimmt. Ich komme gleich – aber vorher will ich mir das noch aus der Nähe ansehen."

„Das ist keine gute Idee."

„Wieso nicht?"

„Aus der Nähe wirkt der Zauber nicht."

Das traf auf viele Dinge zu, überlegte Nick, während er Rachel ansah. Auch auf die Frauen, mit denen er ausgegangen war. Aber irgendwie hatte er das Gefühl, dass diese Frau ihren Reiz bei näherer Betrachtung nicht verlieren würde.

„Das Risiko gehe ich ein."

Der heisere Tonfall seiner Stimme und das plötzliche Knistern zwischen ihnen weiteten ihre Augen und sie machte unwillkürlich einen Schritt zurück. Dann drehte sie sich um und schob sich durch die Saloon-Tür in die Küche. „Lassen Sie sich Zeit", rief sie über ihre Schulter zurück.

In ihrer Stimme lag ein Anflug von Panik und auch er selbst verspürte mit einem Mal ein unbehagliches Gefühl. Es war offensichtlich, dass keiner von ihnen beiden diese mächtige Anziehungskraft zwischen ihnen erwartet hatte. Er beschloss, ihrem Vorschlag zu folgen und sich Zeit zu lassen, während er die analysierte.

Also gut. Er war heute Abend als Reaktion auf ihren Anruf hierhergekommen, weil er ihr hatte weiterhelfen wollen. Er hatte nichts Besseres zu tun gehabt und der Gedanke, die Frau mit den samtbraunen Augen und den weichen Lippen wiederzusehen, hatte ihm gefallen. Er hatte erwartet, ein paar angenehme Minuten in ihrer Gesellschaft zu verbringen und dann nach Hause zu fahren, um an seinem Haus zu arbeiten. So viel war ihm klar.

Was dann geschehen war, verschwand im Nebel.

Er hatte keine Ahnung, wie aus seinem geplanten einsamen Renovierungsabend ein Essen mit dieser faszinierenden Frau geworden war – und das an dem romantischsten Abend des Jahres.

Aber zwei Dinge wusste er.

Sein Valentinstag hatte eine viel bessere Wendung genommen, als er erwartet hatte.

Und Mark würde zufrieden sein.

Kapitel 6

Sobald die Türen zum Esszimmer hinter ihr zugeschwungen waren, hielt Rachel sich an der Küchenarbeitsplatte fest und versuchte, die radikale Kehrtwendung ihrer Valentinstagspläne zu begreifen. Anstatt einen ruhigen Abend allein zu Hause zu verbringen, würde sie mit einem attraktiven Mann zu Abend essen.

Es war geradezu unwirklich.

Sie schob das Brot in den Ofen und ging dann wie in Trance zum Kühlschrank, um die Salatzutaten herauszuholen. Marta würde begeistert sein. Wie oft hatte ihre Freundin ihr schon gesagt, sie solle bestimmter sein und die Initiative ergreifen, wenn sie einen Mann kennenlernte, der sie interessierte ... Aber das war nie ihre Art gewesen. Sie hatte es immer als zu riskant empfunden.

Und doch war sie nun das Risiko eingegangen, Nick Bradley zu einem spontanen Abendessen einzuladen.

Warum?

Sie könnte sich natürlich einreden, dass sie die Einladung nur aus Dankbarkeit ausgesprochen hatte. Schließlich stimmte es, dass sie für sein rücksichtsvolles Verhalten in der letzten Woche und sein Angebot, heute vorbeizukommen und ihr bei der Suche nach der undichten Stelle zu helfen, dankbar war.

Aber das war nicht die ganze Wahrheit. Dankbarkeit allein konnte nicht das flaue Gefühl in ihrem Magen erklären, wenn sie in seiner Nähe war. Das waren ganz schlicht und ergreifend

Schmetterlinge. Sie hatte sich schon bei ihrer ersten Begegnung zu ihm hingezogen gefühlt und heute erschien er ihr noch attraktiver. Unterm Strich gab es nur einen Grund dafür, dass sie es gewagt hatte, ihn einzuladen: Er schien das Risiko wert zu sein.

Und das Beste war, dass es funktioniert hatte. Er hatte die Einladung angenommen.

Rachel mäßigte ihre plötzliche Euphorie mit einem Schuss Realismus. Es war gut möglich, dass er nur auf ein leckeres Essen aus war. Vielleicht war er tatsächlich ein guter Koch, aber die meisten Junggesellen hatten nichts gegen eine kostenlose, fertig präsentierte Mahlzeit einzuwenden. Sie bezweifelte, dass Nick da eine Ausnahme bildete.

Oder er hatte Ja gesagt, weil er ihre Gesellschaft genoss und ein paar Stunden mit ihr verbringen wollte? Diese Theorie gefiel ihr besser ... bis ihr plötzlich einfiel, dass er vielleicht zu viel in ihre Einladung hineininterpretierte. Schließlich war Valentinstag und ein Mann wie Nick bekam sicher des Öfteren ähnliche Offerten von Frauen, deren Menü mehr als nur Schokoladentorte als Nachspeise vorsah.

Wenn das der Fall war, würde der Abend für sie peinlich und für ihn enttäuschend enden. Rachel hatte noch nie etwas davon gehalten, eine Beziehung zu schnell anzugehen, und sie hatte ihre Vorsicht nie bereut. Der Reiz der beiden Männer, mit denen sie länger als einen Monat ausgegangen war, hatte nachgelassen, als sie mehr über sie erfahren hatte. Und selbst jemand, der so gut aussehend und charmant war wie Nick, würde sie nicht dazu bringen, ihre Taktik zu ändern.

Die Tür zum Esszimmer schwang auf und Rachel zuckte zusammen, als sich seine breiten Schultern durch den Türrahmen schoben.

„Melde mich zum Dienst." Sein Lächeln schwand, als er sie prüfend anblickte. „Alles in Ordnung?"

Sie brachte ein halbherziges Lachen zustande, während sie versuchte, ihre flatternden Nerven unter Kontrolle zu bringen. „Ein bisschen erschrocken, aber sonst alles bestens. Ich bin es nicht gewohnt, dass plötzlich jemand in der Küche steht."

„In diesem Fall betrachte ich es als eine Ehre, eintreten zu dürfen." Nach einem letzten forschenden Blick in ihre Richtung lächelte er und sah sich in der kompakten, aber gut ausgestatteten Küche um. „Zeigen Sie mir, wo das Besteck ist."

„In der obersten Schublade neben dem Herd." Sie zeigte auf die Rückwand. „Und im Hängeschrank sind Tischsets und Servietten. Salz und Pfeffer finden Sie auch dort. Die Butter ist in der Kühlschranktür."

Nick stöberte in den Schränken und trug all die Gegenstände, die sie genannt hatte, zusammen, während sie den Salat zubereitete und zwei Gläser mit Wasser füllten. Er ging mehrmals durch die Schwingtür und deckte den Tisch, während er über nebensächliche Dinge redete und sich mit einer ruhigen Effizienz bewegte, die dazu beitrug, dass Rachels Nerven sich ein wenig beruhigten.

Zehn Minuten später, als sie die gefüllten Teller ins Esszimmer trug, entdeckte sie, dass Nick die Kerzen angezündet und eine CD eingelegt hatte. Seine Musikwahl war ebenfalls dazu angetan, ihre Befürchtungen zu zerstreuen – ein klassisches Violinkonzert und nicht eine der romantischeren Sammlungen in ihrem CD-Regal.

„Das duftet wunderbar." Er zog ihr zuvorkommend ihren Stuhl unter der Tischplatte hervor. „Deutlich besser als jedes Omelett, das ich hätte herbeizaubern können." Er setzte sich und schüttelte seine Serviette aus, während er das appetitliche Nudelgericht auf seinem Teller betrachtete. „Macht es Ihnen etwas aus, wenn ich ein kurzes Tischgebet spreche?"

Die Frage überrumpelte Rachel. Ein Mann, der nicht nur betete, sondern sich auch nicht scheute, das offen zuzugeben. Bemerkenswert. Und beruhigend. Seine Bitte half ihr mehr, sich zu entspannen, als alles andere, was er hätte sagen können. „Nein, überhaupt nicht."

Zu ihrer Überraschung umfasste er ihre Hand mit einem warmen Griff, während er den Kopf neigte. „Herr, wir danken dir für dieses Essen und für die Gelegenheit, es gemeinsam zu genießen. Bitte sorge weiterhin für uns und hilf uns, die unerwarteten Freuden, die unsere Tage bereichern, immer zu würdigen. Amen."

Er ließ ihre Hand los, um seine Gabel zu ergreifen, und sofort vermisste sie die Berührung seiner schlanken Finger.

„Ich habe letzte Woche Ihre Kette bemerkt, und heute Abend wieder." Er zeigte auf das Kreuz, das an einer feinen Goldkette auf ihrem waldgrünen Angorapulli ruhte. „Deshalb hatte ich das Gefühl, das mit dem Gebet ruhig fragen zu können. Es ist übrigens sehr hübsch."

„Es hat meiner Mutter gehört." Sie berührte den filigranen Anhänger. „Das ist alles, was ich von ihr habe, abgesehen von dem Foto, und ich trage es oft. Es hilft mir, mich irgendwie mit ihr verbunden zu fühlen, und gibt mir ein Gefühl der familiären Bindung."

„Ist das der einzige Grund, warum Sie es tragen?" Nick nahm sich ein Stück von dem knusprigen Brot aus dem Korb.

„Wenn Sie wissen wollen, ob es ein Glaubensbekenntnis ist, dann lautet die Antwort Nein. Ich würde sagen, ich glaube an das, wofür es steht … jedenfalls theoretisch. Aber während meiner Jahre in Pflegefamilien war ich einer ganzen Reihe von Konfessionen ausgesetzt, und diese Mischung aus Überzeugungen hat mich eher durcheinandergebracht als bekehrt."

„Das ist verständlich. Einem Kind zu viele Alternativen anzubieten, kann zu Verwirrung führen anstatt zu Erkenntnis. Ich war mitten in der Pubertät, bevor mich die Botschaft wirklich erreichte, und das habe ich dem Eingreifen eines sehr sozialen Polizisten zu verdanken."

„Dem Eingreifen. Eine interessante Wortwahl. Verbirgt sich dahinter eine Geschichte?"

Oh-oh.

Nick griff nach seinem Wasserglas und trank einen langen Schluck daraus. In diese Falle hatte er sich selbst hineinmanövriert. Rachels Frage war vielleicht ganz unschuldig, aber seine Vergangenheit war es nicht. Und sie war seit Jahren ein Tabuthema. Er konnte die Zahl der Freunde, die über seine interessante Jugend Bescheid wussten, an einer Hand abzählen. Denn er hatte sein Leben in den Griff bekommen, aber auf manche Dinge, die er in jungen Jahren getan hatte, war er alles andere als stolz. Und er sah keine Veranlassung, sie in all ihrer Hässlichkeit hervorzuzerren.

Langsam stellte Nick das Glas auf den Tisch zurück und zwang sich zu einem Lächeln. „Nichts, was sich zu erzählen lohnt."

Rachel sah ihn einen Augenblick an. Eine feine Röte färbte ihre Wangen, als sie nach ihrem eigenen Glas griff. „Tut mir leid, ich wollte nicht neugierig sein."

Als sie das Stielglas hochhob, blieb sie mit dem Fuß des Glases an ihrem Tellerrand hängen, sodass es auf sie zu kippte. Nicks Hand schoss vor und seine Finger schlossen sich um die ihren, während er das Glas wieder aufrichtete. Das hin und her schwappende Wasser beruhigte sich wieder ... aber von seinem Puls konnte er das nicht behaupten. In dem Moment, in dem er ihre schlanken Finger unter den seinen gespürt hatte, hatte sein Herz in einem merkwürdig unruhigen Rhythmus zu hämmern begonnen.

„Tut mir leid." Rachels Wangen waren jetzt tiefrot. Sie zog ihre Hand unter der seinen hervor und stellte das Glas mit übertriebener Vorsicht wieder hin. „Ich weiß nicht, warum ich in letzter Zeit so nervös bin."

„Ein merkwürdiges Erlebnis mit einer Puppe könnte ein Grund sein." Nick wickelte ein paar Linguini um seine Gabel und spießte eine Garnele auf, während er versuchte, seinen Pulsschlag zu verlangsamen.

„Meine Schreckhaftigkeit hat aber schon ein paar Wochen vor diesem Zwischenfall angefangen. Irgendwann an einem Samstagvormittag überfiel mich plötzlich ein Gefühl der Unruhe." Sie runzelte die Stirn und ein Anflug des Bedauerns legte sich in ihren Blick. „Das hätte ich Ihnen nicht erzählen sollen. Es klingt beinahe so abgedreht wie die Puppengeschichte. Und es wäre mir lieber, wenn Sie mich für einen normalen Menschen hielten anstatt für eine Verrückte."

„Sie können mir glauben, dass ich in Ihnen keine Verrückte sehe. Wir machen alle stressige Zeiten durch. Hatten Sie in letzter Zeit mehr Druck als sonst?"

„Nein. Deshalb ist es ja so komisch."

„Vielleicht machen Sie zu viel. Neben dem Unterrichten und Ihrer Malerei können Sie nicht viel Zeit zum Entspannen haben."

Sie spielte mit ihrer Gabel und bestätigte seine Vermutung mit einem kleinen Schulterzucken. „Ich habe wirklich viel um die Ohren. Zusätzlich zur Arbeit und den Wandgemälden habe ich noch ein paar private Klavierschüler und sonntagnachmittags spiele ich immer Klavier." Sie nannte den Namen eines vornehmen Hotels.

„Klingt so, als würden Sie sich ein bisschen zu viel abverlangen. Ich vermute, Sie könnten mal Urlaub gebrauchen."

„Das wäre schön. Aber daraus wird so bald nichts. Wie ist das bei Ihnen? Ich könnte wetten, dass Sie auch nicht gerade ein beschauliches Leben führen. Ihr Job ist doch bestimmt ziemlich anstrengend und dann renovieren Sie noch ein Haus?"

Renovierung war ein Thema, über das er gerne sprach. Putz, Farbe, Rigips, Bodenbeläge ... alles sichere Gesprächsthemen. „Ja. Es ist ein altes Backsteinhaus aus dem Jahr 1852. Bevor ich es gekauft habe, waren dort ein Jahrzehnt lang nur Fledermäuse und Kakerlaken zu Hause."

„Puh. Das nenne ich ehrgeizig."

Er lachte leise. „Meine Freunde haben weniger schmeichelhafte Worte benutzt, um das Projekt zu beschreiben. Aber trotz all der düsteren Warnungen macht es sich wirklich gut. Das einzige

Problem ist, dass ich wahrscheinlich nicht viel Zeit haben werde, es zu genießen. Vermutlich werde ich ungefähr zu dem Zeitpunkt, wenn es fertig ist, versetzt."

„Ziehen Sie oft um?"

„Alle paar Jahre. Normalerweise macht es mir nichts aus, in einer anderen Stadt noch einmal neu anzufangen, aber bei diesem Haus wird es mir schwerfallen zu gehen."

„Das kann ich verstehen, wenn man bedenkt, wie viel Arbeit Sie hineinstecken." Rachel strich Butter auf ein Stück Brot und warf ihm einen neugierigen Blick zu. „Darf ich fragen, warum Sie die Renovierung machen, wenn Sie schon wissen, dass Sie weggehen werden?"

So viel zu sicheren Gesprächsthemen. Sie begaben sich schon wieder auf ein Gebiet, für das „Zutritt verboten" galt, und sprach er vorsichtig weiter. „Ich kaufe immer ein Haus, dort wo ich arbeite. Nicht immer eines, das so arbeitsintensiv wie das hier ist, aber immer eines, das renoviert werden muss und das ich retten und irgendwann zu einem vernünftigen Preis an eine junge Familie verkaufen kann, die sich ein Haus sonst nicht leisten könnte. Aus irgendeinem Grund habe ich eine natürliche Begabung für solche Arbeiten und es macht mir Spaß, aus Nichts etwas zu machen. Obwohl ich zugeben muss, dass das Verlegen von Rohren nicht zu meinen Stärken gehört." Nick schloss mit einem scherzhaften Tonfall, weil er hoffte, dass Rachel dann lächeln und das Thema wechseln würde.

Aber es funktionierte nicht.

„Das ist eine unglaublich großzügige Geste." In ihren Augen lag Bewunderung und als er das sah, durchströmte Nick ein warmes Glühen. Es glich dem Gefühl, das er verspürte, wenn er einer bedürftigen Familie ein Haus verkaufte. Es war nur stärker. Viel stärker.

Er räusperte sich und zuckte mit den Schultern, weil er nicht wusste, wie er auf ihr Lob reagieren sollte. „Es ist ein schönes Hobby. Handwerken ist eine gute Methode, um beruflichen

Stress abzubauen. Also habe ich genauso viel davon wie alle anderen."

„Ich vermute, dass die jungen Familien, die davon profitieren, das anders sehen würden."

Rachel lehnte sich auf ihrem Stuhl zurück und sah ihn prüfend an. Er konnte beinahe hören, wie es in ihrem Gehirn arbeitete, und wappnete sich für ihre nächsten Worte. Trotz seiner anfänglichen Zweifel während ihres Besuches beim FBI letzte Woche ließen die geistigen Fähigkeiten dieser Frau ganz und gar nicht zu wünschen übrig.

„Ich glaube, Sie hatten entweder eine idyllische Kindheit und wollen anderen die gleiche Erfahrung ermöglichen oder sie war alles andere als ideal und Sie wollen junge Eltern unterstützen, die versuchen, ihren Kindern ein gutes Leben zu ermöglichen."

Und mit ihrer Intelligenz und Logik war ganz eindeutig auch alles in Ordnung. Außerdem war sie einfühlsam. Sie hatte eine Bemerkung gemacht, anstatt ihn direkt zu fragen, und damit den Ball in sein Feld gespielt. Jetzt lag es an ihm, ob er ihn ins Aus schlagen oder im Spiel halten wollte. Sie überließ ihm die Entscheidung.

Während Nick überlegte, was er tun sollte, fielen ihm plötzlich die unzähligen Gebete ein, in denen er Gott gebeten hatte, sein Leben durch eine besondere Frau zu bereichern. Vielleicht sollte Rachel Sutton diese Frau sein.

Wenn er den nächsten Schritt tat.

Nick spürte, dass er an einem Scheideweg stand. Früher hatte er einen Rückzieher gemacht, wann immer eine Frau, mit der er ausging, in seiner Vergangenheit herumgestochert hatte. Seine Ausweichmanöver waren zu einem Reflex geworden, und der war kurz davor, auch jetzt wieder einzusetzen. Aber wenn er diesen Weg einschlug, dann würde er Rachel die Tür vor der Nase zuschlagen, das spürte er. Denn keine Frau würde eine gemeinsame Zukunft mit einem Mann in Erwägung ziehen, der sie ausschloss. Dessen Stolz ihn daran hinderte, mit Fehlern ebenso offen umzugehen wie mit Erfolgen. Der Angst hatte, ihr seine Geheimnisse anzuvertrauen.

Nicht, dass er bereit gewesen wäre, seine ganze unrühmliche Geschichte vor ihr auszubreiten. Dazu war es noch zu früh. Aber Rachel hatte an diesem Abend einen großen Teil ihrer Vergangenheit mit ihm geteilt, hatte offen über ihre Mutter gesprochen, über den traumatischen Unfall, dem sie ihre Gehbehinderung zu verdanken hatte, die Zurückweisung durch Adoptiveltern, ihre Kindheit in Pflegefamilien. Und sie hatte seine Frage bezüglich ihres Glaubens – ein sehr persönliches Thema – ehrlich beantwortet.

Alles, was er ihr im Gegenzug geboten hatte, waren eine Andeutung hinsichtlich eines besonderen Polizisten und ein kleiner Einblick in seine Renovierungsprojekte.

Das reichte nicht als Grundlage für einen Abend, geschweige denn als Basis für weitere Abende.

Als sich das Schweigen zwischen ihnen ausdehnte, warf Rachel ihm ein Lächeln zu, das ihre Augen nicht ganz erreichte, und stellte ihren leeren Salatteller auf den Essteller. „Ich hoffe, Sie haben noch Platz für den Nachtisch gelassen – auch wenn er ungesund ist. Aber ich muss sagen, das ist der sauberste Teller, den ich je gesehen habe."

Sie stand auf und legte eine Hand leicht auf seine Schulter, als er sich ebenfalls erheben wollte. „Zum Kaffeekochen und Kuchenschneiden braucht man keine zwei Personen. Sollen wir das Dessert im Wohnzimmer vor dem Kamin essen?" Sie streckte die Hand nach seinem leeren Teller aus. Als er seine Hand auf die ihre legte, erstarrte sie.

„Meine Kindheit war letzteres, Rachel. Alles andere als ideal." Er starrte auf den leeren Teller vor sich, während er sprach.

„Das tut mir leid, Nick." Ihre Worte klangen weich und mitfühlend.

„Ich rede nicht oft darüber."

„Ich rede auch nicht oft über meine Vergangenheit, weil das

jedes Mal Erinnerungen weckt, die ich lieber vergessen würde. Vor allem die Krankengeschichte. Aber das, was mir vor gut dreißig Jahren zugestoßen ist, hat mich zu dem Menschen gemacht, der ich heute bin. Und um mich zu verstehen, müssen meine Freunde zumindest einen Teil meiner Geschichte kennen. Deshalb erzähle ich sie ausgewählten Menschen."

Nick entging nicht, was sie damit sagen wollte. Gerührt wandte er den Kopf um und blickte zu ihr auf. Sie errötete unter seinem prüfenden Blick; eine reizende Angewohnheit, die er wegen ihrer Seltenheit schätzte. Und wegen dessen, was sie suggerierte.

„Wenn du immer noch Interesse an der Polizistengeschichte hast, erzähle ich dir beim Nachtisch einen Teil davon."

Ihre Lippen verzogen sich zu einem Lächeln. Diesmal war es echt. „Das wäre schön. Mach es dir bequem – ich bin in einer Minute zurück."

Nick schlenderte ins Wohnzimmer und trat an den Kamin. Er vergrub die Hände tief in den Taschen seiner Stoffhose und versuchte zu entscheiden, wie viel er ihr anvertrauen wollte. Aber Rachel gab ihm keine Gelegenheit, gründlich über die Frage nachzudenken, denn sie kam so schnell zurück, dass Nick sich fragte, ob sie sich extra beeilt hatte, aus Angst, er könnte es sich sonst anders überlegen.

Und der Gedanke war nicht von der Hand zu weisen. Schon jetzt hatte er trotz des warmen, gemütlichen Feuers, das nur wenige Meter entfernt brannte, kalte Füße.

Als Rachel wortlos Kaffee und Kuchen von einem Tablett auf die Truhe vor dem Sofa stellte, wurde ihm die Ironie dieser Situation bewusst. Im vergangenen Sommer, als Mark sein Haus als Hotel benutzt hatte, war er hart mit seinem Freund ins Gericht gegangen, weil dieser seinen Gefühlen für Emily nicht gefolgt war. Er hatte Mark Mut gemacht, zu seinen Gefühlen zu stehen und sich darüber zu freuen, dass er jemanden wie Emily gefunden hatte. Er erinnerte sich sogar noch daran, dass er vor Mark angegeben hatte, er selbst stehe zu seinen Gefühlen und habe keine Angst, über sie zu sprechen, und seinen Freund hatte er gedrängt, es ihm gleichzutun.

Jetzt erfuhr er am eigenen Leibe, wie schwierig es sein konnte, diese Prinzipien tatsächlich anzuwenden.

„Ich habe Milch und Zucker mitgebracht. Nimmst du etwas davon in deinen Kaffee?"

Bei Rachels Worten kehrte Nick dem Kamin den Rücken zu und setzte sich zu ihr auf das Sofa, wobei er auf einen Sicherheitsabstand zwischen ihnen achtete. „Nein. Für mich bitte schwarz."

„Stark und schnörkellos. Woher wusste ich das wohl?" Sie lächelte ihm zu, während sie zwei Teelöffel Zucker und eine großzügige Portion Milch in ihren Becher gab.

„So wie du mich als Tellergroßes-Steak-Typ eingeschätzt hast?"

Sie rümpfte die Nase. „Der Punkt geht an dich. Dieser Fehler hätte mich lehren sollen, keine voreiligen Schlüsse zu ziehen oder Pauschalurteile zu fällen, die auf Stereotypen beruhen." Sie trank einen Schluck Kaffee und stellte den Becher dann auf einen Untersetzer. Anschließend nahm sie ihren Teller und warf ihm einen fragenden Blick zu. „Hast du es dir anders überlegt mit der Geschichte?"

Nick nahm seinen Becher in die Hand. Dieser Frau entging aber auch gar nichts. Sie schien seine Schwingungen genauso aufzunehmen wie die einer gewissen Stoffpuppe.

Wenn er ehrlich war, hätte er nichts lieber getan, als das Thema zu wechseln. Aber er hatte versprochen, ihr zumindest einen Teil der Geschichte zu erzählen. Nick nahm noch einen größeren Schluck, legte die Finger um seinen Becher und behielt ihn in der Hand.

„Damit die Geschichte mit dem Polizisten einen Sinn ergibt, muss ich ein bisschen weiter ausholen. Wie es aussieht, haben wir beide etwas gemeinsam – abgesehen davon, dass wir voreilige Schlüsse ziehen. Ich war auch ein Pflegekind."

„Das ist ja wirklich ein Abend voller Überraschungen. Was für ein Zufall!“

„Stimmt. Jedenfalls bin ich mit sechs Jahren in das System gekommen.“

„Warum?“

Er fasste seinen Becher fester. „Meine Mutter starb, als ich fünf war, und mein Vater war … er hatte Probleme. Irgendwann hat der Staat ihm dann das Sorgerecht für mich entzogen und den Rest meiner Kindheit verbrachte ich in einer Reihe von Pflegefamilien.“

„Niemand hat dich adoptiert?“

„Nein. Ich hatte zwar keine körperlichen Probleme, wie du sie hattest, aber ich war nicht gerade das liebenswerteste Kind aller Zeiten. Ich legte Verhaltensauffälligkeiten an den Tag, das schreckte die Leute ab. Und sie wurden schlimmer, je älter ich wurde. Während meines ersten Jahres in der Highschool habe ich ständig geschwänzt, und außerdem war ich in schlechte Gesellschaft geraten, in der kleinere Diebstähle, leichte Drogen und Vandalismus keine Seltenheit waren. Ich habe keinen Zweifel daran, dass ich irgendwann tot auf der Straße geendet wäre, wenn ich noch viel länger so weitergemacht hätte. Oder hinter Gittern.“

„Was ist passiert?“

„Dan Foley ist in mein Leben getreten. Ein neuer Sozialarbeiter bei der Polizei von Detroit, der motiviert und aggressiv war und wild entschlossen, so viele Jugendliche wie möglich zu retten. Aus irgendeinem Grund nahm er mich in besonderer Weise unter seine Fittiche. Vor ihm hatte sich noch nie jemand für mich interessiert.“ Das letzte Wort klang heiser und Nick trank hastig einen Schluck Kaffee. Der plötzliche Ansturm der Gefühle traf ihn wie aus heiterem Himmel. Er nahm noch einen Schluck, während Rachel in ihrer Ecke der Couch wartete, die Beine unter sich gezogen.

„Möchtest du noch Kaffee?“

Er beantwortete ihre leise Frage mit einem Nicken. „Ja, danke." Er konnte ein paar Minuten gebrauchen, um seine Fassung wiederzuerlangen.

Als sie seinen Becher gefüllt und sich wieder aufs Sofa gesetzt hatte, war er in der Lage weiterzusprechen.

„Zuerst habe ich Dan abgelehnt. Aber er kam immer wieder. Fing an, mit mir zu reden. Ging mit mir zu Spielen oder einen Hamburger essen. Er gab mir sogar seine private Telefonnummer und sagte, ich könne jederzeit anrufen. Irgendwann glaubte ich ihm, dass sein Interesse ehrlich gemeint war und dass ich ihm nicht egal war."

„Er klingt wie ein bemerkenswerter Mann."

„Das war er. Ich habe ihn im September meines zweiten Highschooljahres kennengelernt, eine Woche vor meinem sechzehnten Geburtstag, und im November lud er mich zu sich nach Hause zum Thanksgiving-Essen ein. Das hat mich mehr als alles andere davon überzeugt, dass ich ihm wirklich wichtig war, ja, dass er mir sogar vertraute – und das haute mich echt um. Die einzige Bedingung, die er stellte, war, dass ich morgens mit ihm, seiner Frau und seinen zwei Kindern im Collegealter in den Gottesdienst ging. Aber ich fand, das war ein kleines Opfer für eine Mahlzeit mit Truthahn und allem drum und dran. Jedenfalls – auch wenn das jetzt ein bisschen melodramatisch klingt – hat dieser Tag mein Leben verändert. Ich fand eine Ersatzfamilie und ich fand Gott."

Rachel holte tief Luft. Der Kuchen auf ihrem Schoß war vergessen. „Das ist eine erstaunliche Geschichte."

Ja, das war es. Und sie kannte noch nicht einmal die Hälfte davon. Etliche der beunruhigenderen Einzelheiten hatte er ausgelassen, weil er der Meinung gewesen war, es würde ihm schon schwer genug fallen, nur das Wesentliche zu erzählen.

Aber jetzt stellte er erstaunt fest, dass es gar nicht so schwierig gewesen war, wie er erwartet hatte, abgesehen von dem kurzen Augenblick, in dem seine Gefühle ihn überwältigt hatten. Rachels warmer, mitfühlender Blick hatte die Worte ohne große Mühe sprudeln lassen. Anstatt das Gefühl zu haben, ein Risiko einzugehen, indem er über seine Vergangenheit sprach, hatte er sich sicher gefühlt. Das war eine neue – und merkwürdig befreiende – Erfahrung.

Als das Schweigen andauerte, beugte Rachel sich vor. „Wie bist du zum FBI gekommen, Nick?"

Dieser Teil der Geschichte war kein Problem. „Ich habe meinen sogenannten Freunden den Rücken gekehrt, fleißig gelernt und am Ende ein Stipendium fürs College bekommen. Nachdem ich einen Abschluss in Kriminologie und Strafverfolgung hatte, bin ich direkt zur Polizeiakademie gegangen. Nach sieben Jahren als Streifenpolizist haben sie mich dann bei der FBI-Akademie angenommen."

„Wow. Ich wette, Dan Foley war stolz."

„Das wäre er gewesen." Ein melancholisches Lächeln huschte über Nicks Lippen. „Er ist vor zehn Jahren gestorben, wenige Monate, bevor ich beim FBI anfing. Aber ich habe so ein Gefühl, dass er es weiß." Er räusperte sich, zeigte auf ihren unangetasteten Kuchen und nahm seine Gabel. „Du hast deinen Nachtisch noch gar nicht gegessen."

Sie blickte auf die Torte auf ihrem Teller hinunter. „Da sieht man mal, wie beeindruckend deine Geschichte ist. Es gibt nicht viel, was mich von Schokolade ablenken kann."

Während sie ihren Kuchen aßen, lenkte Nick das Gespräch wieder auf Rachel zurück. Er fragte sie nach ihrer Musik und lachte über Dinge, die ihr Schüler tat. Dann bestand er darauf, beim Aufräumen zu helfen, wozu er seine Jacke ablegte, seine Krawatte lockerte und die Ärmel aufkrempelte, um Teller, Becher und Besteck besser abspülen und anschließend in den Geschirrspüler räumen zu können.

„Danke für die Hilfe mit den Tellern, Nick." Rachel wischte die Arbeitsfläche ab und trocknete sich die Hände an einem Handtuch.

Irgendwann im Laufe des Abends waren sie zum Du übergegangen. Nick wusste nicht genau, wann es gewesen war, aber es fühlte sich ganz natürlich und gut an.

„Das ist doch das Mindeste, was ich tun konnte, nachdem du für ein so köstliches Mahl gesorgt hast." Er rollte die Ärmel wieder herunter und sah auf seine Uhr. Er wäre gerne noch eine Weile geblieben, aber sie hatte ihn zum Essen eingeladen – und das Essen war vorbei. Er wollte nicht aufdringlich sein. „Ich fahre jetzt besser – der Schnee wird immer höher." Er zeigte auf das Küchenfenster, vor dem immer noch Schneeflocken tanzten. „Außerdem habe ich dich lange genug davon abgehalten, dein gutes Buch zu lesen."

Ihr im ersten Moment verständnisloser Blick ließ vermuten, dass das Buch, das Rachel erwähnt hatte, inzwischen seine Anziehungskraft verloren hatte. Ihre nächsten Worte bestätigten seine Vermutung. „Das läuft mir nicht davon." Sie lehnte sich an die Küchenzeile und stützte sich mit beiden Händen daran ab. „Ich habe den Abend genossen, Nick."

Er lächelte langsam. „Ich auch. Vielleicht können wir das wiederholen."

„Das fände ich schön."

Ihre Blicke begegneten sich und Nick musste gegen die Versuchung ankämpfen, diesen verlockenden Lippen einen Kuss zu stehlen. Obwohl ihm das wie ein passendes Ende für ihr unerwartetes Valentinstagsessens erschien, war er sich nicht sicher, wie Rachel reagieren würde. Und er würde sich auf keinen Fall selbst in den Fuß schießen, indem er einer Frau zu dicht auf die Pelle rückte, die er noch oft zu sehen hoffte.

„Ich hole mein Jackett." Seine Selbstbeherrschung trug den Sieg davon. Zügig ging Nick ins Esszimmer und nahm seine Anzugjacke von der Stuhllehne, über die er sie gehängt hatte. Während er die Arme in die Jacke schob, holte Rachel seinen Mantel aus dem Schrank im Flur. Sie reichte ihm das Kleidungsstück wortlos, als er sich zu ihr gesellte, und er zog es über.

Man musste keine übersinnlichen Fähigkeiten haben, um ihre Nervosität zu spüren. Und obwohl er Sehnsucht in ihren Augen sah, lag auch Besorgnis darin. Und Unsicherheit.

Eindeutig kein Kuss heute Abend.

Stattdessen fuhr er mit einem Finger sanft die elegante Linie ihrer Wange entlang – und hörte, wie ihr Atem stockte. „Danke für einen ganz besonderen Valentinstag, Rachel. Ich melde mich."

„Das fände ich schön." Sie zog die Tür auf und ließ eine Windböe mit Schneegestöber herein. „Fahr vorsichtig."

Mit einem Nicken senkte er den Kopf gegen den Wind und ging zu seinem Auto. Stängel, an denen tote Blätter hingen, ragten durch die Schneewehen am Wegrand und erinnerten ihn an die welken Gänseblümchen, die Rachel nach seiner Ankunft entsorgt hatte.

Warum gab es in ihrem Leben keinen Mann, der ihr an diesem besonderen Tag Blumen brachte? Sie war klug, hübsch, gebildet. Sie hatte Sinn für Humor, ein großartiges Einfühlungsvermögen und konnte ausgezeichnet zuhören. Er konnte nicht begreifen, dass niemand sie sich längst geschnappt hatte.

Wie sie es geschafft hatte, bis über ihren dreißigsten Geburtstag hinaus allein zu bleiben, war ein Rätsel, das er nicht lösen konnte. Aber eines wusste er.

Eine Frau wie Rachel hatte am Valentinstag Rosen verdient.

Kapitel 7

Die langstieligen Schönheiten kamen am Samstagnachmittag, begleitet von einer Karte mit den einfachen Worten: „Danke für das wundervolle Essen." Darunter stand ein kleines PS. „Ich habe im Restaurant eine Übereinstimmung gefunden. Ich wünschte, alle meine Fälle ließen sich so leicht lösen."

Während Rachel das grüne Papier entfernte und den angenehmen Duft der dunkelroten Blüten einatmete, musste sie lächeln. Sie hatte nicht erwartet, dass Nick ihr Blumen schicken würde, aber es überraschte sie auch nicht wirklich. Sie hielt ihn für so eine Art Mann: Einen Mann, der seine Schulden bezahlte und immer versuchte, das Richtige zu tun. Einen integren Mann, der stark genug war zuzugeben, dass er nicht alles wusste, und der keine Angst hatte, seine Abhängigkeit von Gott zu akzeptieren. Einen Mann, der daran glaubte, von dem, was er hatte, etwas zurückzugeben und anderen zu helfen. Einen Mann, der ihre Gedanken beschäftigen konnte – und ihre Träume.

Die anderen Einschätzungen waren vielleicht nur Vermutungen, aber Letzteres war eine Tatsache. Denn genau das hatte er getan, seit er am gestrigen Abend ihr Haus verlassen und dafür gesorgt hatte, dass sie bis in die frühen Morgenstunden wach lag.

Gut, dass sie heute nichts Dringendes zu erledigen hatte.

Rachel stellte die Vase auf die Truhe im Wohnzimmer und berührte eines der samtigen Blütenblätter. Sie zupfte einen Zweig Schleierkraut zurecht und zog die rote Satinschleife gerade.

Niemand hatte ihr jemals Rosen geschickt.

Sie versuchte ihre Begeisterung mit einer Dosis Realität zu mäßigen, indem sie sich sagte, es könnte Nicks übliche Taktik sein, sich mit Blumen für einen Gefallen zu bedanken. Aber selbst diese Überlegung konnte ihre Freude nicht schmälern. Und sie verminderte auch nicht ihren Wunsch, mehr über diesen Mann zu erfahren. Was er ihr erzählt hatte, hatte erst recht ihr Interesse geweckt. Dutzende Fragen waren ihr gestern Abend durch den Kopf gegangen, als er ihr eine gekürzte Fassung seiner Geschichte erzählt hatte.

Was war mit seiner Mutter geschehen?

Warum hatte der Staat ihn seinem Vater weggenommen?

Welche Verhaltensauffälligkeiten hatten ihm in seiner Kindheit zu schaffen gemacht?

Wie hatte er seinen Weg zu Gott gefunden?

Warum war er nicht verheiratet?

Und das war nur die Spitze des Eisbergs.

Aber Rachel hatte den Verdacht, dass Nick die meisten dieser Themen unangenehm waren. Sie hatte gemerkt, wie sehr er schon mit den wenigen Enthüllungen am Abend zuvor zu kämpfen gehabt hatte. Und sie war gerührt – und dankbar –, weil er sich ihr anvertraut hatte, aber sie wusste, dass es vieles gab, was unausgesprochen geblieben war. Dass er große Herausforderungen gemeistert hatte und dass er viele seiner Lektionen in der harten Schule des Lebens gelernt hatte. Und doch hatte er sich in einen Mann verwandelt, der sich entschieden hatte, Verbrechen zu bekämpfen, anstatt sie zu begehen. In einen Mann, der Häuser rettete und betete und Rosen schickte.

Sie war fasziniert. Und sie wollte mehr wissen.

Wenn man seine Verschwiegenheit am Abend zuvor bedachte, konnte es jedoch gut sein, dass er beschloss, sich von einer Frau fernzuhalten, die ihn aus seiner Wohlfühlecke gelockt hatte. Vielleicht waren die Rosen seine Art, das „Ich melde mich“-Versprechen zu erfüllen.

Wenn sie ein Mensch gewesen wäre, der betete, dann hätte Rachel Gott darum gebeten, dass die Blumen der Anfang waren und nicht das Ende.

Aber welches Schicksal ihr auch beschieden war, sie würde ihre spontane Verabredung am Valentinstag niemals vergessen. Der Abend würde sie immer daran erinnern, dass das Leben unerwartete Freuden bereithalten konnte, wie Nick es in seinem Tischgebet formuliert hatte. Und dass es sich durch scheinbar zufällige Ereignisse verändern konnte.

Zum Beispiel dadurch, dass man einen engagierten Polizisten kennenlernte.

Oder eine schmutzige Stoffpuppe fand.

* * *

Claudia trommelte mit ihren manikürten Fingernägeln auf dem Lenkrad und atmete frustriert aus, während sie das Gebäude hinter dem schwarzen Eisenzaun auf der gegenüberliegenden Straßenseite anstarrte. Ihr Ausflug zum FBI-Büro an diesem Montagmorgen war ein Reinfall gewesen. Persönlich zu erscheinen, hatte ihr nicht im Geringsten geholfen. Ellen Levine, die Pressesprecherin, war freundlich, aber verschwiegen gewesen.

Sie konnte nicht verstehen, warum ihre Redakteurin plötzlich Skrupel wegen des Artikels bekommen hatte. Stacy hatte Mitchs blöden, nichtssagenden Artikel über die Chefköche zweier rivalisierender Restaurants durchgewinkt, als würde das Zeitungen verkaufen. Wen kümmerte es schon, wessen Ravioli besser schmeckten?

Ihr Bericht dagegen hatte sowohl Gehalt als auch Spannung. Sie hatte stundenlang recherchiert und dabei ein paar wirklich interessante Dinge ans Tageslicht befördert – darunter auch ein legendäres Medium dieser Stadt, das vor vierzig Jahren tatsächlich den Behörden bei der Verbrechensaufklärung geholfen hatte. Das behauptete die Frau jedenfalls in Interviews. Aber das hatte Stacy als Lokalbezug nicht gereicht. Nein, sie wollte ein *aktuelles* Medium mit *nachweislichen* Beziehungen zur Polizei oder zum FBI, bevor sie den Artikel brachte.

Und Rachel Sutton war die Einzige, die Claudia gefunden hatte.

Leider hatte die Frau sich geweigert zu bestätigen, dass sie mit dem FBI gesprochen hatte.

Schade, dass sie nicht einfach einen oder zwei Agenten abfangen und befragen konnte, überlegte Claudia, als sie sah, wie zwei groß gewachsene Männer in Anzügen das Gebäude verließen, vielleicht um etwas essen zu gehen. Aber weder der dunkelhaarige Mann noch der Blonde, der wie der typische Junge von nebenan aussah, würden mit ihr reden. FBI-Agenten waren gut darin geschult, mit den Medien umzugehen. Sie würden sie zu der Pressesprecherin zurückschicken.

Die beiden Männer gingen davon und sie drehte frustriert den Zündschlüssel im Schloss um.

Aber sie würde noch nicht aufgeben. Irgendetwas würde ihr einfallen.

Sie hatte immer eine Idee.

* * *

„Ich nehme den kleinen Salat nach Art des Hauses und dazu ein fettarmes Dressing." Mark klappte die Speisekarte zu und reichte sie der Bedienung.

„Was ist mit deinem üblichen Burger passiert?" Nick zog die Augenbrauen hoch.

„Ich habe es letzten Freitagabend mit den Kalorien ein bisschen übertrieben, deshalb muss ich mich diese Woche etwas zurückhalten."

„Hmm. Für mich ein Baguette mit Pute", sagte Nick zu der Kellnerin und reichte ihr die laminierte Speisekarte. „Und, war es das wert?"

„Oh ja.“ Mark lehnte sich auf seinem Platz zurück und grinste. „Das Essen war fantastisch. Aber die Gesellschaft war noch besser. Ein perfekter Valentinstag. Und was hast du dann noch gemacht? Warte … lass mich raten.“ Er tat so, als überlegte er angestrengt. „Du hast am Haus gearbeitet.“

„Ein bisschen.“ Nick zog ein Päckchen Kräcker, auf die er eigentlich gar keine Lust hatte, aus dem Korb auf dem Tisch, riss es auf und schob sich einen der Kräcker in den Mund. Als er am Freitagabend nach Hause gekommen war, hatte er zwei Stunden damit verbracht, Deckenleisten im Schlafzimmer anzubringen, weil er zu aufgedreht gewesen war, um zu schlafen. Also war seine Antwort keine Lüge. „Da wir gerade von Häusern sprechen, wart ihr am Wochenende auf Haussuche? Ich dachte, ihr wolltet im Frühjahr aus Emilys Wohnung raus sein.“

„Das wollen wir auch, und nein, wir haben uns nichts angeschaut. Der Schnee war eine gute Ausrede, um zu Hause zu bleiben und … abzuhängen.“ Er zwinkerte und sein Grinsen wurde breiter.

Nick zog einen Mundwinkel hoch. „Wie ich sehe, seid ihr noch in den Flitterwochen. Bei mir im Viertel steht ein schönes Renovierungsprojekt zum Verkauf.“

„Vergiss es. Das, was ich schon an Baustaub eingeatmet habe, reicht fürs ganze Leben, und das habe ich allein dir zu verdanken.“

„Ich hatte dich gewarnt, bevor du letzten Sommer zu mir gezogen bist.“

„Ich war davon ausgegangen, dass du das Haus als Baustelle bezeichnet hast, sei eine Übertreibung und keine genaue Beschreibung gewesen.“

„Ich bin immer ehrlich.“

„Das habe ich gemerkt. Übrigens, hast du eigentlich herausgefunden, wie die Presse von der Puppengeschichte Wind bekommen hat?“

„Ja. Sie hatte eine Freundin gebeten, ihren Mann, der Polizist

ist, zu fragen, was er meint, und sie haben darüber gesprochen, als sie in einem Restaurant essen waren. Ich habe dort angerufen und der Besitzer hat die Kreditkartenbelege für mich durchgesehen. Die Reporterin war dort."

„Woher wusstest du, dass die Frau mit ihrer Freundin darüber gesprochen hat?"

„Sie hat es mir erzählt."

„Das hast du gar nicht gesagt, als du am Freitagabend angerufen hast, um zu fragen, ob Emily oder ich die Geschichte irgendjemandem erzählt haben."

Allmählich wurde es kritisch.

„Ich habe sie anschließend gefragt."

„Du hast die Frau nach Feierabend angerufen?"

„Nein." Nick schob sich noch einen Kräcker in den Mund.

Marks Augen verengten sich zu Schlitzen. „Was ist mit den Kräckern?"

„Was soll damit sein?"

„Sonst isst du nie Kräcker. Du behauptest immer, sie bestünden aus leeren Kalorien und zu viel Fett."

„Heute mache ich eine Ausnahme."

„Warum?"

„Was ist das hier eigentlich? Ein Verhör?", beschwerte Nick sich.

Mehrere Sekunden lang herrschte Schweigen. Mark war nicht Mitglied der FBI-Eliteeinheit zur Geiselrettung geworden, weil er eine Niete war, und Nick wusste, dass er dabei war, eins und eins zusammenzuzählen. Nicks vage Antwort und seine Gereiztheit, dazu sein Geständnis, dass Rachel gut aussah, plus sein untypisches Essverhalten führten zu einer unweigerlichen Schlussfolgerung.

„Du warst bei ihr, oder?"

Mark hatte es sogar noch schneller herausbekommen, als Nick erwartet hatte.

„Stimmt. Sie war sehr aufgebracht über die undichte Stelle.

Ich wollte mich vergewissern, dass es nicht unsere Schuld war, und ihr helfen, den Schuldigen zu finden."

Mark verschränkte die Arme vor der Brust und lehnte sich mit einem spöttischen Grinsen zurück. „Klar. War es nett?"

„Es war sehr angenehm."

Jetzt lachte Mark laut auf. „Ach, komm! Vor einer Woche hast du gesagt, sie sei hübsch. Und ich meine mich zu erinnern, dass du Worte wie ernsthaft, intelligent und so weiter gebraucht hast. Warum gibst du nicht zu, dass du die Frau magst? Und jetzt, wo Emily eine vernünftige Erklärung für das Puppenphänomen gefunden hat, brauchst du dir auch keine Sorgen mehr zu machen, dass sie womöglich verrückt ist. Die Tür steht weit offen – wenn die Dame Interesse hat. Was für Schwingungen hast du denn aufgeschnappt, als du dort warst?"

„Ziemlich gute." Nick rutschte auf seinem Stuhl vor und wischte mit einer Papierserviette etwas Kondenswasser, das an seinem Eisteeglas heruntergelaufen war, vom Tisch.

„Das ist doch ein Anfang. Wie lange warst du dort?"

Es gab nur wenige Menschen, denen Nick vorbehaltlos vertraute, aber Mark war einer von ihnen. Obwohl das Leben sie nach dem Studium an der Akademie in unterschiedliche Richtungen geführt hatte und ihre Wege sich erst seit einigen Monaten wieder täglich kreuzten, war der Kontakt zwischen ihnen nie abgerissen. Wenn Nick anfangen wollte, mit jemandem über persönliche Dinge zu reden, dann wäre der Mann, der ihm jetzt gegenüber saß, eine gute Wahl.

„Drei Stunden."

Mark verschluckte sich an seiner Limonade und griff nach einer der Servietten, die in einem metallenen Halter auf dem Tisch steckten, um sich den Mund abzuwischen. „Du bist drei Stunden geblieben?"

„Mhm."

„Ich hoffe, du hast die Dame zum Essen eingeladen."

„Nein. Sie hat angeboten, mich zu verköstigen."

Mark grinste und schüttelte den Kopf. „Du steckst wirklich voller Überraschungen. Und ich habe mir Sorgen um dein Liebesleben gemacht."

„Es war nur ein Abendessen, Mark."

„Stimmt." Er trank wieder einen Schluck Limonade, diesmal mit entsprechender Vorsicht. „Und willst du, dass mehr daraus wird? Wenn die Dame am Valentinstag nichts vorhatte, muss sie doch zu haben sein."

„Ich denke darüber nach."

„Denk nicht zu lange nach, mein Freund. Genauso wie du mir im Sommer in Bezug auf Emily, rate ich dir jetzt, dir eine solche Gelegenheit nicht entgehen zu lassen. Ich weiß noch, wie du sagtest, dass man eine Frau wie Emily nicht alle Tage treffe. Du hattest recht. Und die Puppendame fällt vielleicht in dieselbe Kategorie."

„Deine Situation war eine andere. Ihr kanntet euch schon seit Jahren und ihr hattet eine gemeinsame Vergangenheit."

„Dann schaff eine für dich und … wie heißt sie überhaupt?"

„Rachel."

„Für dich und Rachel. Vielleicht könntest du ihr Blumen schicken, um dich für das Essen zu bedanken."

Jetzt war es Nick, der lächelte. „Das habe ich schon."

„Gut gemacht." Mark grinste. „Ein kluger Schachzug. Frauen schmelzen dahin, wenn sie Blumen bekommen."

„Ich werde es mir merken." Nick rührte in seinem Eistee und warf seinem Freund einen ironischen Blick zu.

„Ich versuche nur, dir behilflich zu sein. Du willst schließlich nicht, dass dir die richtige Frau durch die Lappen geht."

Nick hörte auf in seinem Glas zu rühren. „Bist du nicht ein bisschen vorschnell? Ich kenne Rachel gerade mal zehn Tage."

„Man braucht nicht lange, um ein Gefühl dafür zu bekommen, ob eine Beziehung Potenzial hat. Und diese hier klingt vielversprechend."

„Du ziehst viel zu viele voreilige Schlüsse."

„Nee. Ich habe es selbst erlebt. Ich kenne die Anzeichen für Verliebtheit."

„Verschon mich bloß damit."

„Du brauchst dir nur die Beweise anzusehen." Mark beugte sich vor und zählte an den Fingern ab. „Erstens: Du hast Rachel letzte Woche trotz ihrer unwahrscheinlichen Geschichte eine Chance gegeben. Zweitens: Als wir alle an dem Abend zusammensaßen, hast du sie verteidigt, noch bevor Emily ihre Theorie ausgebreitet hatte. Drittens: Du hast zugegeben, dass Rachel attraktiv ist, und hast ihre anderen positiven Eigenschaften betont. Viertens: Du hast dir die Mühe gemacht, sie am Valentinstag zu besuchen. Fünftens: Du bist geblieben, als sie dich zum Essen eingeladen hat. Und sechstens: Du hast ihr Rosen geschickt." Mark lehnte sich wieder zurück. „Urteil? Verliebt."

Als FBI-Agent wusste Nick, wie man Indizien auswertete, und so fiel es ihm schwer, Marks Schlussfolgerung zu leugnen. Er mochte Rachel. Sehr sogar. Und auch wenn er nicht die Absicht hatte, sich vorschnell auf etwas einzulassen, wollte er ihrer sich anbahnenden Beziehung eine Chance geben und sehen, wohin sie führte.

„Und?", bohrte Mark nach, als er nicht antwortete.

„Kein Kommentar."

Mark lachte und spießte ein paar Salatblätter auf. „Sag ich doch."

* * *

Also, wenn das nicht interessant war.

Claudia kauerte in ihrem Auto und beobachtete, wie der große, blonde Typ, den sie am Montag vor der FBI-Zentrale gesehen hatte, auf dem Parkplatz vor *Madeleines Restaurant* aus einem Auto stieg und Rachel begrüßte. Die Frau lächelte, als er ihren Arm nahm und deutete mit dem Kopf auf den Eingang, woraufhin er sie zur Tür begleitete.

Bingo!

Jetzt hatte Claudia ihre Verbindung! Rachel sprach mit dem FBI – das hatte sie mit eigenen Augen gesehen.

Und das war auch gut so. Sie hatte sich bis Mittwochmittag Zeit gegeben, um eine Genehmigung für ihren Artikel zu bekommen, und dies war wirklich Rettung in letzter Minute. Einen Großteil der letzten beiden Tage hatte sie damit verbracht, Rachel zu beschatten, in der Hoffnung, irgendeine Verbindung zur Polizei oder zum Geheimdienst zu entdecken. Es war reines Fischen im Trüben gewesen, und sie hatte nicht damit gerechnet, dass es sich lohnen würde. Die jetzige Entwicklung der Ereignisse war beinahe zu gut, um wahr zu sein.

Aber es wäre noch besser, wenn sie Rachel dazu bringen könnte, etwas über ihren Kontakt zum FBI zu sagen. Während ihre Gedanken sich zu einem Plan formten, legte Claudia den ersten Gang ein und fuhr zu der Schule, in der Rachel nachmittags unterrichtete. Die Chance, dass die Frau sich zu einer Stellungnahme überreden ließ, war gering, wenn man bedachte, dass sie sich letzte Woche rundheraus geweigert hatte, irgendeinen Kommentar abzugeben. Aber jetzt, nachdem Claudia eine definitive Verbindung zum FBI beweisen konnte, spräche nichts gegen einen neuen Versuch.

Es wäre wirklich schön, Rachels Aussage zu haben, auch wenn Claudia sich ziemlich sicher war, dass Stacy ihr grünes Licht geben würde – mit oder ohne Rachels Stellungnahme. Wie könnte sie jetzt noch Nein sagen? Claudia hatte ein Treffen zwischen der Frau und einem FBI-Agenten beobachtet.

Und wo es Rauch gab, war für gewöhnlich auch ein Feuer.

* * *

Die einzige freie Parkbucht, die Rachel vor der Stafford-Grundschule fand, befand sich am Ende des vereisten Platzes und zwang sie zu einem langen Marsch durch zweistellige Minustemperaturen. Aber dank des warmen Glühens, das nach ihrer Stunde mit Nick noch immer ihren Körper durchströmte, würde sie die eisige Kälte wahrscheinlich nicht einmal bemerken.

Sein Anruf am gestrigen Abend, bei dem er eine Verabredung zum Mittagessen vorgeschlagen hatte, hatte in ihr ein kribbelndes Gefühl der Vorfreude ausgelöst, das ihr den Schlaf geraubt und trotz der schweren grauen Unwetterwolken ihren Morgen erhellt hatte. Und ihre viel zu kurze Begegnung hatte alle Erwartungen erfüllt. Mit Rücksicht auf die begrenzte Zeit, die ihnen zur Verfügung stand, hatte Nick ein Restaurant ausgewählt, das auf dem Weg zwischen den beiden Schulen lag, an denen sie unterrichtete – wieder ein Beweis dafür, wie rücksichtsvoll er war. Und das kleine Bistro war entzückend gewesen, mit französischem Interieur, hervorragendem Essen und einer ruhigen Atmosphäre, die sich gut für eine Unterhaltung eignete.

Letztere hatte Nick von Anfang an gelenkt, wobei er thematisch geschickt von Filmen und Büchern zu Reisen und Hobbys gewandert war. Es war eigentlich eine typischere erste Verabredung gewesen als ihr ungeplantes Essen am Valentinstag. Keine schwere Kost, sondern ein angenehmer Austausch, der ihnen beiden jegliche Nervosität nahm. Und das war für sie in Ordnung. Sollte sich zwischen ihnen etwas entwickeln, würde es noch genügend Gelegenheiten für tiefer gehende Gespräche geben.

Und das Beste war, dass er beim Abschied auf dem Parkplatz versprochen hatte, wieder anzurufen.

Rachel konzentrierte sich so sehr darauf, ihre Verabredung im Geiste noch einmal nachzuvollziehen – und dabei den vereisten Pfützen auf dem Asphalt auszuweichen –, dass sie Claudia Barnes erst bemerkte, als diese plötzlich neben ihr her ging.

„Hallo, Ms Sutton."

Rachel blieb wie angewurzelt stehen.

„Tut mir leid, wenn ich Sie erschreckt habe." Die Frau lächelte. „Ich wollte Ihnen nur sagen, dass meine Geschichte diese

Woche Freitag veröffentlicht wird. Und es ist noch genügend Zeit, ein paar Worte von Ihnen einzubauen. Ich verlange natürlich nicht, dass Sie irgendetwas preisgeben, das Ermittlungen gefährden könnte, aber eine allgemeine Äußerung über Ihre Gespräche beim heutigen Mittagessen mit dem FBI-Agenten wäre schön."

Rachels Magen zog sich zusammen. „Sind Sie mir gefolgt?"

„Ich habe recherchiert", berichtigte die Frau.

„Ich habe Ihnen bereits gesagt, dass ich nichts mit Ihrer Geschichte zu tun haben will. Und ich halte auch nichts davon, dass Sie meine Freunde bei einem Essen im Restaurant belauschen." Rachel setzte sich wieder in Bewegung und bedauerte zutiefst, dass sie keinen Parkplatz näher am Gebäude gefunden hatte.

Ihre Bemerkung schien die Reporterin zu überraschen, aber sie fasste sich schnell wieder und schloss mit wenigen Schritten zu ihr auf. „Ihr FBI-Agent ist offenbar ein guter Ermittler."

„Es war nicht schwierig herauszufinden, woher Sie Ihre Informationen hatten. Ich habe die Geschichte nur zwei Leuten erzählt." Rachel beschleunigte ihre Schritte.

„Seien Sie vernünftig, Ms Sutton." Die Journalistin ließ sich nicht abschütteln. „Der Artikel wird mit oder ohne Ihre Mitwirkung erscheinen. Wenn jemand die Tatsachen anzweifelt, werde ich mich vor den Richter stellen und aussagen, dass ich die Geschichte mit der Puppe direkt von Ihrer Freundin gehört habe und dass ich mit eigenen Augen gesehen habe, wie Sie mit einem FBI-Agenten gesprochen haben. Sie können also genauso gut etwas dazu sagen."

Rachel blieb abrupt stehen und drehte sich zu der Frau um. Vor Wut klangen ihre Worte sehr heftig. „Nur zu Ihrer Information, Ms Barnes: Mein Mittagessen mit Nick hatte nichts mit der Puppe zu tun. Außerdem habe ich inzwischen erfahren, dass die Puppe wohl nur eine Erinnerung an meine Kindheit ausgelöst hat. Ich halte das für eine vernünftige Erklärung. Wenn Sie behaupten, ich sei ein Medium oder mein Erlebnis stehe gar mit einem Verbrechen in Verbindung, dann ist das nicht nur an den Haaren herbeigezogen, sondern grenzt an bewusste Täuschung. Bitte belästigen Sie mich in Zukunft nicht mehr."

Rachel drehte sich auf dem Absatz um und legte die verbleibenden Meter zur Glastür des Haupteingangs nahezu im Sprint zurück. Sie befürchtete, die Frau könnte ihr in die Schule folgen, aber zu ihrer Erleichterung blieb die Reporterin ein paar Schritte vor dem Eingang stehen. Während die Tür ins Schloss fiel, warf Rachel noch einen letzten Blick über ihre Schulter. Claudia Barnes lächelte, winkte und ging dann.

Als die Frau verschwunden war, lehnte Rachel sich an die Wand, um ihren zitternden Knien einen Moment Zeit zu geben, sich wieder zu beruhigen. Am liebsten hätte sie Nick angerufen, aber ein schneller Blick auf ihre Armbanduhr verriet ihr, dass sie für ihre Unterrichtsstunde ohnehin schon spät dran war. Der Anruf musste also warten, und außerdem war es ja nicht dringend. Er konnte schließlich auch nichts gegen die Situation unternehmen. Allerdings hätte schon der Klang seiner Stimme sie beruhigt.

Doch letztlich halfen bereits die angenehmen Schlussfolgerungen, die sie aus dieser Tatsache ziehen konnte, die Beklemmung, die Claudia Barnes ausgelöst hatte, zu zerstreuen.

* * *

„Ich höre, du sammelst Puppen?"

Nick wandte sich in seiner Bürobox um, den Mantel noch halb angezogen. Ellen Levine betrachtete ihn und ihre Miene war schwer zu durchschauen. Die Pressesprecherin, die ungefähr Mitte fünfzig und eine ehemalige Journalistin war, kannte alle Tricks ihrer Branche. Sie konnte die Medien umwerben – oder ablenken – je nachdem, welche Taktik den Zwecken des FBI dienlicher war.

Der Gedanke an das Mittagessen mit Rachel hatte Nick den ganzen Nachmittag über abgelenkt, während er herumgefahren und Spuren zu einem Fall nachgegangen war, aber die Bemerkung der Pressesprecherin ließ ihn aufhorchen. „Von wem hast du das denn gehört?"

„Von einer gewissen Reporterin namens Claudia Barnes. *St. Louis Scene.*"

„Wie hat sie mich damit in Verbindung gebracht?"

„Das musst du sie schon selbst fragen. Mir wollte sie diese Frage nicht beantworten."

„Wann hat sie angerufen?"

„So gegen halb drei. Das war übrigens ihr zweiter Versuch, an Informationen zu gelangen. Am Montag war sie höchstpersönlich hier. Sie behauptet, ein Medium namens Rachel Sutton hätte vor zehn Tagen eine Puppe hierhergebracht und gesagt, sie spüre negative Schwingungen, die davon ausgingen?"

Nick hängte seinen Mantel an einen Haken in der Ecke und setzte sich auf seine Schreibtischkante. „Ja. Außer das mit dem Medium. Rachel Sutton ist kein Medium und hat auch nie behauptet, eines zu sein. Ich habe die entsprechenden Formulare ausgefüllt und die Angelegenheit als erledigt betrachtet. Doch dann rief Ms Sutton mich an und sagte mir, die Presse habe Kontakt zu ihr aufgenommen. Diese Claudia Barnes hat eine Freundin von Ms Sutton belauscht, als diese ihrem Mann in einem Restaurant von der Puppe erzählte, und offensichtlich hat sie beschlossen, dass die Geschichte eine Nachricht wert ist."

„Ich bezweifle, dass sie deinen Namen am Montag schon wusste, sonst hätte sie davon Gebrauch gemacht. Hast du eine Ahnung, wo sie ihn her hat?"

„Nein." Nick war sich sicher, dass Rachel ihn der Reporterin nicht genannt hatte.

„Was hast du mit der Puppe gemacht?"

Er deutete mit dem Kopf auf die kleine Papiertüte, die unter dem Tisch in der Ecke seines Büros verstaut war.

Ellen beugte sich vor und musterte die wenig ansehnliche Stoffpuppe, die sie aus der Tüte anlächelte. „Warum hast du sie behalten?“

„Das weiß ich nicht so genau. Wahrscheinlich ist sie voller Bakterien.“

„Darauf kannst du wetten.“ Ellen richtete sich wieder auf. „Ms Barnes behauptet, dass die *Scene* einen Artikel über übersinnliche Phänomene bringt und dass sowohl du als auch Ms Sutton darin erwähnt werden. Sie will eine Stellungnahme von uns.“

„Ich nehme doch an, du hast ‚Kein Kommentar‘ gesagt, oder?“

„Ja. Ich bin in erster Linie hier, um dich zu warnen, dass dein Name demnächst in der Zeitung stehen wird.“

„Ich habe schon Schlimmeres erlebt. Aber es tut mir leid, wenn du oder das FBI dadurch Scherereien habt.“

Ellens Lippen zuckten. „Ich bin schon mit ganz anderen Sachen fertiggeworden. Und das FBI auch.“ Sie zeigte auf die Puppe. „Wenn du meinen Rat willst – du solltest Handschuhe tragen, wenn du sie wegwirfst.“

Als die Pressesprecherin ging, bemerkte Nick, dass sein Telefon blinkte. Er tippte seinen Code ein und lauschte geistesabwesend seinen Nachrichten. Bis er zu der von Rachel kam.

„Nick, ich wollte dir Bescheid sagen, dass Claudia Barnes nach unserem Mittagessen vor der Schule auf mich gewartet hat. Sie hat uns ins Restaurant gehen sehen. Ich glaube, sie ist mir gefolgt. Natürlich habe ich sie abblitzen lassen, aber später ist mir eingefallen, dass ich wahrscheinlich deinen Vornamen erwähnt habe. So hartnäckig, wie sie ist, befürchte ich, dass sie auch deinen Nachnamen herausfinden und sich mit dir in Verbindung setzen wird. Ich wollte dich warnen.“ Es folgte eine kleine Pause, und als sie fortfuhr, klang ihre Stimme nicht länger besorgt, sondern warm. „Und ich wollte dir für das Mittagessen danken. Es war wunderbar – der Höhepunkt meines Tages. Bis bald.“ Dann war die Nachricht zu Ende.

Wieder ein Rätsel gelöst. Wenn Rachel der Reporterin seinen

Vornamen genannt hatte, war es für sie nicht schwer gewesen, ihn zu finden. Er war der einzige Nick hier und so hatten mit Sicherheit ein einfacher Anruf beim Empfang und die Bitte, sie mit ihm zu verbinden, Ms Barnes die nötigen Informationen verschafft.

Aber Rachels Fehler offenbarte, dass sie keine Erfahrung im Umgang mit der Presse hatte. Und das ließ vermuten, dass sie auch für die möglichen Nachwirkungen des Artikels nicht gut gerüstet war. Zwar nahmen, wie er ihr versichert hatte, die meisten Leute die Berichterstattung der *St. Louis Scene* nicht allzu ernst und das Blatt hatte keine riesige Leserschaft, aber die Geschichte würde trotzdem ein paar Spinner wie Pilze aus dem Boden schießen lassen. Darauf musste sie vorbereitet werden. Und es würde auch nicht schaden, wenn ihr jemand zur moralischen Unterstützung zur Seite stand.

Er könnte beides tun.

Außerdem hatte er so eine gute Ausrede, sich am Wochenende wieder mit ihr zu treffen. Ein Lächeln huschte über Nicks Gesicht, als er das Mobilteil des Telefons auf die Station fallen ließ.

Und das war etwas, woran er ganz und gar nichts auszusetzen hatte.

Kapitel 8

Debra bog in eine Parkbucht in der Nähe der Kindertagesstätte ein, während sie wieder einmal bedauerte, dass sie auf diese Einrichtung angewiesen war. Wenn alles so gelaufen wäre, wie sie es geplant hatte, wäre sie eine Vollzeit-Mama gewesen. Aber wenigstens erlaubte ihr Gehalt als Rechtsanwaltsgehilfin es ihr, bei der Betreuungseinrichtung wählerisch zu sein. Damit versuchte sie sich zu trösten.

Als sie das Gebäude betrat, beachteten die anderen gestressten Eltern, die ebenfalls ihre Kinder abholten, sie kaum oder bedachten sie höchstens mit einem kurzen Nicken. Das war Debra nur recht. Sie wollte mit niemandem Freundschaft schließen. Danielle war alles, was sie brauchte.

„Oh, hallo, Ms Kraus." Marsha, eine Studentin, die nachmittags zur Abholzeit in der Kindertagesstätte aushalf, warf ihr hektisch ein Lächeln zu. „Ich hole Danielle gleich für Sie, in Ordnung? Hier ist gerade der Bär los."

„Ist gut, Marsha. Danke."

Debra verstand nicht, warum sie nicht durchgehen und ihre Tochter selbst holen konnte, aber die Einrichtung hatte ihre Regeln. Das war überall so. Was sie betraf, gab es generell viel zu viele Regeln. Aber sie durfte es den Mitarbeiterinnen der Kita nicht zum Vorwurf machen, dass sie in Bezug auf die Kinder, die ihr anvertraut waren, vorsichtig waren. Die Welt war ein verrückter Ort.

Debra nahm sich von dem Stapel am Empfang ein Exemplar eines Boulevardblattes, wandte dem Nachmittagsdurcheinander den Rücken zu und blätterte durch die Seiten. Dadurch hoffte sie, jedes Gespräch zu unterbinden, falls jemand von den anderen Eltern versucht sein sollte, sie anzusprechen.

Desinteressiert überflog sie die Schlagzeilen, während sie über das kommende Wochenende nachdachte. Zwei Tage mit ihrem Baby. Vielleicht würde Danielle ja anfangen zu krabbeln. Mit beinahe sieben Monaten war sie bald so weit. Debra hoffte, das große Ereignis würde stattfinden, während sie es mitbekam, und nicht in der Kindertagesstätte, wo niemand sich dafür interessierte.

Sie blätterte weiter und las die nächste Schlagzeile. Konnte Marsha sich nicht ein bisschen beeilen?

ÜBERSINNLICHE DETEKTIVE: VERBRECHEN BEKÄMPFEN MIT ASW
Was haben eine Stoffpuppe und eine Puderquaste gemeinsam?

Die Welt drehte sich. Wurde dunkel. Debra klammerte sich an die Lehne eines Stuhls, damit sie nicht hinfiel, während sie den ersten Absatz des Artikels las.

„Rachel Sutton behauptet, sie sei kein Medium. Aber als eine Stoffpuppe, die die Musiklehrerin auf dem Parkplatz einer Imbisskette fand, negative Schwingungen auf sie übertrug, ging sie sofort zum FBI."

Stoffpuppe.

Imbisskette.

FBI.

Die Worte auf dem Papier sprangen ihr förmlich entgegen, und mit einem Schlag entwich sämtliche Luft aus Debras Lungenflügeln.

Sie sank auf den Stuhl und starrte die junge Frau auf dem Foto an, die in einer eleganten Umgebung an einem Flügel saß.

Die Frau, die die Stoffpuppe gefunden hatte.

Aber das konnte nicht sein! Sie hatte die Puppe in einen Müllcontainer geworfen.

Allerdings war der Container voll gewesen und sie hatte Schwierigkeiten gehabt, die Puppe hineinzuquetschen, nachdem sie den schweren Deckel ein paar Zentimeter aufgestemmt hatte. Außerdem war es in der Ecke des Parkplatzes sehr dunkel gewesen und das Schneetreiben hatte ihre Sicht behindert. Als ein Paar Scheinwerfer zu ihr herübergeschwenkt waren, hatte sie Angst bekommen. Um keine Aufmerksamkeit zu erregen, hatte sie der Puppe einen letzten Stoß versetzt und den Deckel dann wieder fallen lassen. Sie musste herausgefallen sein, als der Container geleert worden war.

„Das ist ein interessanter Artikel, nicht wahr? Ich habe ihn in meiner Mittagspause gelesen."

Debras Hände zuckten und krallten sich um die Zeitung. Wie vom Blitz getroffen, fuhr sie zu Marsha herum.

„Tut mir leid, Ms Kraus, ich wollte Sie nicht erschrecken." Die junge Frau trug Danielle auf ihrer Hüfte. „Aber so was ist ganz schön unheimlich, finden Sie nicht auch?" Sie deutete mit dem Kopf auf den Bericht. „Ich habe noch nie an all dieses übersinnliche Voodoo-Zeug geglaubt, aber was sie schreiben, klingt ziemlich überzeugend. Und diese Lehrerin macht einen ganz normalen Eindruck." Sie zeigte auf das Foto von Rachel Sutton. „Wer weiß?" Sie zuckte mit den Schultern und lächelte Danielle an. „Deine Mami ist jetzt hier, Süße. Zeit, nach Hause zu gehen."

Als Marsha ihr das Baby übergab, plapperte die Kleine zufrieden und schmiegte sich an Debras Brust. Der warme kleine Körper fühlte sich so gut an in ihren Armen. So vollkommen. Debra drückte Danielle fest an sich und rieb ihre Wange an der weichen Haut des Kindes. Jedes Mal, wenn sie ihr Baby hielt, fühlte sich das für sie an wie Weihnachten. Nicht, dass sie an dem Fest jemals etwas bekommen hätte, das dem kleinen Bündel in ihren Armen auch nur nahegekommen wäre. Ihr Vater hatte nichts davon gehalten, Kinder zu verwöhnen. Und so waren die Geschenke im besten Fall mager ausgefallen und immer praktisch gewesen. Aber Danielle entschädigte sie jetzt für alles, was sie verpasst hatte.

Und niemand würde sie ihr wegnehmen können.

„Fahren Sie vorsichtig, Ms Kraus. Die Straßen sind immer noch glatt. Wie lange brauchen Sie eigentlich von hier bis Defiance?"

Mit Mühe konzentrierte Debra sich auf die Frage des Mädchens. *Sei ganz normal. Tu nichts, was Verdacht erregen könnte.* „Ungefähr zwanzig Minuten."

„Wirklich? Ich dachte, es wäre weiter. Im Vergleich zu Chesterfield kommt es einem wie eine andere Welt vor. Ich meine, gibt es dort überhaupt Geschäfte?"

„Die meisten Dinge kaufe ich hier ein, bevor ich nach Hause fahre."

„Das müssen Sie wohl. In der Pampa zu wohnen, hat eben Nachteile."

Aber es hatte auch Vorteile. Debra zählte sie in Gedanken auf, während sie das Gebäude verließ und Danielle in ihrem Kindersitz festschnallte. Keine neugierigen Nachbarn. Niemand, der beobachtete, wann sie kam oder ging. Keine Fragen. Während der ersten Wochen in ihrem neuen Job, als die letzten Einzelheiten ihres Planes, Retter zu werden, Gestalt angenommen hatten, hatte sie intensiv nach einem Haus gesucht, das in der Nähe der Stadt war, aber zugleich abgelegen. Der kleine Bungalow, der inmitten von zwei Hektar Wald und Feldern errichtet worden war, war für sie genau das Richtige. Von dem Abend an, als sie mit Danielle nach Hause gekommen war, hatte sie sich dort abgeschottet gefühlt. Und sicher.

Bis jetzt.

Aber vielleicht machte sie sich auch zu viele Gedanken. Wer glaubte denn überhaupt an irgendwelche übersinnlichen Phänomene? Mit Sicherheit niemand, den sie bei den Vollzugsbehörden oder im Rechtswesen kannte, so viel stand fest. Und sie hatte bei all den Strafrechtlern, für die sie im Laufe der Jahre gearbeitet hatte, viele Akten auf den Schreibtisch bekommen. An einen Fall, bei dem Hinweise eines Mediums erwähnt worden waren, konnte sie sich jedoch nicht erinnern.

Was die *St. Louis Scene* betraf ... die Zeitung war ihr auch vorher schon manchmal in der Kita in die Hände gefallen. Viele Berichte handelten von irgendwelchen Spinnern und wären im *National Enquirer* besser aufgehoben gewesen als in einer seriösen Zeitung. Sie vermutete, dass das Blatt mehr zur Unterhaltung als zur Information gelesen wurde. Die meisten denkenden Menschen würden die Puppengeschichte als abwegig abtun.

Nur, dass sie es nicht war.

Was für eine Macht hatte diese Rachel, dass sie „Schwingungen" von einer Stoffpuppe aufnehmen konnte? Und was wusste sie sonst noch?

Debra war zu nervös, um mit dem Lesen des ganzen Artikels zu warten, bis sie zu Hause war, und so fuhr sie auf den Parkplatz eines Schnellrestaurants, parkte unter einer Laterne und schlug die Zeitung an der entsprechenden Stelle auf.

Ein hastiges Überfliegen des Artikels beruhigte sie. Ein Großteil der Berichterstattung konzentrierte sich auf einer Einwohnerin von St. Louis, die behauptete, dass sie der Polizei in den 70er Jahren bei der Aufklärung von Verbrechen geholfen habe, indem sie ihre übersinnlichen Fähigkeiten eingesetzt habe. Unter anderem habe eine Puderquaste ihr den entscheidenden Hinweis gegeben. Rachel Sutton und ein FBI-Agent namens Nick Bradley wurden nur in der Einleitung und im Schlussteil des Berichtes erwähnt. Die Lehrerin hatte keine Stellungnahme abgegeben, außer der, sie habe keine übersinnlichen Fähigkeiten, und das FBI hatte alle Fragen mit „Kein Kommentar" beantwortet.

Also was wussten sie tatsächlich?

Debra zwang sich, so analytisch vorzugehen, wie sie es tat,

wenn sie einen Schriftsatz anfertigte, und konzentrierte sich auf die wenigen Fakten in Bezug auf die Puppe. Eine Lehrerin hatte sie gefunden. Sie hatte negative Schwingungen gespürt. Sie hatte mit dem FBI darüber gesprochen. Punkt.

Es gab keinen Hinweis darauf, dass die Frau irgendwelche konkreten *Informationen* hatte. Nur ein Gefühl.

Und die Gesetzeshüter handelten nicht aufgrund von Gefühlen.

Außerdem gab es nichts, was die Puppe mit ihr in Verbindung brachte, selbst wenn die Polizei versuchen sollte, die Sache zu überprüfen.

Zuversichtlicher faltete Debra die Zeitung zusammen, legte sie auf den Sitz neben sich und fädelte sich wieder in den Verkehr ein. Wenn die Frau irgendwelche konkreten Informationen hätte, wäre die Polizei längst in Defiance aufgetaucht. Aller Wahrscheinlichkeit nach war die Puppe schon weggeworfen worden und das FBI hatte die Frau als verrückt abgestempelt.

Sie war sicher, solange sie sich bedeckt hielt. Und dafür sorgte, dass ihr Baby nicht so aussah wie das, das in Chicago entführt worden war.

Es war Zeit, das Haarfärbemittel wieder herauszuholen.

* * *

„Lass den Anrufbeantworter drangehen, Rachel."

Sie befolgte Nicks Rat und zog die Hand zurück, die sie bereits nach dem Telefon ausgestreckt hatte.

„Hallo, Rachel. Mein Name ist Mildred Watson. Ich habe gestern den Bericht in der *St. Louis Scene* gelesen. Ihre Nummer habe ich aus dem Telefonbuch. Ich hoffe, ich störe nicht, aber meine Katze ist verschwunden und ich habe mich gefragt, ob Ihre Fähigkeiten sich auch auf Tiere beziehen. Ich habe ihre Spielsachen hier zu Hause und bringe sie gerne vorbei, wenn Sie meinen, dass Sie daraus ersehen können, wo sie ist." Die Frau nannte ihre Nummer, bedankte sich höflich und legte auf.

Rachel schüttelte bestürzt den Kopf. „Das ist der siebte Anruf, seit die Zeitung gestern Mittag erschienen ist. Wenigstens klingt diese Frau einigermaßen vernünftig."

„Wenn du davon absiehst, dass sie glaubt, Katzen könnten durch Spielzeug Botschaften senden."

„Glaub mir, im Vergleich zu den anderen, die angerufen haben, ist diese Frau vernünftig."

Nick nahm ihren Mantel von der Sofalehne und hielt ihn ihr so hin, dass sie hineinschlüpfen konnte. „Irgendwas Beunruhigendes?"

Die Frage klang beiläufig, aber Rachel vernahm einen ernsthaften Unterton. „Nein. Es sei denn, du meinst damit die Frau, die behauptet hat, ich sei mit dem Teufel im Bunde, und die an mir einen Exorzismus vollziehen will." Ihre Bemerkung sollte so klingen, als nehme sie das nicht ernst, aber es gelang ihr nicht ganz. Der Anruf hatte sie tatsächlich ein bisschen nervös gemacht.

„Ich habe mir schon gedacht, dass du ein paar von diesen Anrufen bekommen wirst. Tu mir bitte einen Gefallen, ja? Vergewissere dich in den nächsten Wochen, dass alle Türen verschlossen sind."

„Glaubst du, dass ich mir Sorgen machen muss?" Rachel hielt beim Zuknöpfen ihres Mantels inne. Sie fuhr sich mit der Zungenspitze über die Lippen und schob sich eine Haarsträhne hinter das Ohr.

„Du sollst nur vorsichtig sein. Vorsicht ist immer gut. Man weiß nie, was für Gestalten ein solcher Artikel aus dem Gebüsch lockt. Wie haben deine Freunde und Kollegen reagiert?"

„Ich hatte sie vorgewarnt und betont, dass diese Zeitung für ihren Sensationsjournalismus bekannt ist. Und ich habe ihnen die Theorie der Frau deines Freundes erklärt. Als der Artikel erschien, habe ich eher Mitgefühl geerntet als schräge Blicke.

Und ein paar Komplimente wegen des Fotos.“ Sie schüttelte den Kopf und nahm ihre Handtasche. „Ich kann immer noch nicht fassen, dass die Zeitung jemanden ins Hotel geschickt hat, um ein Foto von mir zu machen. Da dort oft Feiern stattfinden und viel fotografiert wird, habe ich es nicht einmal gemerkt. Das war ziemlich hinterhältig.“

„Denk dran, wir reden hier von der *St. Louis Scene.*“

„Stimmt auch wieder.“

„Und das Foto war gut.“ Er zwinkerte ihr zu. Als das Telefon wieder zu läuten begann, nahm er ihre Hand und zog sie zur Tür hinaus. „Wir gehen.“

„Ich werde dir nicht widersprechen.“

Nick zog die Tür fest hinter sich zu.

„Erlöst vom Geklingel.“ Rachel steckte den Schlüssel ins Schloss und lächelte zu Nick auf. „Das war eine schöne Idee, Nick. Ich war schon eine Ewigkeit nicht mehr an einem Samstag zum Frühstücken aus. Wohin gehen wir?“

Er nahm ihren Arm und führte sie den Weg hinunter zum Wagen. „Es heißt ‚Bei Nick‘.“

Sie warf ihm einen überraschten Blick zu. „Wir fahren zu deinem Haus?“

„Du hast neulich beim Mittagessen gesagt, dass du es gerne sehen würdest. Und meine Behauptung vom letzten Freitag war nicht nur so dahingesagt. Ich kann wirklich kochen.“

„Gibt es Omeletts?“, neckte sie ihn.

„Nee. Eier Benedikt.“

„Im Ernst?“

„Würde ein FBI-Agent lügen?“

Er sah sie mit seinem einnehmenden Grinsen an, das ein Grübchen auf seine Wange treten und ihren Puls schneller schlagen ließ. „Ich hoffe nicht.“

„Du kannst mir vertrauen, Rachel.“ Hinter den Worten lag mehr als das bloße Versprechen eines ordentlichen Frühstücks. Sie sah es daran, dass seine Augen plötzlich dunkler wirkten.

Aber er gab ihr nicht die Gelegenheit, darüber nachzudenken, denn von einer Sekunde zur anderen war seine Ernsthaftigkeit wieder verschwunden und er begann erneut sie zu necken. „Außerdem habe ich einen geschäftlichen Vorschlag für dich."

„Einen geschäftlichen Vorschlag. Hm. Das klingt interessant. Warte mal ... willst du Klavierunterricht nehmen?"

Nick lachte und wartete, während sie auf dem Beifahrersitz Platz nahm. „Ich habe keinerlei musikalische Begabung." Er schloss ihre Tür, ging um das Auto herum und setzte sich hinter das Lenkrad. Dann nahm er den Faden ihrer Unterhaltung wieder auf. „Ich mag Musik, aber selbst welche zu machen – dafür hat Gott mir kein Talent gegeben, fürchte ich."

„Viele Menschen meinen das, ohne es auch nur versucht zu haben."

„Ich nicht. Ich habe es versucht. In der Grundschule hat eine der Pflegefamilien, bei denen ich war, mich für das Orchester angemeldet. Sie hielten es wahrscheinlich für ein gutes Ventil für ... alle möglichen Dinge. Hat nicht funktioniert. Nachdem ich es mit Geige, Klarinette und Schlagzeug versucht hatte, schlug der Lehrer vor, ich solle im Chor singen. Dort war ich einen Monat lang. Ich habe einfach kein musikalisches Gehör."

„Vielleicht hast du deine musikalische Nische nur noch nicht gefunden."

„Nein. Die traurige Wahrheit ist, dass ich in dieser Hinsicht einfach nicht begabt bin, ganz im Gegensatz zu dir. Aber wie hast du es eigentlich geschafft, dein Talent zu entwickeln, wo du doch in so vielen verschiedenen Pflegefamilien und Schulen warst?"

Sie zog eine Schulter hoch. „Manche Familien hatten ein Klavier. Ein paar Schulen haben Unterricht angeboten. Aber ich konnte mich erst richtig darauf konzentrieren, als ich im College war."

„Ich wette, du singst auch."

„Ein bisschen. Aber weißt du, was ich immer wollte? Tanzen. Ich liebe Ballett."

„Warum hast du es nicht gemacht?“ Kaum hatte er die Worte ausgesprochen, wurde seine Miene ganz verlegen. „Tut mir leid, Rachel. Ich vergesse das mit deinem Bein immer.“

Rachel lächelte, damit er sich keine Gedanken machte. Sie hatte längst mit ihren Einschränkungen Frieden geschlossen. „Du brauchst dich nicht zu entschuldigen. Ich betrachte das als ein Kompliment für all die Jahre Krankengymnastik. Außerdem kann ich vielleicht nicht Ballett tanzen, aber nichts hindert mich daran, es mir anzusehen. Das macht mir auch sehr viel Spaß. Also, was für ein geschäftlicher Vorschlag ist das, den du mir unterbreiten wolltest?“

„Wenn du dich noch ein bisschen gedulden kannst, zeige ich es dir lieber, anstatt es zu erklären. Das ist vermutlich einfacher.“

„Geduld ist nicht gerade meine Stärke, aber ich werde mir Mühe geben.“

Fünfzehn Minuten später bog Nick in eine lange Auffahrt ein und Rachel verstummte mitten im Satz, als ihr Blick auf das Haus fiel, in dem er wohnte. Das herrschaftliche zweigeschossige Steingebäude wies alle klassischen Merkmale des *Federal Style* auf: Fenster, die symmetrisch um einen mittigen Eingang gruppiert waren, eine Haustür mit Oberlicht und schmalen Fenstern an den Seiten, ein gezahntes Kranzgesims, schwarze Fensterläden. Eine breite Steintreppe führte zum Eingang hinauf und verlieh dem Ganzen ein elegantes Ambiente. Das Dach sah neu aus und die Außenfassade war frisch gestrichen. Riesige Eichen und hoch aufragende Ahornbäume standen vereinzelt auf der großzügigen, gepflegten Rasenfläche.

„Wow.“ Mehr brachte sie nicht heraus.

„Das hättest du vor zwei Jahren nicht gesagt.“ Nick grinste und trat auf die Bremse. „Das Gebäude war sozusagen abbruchreif. Das Dach hatte ein Loch von der Größe eines Pezziballs, viele Fenster waren kaputt, die Rohre völlig am Ende … es war eine Katastrophe.“

„Warum hat nicht irgendein Bauunternehmer die Immobilie gekauft, das Haus abgerissen und drei neue Häuser auf das Grundstück gebaut? Das machen sie doch in anderen angesagten Stadtteilen auch. Und Chesterfield gehört auf jeden Fall zu den angesagten Stadtteilen."

„Sie haben es versucht. Aber die Leute vom Denkmalschutz haben sich quergestellt. Das Haus bekam noch mal eine Schonfrist, während der sie versuchten, Geld aufzutreiben, um es wiederherzurichten. Die Frist war beinahe abgelaufen, als ich auf der Bildfläche erschien. Mit ihrer Hilfe habe ich das Haus für einen Appel und ein Ei bekommen, wenn man den Standort bedenkt. Hin und wieder kommen die Leute von der Behörde vorbei und wollen wissen, wie ich vorankomme."

„Was werden sie sagen, wenn du deine Sachen packst und weiterziehst?"

„Das Haus zu retten, war ihre erste Priorität. Solange ich den Käufer sorgfältig auswähle, sind sie zufrieden."

Während sie die Steintreppe hinaufstiegen, zog Nick seine Schlüssel aus der Tasche. „Normalerweise gehe ich durch die Hintertür rein, aber dann ist die Wirkung nicht so gut. Und bei deinem ersten Besuch sollten wir es richtig machen."

Erster Besuch. Rachel fand, dass das gut klang.

Nick steckte den Schlüssel ins Schloss und ließ ihr den Vortritt, während ein piepsendes Geräusch ertönte. „Alarmanlage", erklärte er und betrat hinter ihr das Haus.

Während er eine kleine, mit dekorativen Leisten versehene Tür öffnete und einen Code in den Kasten dahinter eintippte, sah Rachel sich in dem geräumigen Foyer um. Ihr Architekturwissen war nicht besonders groß, aber selbst ihr ungeübtes Auge wusste die gewissenhafte Restaurierung und die liebevoll betonten Details zu würdigen.

Die Hartholzdielen auf dem Fußboden glänzten; weiße Spindeln leuchteten an der Treppe, die in einem Bogen an der Wand entlang nach oben führte; elegante bogenförmige Durchgänge führten auf der einen Seite in einen Raum, der nach Wohnzimmer aussah, und auf der anderen in ein Esszimmer, beide nicht möbliert. In beiden Zimmern gab es einen Marmorkaminsims und durch die großen venezianischen Fenster strömte Licht herein. Dreieinhalb Meter hohe Decken verstärkten die großzügige Wirkung und gaben dem Haus eine luftige, offene Anmutung.

Jedes Detail war wiederhergerichtet worden, von den aufwändigen Deckenleisten in allen Räumen bis zu der kunstvoll verzierten Stuckrosette um den Kronleuchter im Esszimmer.

Ehrfürchtig schüttelte Rachel den Kopf, als Nick neben sie trat. „Mein ganzes Haus würde in dein Wohnzimmer passen."

„Vor mehr als hundertfünfzig Jahren hat man eben noch etwas größer gebaut."

„Das sehe ich. Hast du das alles selbst gemacht?"

„Die sichtbaren Arbeiten so gut wie alle. Die Rohre und ein paar elektrische Reparaturen habe ich den Fachleuten überlassen. Komm, ich nehme deinen Mantel, dann fangen wir mit der Führung im ersten Stock an."

Sie ließ den Mantel von ihren Schultern gleiten und sah anschließend zu, wie er seine Lederjacke neben ihren Wollmantel in den Garderobenschrank hängte. Nicks Augen wirkten an diesem Tag besonders blau, was an dem dunkelblauen Pullover lag, den er über einem weißen, am Kragen geöffneten Hemd und zu schwarzen Hosen trug.

„Meine Dame." Er machte galant eine ausschweifende Handbewegung.

Mit Nick an ihrer Seite begann Rachel die breite Treppe hinaufzuschreiten. Die Proportionen des Hauses passten zu ihm, fand sie. Seine große Gestalt mit den breiten Schultern hatte ihren winzigen Bungalow geradezu zwergenhaft erscheinen lassen, aber die Ausmaße dieses Hauses boten seiner schlanken, trotzdem kräftigen Figur und der überlebensgroßen Ausstrahlung genügend Raum.

Oben zeigte er ihr, wie er zwei der fünf Zimmer miteinander verbunden hatte, um ein großes Schlafzimmer zu schaffen. Ein weiterer Raum war in ein gut ausgestattetes Fitnessstudio verwandelt worden. Hier und da waren noch letzte Arbeiten zu tun, aber insgesamt war die Renovierung hier beendet.

Über die Hintertreppe führte er sie durch die Küche – wo moderne Geräte eingebaut waren, die dem historischen Charakter des Gebäudes jedoch keinen Abbruch taten – und in ein kleines Arbeitszimmer mit eingebauten Bücherregalen, das hinter dem Wohnzimmer lag.

Obwohl im Schlafzimmer ein Bett und eine Kommode gestanden hatten, war das Arbeitszimmer der einzige Raum, den Rachel als vollständig eingerichtet bezeichnet hätte. In ihm befanden sich ein Sofa, ein Sessel, Lampen und ein Fernseher.

„Darf ich dich etwas fragen?“ Rachel fuhr mit dem Finger über die Wandleiste, als sie durch den Hauptflur wieder in der Eingangshalle angekommen waren.

„Klar.“

Sie blieb unter dem Torbogen zum Wohnzimmer stehen und sah sich in dem Raum um. „Wieso hast du keine Möbel?“

„Weil ich mein ganzes Geld für die Renovierung ausgegeben habe.“ Er grinste und schob die Hände in die Hosentasche.

„Das könnte ich sogar glauben.“

„Und es stimmt auch zum Teil. Aber der eigentliche Grund ist, dass ich schon in vielen verschiedenen Häusern gewohnt habe, die alle unterschiedliche Stile hatten, und was in einem Haus funktioniert hätte, hätte nicht zu dem nächsten gepasst. Mein letztes Projekt war eine Ranch aus den sechziger Jahren. Nichts, was ich für das Haus gekauft hätte, wäre hier am richtigen Platz gewesen. Deshalb ist es einfacher, mit leichtem Gepäck zu reisen.“

„Klingt einleuchtend.“ Rachel zeigte auf die freie Fläche gleich neben dem Kaminsims. „Aber wenn ich dieses Zimmer möblieren sollte, würde ich hier einen Flügel hinstellen. Wenn ich ihn mir leisten könnte.“

„Ich vermute, sie sind ziemlich teuer?“

„Sehr. Ein echter Luxus. Für meinen Bedarf ist ein altes Klavier im Gäste- bzw. Musikzimmer völlig ausreichend." Sie verschränkte die Arme vor der Brust und lächelte. „Also gut, ich war geduldig. Was ist jetzt mit dem geschäftlichen Vorschlag?"

Er ging ihr voran durch den Eingangsbereich. „Nachdem ich dein Esszimmer gesehen hatte, kam mir der Gedanke, dass zu diesem Raum auch ein Wandgemälde passen würde." Er zeigte auf die nackte Wand, die das Esszimmer vom Hauswirtschaftsraum trennte. „Was meinst du?"

Die Hände in die Hüften gestemmt, ging Rachel zur Mitte des Raumes und betrachtete die freie Fläche über der Vertäfelung. „Was willst du damit erreichen? Eine Illusion von Weite brauchst du hier sicher nicht zu schaffen."

„Es soll nur zur Zierde dienen. Bevor ich mit der Renovierung hier anfing, habe ich Nachforschungen über Häuser im Federal Style angestellt und herausgefunden, dass es in einigen von ihnen Wandgemälde gab."

„Das stimmt. Ein Wandgemälde würde der Ära durchaus entsprechen. Aber ich habe noch nie etwas so Großes versucht. Das würde Wochen dauern."

„Das will ich doch hoffen."

Sie drehte sich um und sah, dass er sie mit einem langsamen, vertraulichen Lächeln bedachte, das ihre Knie weich werden ließ.

Unsicher, wie sie reagieren sollte, versuchte sie sich auf die praktischen Aspekte zu konzentrieren. „Und es würde", ihre Stimme versagte und sie musste sich räuspern „nicht billig werden."

„Ich glaube, es wird jeden Cent wert sein."

Auf diese Bemerkung konnte sie nichts erwidern.

Als das Schweigen andauerte, wurde Nicks Lächeln breiter. „Ich sag dir was. Warum stellst du nicht ein paar Ideen und Zahlen zusammen, über die ich nachdenken kann? Natürlich nur, wenn du Interesse hast."

Interesse? Machte er Witze? Ein so großes Wandgemälde zu erstellen, würde sowieso Spaß machen, aber das Beste daran wäre, dass sie Zeit mit Nick verbringen könnte. Und darauf schien er sich genauso sehr zu freuen wie sie. Sie würde für ihn auch umsonst malen, aber sie war auf ein zusätzliches Einkommen angewiesen und diese Arbeit würde viel Zeit beanspruchen, die ihr dann für andere Projekte fehlte. Aber sie würde ihm einen Freundschaftspreis machen.

„In Ordnung. Gib mir ein paar Tage."

„Klingt gut. Was hältst du jetzt von einem Frühstück?"

„Nur zu. Jetzt, wo ich weiß, was du hier im Haus zustande gebracht hast, habe ich die höchsten Erwartungen in Bezug auf deine Kochkünste."

„Vielleicht wartest du mit einem Urteil darüber besser bis nach dem Frühstück."

Sie lächelte. „Ich gehe das Risiko auf jeden Fall nur allzu bereitwillig ein."

Als sie ihm durch den Flur folgte, dachte sie über ihre letzte Bemerkung nach.

Und ihr wurde bewusst, dass sie im Hinblick auf Nick Bradley für weitaus mehr galt als nur für das Frühstück.

Kapitel 9

Eine Stunde später verputzte Rachel ihre zweite Portion Eier Benedikt und lächelte Nick über den Tisch hinweg an. „Du hattest recht – du kannst wirklich kochen."

„Ich freue mich, dass es dir schmeckt." Er trank einen Schluck Kaffee aus seinem überdimensional großen Becher und erwiderte das Lächeln. Es war nett, beim Essen Gesellschaft zu haben. Sosehr er dieses Haus auch mochte – wenn er allein war, fühlte es sich manchmal sehr leer an. Noch mehr, seitdem Mark und Coop im Sommer bei ihm gewohnt hatten.

„Und du hast wahre Wunder an diesem Haus vollbracht. Ich beneide die glückliche Familie, die eines Tages von deiner Arbeit profitieren wird."

Er tat ihr Kompliment mit einem Achselzucken ab. „Ich mache so etwas gerne. Aber ich muss zugeben, dass dieses Haus etwas Besonderes ist. Mir gefällt der Gedanke, dass es mehr als 150 Jahre überlebt hat. Dass es eine Geschichte hat und Wurzeln. Als ich es zum ersten Mal betrat, überkam mich ein Gefühl von Dauer und Stabilität – obwohl die Mauern um mich herum buchstäblich zusammenfielen." Er grinste und schüttelte den Kopf. „Stell dir das mal vor!"

„Ich habe dieses Gefühl aber auch. Ich frage mich, ob Pflegekinder in dieser Hinsicht sensibler sind." Es war als rhetorische Frage gemeint und so sprach sie gleich weiter. „Auf jeden Fall weiß ich, dass es immer ein Ziel von mir war, mein eigenes Zuhause zu haben. Mein Haus ist vielleicht bescheiden, aber es bedeutet mir sehr, sehr viel. Und der Gedanke, dass ich nie mehr umziehen muss, wenn ich nicht will, gefällt mir."

Nick stützte die Ellbogen auf den Tisch und umfasste den Becher mit beiden Händen. Er wollte sie fragen, warum sie allein in ihrem kleinen Bungalow lebte. Eine Frau wie Rachel sollte einen liebenden Ehemann und ein paar Kinder haben, zu denen sie jeden Abend nach Hause kam, nicht ein leeres Haus. Seit dem Valentinstag hatte er ihre Gespräche auf eher unverfängliche Themen gelenkt, aber vielleicht war es jetzt an der Zeit, etwas tiefer vorzudringen.

„Es gibt etwas, das ich gerne wissen würde, Rachel. Aber du musst es sagen, wenn die Frage zu persönlich ist. Wie kommt es, dass es keinen Mann in deinem Leben gibt?"

Ihre Augenbrauen schossen überrascht in die Höhe. Aus Angst, er könnte einen taktischen Fehler begangen haben, ruderte er zurück. „Tut mir leid. Geht mich nichts an."

„Nein, das ist schon in Ordnung." Als ihre Antwort ohne Zögern kam, lockerte sich die Anspannung in seinen Schultern wieder. „Es macht mir nichts aus, darüber zu reden. Allerdings kann ich dir nur die Standardantwort geben: Ich habe nicht den richtigen Mann gefunden. Und das ist ja eigentlich auch kein Wunder, wenn man bedenkt, was für ein Leben ich führe. Ich unterrichte an zwei Grundschulen. Ich gebe Kindern Klavierunterricht. Und Wandbilder zu malen, ist eine einsame Beschäftigung. Sonntagnachmittags, wenn ich im Hotel spiele, habe ich noch nie einen Mann allein hereinkommen sehen, und das bisschen Freizeit, das mir bleibt, verbringe ich lieber nicht in irgendwelchen Bars." Sie stützte das Kinn auf ihre Hand. „Aber ich könnte dich dasselbe fragen."

Als Nick seine Frage gestellt hatte, war ihm klar gewesen, dass sie den Spieß umdrehen könnte. Und beinahe hatte er sogar gehofft, dass sie es tun würde. Im Gegensatz zu seiner Vergangenheit, die er fest unter Verschluss hielt, war dies ein

Thema, über das er zu sprechen bereit war. Zumindest mit dieser Frau.

„Meine Arbeitszeiten sind nicht besonders förderlich für soziale Kontakte, und außerdem bringt mein Job Risiken mit sich, die viele Frauen attraktiv finden, wenn sie mit jemandem ausgehen, aber nicht mehr so angenehm, wenn es um eine ernsthafte Bindung geht. Was das Herumtreiben in Bars betrifft, so geht es mir da genau wie dir. Zumal die meisten Frauen, die ich in Kneipen oder Bars kennengelernt habe, nicht nach den Werten lebten, die mein Leben bestimmen."

„Hast du wegen dem hier gedacht, dass ich es tue?" Sie berührte das Kreuz an ihrem Hals und beobachtete ihn.

„Mein Glaube ist mir sehr wichtig, Rachel." Er hielt ihrem Blick stand. „Ich würde gerne eine Frau finden, mit der ich ihn teilen kann. Oder wenigstens jemanden, der diese Möglichkeit nicht rundheraus ablehnt."

Er hatte seine Antwort als neutrale Aussage formuliert, aber an dem plötzlichen Kampf in Rachels Augen erkannte er, dass sie die unterschwellige Frage gehört hatte.

„Ich bewundere deinen Glauben, Nick." Sie wählte ihre Worte sorgfältig. „Und ich würde mich als Christin bezeichnen, wenn man mich nach meiner religiösen Prägung fragen würde. Aber ich bete nicht. Ich fühle mich nicht mit Gott verbunden, so wie du es tust, Nick. Ich gehe nie zum Gottesdienst." Sie schüttelte den Kopf. „Ich kann mir nicht vorstellen, dass ich jemals so glauben könnte wie du."

„Würdest du das denn gerne?"

Rachel berührte wieder das Kreuz und ihre Stirn legte sich in Falten. „Ich weiß nicht. Ich denke über Gott nach. Jeden Sonntag fahre ich auf meinem Weg zum Hotel an mehreren Kirchen vorbei, und bei schönem Wetter sehe ich Leute davorstehen, die sich unterhalten und lachen. Im Sommer veranstaltet eine der Kirchen an jedem ersten Sonntag im Monat ein Picknick auf dem Rasen. Ich habe mich schon gefragt, ob man Mitglied werden kann, weil mich das Gefühl der Gemeinschaft anspricht … diese Leute wirken beinahe wie eine Familie. Aber ich glaube, man sollte nicht aus einer gesellschaftlichen Motivation heraus einer Kirche beitreten."

„Vielleicht gehen deine Gründe ja in Wirklichkeit tiefer."

Sie schüttelte den Kopf und er konnte das Bedauern in ihren Augen sehen. „Es tut mir leid, Nick. Ich weiß, was du gerne hören möchtest. Und ich wünschte, ich *könnte* es sagen. Aber die Wahrheit ist, dass ich nicht das dringende Bedürfnis verspürte, eine engere Beziehung zu Gott zu haben. Ich glaube an ihn, aber ich habe bislang nicht viel von seiner Gegenwart gespürt. Mir kommt er eher wie eine Gottheit vor, die sich heraushält und von Weitem zusieht, wie wir Menschen unsere Welt zerstören. Ich habe kein Gefühl der Verbindung oder Sehnsucht nach einer Beziehung. Und ich weiß auch nicht, wie irgendjemand, der sich die Abendnachrichten anschaut, anders fühlen kann."

Nick bemühte sich, seine Enttäuschung, so gut es ging, zu verbergen. Er hatte sich mehr erhofft. Wenigstens eine Offenheit für eine Beziehung zum Allmächtigen. Er mochte Rachel und hatte allmählich das Gefühl gehabt, sie könnte vielleicht die Frau sein, die Gott ihm als Antwort auf seine Gebete geschickt hatte. Aber vielleicht war ihre zufällige Begegnung nichts anderes als das gewesen – ein Zufall.

„Ich weiß deine Ehrlichkeit zu schätzen. Und ich bewundere sie." Nick klammerte sich daran fest, als er Rachel über den Tisch hinweg ansah und ihm bewusst wurde, wie viel ihr Geständnis sie gekostet hatte. Die Anziehungskraft zwischen ihnen beruhte auf Gegenseitigkeit, das las er in ihren Augen, und er war sich sicher, dass sie nichts tun wollte, was die zaghafte Verbindung zwischen ihnen zerstören konnte. Aber vermutlich hatte sie gespürt, dass ihr fehlender Glaube für ihn ein Hindernisgrund sein könnte. Trotzdem hatte sie ihn nicht angelogen. Dadurch stieg sie in seiner Achtung noch ein Stück weiter. Und er überlegte krampfhaft, wie er sie davon überzeugen könnte, dem Glauben wenigstens eine Chance zu geben.

„Wann warst du denn das letzte Mal in einem Gottesdienst, Rachel?“

Sie fuhr mit einem Finger über die Maserung des Holztisches. „Ich kann mich nicht erinnern. Aber es ist mindestens zwanzig Jahre her.“

„Könntest du dir vorstellen, es noch einmal zu versuchen? Ich gehe sonntagmorgens um zehn Uhr in die Kirche und würde dich abholen, wenn du willst. Du hättest noch genug Zeit, bevor du mit dem Klavierspielen anfangen musst.“

Sie rutschte auf ihrem Stuhl herum. „Ich käme mir zwischen all den Gläubigen wie eine Heuchlerin vor.“

„Du wärst nicht die Einzige dort, die Zweifel hat, Rachel. Auch gläubige Menschen haben manchmal Probleme mit ihren Überzeugungen. Außerdem ist es nur ein Gottesdienst und keine Verpflichtung fürs Leben.“ Er sagte es bewusst im Plauderton, fast neckend.

Sie lächelte ein wenig. „Versuchst du mich unter Druck zu setzen, Nick?“

„Gewaltanwendung ist nicht mein Ding, ich mache das lieber mit Charme.“ Er verzog den Mund zu einem schiefen Lächeln und hob den Becher an seine Lippen.

„Keine Gewalt, hm?“ Sie legte den Kopf schief und musterte ihn, während sie seinen neckenden Tonfall imitierte. „Und woher hast du dann die Narbe an deiner Schläfe?“

Nicks Hand erstarrte mitten in der Bewegung und sein Lächeln löste sich in Luft auf.

Sofort erstarb auch Rachels Lächeln und sie streckte die Hand aus, um ihre Finger auf die seinen zu legen. „Es tut mir leid, Nick.“

Er zog seine Hand unter der ihren fort und schob den Stuhl heftiger zurück, als nötig gewesen wäre. Dann stand er auf, durchquerte den Raum mit wenigen Schritten und machte sich an der Kaffeemaschine zu schaffen, während sich ein unbehagliches Schweigen über den Raum legte.

Draußen zerrte ein plötzlicher Windstoß an den Fenstern. Rachel erhob sich und nahm ihren Teller in die Hand.

„Beim Kochen durfte ich dir ja nicht helfen, aber ich werde dich nicht den ganzen Abwasch allein machen lassen." Ihre Stimme klang heiter, aber es lag keine echte Fröhlichkeit darin.

Von dort aus, wo er stand, sah Nick zu, wie sie ihren Teller und ihr Glas zur Spüle trug, sie auf die Granitarbeitsplatte stellte und ein Geschirrstück nach dem anderen ganz bewusst abspülte. Ihre steifen Schultern, ihr angespanntes Profil und ihre zitternde Hand, als sie nach dem Glas neben ihr griff, sprachen Bände.

Gut gemacht, Bradley. Erst stellst du ihr persönliche Fragen und dann zierst du dich, wenn sie den Spieß umdreht. Das ist wirklich ein großartiges Beispiel für Güte und Nächstenliebe. Und genau die richtige Methode, sie dazu zu bringen, deine Einladung zum Gottesdienst anzunehmen, wo sie erfahren kann, wie man ein guter Christ wird.

Nick biss die Zähne zusammen und versuchte seine Fassung wiederzuerlangen. Die Frage nach der Narbe hatte ihn überrumpelt und sein Rückzug war ein Reflex gewesen. Er hatte es jetzt schon so lange vermieden, über seine Vergangenheit zu sprechen, dass ihm diese Reaktion in Fleisch und Blut übergegangen war. Das bezog sich auf seine Jugend im Allgemeinen und die Narbe im Besonderen. In den zweiunddreißig Jahren, die er sie jetzt hatte, hatte er noch nie jemandem erzählt, woher er sie hatte. Es war einfach zu schmerzlich.

Während er mit sich rang, sah er, wie Rachel das Glas aus der Hand rutschte. Er hörte ihren leisen Ausruf, als es auf den erbarmungslosen Granit fiel, und machte einen Schritt auf sie zu, während sie nach dem Glas griff. Zu seinem Entsetzen sah er, wie es in ihrer Hand zerbrach und ihre Finger rot wurden.

Sofort war er an ihrer Seite und nahm ihre Hand.

„Tut mir leid, Nick. Es i-ist mir weggerutscht."

Die Unsicherheit in ihrer Entschuldigung und das Blut an ihrer Hand waren wie ein Schlag in Nicks Magengrube. „Mir tut es leid.“ Seine Worte klangen heiser, als er ihre Hand umfasste und unter das fließende Wasser hielt. Der Schnitt an ihrem Zeigefinger war lang, aber nicht sehr tief, stellte er erleichtert fest. „Halt den Finger unters Wasser, während ich Desinfektionssalbe und einen Verband hole.“

„Mach dir keine Umstände, das ist nicht so schlimm.“

„Es macht mir keine Umstände, Rachel.“ Ihre Augen waren nur wenige Zentimeter von den seinen entfernt und die Iris mit den goldenen Flecken blickten groß zu ihm auf. Mit Mühe schluckte Nick einen Kloß herunter, der sich plötzlich in seinem Hals gebildet hatte. „Ich bin gleich wieder da.“

Er ließ sie an der Spüle zurück, durchschritt die Eingangshalle und nahm zwei Stufen auf einmal. Mit ungeschickten Fingern kramte er im Badezimmerschrank nach seiner Erste-Hilfe-Ausstattung, während er immerzu an das Blut denken musste.

Nick hatte bei seiner Arbeit schon eine Menge Blut gesehen und im Laufe der Jahre hatte er sich ein ziemlich dickes Fell zugelegt. Wenn jemand blutete, wurde ihm nicht mehr schlecht, und der Anblick hielt ihn auch nicht mehr nachts vom Schlafen ab. Aber die roten Spuren, die er jetzt auf seiner Hand sah, zogen ihm den Magen zusammen.

Weil es Rachels Blut war.

Ihm war durchaus bewusst, was das bedeutete. Es spielte keine Rolle, dass es sich nur um eine kleine Verletzung handelte. Er wollte nicht, dass ihr etwas wehtat. Und wenn er schon bei einem kleinen Kratzer nervös wurde, wie würde es sich dann anfühlen, wenn sie ernsthafter verletzt wäre?

Die Antwort war einfach.

Nicht gut.

Und der Grund dafür war ebenso einfach. Er fing allmählich an, sehr viel für sie zu empfinden. Glaube hin oder her.

Diese Erkenntnis brachte ihn gedanklich wieder zu der Szene

zurück, die zu dem kleinen Zwischenfall geführt hatte. Weil ihr seine Einladung in die Kirche unangenehm gewesen war, hatte sie versucht, ihr Unbehagen mit einer unschuldigen Bemerkung über die dünne weiße Narbe an seinem Haaransatz zu überspielen. Er hätte einfach lachen sollen.

Stattdessen hatte er überreagiert. Und sein Rückzug war nicht fair gewesen. Rachel konnte nichts von den weniger sichtbaren Narben wissen, die sich hinter dieser Narbe verbargen.

Aber wenn sie es wüsste – wenn sie verstand, was er durchgemacht hatte, wenn er ihr erklärte, wie er den Gott gefunden hatte, der seine Rettung gewesen war –, dann wäre sie vielleicht bereit, dem Glauben eine faire Chance zu geben und diesen ersten, so wichtigen Schritt in Richtung Gott zu tun.

Aber Nick verspürte nicht nur Hoffnung, sondern auch Angst.

Geheimnisse zu offenbaren war gefährlich. Es machte verwundbar. Und dieses Risiko ging man nicht ein, es sei denn, man hatte vollstes Vertrauen zu dem anderen.

Sein Verstand sagte Nick, dass es noch zu früh war, diesen Sprung zu wagen. Dafür kannten Rachel und er sich noch nicht lange genug.

Aber sein Herz sagte das Gegenteil.

Auf dem Weg zurück in die Küche blieb er auf halber Treppe stehen und sah auf das leere Foyer hinunter, das unmöblierte Wohnzimmer, das leere Esszimmer. Dieses Haus war für eine Familie gebaut worden. Es sollte voller Kinder und Lachen und Liebe sein. Genau wie sein Leben. Und es bestand immerhin die Chance, wenn auch nur eine geringe, dass Rachel den Schlüssel zu diesen Dingen in der Hand hielt – wenn er sie nicht ausschloss.

Sonnenstrahlen fielen durch das Oberlicht über der Eingangstür und umfingen ihn. Die Wärme drang in seine Poren wie ein beruhigender Balsam und Nick schloss die Augen zu einem kurzen Gebet.

Herr, bitte zeig mir den Weg – und schenk mir Mut.

Rachel stand immer noch an der Spüle, als er in die Küche zurückkam, und sah für seinen Geschmack etwas zu blass aus. Er zwang sich zu einem Lächeln, drehte den Wasserhahn zu, nahm ihren Arm und führte sie zum Tisch.

„Ich habe zwar keine umfangreiche medizinische Ausbildung, aber dank meiner Renovierungsarbeiten habe ich eine gewisse Erfahrung mit kleineren Prellungen und Verletzungen." Er legte ihre Hand mit der Innenfläche nach oben auf den Eichentisch und behandelte ihre Wunde, während er sprach. „Ich habe auch schon Verbrennungen verarztet, gezerrte Muskeln und elektrische Schocks. Ein Haus zu renovieren, ist nichts für schwache Nerven, das kann ich dir sagen." Er befestigte den Verband und nahm ihre Hand, um sie sich genauer anzusehen. „Bitte schön – so gut wie neu. Beinahe. Du wirst doch hoffentlich keine Schwierigkeiten beim Klavierspielen haben?"

Sie beugte den Zeigefinger in seiner Hand. „Nein. Ich habe schon mit einem gebrochenen kleinen Finger gespielt, da schaff ich das mit dem hier auch."

„Gut." Er legte ihre Hand auf den Tisch zurück, aber als sie sie fortziehen wollte, hielt er sie fest. Auf ihren fragenden Blick hin holte er tief Luft. „Du hast vorhin diese Narbe erwähnt." Er berührte mit seiner freien Hand die dünne weiße Linie an seiner Schläfe und sein Ton wurde ernst. „Diese Verletzung stammt nicht von einem Bauprojekt."

Sie rührte sich nicht. „Ich wollte keine Wunden aufreißen."

„Das ist mir klar. Und es tut mir leid, dass ich dich so aus der Fassung gebracht habe, dass das hier passiert ist." Er strich über den bandagierten Finger.

„Meine Tollpatschigkeit ist nicht deine Schuld. Jedenfalls nicht ausschließlich. Ich bin seit Wochen angespannt und unruhig und habe seit Anfang des Jahres schon vier Gläser zerbrochen."

„Das Gefühl ist immer noch da?"

„Ja, ich kann es nicht abschütteln."

Er behielt ihre Hand in der seinen. „Und meine Reaktion heute hat bestimmt auch nicht geholfen. Es tut mir leid, dass ich mich zurückgezogen habe. Das war nicht richtig."

„Ich hatte das Gefühl, dass es mehr eine Art Selbstschutz war."

„Das stimmt", gab er zu, während er wieder einmal über ihr Einfühlungsvermögen staunte. „Seit zweiunddreißig Jahren vermeide ich es, über diese Narbe zu sprechen, und da sind mir Ausweichmanöver zur zweiten Natur geworden. Aber Selbstverteidigung ergibt nur bei Gefahr einen Sinn und davon kann hier nicht die Rede sein. Ich fühle mich von dir nicht bedroht."

Rachels Wangen röteten sich ein wenig und der Anflug eines Lächelns machte ihre Lippen weicher. „Das freut mich."

Er spielte mit ihren Fingern und betrachtete ihre zarte Anmut, während er all seinen Mut zusammennahm, um weiterzusprechen. „Möchtest du die Geschichte noch hören, Rachel?"

Auf seine Frage folgte ein Augenblick der Stille, dann spürte er, wie sie seine Hand ein wenig drückte. Sein Blick suchte erneut den ihren. Ihre Augen waren warm, einladend und mitfühlend und ihre Stimme war rau und nicht ganz fest, als sie antwortete. „Sehr gerne."

Sie wartete, während er schwieg, und gab ihm damit Zeit, seine Gedanken zu sammeln – und seinen Mut. Das war noch etwas, das er an ihr mochte: Sie drängte ihn nicht. Und sie hatte ein Gespür für feine Untertöne. Er war sich sicher, dass sie verstand, wie schwer es ihm fiel, und dass sie ihn, so gut sie konnte, unterstützen und ermutigen würde. Trotzdem würde es nicht leicht werden.

„Ich muss dich warnen, Rachel – meine Geschichte ist nicht schön."

„Das dachte ich mir schon."

Er nickte und schluckte. „Also gut. Ich werde dir die gekürzte Fassung erzählen. Ohne Schnörkel. Mein Vater war ein arbeitsloser Trinker, der fand, dass die Welt ihm etwas schuldete, und der seinen Zorn und Frust an meiner Mutter und mir ausließ. In dem Bestreben, mich zu schützen, nahm sie den Großteil seiner Wut auf sich. An den meisten Abenden lag ich zusammengerollt auf meinem Bett und versuchte nicht zu weinen, während ich hörte, wie mein Vater sie anschrie. Anfangs schrie er sie immer an und dann wandelte die Misshandlung sich von verbal zu körperlich. Ich konnte die Boxhiebe und Ohrfeigen durch die dünnen Wände ebenso hören wie das Schluchzen meiner Mutter, wenn sie versuchte, ihn zum Aufhören zu bewegen."

Nick hob eine zitternde Hand und fuhr sich damit über das Gesicht. „Meine Mutter starb, als ich fünf Jahre alt war. Sie stürzte die Kellertreppe hinunter. Mein Vater erzählte allen, dass es ein Unfall gewesen sei, aber ich wusste es besser. Ich hatte gesehen, wie er sie gepackt hatte, als sie mit einem Korb voll Wäsche die Treppe hinuntergehen wollte. Sie versuchte sich loszureißen und sagte ihm, dass sie zu tun habe, und er entgegnete: ‚Gut. Du willst in den Keller? Dann helf ich dir.' Und dann stieß er sie." Nicks Stimme brach und er sog scharf die Luft ein.

„Ist schon gut, Nick." Rachel umfasste seine Hand mit beiden Händen und strich in einem gleichmäßigen, tröstenden Rhythmus, der gar nicht zu ihrer unsicheren Stimme passte, über seine Finger. „Lass dir Zeit."

Er trank einen Schluck von seinem kalten Kaffee und versuchte, den bitteren Geschmack in seinem Mund fortzuspülen. Es funktionierte nicht. Es funktionierte nie. „Er wusste, dass ich gesehen hatte, was passiert war. Er packte mich und sagte, wenn ich jemandem davon erzählen sollte, würde er mich irgendwann nachts fortbringen und über die Brücke in den Detroit River werfen."

Als Rachel hörbar einatmete, fasste er ihre Hand fester und suchte ihren Blick. „Ich habe dich gewarnt, dass es hässlich ist."

„Ich weiß. Es fällt mir nur so schwer, mir vorzustellen, dass ein Vater seinem Sohn so etwas antun kann." Tränen klangen in ihren Worten mit.

„Vielleicht höre ich besser auf."

„Nein. Bitte … erzähl mir den Rest."

Es gab keine Zweifel an ihrer Ernsthaftigkeit. Seine Geschichte mochte sie verstören und vielleicht hätte sie sie lieber nicht gehört, aber ihr war bewusst, dass sie sie hören musste, wenn sie ihn wirklich verstehen wollte.

Diese Dame hatte Mut. Und war voller Entschlossenheit.

Noch mehr gute alte Tugenden, die er der ständig wachsenden Liste hinzufügen konnte.

„Also gut." Nick nickte kurz. „Nachdem meine Mutter nicht mehr da war, bekam ich den Zorn und die schlechte Laune meines Vaters zu spüren. Ich versuchte ihm aus dem Weg zu gehen und immer alles zu tun, was er von mir verlangte. Aber ich konnte es ihm nie recht machen. Er legte die Messlatte immer höher, bis ich keine Chance mehr hatte, es zu schaffen. Ich glaube, es hat ihm irgendein perverses Vergnügen bereitet, mich zu quälen. Eine meiner Aufgaben war es, das Bad zu putzen, und ich weiß noch, dass es ihm einmal nicht sauber genug war. Zur Strafe zwang er mich, die Toilette mit meiner Zahnbürste zu schrubben – und mir dann damit die Zähne zu putzen."

„Oh, Nick." Rachels Miene waren voller Kummer und ihre Stimme klang erstickt.

Er hielt ihre Hand fester. „Ich werde dir all die anderen Vorfälle dieser Art ersparen. Er setzte seinen Gürtel immer nur an Körperteilen ein, die normalerweise bedeckt waren. Aber dann fing er eines Nachts im Rausch und voller Wut über irgendeine Kleinigkeit an, mich anzubrüllen und herumzuschubsen. Bevor ich wusste, wie mir geschah, jagte er mich mit dem Fleischmesser durchs Haus. Ich kroch unter sein Bett, weil ich wusste, dass er mir dorthin nicht folgen konnte, weil es zu niedrig war. Aber er hatte einen langen Arm. Er fing an, das Messer hin und her zu schwenken, und es erwischte mich, bevor ich ausweichen konnte. Wenn die Nachbarn nicht den Lärm gehört und die Polizei gerufen hätten, hätte ich die Nacht nicht überlebt, glaube ich."

„War das der Zeitpunkt, an dem du in ein Pflegeheim kamst?"

„Ja. Das Jugendamt holte mich noch in derselben Nacht raus. Die Wunde an meinem Kopf heilte, aber die Narbe blieb – zusammen mit all den unsichtbaren Narben. Monatelang litt ich unter Angst und Unsicherheit und einem Gefühl der Wertlosigkeit. Ich redete nicht mehr und zog mich völlig zurück. Die Fachleute dachten schon, ich hätte autistische Tendenzen.

Aber allmählich wich die Angst der Wut. Ich wurde rebellisch und aggressiv und unausstehlich. Eine Pflegefamilie nach der anderen gab auf und schickte mich zurück ins Heim. Ich wurde ein Kind ohne Heimat. Ohne Zuhause, ohne jemanden, der sich für mich interessierte. Deshalb war ich leichte Beute für die Gruppe von Außenseitern, die mich aufnahm. Ich wäre endgültig auf der falschen Seite des Gesetzes gelandet, wenn Dan Foley mich nicht gerettet hätte."

„Wie ist es ihm gelungen, zu dir durchzudringen?"

„Hartnäckigkeit. Echtes Interesse. Rücksicht. Er war der erste Mensch außer meiner Mutter, der sich wirklich für mich und meine Zukunft interessierte. Er war es auch, der meine Begabung für Holzarbeiten entdeckte. Samstags lud er mich zu sich nach Hause ein, damit ich ihm bei Arbeiten am Haus half. Er tat es unter dem Vorwand, ich könne mir ein bisschen Geld verdienen, aber in Wirklichkeit wollte er mich im Auge behalten. In dem Herbst, in dem wir uns kennenlernten, war er gerade dabei, seine Garage zu erweitern. Ich merkte, dass mir diese Art von Arbeit lag, und nachdem wir das Projekt beendet hatten, spannte er mich dafür ein, ein Bühnenbild für ein Theaterstück der Kirche zu bauen. Bevor ich wusste, wie mir geschah, war ich Mitglied der Jugendgruppe dort.

Dan ist auch der Grund, warum ich schließlich zu Gott fand. Er war ein gläubiger Christ und er lebte seinen Glauben jeden Tag. Er kümmerte sich um die Jugendlichen, die am meisten Hilfe brauchten, und selbst wenn sie ihn ablehnten, versuchte er es weiter. Ich habe ihn einmal gefragt, warum er bei den wirklich harten Fällen nicht einfach aufgab, und seine Antwort werde ich nie vergessen. Er sagte: ‚Wenn Gott uns nie aufgibt, wenn er immer bereit ist, uns noch eine Chance zu geben, wie kann ich dann etwas anderes tun?'"

Eine Weile herrschte Stille, bevor Rachel sprach.

„Was ist mit deinem Vater geschehen, Nick?"

„Er war eine Zeitlang im Gefängnis. Als Kind habe ich mich nicht dafür interessiert, was mit ihm war, ich war einfach nur froh, dass er aus meinem Leben verschwand. Aber als Erwachsener habe ich Nachforschungen angestellt und herausgefunden, dass er schon vor etlichen Jahren gestorben war. Er ist im Rausch eine Treppe hinuntergefallen. Ironisch, oder?" Sein Mund verzog sich zu einem kurzen, freudlosen Lächeln. „Ich schäme mich dafür, dass ich bei der Nachricht ein Gefühl der Genugtuung empfand. Trotz meines Glaubens arbeite ich immer noch daran, ihm zu vergeben. Irgendwann werde ich es mit Gottes Hilfe schaffen."

„Allmählich beginne ich zu verstehen, wie wichtig dein Glaube für dich ist."

Er sah ihr in die Augen. „Er ist die Mitte meines Lebens, Rachel. Meine Beziehung zu Gott ist das unglaublichste Geschenk, das ich je erhalten habe. Die absolute Gewissheit, dass ich nie wirklich allein bin, hat mich durch einige schwere Zeiten getragen." Er drückte ihre Hand ein letztes Mal und ließ sie dann los. „Danke fürs Zuhören."

„Ich danke *dir*, weil du es mir erzählt hast."

Er bemerkte, dass sie ein wenig das Gesicht verzog, als sie ihre Finger bewegte. „Was ist los?"

„Nichts." Sie wollte die Hand schnell wegziehen und auf ihren Schoß legen.

„Lass mal sehen." Er nahm ihre Hand und sah voller Entsetzen die weißen Streifen, die sich über die gerötete Haut zogen. Während er den Kloß in seinem Hals herunterschluckte, begann er vorsichtig die Spuren fortzumassieren, die sein fester Griff verursacht hatte, während er sich an ihre Hand geklammert und über seine hässliche Vergangenheit gesprochen hatte. „Das tut mir leid, Rachel. Du hättest sagen sollen, dass ich dir wehtue."

„Ich habe es nicht einmal bemerkt."

„War meine Geschichte so fesselnd?" Er versuchte zu lächeln, aber es gelang ihm nicht.

„Mit einem Wort … ja. Und mich fasziniert die Macht, die der Glaube in deinem Leben hat. Außerdem finde ich den Gedanken, nie allein zu sein, sehr faszinierend. Weißt du was? Wenn die Einladung zum Gottesdienst noch gilt, würde ich morgen gerne mit dir hingehen."

Diesmal war sein Versuch zu lächeln erfolgreich. „Ich hole dich um halb zehn ab. Und ich verspreche dir, dass du es nicht bereuen wirst."

Und er würde es auch nicht bereuen. Ein Schimmer der Hoffnung erhellte Nicks Herz, als sie beide aufstanden, um den Tisch zu Ende abzuräumen. Im besten Fall würde sie verstehen, warum so viel für den christlichen Glauben sprach. Im schlimmsten Fall könnte er noch ein paar Stunden länger ihre Gegenwart genießen.

Was ihn betraf, war das eine Situation, von der alle Beteiligten profitierten.

Kapitel 10

Tu etwas Produktives.

Diesen Befehl hatte Nick sich schon unzählige Male gegeben, seit er an diesem Montagmorgen das Büro betreten hatte, aber es nützte nicht viel. Seine Gedanken wanderten immer wieder zu seinem Wochenende mit Rachel zurück. Schlussendlich hatten sie den ganzen Samstag zusammen verbracht. Aus dem Frühstück war eine Fahrt in den botanischen Garten von Missouri geworden, wo sie der eisigen Kälte auf der anderen Seite der Glaskuppel zum Trotz durch das Tropenhaus spaziert waren. Anschließend waren sie ins Kino gegangen und ein gemütliches Essen in einem urigen Restaurant in *The Hill*, dem traditionellen italienischen Stadtteil von St. Louis, hatte ihren gemeinsamen Tag beendet.

Er lehnte sich auf seinem Stuhl zurück und lächelte. Der Sonntag war genauso gut gewesen, wenn nicht sogar besser. Der Gottesdienst am Vormittag war erhebend gewesen, und danach hatte Rachel ihn mit Fragen gelöchert, die darauf schließen ließen, dass sie ein ernsthaftes Interesse daran hatte, mehr zu erfahren. Er hatte sie zu ihrem Auftritt im Hotel gefahren und war geblieben, um Scones und Sandwiches zu essen, während er ihr zuhörte. Jetzt konnte Rachel nicht mehr sagen, sie hätte noch nie einen Mann allein zum Nachmittagstee kommen sehen.

Am Haus hatte er gar nichts geschafft. Unter normalen Umständen hätte das bedeutet, dass sein Wochenende ein Reinfall gewesen war. Aber seine Maßstäbe hatten sich verschoben.

„Wie ich sehe, warst du am Wochenende mit Rachel zusammen."

Nick fuhr mit seinem Stuhl herum, als er Marks Bemerkung hörte. „Hast du mich beschatten lassen?"

„Das ist gar nicht nötig. Das dämliche Grinsen in deinem Gesicht sagt alles."

Nick streckte die Beine vor sich aus und verschränkte die Finger hinter dem Kopf. Es hatte keinen Sinn, das Offensichtliche zu bestreiten. „Es war ein gutes Wochenende."

„Hast du viel am Haus geschafft?"

„Nee. Ich hatte was Besseres vor."

Mark grinste. „Wird ja auch Zeit. Aber wenn ich dir einen Rat geben darf." Er warf einen Blick über seine Schulter und senkte die Stimme. „Tu so, als wärst du beschäftigt. Steve sucht jemanden, der Spuren in einem Fall in Houston für ihn verfolgt."

„Danke für die Warnung." Nick setzte sich aufrecht hin und wandte sich wieder seinem Schreibtisch zu. Das Letzte, was er wollte, war eine Reihe von nutzlosen Befragungen durchzuführen und kalte Fährten für eine andere Dienststelle zu verfolgen.

Fest entschlossen, sich zu konzentrieren, ging er seine E-Mails durch und druckte diejenigen aus, die mit konkreten Fällen zu tun hatten und Telefonate erforderten. Dann überflog er die internen Nachrichten und die E-Mails von anderen Dienststellen und durchforstete die Datenbanken nach Updates wichtiger Fälle, auch wenn die Informationen, die er auf diesem Wege bekam, nur selten etwas mit seiner alltäglichen Arbeit zu tun hatten.

Die Meldung bezüglich der O'Neil-Entführung stach ihm jedoch ins Auge und er überflog die Nachricht. Noch immer keine Spuren. Nachdem jemand vor sieben Wochen das fünf Monate alte Baby entführt hatte, war es wie vom Erdboden verschluckt. Der Täter hatte sich nicht gemeldet und es gab kaum Hinweise.

Das Büro in Chicago bat die Agenten im ganzen Land weiterhin, die Augen offenzuhalten, damit der Fall nicht in Vergessenheit geriet, aber nach so vielen Wochen bestand kaum noch Hoffnung auf ein gutes Ende, das wusste Nick. Wenn ein entführtes Baby nicht innerhalb der ersten paar Tage gefunden wurde, fand man es meistens gar nicht.

Um seine eigentliche Arbeit noch ein bisschen hinauszuzögern, klickte Nick auf das angehängte Bild des Säuglings. Ein süßes Baby. Lockiges rotes Haar, große blaue Augen, ein zufriedenes Lächeln. Er konnte sich kaum vorstellen, welche Qualen die Eltern durchmachten.

Sein Finger schwebte schon über der Maus, um den Anhang wieder zu schließen, als ein paar orangefarbene Fäden am unteren Rand des Bildes seine Aufmerksamkeit erregten. Sie sahen wie Wolle aus.

Die Art Wolle, aus der man Haare für eine Stoffpuppe machte.

Nick beugte sich vor, um das Bild besser betrachten zu können, dann drehte er sich auf seinem Stuhl herum, um die Puppe anzusehen, die ihn aus der Ecke seines Büros anlächelte. Bevor es durch den dreckigen Schneematsch gezogen worden war, könnte das Haar der Puppe die gleiche Farbe gehabt haben wie die Wolle auf dem Foto.

Ein plötzlicher Adrenalinstoß ließ Nicks Puls schneller schlagen, aber er versuchte ihn in Schach zu halten. Millionen Kinder hatten Stoffpuppen. Selbst wenn die Fäden, die er auf dem Foto sah, aus Wolle waren, und selbst wenn sie zu einer Stoffpuppe gehörten, gab es nichts, was die Puppe in seinem Büro mit der auf dem Foto in Zusammenhang brachte.

Außer vielleicht die negativen Schwingungen, die Rachel verspürt hatte.

Wieder schoss das Adrenalin durch seine Adern und diesmal konnte er seine Aufregung nicht so einfach bezwingen.

Aber Emily hatte eine ganz rationale Erklärung für Rachels Reaktion auf die Puppe geliefert. Eine, die sie alle akzeptiert hatten, auch Rachel. Der Gedanke, dass ihre Reaktion von etwas anderem als einer vergrabenen Erinnerung ausgelöst worden war, war verrückt.

Warum also beschäftigte er sich dann nicht mit seinen *echten* Fällen?

Die Antwort auf diese Frage kam ihm, als er das engelgleiche Gesicht des Babys auf dem Bildschirm ansah. Seine eigene Kindheit war zerstört worden. Wenn es auch nur den Hauch einer Chance gab, dass die Puppe in seinem Büro etwas mit diesem Baby zu tun hatte, dass sie den am Boden zerstörten Eltern Antworten gab und ihrer Ungewissheit ein Ende setzte, dann musste er der Sache nachgehen.

Nick wählte die Nummer des Agenten in Chicago, der für den Fall zuständig war, und trommelte mit den Fingern auf dem Schreibtisch, während er die Puppe anstarrte.

„Matt Carson."

„Hi Matt. Nick Bradley vom Büro in St. Louis. Ich habe gerade die Meldungen abgerufen und das Foto von dem O'Neil-Baby gesehen. Geht das Bild noch weiter?"

„Ja, wir haben es beschnitten, um das Gesicht größer zu zeigen. Hast du eine Spur?"

„So weit würde ich nicht gehen. Es ist eher ein Gefühl."

„Ich maile dir das ganze Foto. Wir könnten in dem Fall wirklich einen Durchbruch gebrauchen, denn die Fährte ist so kalt wie der Winter in Chicago. In ein paar Minuten hast du das Bild."

„Danke. Ich melde mich, wenn ich etwas habe, aber ich fürchte, es ist reine Spekulation."

„Ich bin inzwischen so weit, dass ich alles nehme, was ich kriegen kann."

Fünf Minuten später, als das Signal den Eingang einer E-Mail bestätigte, klickte Nick auf die Nachricht von Matt Carson und öffnete den Anhang.

Megan O'Neil lächelte ihn an. Und im Arm hielt sie eine zerschlissene Stoffpuppe – die an genau derselben Stelle geflickt war wie die in seinem Büro.

„Die Luft ist rein. Steve hat den Houston-Fall …" Mark verstummte. „Hey … was ist los?"

Es dauerte einen Augenblick, bis Marks Frage zu ihm durchdrang, doch dann winkte Nick ihn näher und zeigte auf den Computerbildschirm. „Sieh dir das mal an."

Mark beugte sich über seine Schulter. „Das ist das O'Neil-Baby, nicht wahr? Warum hast du …"

In der fassungslosen Stille, die folgte, spürte Nick, wie Marks Blick in die Ecke wanderte.

„Gütiger Gott." Marks leise, schockierte Bemerkung war halb Ausruf, halb Gebet.

„Genauso habe ich auch reagiert." Nick fuhr herum. Sie starrten beide die Puppe an.

„Das ergibt keinen Sinn." Mark runzelte die Stirn und schüttelte den Kopf. „Es sei denn, deine Rachel weiß mehr, als sie zugibt."

Der skeptische Unterton in Marks Stimme ärgerte Nick. Aber er war zugleich eine Warnung. Wenn selbst Mark den Verdacht hegte, dass Rachel in ein Verbrechen verwickelt war, dann würden andere auch auf diese Idee kommen. Niemand würde ihr ihre Geschichte mit den „Schwingungen" abnehmen. Und trotzdem sagte Nicks Bauchgefühl ihm, dass sie nichts mit der Entführung des Babys zu tun hatte.

„Wenn sie mehr wüsste, hätte sie mir das bei ihrem ersten Besuch erzählt. Außerdem wäre sie überhaupt nicht zum FBI gegangen, wenn sie etwas mit der Entführung zu tun hätte."

„Aber wie erklärst du dir dann die Verbindung zwischen ihr und der Puppe?"

„Das hat Emily schon getan."

„Aber das hier wirft ein ganz neues Licht auf die Situation."

„Es könnte ein Zufall sein. Emilys Theorie könnte immer noch zutreffen."

„Ich weiß nicht, Nick." Mark rieb sich den Nacken und seine Miene war sorgenvoll. „Das kommt mir zu seltsam vor, um ein Zufall zu sein."

Nick erhob sich und verschränkte die Arme vor der Brust. „Rachel weiß nichts über die Entführung, Mark."

„Bist du dir da sicher?"

„Ja."

Mark schürzte die Lippen. „So weit seid ihr also schon, hm?"

„Nein, sind wir nicht. Aber die Möglichkeit besteht. Und ich habe genug über sie erfahren, um mir sicher zu sein, dass sie nichts mit diesem Verbrechen zu tun hat." Er wandte seinen Blick ruckartig dem Foto auf seinem Bildschirm zu.

„Kann sein, dass du recht hast. Aber wir müssen mit ihr darüber reden."

„Wir?"

„Es wäre sicherer, wenn wir beide zu ihr gehen, meinst du nicht? Für den Fall, dass irgendjemand von euch beiden erfährt und sich fragt, ob deine Objektivität beeinträchtigt ist."

Er konnte Marks Argumentation nicht widerlegen. Die Tatsache, dass ihm dieser Gedanke nicht selbst gekommen war, zeigte, dass seine Gefühle für Rachel seinen Verstand schon vernebelt hatten. „Ja, stimmt. Aber ich muss erst mit Steve und Marty sprechen." Sowohl der Leiter der Einsatztruppen als auch der Leiter des Büros in St. Louis würden erwarten, dass sie sofort informiert wurden, wenn in einem so prominenten Fall eine Spur auftauchte, und Nick hatte vor, gerade in diesem Fall alle Regeln aufs Genaueste zu befolgen.

„Gute Idee. Ich sage meine Termine für morgen ab und bringe die Puppe ins Labor."

Als Mark sich anschickte zu gehen, hielt Nick ihn am Arm zurück. „Hör mal ... du stellst die Fragen, okay?"

„Klar. Ich erinnere mich daran, dass du mir im Sommer einen ähnlichen Gefallen erwiesen hast."

„Stimmt." Die Verhaftung des Mannes, der versucht hatte,

Emily umzubringen, war ein Ereignis, das keiner von ihnen beiden jemals vergessen würde.

Während Mark sich zwischen den anderen Arbeitsplätzen des Großraumbüros hindurchschlängelte, dachte Nick an damals zurück – dass Mark beinahe die Frau verloren hätte, mit der er jetzt verheiratet war. Der Gedanke war nicht angenehm. Und die jüngste Entwicklung in der Puppengeschichte war ebenfalls alles andere als beruhigend.

Er hatte keinen Zweifel daran, dass Rachel in keinerlei Weise an der O'Neil-Entführung beteiligt gewesen war. Aber irgendeine Verbindung zu ihr gab es. Emilys Erklärung für Rachels Reaktion war logisch gewesen, aber allmählich fing auch Nick an zu glauben, dass noch mehr dahintersteckte.

Er konnte nur hoffen, dass derjenige, der für das Verbrechen verantwortlich war, den Artikel in der *St. Louis Scene* nicht gesehen hatte und zum selben Schluss gekommen war.

Denn dann könnte diese Sache sehr, sehr gefährlich werden.

* * *

Dreißig Minuten später wurde Rachel aus dem Musikunterricht in der vierten Klasse geholt, um mit dem FBI zu sprechen. Sie erwartete fast, von Nick mit einem Lächeln empfangen zu werden und mit der Frage, ob sie nicht eher Schluss machen und mit ihm zu Mittag essen könne.

Aber als sie das verwaiste Lehrerzimmer betrat, zerschlugen die ernsten Mienen der beiden Männer, die dort auf sie warteten, diese Hoffnung. Verwirrt blickte sie von Nick zu dem großen, dunkelhaarigen Mann neben ihm und dann wieder zu Nick. „Stimmt irgendetwas nicht?"

„Ms Sutton, ich bin Spezialagent Mark Sanders." Der dunkelhaarige Agent lächelte und reichte ihr die Hand, während er sprach. „Ich weiß, dass Nick und Sie sich bereits kennen. Wir haben nur ein paar Fragen."

„Worüber?"

Mark deutete auf einen Stuhl. „Bitte setzen Sie sich, dann erklären wir Ihnen, worum es geht."

Mit einem erneuten fragenden Blick zu Nick setzte sie sich auf den Stuhl, auf den Mark gezeigt hatte, und wartete, während die beiden Männer ihr gegenüber Platz nahmen.

„Es geht um die Stoffpuppe, Rachel", sagte Nick.

„Ich dachte, das wäre erledigt."

„Nicht ganz, Ms Sutton. Erkennen Sie dieses Kind?" Der dunkelhaarige Mann reichte ihr ein Foto.

Rachel betrachtete das lächelnde Baby und schüttelte den Kopf. „Nein."

„Das ist Megan O'Neil. Sie wurde vor sieben Wochen in Chicago entführt."

„Ich habe in der Zeitung davon gelesen." Rachels Miene wurde mitfühlend. „Sie haben sie bisher nicht gefunden, oder?"

„Nein." Mark reichte ihr ein anderes Bild. „Dies ist die nicht beschnittene Version desselben Fotos."

Im Bruchteil einer Sekunde verstand Rachel, warum das FBI sie befragte. Die Puppe, die sie gefunden hatte, gehörte dem entführten Säugling. Ihr stockte der Atem und sie sah zu Nick auf. „Bedeutet das, mein Gefühl hatte doch nichts mit einem Ereignis in meiner Kindheit zu tun?"

„Ich habe keine Ahnung, was das bedeutet." Nick beugte sich vor und faltete die Hände zwischen seinen Knien, während er sie unverwandt ansah. „Hast du irgendeine Beziehung zu den O'Neils, Rachel? Oder zu den Pearsons? Das ist der Mädchenname der Mutter."

„Nein. Ich habe überhaupt keine Verwandten. Und ich habe auch keine Freunde in Chicago." Wieder betrachtete sie das Foto. „Meinst du, meine innere Unruhe in den letzten Wochen hat auch irgendetwas hiermit zu tun?"

„Was für eine innere Unruhe?" Mark warf Nick einen fragenden Blick zu.

„Rachel hat mir erzählt, dass sie sich seit Anfang des Jahres unausgeglichen fühlt und nervös ist." Seine Augen verengten sich, als er sie ansah. „Kannst du dich erinnern, wann dieses Gefühl anfing?"

„Ja, ich kann dir sogar den genauen Zeitpunkt nennen, weil es so plötzlich kam. Gerade ging es mir noch gut, während ich an dem Wandgemälde für einen Kunden arbeitete, und im nächsten Augenblick überfiel mich ein Gefühl der Panik. Es war an einem Samstag. Am 4. Januar. Ungefähr um zehn Uhr morgens."

Mark blätterte in der Akte auf seinem Schoß, überflog ein Blatt Papier und reichte es Nick mit grimmiger Miene.

„Was ist?", fragte Rachel.

Nachdem Nick den Bericht ebenfalls überflogen hatte, atmete er hörbar aus. „Genau an dem Tag und zu der Uhrzeit wurde das Baby der O'Neils entführt."

Einen Augenblick lang schwankte die Welt vor Rachels Augen. Das konnte unmöglich wahr sein. Sie war kein Medium. Sie glaubte nicht an solche Dinge. Und sie bezweifelte, dass die Männer, die ihr hier gegenübersaßen, es taten. Was in ihren Augen mit Sicherheit nur einen Schluss zuließ: Sie musste irgendetwas mit dem Verbrechen zu tun haben.

Angespannt blickte Rachel in ihre Gesichter. Das von Mark Sanders wirkte unbeteiligt und Nick sah besorgt aus. Beides keine beruhigenden Mienen. Panik schnürte ihr die Kehle zu – und diesmal konnte sie die Ursache genau ausmachen.

„Ich habe nichts mit der Entführung zu tun." Ihre Worte klangen gepresst. „Du kannst doch nicht im Ernst glauben, dass ich so etwas tun würde." Sie sah Nick an, aber der zurückhaltende Fremde hatte keine Ähnlichkeit mit dem warmherzigen, engagierten Man, mit dem sie einen Großteil des Wochenendes verbracht hatte.

„Wir beschuldigen Sie nicht, Ms Sutton", sagte Mark zu ihr. „Wir versuchen nur zu verstehen, warum Sie diese … Gefühle haben."

„Ich verstehe es ja selbst nicht." Sie hörte den Anflug von Hysterie in ihrer Stimme und sie spürte, wie Nicks Haltung sich ein wenig veränderte, so als wollte er den Arm ausstrecken und ihre Hand nehmen. Sie wünschte, er täte es. Stattdessen stellte er eine Frage.

„Gibt es noch irgendetwas anderes, das du uns über dieses Verbrechen erzählen kannst, ausgehend von deiner Reaktion, Rachel?"

„Ich weiß überhaupt nichts über dieses Verbrechen. Ich hatte keine Ahnung, dass die Puppe oder meine Gefühle etwas damit zu tun haben."

Mit einem Blick zu Nick klappte Mark die Akte auf seinem Schoß zu. „Ich glaube, das ist für heute alles, Ms Sutton. Es tut mir leid, dass wir Sie stören mussten. Wir wären dankbar, wenn Sie den Grund für unseren Besuch vertraulich behandeln würden."

Die beiden Männer erhoben sich. Auch Rachel stand auf.

„Gib mir eine Minute." Nicks Worte richteten sich an Mark, aber sein Blick blieb auf Rachel geheftet.

Mit einem Nicken ging der dunkelhaarige Mann hinaus.

Als die Tür hinter ihm ins Schloss fiel, machte Nick einen Schritt auf Rachel zu. Dann blieb er stehen. „Das alles tut mir unendlich leid, Rachel."

Sie schlang die Arme um ihren Oberkörper und wünschte sich, es wären Nicks Arme, die sie umfasst hielten. „Glaubst du mir?"

„Ja."

Die Tatsache, dass seine Antwort ohne Zögern kam, und die Ehrlichkeit in seinen Augen ließen Rachel langsam ausatmen. „Ich verstehe nicht, was hier vor sich geht, Nick."

„Uns geht es genauso."

„Ich glaube nicht an ASW."

„Das tun wir auch nicht."

„Aber mir fällt keine andere Erklärung ein. Meine Unruhe

fing an, als das Baby entführt wurde. Und ich hatte eine äußerst starke Reaktion auf die Puppe." Sie fühlte den Druck von Tränen in ihrer Kehle und versuchte sie hinunterzuschlucken. „Was geschieht als Nächstes?"

„Ich fliege heute Nachmittag nach Chicago, um mit dem für den Fall zuständigen Agenten zu sprechen. Während ich fort bin, werden unsere Leute hier das Personal in dem Schnellrestaurant befragen."

„Das wird doch nicht viel bringen, oder? Die Puppe könnte zu jedem beliebigen Zeitpunkt in den ersten Wochen nach dem Verschwinden des Babys dort weggeworfen worden sein. Ich habe sie erst Anfang Februar gefunden."

„Wahrscheinlicher ist aber, dass der Entführer sie weggeworfen hat, kurz nachdem er das Baby entführt hat. Vielleicht sogar am selben Abend. Unsere Agenten werden sich auf die Mitarbeiter konzentrieren, die in den ersten Tagen Dienst hatten."

„Glaubst du, dass das Baby noch in der Stadt ist?"

„Es ist möglich. Die Tatsache, dass du die Puppe mitten in einem Stadtteil gefunden hast, legt die Vermutung nahe, dass der Entführer nicht nur kurz von der Autobahn abgefahren ist, während er auf dem Weg woandershin war." Er trat einen Schritt näher und senkte die Stimme. „Ich möchte, dass du vorsichtig bist, Rachel."

Sein eindringlicher Blick ließ Rachel aufmerken. „Warum?"

„Dein Name ist bereits öffentlich mit diesem Verbrechen in Verbindung gebracht worden."

„Du meinst die *St. Louis Scene*? Aber in der Geschichte wird die Entführung doch gar nicht erwähnt."

„Der Entführer wird die Verbindung aber herstellen – wenn er oder sie den Artikel liest."

Eine Welle des Entsetzens schlug über Rachel zusammen und sie tastete nach der Rückenlehne ihres Stuhls. Nicks Finger schlossen sich um ihren Oberarm, um sie zu stützen.

„Daran habe ich gar nicht gedacht."

„Mach dich deswegen nicht verrückt. Ich bezweifle, dass die Täter den Bericht gesehen haben. Ich möchte nur, dass dir das Risiko bewusst ist – und dass du auf dich aufpasst."

Sie schob ihre Haare mit etwas unsicheren Fingern hinter ihre Ohren. „Ich habe nicht damit gerechnet, dass meine Woche so anfängt."

„Da sind wir schon zu zweit."

Rachel nahm ihre Brille ab, um ihren Nasenrücken zu massieren, und ihre Worte klangen ein wenig zittrig. „Ich habe mich schon oft allein gefühlt, aber noch nie so wie jetzt."

Nick berührte mit der Hand das schmale goldene Kreuz, das um ihren Hals hing, und wog es in seiner Hand. „Du bist nie allein, Rachel. Halt dich hieran fest, wenn du einen Freund brauchst. Wenn du redest, wird er dir zuhören."

Irgendwie gelang ihr ein halbherziges Lächeln. „Aber er antwortet nicht. Jedenfalls nicht so, dass ich es hören kann."

„Um seine Stimme zu hören, ist ein bisschen Übung nötig." Er ließ das Kreuz los. Eine Sekunde lang, als seine Finger den Kragen ihrer Bluse streiften, wurden seine Augen dunkler, und sie dachte, er würde näher treten und sie in den Arm nehmen, aber stattdessen schob er die Hände in die Hosentaschen. „Ruf mich an, wenn du etwas brauchst."

„Heißt das, du rufst nicht an?" Die Frage sollte neckisch klingen, aber sie klang wehmütig.

„Ich glaube, es wäre klug, wenn wir unsere ... private ... Beziehung für eine Weile ruhen ließen."

„Weil du an mir zweifelst?"

„Nein." Seine Antwort kam ohne Zögern – und klang überzeugend. „Aber ich möchte diesen Fall bearbeiten. Und wenn mein Boss denkt, dass zwischen uns etwas läuft, werde ich von den Ermittlungen abgezogen."

Seine Antwort ergab einen Sinn. Das bedeutete allerdings noch lange nicht, dass ihr die jüngste Entwicklung der Ereignisse gefallen musste.

„In Ordnung. Wirst du … oder jemand anders … mich auf dem Laufenden halten?"

„Ja. Das verspreche ich dir." Er nahm ihre Hand und verschränkte seine Finger mit den ihren. „Und hier gleich noch ein Versprechen: Wenn das alles vorbei ist, holen wir die verlorene Zeit nach."

Nick drückte sanft ihre Hand, dann ließ er los und schlüpfte zur Tür hinaus.

Stille legte sich über das Lehrerzimmer und Rachel sank auf ihren Stuhl. Sie musste zurück in ihren Musikunterricht – aber sie brauchte noch ein paar Minuten, um ihre Nerven zu beruhigen. Sie berührte das Kreuz, das um ihren Hals hing, und versuchte, Trost in Nicks Versprechen zu finden, dass sie nie allein war. Ein Text aus der Bibel, den sie gestern im Gottesdienst gehört hatte, kam ihr in den Sinn. „Ich bin bei euch alle Tage bis an der Welt Ende." Es war ein schönes Versprechen. Und irgendwann würde es sie vielleicht ebenso trösten, wie es Nick tröstete.

Aber in diesem Augenblick ließ sie sich lieber von Nicks Versprechen trösten, dass diese unerwartete Komplikation nur einen kurzen Umweg auf dem Weg ihrer Beziehung bedeutete.

Sie war entschlossen, sich von dieser Hoffnung stärken zu lassen, was auch immer auf sie zukam.

Kapitel 11

„Ich gehe den Fall gerne persönlich mit dir durch, aber wir hätten das wahrscheinlich auch am Telefon machen und dir die Reise ersparen können." Matt Carson sah Nick an, während er zwei Plastikbecher mit Kaffee auf den Tisch des Konferenzraums in dem mehrstöckigen FBI-Gebäude von Chicago stellte.

Nick wandte sich von der komplett verglasten Außenwand ab, die einen Panoramablick auf die dunkler werdende Silhouette der Stadt bot. Die Schatten unter den Augen seines Kollegen und die Falten um seine Augenwinkel ließen vermuten, dass er im Hinblick auf die O'Neil-Entführung mehr als nur eine Nachtschicht eingelegt hatte. Die Belastung, der leitende Ermittler in einem wichtigen Fall zu sein und keinerlei Ergebnisse vorweisen zu können, hatte sicherlich noch ein paar zusätzliche weiße Haare in seinem ohnehin schon ziemlich melierten dunklen Schopf hinterlassen.

„Es gibt einige merkwürdige Wendungen in dieser Sache, die ich lieber persönlich mit dir besprechen wollte." Nick setzte sich an den Konferenztisch, auf den Matt in Vorbereitung auf ihr Treffen mehrere Akten gestapelt hatte. Nick legte noch ein paar eigene dazu.

„Es ist mir egal, wie merkwürdig sie sind, solange sie uns bei dem Fall in irgendeiner Weise weiterhelfen."

„Darüber solltest du dir besser erst ein Urteil bilden, wenn du gehört hast, was ich habe. Aber zuerst wäre ich dankbar für eine kurze Zusammenfassung."

Der Mann trank einen Schluck Kaffee, zog eine der Akten näher und schlug sie auf. „Am 4. Januar, gegen zehn Uhr morgens, wurde Megan O'Neil entführt, während ihre Mutter, die Organistin ist, in der Kirche für den Sonntagsgottesdienst geübt hat. Rebecca O'Neil ging zur Toilette, jemand schloss sie ein, und als der Pastor sie eine Stunde später fand, nach einem besorgten Anruf ihres Mannes, weil seine Frau nicht an ihr Handy ging, waren der Entführer und das Baby längst fort. In der Kirche gibt es keine Überwachungskameras und niemand in der Nachbarschaft hat irgendetwas Verdächtiges gesehen. Wir haben das ganze Viertel befragt."

„Was ist mit Spuren?"

„Weder drinnen und draußen. Keine verdächtigen Fußabdrücke, keine Reifenspuren, keine Fasern. Nada."

„Haben die Eltern eine weiße Weste?"

„Blitzsauber. Der Vater ist ein angesehener Architekt. Die Mutter spielt Orgel in der Kirche und unterrichtet in einem Tanzstudio. Sie sind seit fünf Jahren verheiratet und haben noch eine Tochter, Bridget, die zwei Jahre alt ist. Keine Feinde bekannt."

„Und die Entführer haben sich nicht gemeldet?"

„Wir haben nichts von ihnen gehört."

„Was haben die Profiler in Quantico gesagt?"

„Dass unser Entführer eine Frau um die dreißig oder vierzig ist, die einfach ein Baby haben wollte. Ihre erfolgreiche Flucht lässt vermuten, dass sie intelligent ist – aber vielleicht psychotisch. Die Profilerin hält eine wahnhafte Störung für möglich. Sie sagte, Menschen, die an dieser Form der Psychose leiden, könnten in anderen Lebensbereichen sehr gut funktionieren und legten oft keinerlei merkwürdiges Verhalten an den Tag, außer im Zusammenhang mit ihren Wahnvorstellungen."

Nick ließ mit nachdenklicher Miene seinen Stift auf den Tisch sinken. „Bedeutet das, ihr geht davon aus, dass es dem Baby gut geht?"

„Bis uns das Gegenteil bewiesen wird. Aber das Verhalten von psychisch kranken Menschen ist sehr unberechenbar. Falls das Baby ihr auf die Nerven gegangen ist, könnte sie es entsorgt haben. In den Müll geworfen oder in die Tiefkühltruhe gesteckt oder in einen See geworfen. Du weißt genauso gut wie ich, dass es zahllose kreative Wege gibt, wie man jemanden loswerden kann."

„Stimmt." Nick hatte in seinen Jahren beim FBI und als Streifenpolizist eine Menge gesehen. Sein Magen drehte sich nicht mehr um angesichts solcher Unmenschlichkeiten, aber er hoffte, dass er nie so immun gegen Grausamkeit werden würde, dass sie ihm nichts mehr ausmachte.

„Du kannst die Akten gerne durchsehen." Matt zeigte auf den Tisch.

„Ich würde sie gerne wenigstens kurz überfliegen. Heute noch, wenn es dir recht ist."

„Klar. Du kannst so lange bleiben, wie du willst. Aber jetzt erzähl mir von der Puppe."

Nick öffnete eine der Akten, die er mitgebracht hatte, und schob Matt über den Tisch ein Foto von der Puppe zu. „Es ist dieselbe Puppe wie auf dem Foto von Megan O'Neil. Sitz und Größe des Flickens stimmen hundertprozentig überein. Wir haben die Puppe ins Labor geschickt, aber ich bin mir nicht sicher, ob sie uns irgendwelche brauchbaren Informationen liefern wird. Eine Frau hat sie vor drei Wochen auf dem Parkplatz eines Imbissrestaurants gefunden. Wir wissen nicht, wie lange sie den Elementen ausgesetzt war."

„Wo war sie seitdem?"

Nick spürte, wie sein Nacken heiß wurde. „In einer Ecke in meinem Büro."

„Und du hast nichts damit gemacht?"

„Ich hatte keinen Grund dazu. Nachdem wir die Verbindung

zu dem Baby der O'Neils hergestellt hatten, habe ich noch einmal die Beschreibung des Kindes am Tag der Entführung gelesen, um zu gucken, ob ich etwas übersehen hatte. Eine Stoffpuppe wurde zwar erwähnt, aber ohne Einzelheiten zu ihrem Zustand oder gar dem Flicken."

„Die Mutter hat uns nicht sehr viel über die Puppe gesagt und wir haben nicht nachgebohrt. Wir sind davon ausgegangen, dass der Entführer die Puppe sofort weggeworfen hat, das war unser Fehler. Wie ist sie zu dir gekommen?"

„Das ist der merkwürdige Teil der Geschichte." Als Nick sich für die Reaktion seines Kollegen wappnete, wurde sein Griff unwillkürlich fester und die Pappe des Kaffeebechers bog sich unter seinen Fingern. „Sie wurde von Rachel Sutton zum FBI gebracht, die sie unter einem Haufen vereisten Schneematsch gefunden hatte. Sie sagte, sie habe negative Schwingungen von der Puppe gespürt."

Die unübersehbare Skepsis des anderen Agenten überraschte Nick nicht. Aber sie ärgerte ihn. Trotzdem hielt er den Mund.

„Das klingt ziemlich verrückt."

„Zuerst dachte ich das auch, bis eine Psychologin eine mögliche Erklärung lieferte." Nick erklärte ihm Emilys Theorie. „Danach schob ich die Puppe in die Ecke und vergaß sie mehr oder weniger, bis ich heute Morgen das Foto von Megan sah." Er trank einen Schluck von seinem Kaffee. „Die andere Merkwürdigkeit ist, dass Ms Sutton sich seit mehreren Wochen unruhig und angespannt fühlt. Als wir sie heute nach dem Zeitpunkt fragten, an dem diese Gefühle angefangen haben, nannte sie beinahe auf die Minute genau den Zeitpunkt der Entführung."

Die Augen des anderen Agenten verengten sich. „Was weißt du über diese Rachel Sutton?"

Nick sah in seine Akte und gab Matt die wichtigsten Eckdaten.

„Eine aktive Lady", bemerkte der Kollege. „Verheiratet?"

„Nein. Und keine Angehörigen. Sie wuchs als Waise in Pflegefamilien auf."

„Psychisch stabil?“

„Ja. Und es gibt keinerlei Hinweise auf psychische Probleme in der Vergangenheit.“

„Wie erklärt sie sich ihre Gefühle?“

„Gar nicht. Sie ist genauso verwirrt wie wir.“ Nick klappte die Mappe zu. „Ich glaube nicht an ASW, aber irgendetwas Seltsames geht hier vor. Ich glaube, es gibt eine Verbindung, die wir noch nicht entdeckt haben. Irgendein Puzzleteil, das unter den Tisch gefallen ist. Deshalb will ich diese Akten durchsehen.“

„Das heißt, es könnte ein langer Abend werden.“ Matt zog eine Visitenkarte aus einer Tasche, schrieb etwas auf die Rückseite und reichte sie Nick. „Wenn du über irgendetwas stolperst, ruf mich an. Jederzeit. Das hier ist meine private Telefonnummer, nur zur Sicherheit.“ Er stand auf, streckte sich und schüttelte Nick mit festem Griff die Hand. „Weißt du, ich bin versucht dir zu sagen, dass du besser nicht deine Zeit verschwenden solltest, aber ich habe im Laufe meiner Berufsjahre mehr als einmal seltsame Dinge erlebt. Und ich habe gelernt, auf meinen Bauch zu hören. Wenn du meinst, in alldem könnte sich ein Hinweis verbergen“ – er zeigte auf den Stapel auf dem Tisch – „dann lass dich nicht aufhalten. Wenn es nichts bringt, hast du nichts verloren außer ein paar Stunden Schlaf. Viel Glück.“

***

Vier Stunden und fünf Becher Kaffee später wünschte sich Nick, Matts Abschiedsgruß hätte Wirkung gezeigt. Aber bisher konnte von Glück keine Rede sein. Er hatte den Großteil der Akten durchgesehen und war der Erklärung für Rachels Reaktion auf die Puppe keinen Deut näher als vorher.

Seufzend zog er die letzte Mappe zu sich und blätterte sie durch. Sie enthielt weitere Fotos von Megan und davon hatte er bereits jede Menge gesehen. Sie würden ihm nicht helfen.

Gerade wollte er die Akten zuklappen und aufgeben, als ihm

eine Aufnahme aus einem Fotostudio ins Auge stach. Es zeigte die lächelnde vierköpfige Familie in festlicher Kleidung, also musste es einigermaßen neu sein. Vielleicht hatte das Foto die Weihnachtskarten der Familie geziert. Die Mutter – Rebecca O'Neil – hielt den jüngsten Zuwachs im Arm und drückte den Säugling zärtlich an sich.

Nick betrachtete die Frau genauer. Irgendetwas an ihr kam ihm vertraut vor. Zwar hatte er nach der Entführung das schwarzweiße Bild in der Zeitung gesehen, aber er spürte, dass hinter seiner Reaktion mehr steckte als das.

Er zog einen Ordner mit Hintergrundinformationen aus dem Stapel und ging noch einmal ihre Eckdaten durch. Geboren als Rebecca Michelle Pearson in Columbia, Missouri. Fünfunddreißig Jahre alt. Mutter Hausfrau. Vater Universitätsprofessor. Zwei Abschlüsse, in Musik und Pädagogik. Bis zur Geburt ihres ersten Kindes hatte sie unterrichtet. Außerdem gab sie Unterrichtskurse in einer Tanzschule.

Nichts, was ihm weiterhalf.

Nick unterdrückte ein Gähnen und sah auf seine Uhr. Kein Wunder, dass sein Gehirn nicht mehr auf Hochtouren lief. Er hatte einen ereignisreichen vierzehnstündigen Arbeitstag hinter sich. Zeit, etwas zu essen und ein paar Stunden zu schlafen. Morgen, wenn er wieder frischer war, würde er sich dem Rätsel erneut widmen.

Früher oder später würde er herausfinden, warum Rebecca O'Neil ihm bekannt vorkam. Vielleicht hatte es gar nichts mit dem Fall zu tun, aber er würde keinen noch so kleinen Hinweis außer Acht lassen.

* * *

Am Dienstagmorgen um halb sechs war Nick nach sechs Stunden Schlaf hellwach. Das Bild der jungen Mutter hatte ihn bis in seine Träume verfolgt, aber er wusste noch genauso wenig wie am Abend zuvor, warum sie vertraut wirkte. Dafür wusste er jetzt, was er als Nächstes tun würde.

Entschlossen kramte er in seiner Manteltasche nach der Karte, die Matt Carson ihm gegeben hatte. Dann tippte er die Handynummer des Kollegen in sein BlackBerry ein. Der andere Agent ging beim zweiten Klingeln dran.

„Matt, Nick Bradley hier. Tut mir leid, dass ich so früh anrufe, aber ich würde heute Vormittag gerne mit den O'Neils sprechen, bevor ich nach St. Louis zurückfliege."

„Hast du gestern Abend etwas gefunden?"

„Nicht direkt. Es ist wieder nur so ein Gefühl. Rebecca O'Neil erinnert mich an irgendjemanden, aber ich komme nicht darauf, an wen. Ich hoffe, wenn ich ihr persönlich begegne, macht es Klick. Ist es problematisch, ein Treffen zu arrangieren?"

„Nein. Es wäre für mich auch eine gute Gelegenheit, ihnen von der Puppe zu erzählen. Sie haben in den letzten Wochen die Hölle durchlebt und ich möchte ihnen keine falschen Hoffnungen machen, aber früher oder später müssen sie davon erfahren. Ich rufe sie an und hole dich in einer Stunde ab."

Neunundfünfzig Minuten später wartete Nick bereits im Foyer des Hotels, als Matt vorfuhr. Nick stellte seine Tasche auf den Rücksitz und setzte sich dann auf den Beifahrersitz.

„Die gute Nachricht ist, dass wir früh genug dran sind, um die Rushhour zu vermeiden." Matt fuhr los und fädelte sich in den bereits lebhaften Verkehr ein. „Die schlechte Nachricht ist, dass Mrs O'Neil – auch wenn ich ihr gesagt habe, dass wir keine nennenswerten Fortschritte gemacht haben – unseren Besuch so deutet, dass es eine neue Entwicklung in dem Fall gegeben haben muss, die uns vielleicht hilft, ihre Tochter zu finden."

Fünfundzwanzig Minuten später hielt Matt vor einem mit weißen Schindeln verkleideten Haus im Kolonialstil. Sofort öffnete sich die Tür und ein Mann, der den Arm um seine Frau gelegt hatte, erschien auf der Türschwelle. Die verzweifelten Eltern, die offensichtlich Ausschau nach ihnen gehalten hatten, strahlten eine fast greifbare Erwartungshaltung aus.

„Siehst du, was ich meine?“, murmelte Matt, als sie den gepflasterten Weg hinaufgingen.

Der Mann stieß die Haustür ganz auf, als sie näher kamen, und bat sie herein. Er war etwa einen Meter achtzig groß, um die vierzig und hatte ein hageres Gesicht und für sein Alter reichlich viel Silber in seinem dunklen Haar. „Mr Carson, schön Sie zu sehen.“ Er nickte dem Mann zu und reichte Nick die Hand. „Colin O'Neil. Das ist meine Frau Rebecca.“

„Nick Bradley.“ Nick gab beiden die Hand. Der Händedruck des Mannes war fest, aber in den Fingern der Frau konnte Nick ein Zittern spüren. Sie maß ungefähr einen Meter fünfundsechzig und hatte die hohen Wangenknochen einer klassischen Schönheit. Ihre Nase war nach oben gebogen wie die eines Kobolds. Eine interessante Kombination. Ihre kurzen braunen Haare, die weich und voll ihr Gesicht umspielten, wies rötliche Strähnchen auf. Die dunklen Ringe unter ihren Augen bildeten einen strengen Kontrast zu ihrem blassen Teint und sie war schrecklich dünn.

Als Matt gesagt hatte, die beiden hätten die Hölle durchlebt, hatte er nicht übertrieben. Es war ganz offensichtlich, dass das Trauma der Entführung von beiden Eltern einen hohen Tribut gezollt hatte.

„Bitte kommen Sie doch rein. Machen Sie es sich bequem.“ Colin deutete mit einer Hand in Richtung Wohnzimmer. Rechts und links von einem Kaminsims, der von langen Kerzen in Messingkerzenhaltern verziert wurde, standen zwei gepolsterte Sofas.

Die beiden Agenten setzten sich auf eines der Sofas und die Eltern nahmen auf der Kante des Sofas ihnen gegenüber Platz. „Sie haben neue Informationen?“

Matt sah Nick an und überließ damit ihm das Parkett.

Nick zog eine Akte aus seiner Tasche und schlug sie auf. „Das wurde vor drei Wochen in St. Louis gefunden und dem FBI übergeben. Gestern haben wir die Verbindung hergestellt." Er legte den Computerausdruck von der Stoffpuppe auf den Couchtisch zwischen ihnen. „Im Randbereich eines Bildes von Megan habe ich zufällig etwas bemerkt, das wie orangefarbene Wolle aussah. Ich habe mir das ganze Bild zeigen lassen und gesehen, dass es eine Übereinstimmung gibt."

Rebecca beugte sich vor, um den Ausdruck zu betrachten. „Sie haben Megans Puppe gefunden!" Sie atmete hörbar ein, während sie das Papier nahm und an ihre Brust drückte. „Wo? Wie?"

Während Nick alles erklärte, beobachtete er die junge Mutter. In der persönlichen Begegnung war das Gefühl der Vertrautheit sogar noch stärker. Trotzdem war er sich sicher, dass sie einander noch nie gesehen hatten.

„Sie meinen, eine Frau hat die Puppe abgegeben, weil sie eine negative Reaktion darauf hatte?"

Auf Mr O'Neils vorsichtige Frage hin wandte Nick seine Aufmerksamkeit dem Vater des Babys zu. „Ja. Wir haben es nicht ernst genommen – bis wir die Verbindung zu der Entführung hergestellt haben. Diese Frau verspürt außerdem seit dem genauen Zeitpunkt, zu dem Ihr Kind entführt wurde, eine merkwürdige Unruhe."

„Reden wir hier von ASW?" Skepsis trübte die Hoffnung in den Augen des Mannes.

„Wir wissen nicht, wie wir es erklären sollen", antwortete Nick.

„Mir ist die Erklärung egal, solange wir dadurch Megan finden." Rebecca beugte sich vor. Ihre Miene war angespannt. „Was bedeutet diese Entdeckung im Hinblick auf den Fall? Glauben Sie, dass die Frau etwas damit zu tun hat?"

„Nein. Wir haben sie überprüft", sagte Nick.

„Und ich fürchte, die Entdeckung bedeutet nicht sehr viel." Matt ließ seine Stimme weicher klingen. „Das Büro in St. Louis befragt die Angestellten des Restaurants, vor dem die

Puppe gefunden wurde, aber es ist unwahrscheinlich, dass sich jemand an etwas erinnert, das uns weiterhilft. Deshalb habe ich vorhin auch gesagt, dass wir noch keinen Schritt weiter sind, was Megan betrifft."

„Aber natürlich sind wir das!" Rote Flecken zeichneten sich auf Rebeccas Wangen ab. „Wir haben ihre Puppe. Wir wissen, dass sie in St. Louis war. Sie ist vielleicht immer noch dort. Und vielleicht kann die Frau uns noch mehr helfen."

„Ich fürchte nicht." Nick hasste es, ihrer Begeisterung einen Dämpfer zu verpassen, aber er musste ehrlich sein. „Das Ganze ist für sie auch eine neue Erfahrung und sie konnte uns darüber hinaus nichts sagen."

Rebecca ließ die Schultern hängen. „Aber wenigstens haben wir die Puppe." Sie betrachtete das Foto noch einmal, wobei sie es ganz nah an ihre Augen hielt.

„Hast du vergessen, deine Kontaktlinsen einzusetzen, Rebecca?" Colin strich seiner Frau eine dünne Haarsträhne aus der Stirn.

„Ja, aber ich kann gut genug sehen, um Megans Stoffpuppe zu erkennen." Sie streichelte das Foto des geflickten Gesichts mit dem schiefen Grinsen und ihre Miene wurde zärtlich. „Kann ich die Puppe irgendwann wiederhaben?"

„Natürlich", versicherte Nick ihr.

„Sie hat mir gehört, als ich klein war, deshalb ist sie auch so zugerichtet. Ich habe sie quasi zu Tode geliebt, zumindest hat meine Mutter das immer behauptet." Ein Lächeln huschte über ihr Gesicht. „Und Megan liebt sie genauso. Ohne die Puppe schläft sie nicht ein. Bridget, unserer Zweijährigen, habe ich sie damals auch gegeben, aber sie interessiert sich nicht für Puppen. Sie liebt Fingerfarben."

„Das liegt daran, dass sie künstlerisch veranlagt ist, so wie du." Colin drückte seine Frau an sich. „Rebecca hat das Aquarell über dem Kamin gemalt", erklärte er den beiden Agenten.

Als Nick sich umdrehte, um das Landschaftsgemälde höflich

zu betrachten, sah er, wie Rebecca mit der Zungenspitze ihre Lippen befeuchtete und sich die Haare hinters Ohr schob.

Aufgeschreckt von der vertrauten Geste, erstarrte er.

Rachel tat genau dasselbe, wenn sie nervös oder peinlich berührt war.

Nick konzentrierte sich wieder auf die Frau, die ihm gegenüber saß, und musterte sie genauer. Rebecca O'Neil und Rachel Sutton wiesen einige körperliche Gemeinsamkeiten auf. Sie waren ungefähr gleich groß, hatten die gleiche Figur und Augenfarbe, und beide hatten braune Haare mit einem rötlichen Schimmer. Darüber hinaus sahen sich die beiden Frauen allerdings überhaupt nicht ähnlich. Unterschiedliche Nase, Knochenbau, Kinn. Sogar die Gesichtsform war verschieden.

Aber Rebecca O'Neil erinnerte ihn trotzdem an jemanden … und plötzlich fiel es ihm ein.

Sie hatte deutliche Ähnlichkeit mit der Frau auf dem Foto, das auf Rachels Kaminsims stand.

Mit Rachels Mutter.

Genau genommen sah sie Rachels Mutter ähnlicher, als Rachel es tat.

Und obwohl die beiden jüngeren Frauen einander nicht ähnlich sahen, hatten sie andere Gemeinsamkeiten. Sie waren beide kurzsichtig. Beide machten Musik. Rebecca tanzte und Rachel hatte es immer gewollt. Beide hatten künstlerisches Talent. Rebecca hatte früher Musik unterrichtet, Rachel tat es immer noch.

Das alles konnte kein Zufall sein.

Aber Rachel hatte gesagt, sie habe keine Angehörigen.

„Mrs O'Neil." Die anderen verstummten und Nick wurde bewusst, dass er ein Gespräch unterbrochen hatte. „Tut mir leid. Ich wollte nur fragen, ob der Name der Frau, die die Puppe gefunden hat, Ihnen eventuell bekannt ist. Rachel Sutton."

Rebecca runzelte die Stirn und schüttelte den Kopf. „Nein, das sagt mir nichts. Warum?"

„Sie erinnern mich in vielerlei Hinsicht an sie. Haben Sie Verwandte in der Gegend von St. Louis?"

„Nicht, dass ich wüsste. Mein Vater war Wirtschaftsprofessor an der Universität von Missouri in Columbia, aber kurz nachdem ich geboren wurde, hat er eine Stelle an der Northwestern University hier in Chicago angenommen. Die Familie meiner Mutter stammte aus Boston und sie hatte nur eine unverheiratete Schwester, die vor ein paar Jahren gestorben ist. Mein Vater war Einzelkind, genau wie ich. Er ist in Wisconsin aufgewachsen und vor drei Jahren gestorben. Ich habe überhaupt keine Angehörigen außer meiner Mutter. Sie lebt hier in der Stadt."

Sackgasse.

„Gibt es sonst noch etwas, Nick?", fragte Matt.

„Nein." Nick schloss seine Aktentasche.

„Brauchen Sie das wieder?" Rebecca zeigte auf das Foto von der Puppe.

„Nein, wir können einen neuen Ausdruck machen."

„Werden Sie Ihre Ermittlungen jetzt auf die Gegend rund um St. Louis konzentrieren?", fragte Colin.

„Wir arbeiten parallel an verschiedenen Orten."

Matts ausweichende Antwort entging Colin nicht. „Heißt das, Sie glauben nicht, dass sie in St. Louis ist?"

„Sie könnte es sein", schaltete Nick sich ein. „Das Restaurant ist mitten in einem Stadtteil, also kein Ort, den man normalerweise auf der Durchreise ansteuert. Das könnte etwas bedeuten, muss es aber nicht. Aber ich kann Ihnen versichern, dass das FBI alles tun wird, was möglich ist, um den Spuren in diesem Fall nachzugehen." Er reichte ihnen seine Karte. „Rufen Sie mich ruhig jederzeit an, wenn Sie Fragen haben."

Er sagte den Eltern nichts von den Plänen, die Mülldeponie zu durchsuchen, auf der die Abfälle des Restaurants immer abgeladen wurden … für den Fall, dass die Entführerin mehr als nur die Puppe weggeworfen hatte. Es war nicht nötig, dass sie sich diese Möglichkeit bildlich vorstellten.

„Wir werden sie finden, wissen Sie.“ Rebecca nahm die Hand ihres Mannes und sah die beiden Agenten mit festem, zuversichtlichem Blick an. „Und es geht ihr gut. Ich bin ihre Mutter. Ich würde wissen, wenn –“ Sie verstummte und holte tief Luft. „Wenn es keine Hoffnung mehr gäbe. Gott wird sie wieder zu uns nach Hause bringen, sicher und gesund. Darauf vertraue ich ganz fest.“

„Wir werden tun, was in unserer Macht steht, damit es so kommt, Mrs O'Neil.“ Matt erhob sich und gab Nick ein Zeichen. „Wir melden uns, sobald wir etwas Neues wissen.“

Nachdem die beiden Agenten sich von den Eltern verabschiedet hatten, gingen sie wieder zum Wagen. Matt schlug seinen Kragen hoch, um sich gegen den beißenden Wind zu schützen, und schob die Hände in die Manteltaschen. „Sie hat nie aufgegeben. Das Beten hilft ihr. So einen Glauben muss man wirklich bewundern.“

Nick gab ihm recht. Aber mit seinen Gedanken war er mehr bei all den Zufällen als bei Rebecca O'Neils Glauben. War es nicht das Wahrscheinlichste, dass Menschen, die so viele Eigenschaften teilten, miteinander verwandt waren? Was war die Erklärung dafür, dass Rachels ständige innere Unruhe genau zu dem Zeitpunkt begonnen hatte, als Megan entführt worden war? Warum hatte Rebecca O'Neil so viel Ähnlichkeit mit Rachels Mutter?

Wie es aussah, hatte er jetzt zusätzlich zur Aufklärung der Entführung noch ein Rätsel zu entwirren.

Und er würde nicht ruhen, bis beide Fälle gelöst waren.

Kapitel 12

„Mama? Habe ich dich geweckt?"

„Nein, Liebes. Ich war schon auf." Jeannette Pearson hielt das Telefon an ihr besseres Ohr und versuchte, die Müdigkeit in ihrer Stimme zu verbergen. Sie wollte nicht, dass Rebecca sich auch noch um sie Sorgen machte.

Sie zog ihren Flanellmorgenmantel fester zu, um sich gegen die morgendliche Kühle in dem Steinbungalow zu wappnen, der jetzt seit dreiunddreißig Jahren ihr Zuhause war, und stellte einen Becher mit entkoffeiniertem Instantkaffee in die Mikrowelle. Die Wärme wollte in den letzten albtraumhaften Wochen ebenso wenig kommen wie der Schlaf. Irgendwie schien es ihr nicht zu gelingen, die Kälte in ihrem Haus einzudämmen – und auch nicht die in ihrem Herzen. Sie stützte sich mit einer Hand an der Resopalplatte ihrer Küchenzeile ab und blinzelte die Tränen zurück, die immer nur einen Atemzug entfernt waren, seit ihre wundervolle Enkelin verschwunden war.

„Wir haben heute Morgen etwas Neues erfahren, Mama. Eine neue Spur. Das FBI hat Megans Puppe."

Hoffnung wallte in Jeannettes Herz auf. Zittrig ging sie zu dem Tisch in ihrer Wohnküche und sank auf einen Stuhl. „Wo haben sie sie gefunden?"

„In St. Louis."

„Glauben sie, dass Megan dort ist?"

„Es ist möglich. Die Agenten haben uns davor gewarnt, uns

übertriebene Hoffnungen zu machen, aber ich habe das Gefühl, dass dies ein Durchbruch ist."

„Wo haben sie die Puppe denn gefunden?"

„Sie selbst gar nicht. Eine Frau hat sie auf dem Parkplatz eines Restaurants aus einer Schneewehe gegraben und in ihr Büro gebracht. Und jetzt kommt der merkwürdige Teil: Sie hat ihnen erzählt, sie spüre negative Schwingungen."

„Und sie haben ihr geglaubt?" Jeannette hätte erwartet, dass das FBI die Frau als Verrückte abtat, auch wenn sie froh war, dass es nicht so gewesen war.

„Ich glaube nicht. Zumindest nicht sofort. Sie haben die Puppe schon seit drei Wochen. Ihnen war nicht klar, dass sie Megan gehört, bis ein Agent in St. Louis sie auf einem der Fotos entdeckt hat, die wir dem FBI gegeben haben."

„Glauben sie, dass die Frau irgendetwas mit der Entführung zu tun hat?"

„Nein. Colin hat sie das auch gefragt, aber sie haben sie überprüft und sie ist sauber. Aber da ist noch etwas Seltsames. Sie hat ihnen erzählt, dass sie seit dem Tag, an dem Megan entführt wurde, eine innere Unruhe verspürt."

Ein winziges Gefühl der Angst machte sich in Jeannettes Rücken bemerkbar. „Wie merkwürdig."

„Und das ist noch nicht alles. Der Agent aus St. Louis hat gesagt, ich erinnere ihn an diese Frau. Er hat mich gefragt, ob ich irgendwelche Verwandten in St. Louis habe. Die haben wir doch nicht, oder, Mama?"

„Nicht, dass ich wüsste." Jeannettes Antwort war ein Reflex – und die Wahrheit. Viele Jahre waren vergangen. Menschen zogen ständig um, vor allem heutzutage.

„Das habe ich ihm auch gesagt. Aber er hat mich die ganze Zeit über beobachtet. Es war irgendwie beunruhigend."

Das Kribbeln in Jeannettes Rücken wurde stärker. Konnte es wirklich sein? Nein. Die Wahrscheinlichkeit, dass es einen solchen Zufall gab, war verschwindend gering. Aber ein kleiner

Rest Ungewissheit, eine Art Eingebung, zwang sie, die logische nächste Frage zu stellen. „Haben sie dir erzählt, wie die Frau heißt?“

„Ja. Rachel Sutton.“

Jeannettes Lungenflügel erstarrten. Während sie nach Luft rang, verschwammen die vertrauten blauen Blümchen auf der Küchentapete vor ihren Augen.

„Mama? Mama, bist du noch da? Ist alles in Ordnung?“

Rebeccas besorgte Stimme reichte bis in die Dunkelheit, die sie hinunterzog, und riss sie zurück ins Licht. „Ja. Mir geht es gut, Liebes.“ Die Worte klangen zittrig und schwach.

„Du klingst aber gar nicht gut. Hör zu, ich komme vorbei, ja?“

„Nein, nein. Ich brauche nur meinen morgendlichen Kaffee, das ist alles.“

„Bist du dir sicher? Du nimmst doch deine Medizin, oder?“

„Jeden Tag.“ Seit ihrem Herzinfarkt vor zwei Jahren war Rebecca die reinste Glucke und drehte damit ihre Rollen um. Nicht, dass Jeannette sich darüber beschwert hätte. Sie hatte genug Horrorgeschichten von Freundinnen gehört, deren Kinder nur alle paar Wochen einmal anriefen. Rebecca hingegen rief täglich an oder kam vorbei – manchmal sogar zweimal am Tag.

Und jetzt, wo Megan verschwunden war, lastete noch eine Sorge mehr auf Rebeccas schmalen Schultern. Jeannette wünschte sich oft, sie könnte etwas tun, um die steilen Falten auf der Stirn ihres einzigen Kindes zu glätten oder die Schatten unter ihren Augen wegzuwischen, wie sie früher die Kindertränen ihrer Tochter weggewischt hatte.

„Es macht mir nichts aus, rüberzukommen, Mama.“

Als sie Rebeccas Bemerkung hörte, versuchte Jeannette sich zu konzentrieren. „Ich weiß, Liebes. Aber das ist wirklich nicht nötig. Ich rufe dich nachher an, wenn ich etwas wacher bin, in Ordnung?“

„In Ordnung.“

Rebecca klang nicht überzeugt, aber Jeannette war froh, dass ihre Tochter nachgegeben hatte. Sie brauchte etwas Zeit, um sich von ihrem Schock zu erholen und in Ruhe nachzudenken. „Ich liebe dich, mein Schatz."

„Ich liebe dich auch."

Jeannette betätigte die Aus-Taste an ihrem Telefon und legte es auf den Tisch. Sie beendeten ihre Telefonate immer auf dieselbe Weise. Mit einer Bekundung ihrer Liebe. Ihre Freundinnen hatten schon oft Bemerkungen über Rebeccas gütiges, fürsorgliches Wesen gemacht und das auf Stans und ihre elterlichen Fähigkeiten zurückgeführt. Und da war auch etwas Wahres dran. Stan und sie hatten ihr einziges Kind, das in ihr Leben gekommen war, als sie bereits jede Hoffnung auf die Familie, die sie beide sich wünschten, aufgegeben hatten, mit Liebe überschüttet. Von dem Augenblick an, als sie Rebecca zum ersten Mal im Arm gehalten hatten, war sie die Freude und das Licht ihrer Tage gewesen. Sie hatten sie immer als kostbares Geschenk betrachtet.

Die Mikrowelle ertönte und erinnerte Jeannette daran, dass ihr Kaffee fertig war. Sie umfasste die Tischkante und zog sich daran hoch, um das verblichene Linoleum zu überqueren. Seit Jahren lag Rebecca ihr schon in den Ohren, sie solle das Haus modernisieren. Doch in den letzten Monaten hatte ihre Tochter ihre Taktik geändert. Jetzt drängte sie sie, das Haus zu verkaufen und stattdessen in eine Eigentumswohnung zu ziehen.

Aber Jeannette hasste Veränderung. Das hatte sie schon immer. Sie hatte ein gutes Leben, meistens jedenfalls, abgesehen von den zunehmenden Erinnerungen ihres vierundsiebzigjährigen Körpers, dass die Zeit verging. Warum alles auf den Kopf stellen? Wenn das Leben gut war, warum es ändern? Es könnte schließlich schlechter werden anstatt besser.

Sie holte ihren Kaffee und hielt einen Moment inne, um die bunten Topflappen, die Rebecca in der dritten Klasse gehäkelt hatte, zu berühren. Sie hingen seit mehr als fünfundzwanzig Jahren an einem Ehrenplatz neben dem Herd. Jeannette ging weiter in Richtung Tisch und blieb vor dem Kühlschrank stehen, an dem ein Dutzend Magnete Fotos aus glücklichen Zeiten festhielten, manche von ihnen so alt, dass die Farben ganz verblasst waren.

Sie setzte sich wieder und fuhr mit der Hand sachte über die abgenutzte Kiefernholztischplatte, an der Rebecca und sie und Stan Tausende Mahlzeiten miteinander eingenommen hatten. Wo Lachen und lebhafte Unterhaltungen an der Tagesordnung gewesen waren. Wo die Hausaufgaben gemacht worden waren und sie am Nachmittag Kuchen gegessen hatten. Wo Stan und sie abends bei einer Tasse Kaffee miteinander geredet hatten, nachdem Rebecca schlafen gegangen war. Frisch gebrüht war er damals gewesen, nicht aus dem Glas angerührt.

Jeannette starrte in die dunkle Tiefe ihres Bechers. Die Dinge veränderten sich, das war nun einmal so. Egal, wie sehr man versuchte, einen vollkommenen Augenblick festzuhalten, er verging. Menschen wurden erwachsen. Heirateten. Starben. Das Leben war voller Veränderungen. Punkt.

Und nicht alle Veränderungen waren schlecht, so wie Stans Tod es gewesen war. Auch wenn das schwarze Loch, das er in ihrem Leben hinterlassen hatte, nie gefüllt werden könnte, hatte Rebeccas Heirat doch viel Gutes gebracht. Anstatt eine Tochter zu verlieren, hatte sie einen Sohn gewonnen. Colin behandelte sie mit dem gleichen Respekt und der gleichen Rücksichtnahme, die er seiner eigenen Mutter entgegenbrachte. Und aus dieser Ehe war ein unglaubliches Geschenk entsprungen: Ihre Enkel. Bridget und Megan halfen Jeannette nicht nur, den leeren Platz, den Stans Tod in ihrem Herzen hinterlassen hatte, zu füllen, sondern sie waren der Sonnenschein ihrer Tage. Durch sie hatte sie noch einmal angefangen, die Süße, die das Leben bieten konnte, zu kosten.

Bis Megan verschwunden war.

Und das brachte sie zu der Bombe zurück, die Rebecca gerade hatte platzen lassen.

Rachel Sutton.

Was für eine bizarre Wendung des Schicksals. Jeannette hätte nie gedacht, dass eine Entscheidung, die sie vor Jahrzehnten getroffen hatte, sie einmal einholen und neue Entscheidungen und das erschreckende Gespenst der Veränderung mit sich bringen würde. Und ihre Gefühle in dieser Sache waren noch dieselben wie vor fünfunddreißig Jahren. Der Gedanke, ihr Geheimnis zu offenbaren, erfüllte sie mit Todesangst.

Jeannette hob ihren Becher mit unsicheren Händen an ihre Lippen und trank einen Schluck Kaffee. Stan hatte ihre Angst nie verstanden. Vor allem, nachdem Rebecca erwachsen geworden war. Er hatte sie oft ermutigt, ihre Entscheidung noch einmal zu überdenken. Aber schlussendlich hatte er ihren Wunsch respektiert, alles so zu lassen, wie es war.

In Wirklichkeit verstand Jeannette ihre Angst selbst nicht. Sie vermutete, wenn ein Psychiater in ihrer Vergangenheit herumstocherte, würde er irgendwo einen Grund dafür entdecken. Vielleicht hatte es etwas mit ihrer fleißigen, introvertierten besten Freundin zu tun, die ihr einmal erzählt hatte, dass sie sich in ihrer lauten Familie immer wie eine Außenseiterin gefühlt hatte. Oder vielleicht war die Erinnerung daran, wie entsetzt ihre Tante und ihr Onkel gewesen waren, als ihre Cousine mit achtzehn von zu Hause weggelaufen war, um „sich selbst zu finden“, irgendwie der Grund für ihre Befürchtungen. Aber der Grund spielte keine Rolle. Die Angst war da, egal warum.

Sie wusste, was Stan sagen würde, wenn er jetzt hier wäre. Und er hätte recht. An ihrem Geheimnis festzuhalten, wenn das Leben ihrer Enkelin möglicherweise auf dem Spiel stand, wäre unverzeihlich selbstsüchtig. Von dem Augenblick an, als Rebecca Rachels Namen erwähnt hatte, war Jeannette klar gewesen, was sie tun musste.

Aber zuerst würde sie eine Stunde damit verbringen, Gott um Kraft und Mut zu bitten.

* * *

„Bekommst du eigentlich immer noch Anrufe wegen dieses Artikels in der *St. Louis Scene*?" Marta biss in ihren Hamburger und schob die Tüte mit den Pommes Frites zu Rachel hinüber.

„Sie lassen langsam nach." Rachel schob die Tüte wieder zurück, ohne der Versuchung nachzugeben, und spießte ein Salatblatt und ein Stück Fleisch aus ihrem Salat mit Hühnchenstreifen auf. „Nick hat gesagt, dass die Leute sich nicht lange dafür interessieren würden, und es ist jetzt vier Tage her."

„Wo wir gerade von Nick sprechen … Ich hatte schon Angst, er lädt dich wieder in irgendein kleines französisches Café ein und du versetzt mich."

Rachel spielte mit ihrer Gabel. „Da besteht erst mal keine Gefahr."

Marta blickte sich in dem überfüllten Schnellrestaurant um und senkte die Stimme. „Sein spontaner dienstlicher Besuch gestern hat eurer Beziehung doch nicht den Garaus gemacht, oder?"

„Nein, aber sie liegt im Moment auf Eis." In beiden Schulen, an denen sie unterrichtete, hatte die Nachricht, dass das FBI zu ihr gekommen war, in Windeseile die Runde gemacht. Rachels Lippen verzogen sich zu einem sarkastischen Lächeln. Die Buschtrommeln funktionierten einwandfrei.

„Kannst du darüber sprechen?"

„Tut mir leid, sie haben mich gebeten, es nicht zu tun."

„Ist schon in Ordnung. Ich bin mit einem Polizisten verheiratet, erinnerst du dich? Ich weiß alles über Diskretion und Vertraulichkeit und Behinderung von Ermittlungen. Ich bin nur froh, dass ihr Erscheinen die Romanze nicht beeinträchtigt hat."

„Ich bin mir nicht so sicher, ob ich es in diesem Stadium schon eine Romanze nennen würde."

„Glaub mir, es ist eine. Der Mann lädt dich zum Mittagessen in gemütliche Cafés ein, schickt dir Rosen, lässt dich aufblühen – eindeutig eine Romanze, da besteht gar kein Zweifel. Und da fällt mir ein … ich will alles über das Wochenende hören, das du gestern als fantastisch bezeichnet hast. Wir hatten ja nur fünf Minuten Zeit und ich will alle Einzelheiten hören."

Lächelnd spielte Rachel mit ihrem Salat. „Es war perfekt. Wir waren im botanischen Garten. Haben einen Film gesehen. Anschließend in *The Hill* zu Abend gegessen. Und das war nur der Samstag. Oh, und hatte ich erwähnt, dass er hervorragende pochierte Eier mit Schinken macht?"

Marta schluckte und starrte sie an. „Er hat für dich gekocht? Wow." Sie schüttelte den Kopf. „Ich bin seit zehn Jahren verheiratet und bei der einzigen Gelegenheit, bei der Joe versucht hat, etwas zu essen auf den Tisch zu bringen, mussten wir die Feuerwehr rufen."

„Sehr witzig."

„Nein, das ist die Wahrheit. Die Nachbarn reden immer noch darüber. Was habt ihr am Sonntag gemacht?"

„Erst waren wir in der Kirche und dann hat er mich zum Hotel gefahren. Er ist zum Tee geblieben, während ich gespielt habe."

„Ihr wart in der Kirche. Und er ist zum Tee geblieben." Marta dachte darüber nach, während sie in die Pommes-Tüte griff. „Das ist was Ernstes, Rachel."

„Es ist zu früh, um was Ernstes zu sein."

„Es ist vielleicht zu früh, um das Aufgebot zu bestellen, aber es ist nicht zu früh, um zu wissen, dass es was Ernstes werden könnte. Ich wusste bei unserer ersten Verabredung, dass Joe der Richtige war, weil von Anfang an die Funken flogen. Das tun sie immer noch. Wie macht ihr euch, Nick und du, in der Funkenabteilung?"

Rachels Wangen röteten sich. „Ich würde es eher als elektrische Schocks bezeichnen. Zumindest, was mich betrifft."

Marta zerknüllte das Papier ihres Hamburgers und warf es grinsend in die Tüte. „Alles klar. Romanze hoch drei. Und das hast du alles der mitgenommenen Stoffpuppe zu verdanken. Das ist doch eine großartige Geschichte für deine Enkel."

Während Rachel Marta auf den Parkplatz hinaus folgte, dachte sie über die letzte Bemerkung ihrer Freundin nach. Obwohl das Dasein als Pflegekind sie gelehrt hatte, vorsichtig zu sein und keine voreiligen Schlüsse zu ziehen oder zu viel zu erwarten, hatte sie tief in ihrem Innern das Gefühl, dass Marta recht haben könnte.

Und sobald Nick mit dem O'Neil-Fall fertig war, würde sie es herausfinden.

Kapitel 13

„Mrs O'Neil … Tut mir leid, dass ich Sie aufhalte, aber haben Sie eine Minute Zeit?"

Während sie mit der einen Hand den mit Folie abgedeckten Teller mit dem Muffin darauf balancierte und mit der anderen die Zeitschriften unter ihrem Arm zurechtrückte, drehte Rebecca sich zu der Stimme um.

Bestürzt sah sie, wie Doug Montesi, der Reporter von der *Tribune*, der über die Entführung berichtet hatte, seine lange, schlaksige Gestalt aus einem älteren Auto vor ihrer Haustür schälte. Er war eigentlich ganz nett und schien auch Anstand zu haben, aber sie wollte so schnell wie möglich weg. Es hatte ihr gar nicht gefallen, wie ihre Mutter heute Morgen am Telefon geklungen hatte, und auch als ihre Mutter zurückgerufen und sie gebeten hatte, vorbeizukommen, hatte sie angespannt gewirkt. Außerdem war sie gewissenhaft dem Rat des FBI gefolgt, ihre Kontakte zur Presse auf offizielle Stellungnahmen zu beschränken.

Doug lief über ihren Rasen. „Sie sind ja ganz schön beladen. Kann ich Ihnen helfen?"

„Nein, danke."

„Dann lassen Sie mich wenigstens die Tür für Sie öffnen."

Bevor sie widersprechen konnte, zog er die Wagentür auf. Schade, dass sie die Sachen nicht in der Garage eingeladen, sondern den Wagen erst herausgefahren hatte. Aber mit voll beladenen Armen war es in der Einfahrt einfacher als in dem beengten Platz der Garage.

„Sie ist wirklich eine Süße." Doug beugte sich vor und lächelte Bridget an, die ihn mit einem Finger im Mund von ihrem Autositz aus beobachtete.

„Was kann ich für Sie tun, Mr Montesi?" Rebecca beugte sich an Bridget vorbei, um den Muffinteller auf den Sitz zu stellen.

„Ich dachte, ich komme mal vorbei und frage, ob es irgendetwas Neues gibt. Wir haben schon eine ganze Weile nicht mehr über den Fall berichtet und vom FBI bekomme ich nur die Standardantwort."

„Ich habe Ihnen auch nichts anderes zu sagen." Rebecca griff nach den Heften unter ihrem Arm, die sie ihrer Mutter mitnehmen wollte. Als sie die Zeitschriften herauszog, flatterte ein einzelnes Blatt Papier zu Boden.

Doug bückte sich, um es aufzuheben, und Rebecca beugte sich über die Fahrerlehne, um die Zeitschriften auf den Rücksitz zu werfen. Bridget bekam ihre Haare zu fassen und kicherte, als Rebecca versuchte, sich loszumachen.

„Ich glaube, ich muss das Kitzelmonster rufen", neckte Rebecca sie und rieb ihre Nase an der von Bridget, während sie ihre Tochter am Bauch kitzelte. Das blonde Kleinkind gluckste und ließ Rebecca los.

Mit einem Lächeln drehte Rebecca sich um und sah, dass Doug den Ausdruck mit der Stoffpuppe anstarrte, den das FBI ihr an diesem Morgen gegeben hatte. Ihr Lächeln erstarb. Sie riss ihm das Foto aus der Hand, knallte Bridgets Tür zu und ging zur Fahrertür.

„Das ist die Puppe, die Megan bei sich hatte, als sie entführt wurde, nicht wahr, Mrs O'Neil?"

„Kein Kommentar." Sie tastete nach dem Türgriff.

„Aber Sie haben sie während der Pressekonferenz erwähnt, erinnern Sie sich?" Er schob die Hände in die Hosentaschen, seine Haltung locker und sein Blick wachsam. „Deshalb weiß ich davon. Aber die Puppe ist schrecklich schmutzig. Ich bin überrascht, dass Sie einen Säugling damit spielen lassen."

„Sie war vorher nicht schmutzig …" Ihre Stimme verlor sich.

„Das FBI hat die Puppe also gefunden."

Rebecca öffnete die Tür und schob sich hinters Lenkrad, ohne zu antworten. Sie hatte sowieso schon zu viel gesagt. Aber das Bild allein hätte dem Journalisten wahrscheinlich als Hinweis gereicht. Er mochte vielleicht eine freundliche, zurückhaltende Art haben, aber man wurde nicht Top-Reporter in Sachen Verbrechen bei einer Zeitung wie der *Chicago Tribune*, wenn man keinen Instinkt hatte. Und eine gewisse Portion Anstand.

Und als sie die Tür zuzog, den Gang einlegte und rückwärts aus der Einfahrt setzte, betete sie, er würde im Umgang mit dieser neuen Information beides benutzen.

* * *

Als es an der Tür klingelte, fing Jeannettes Herz an zu hämmern. Sie hatte Gott um die Kraft gebeten, diese schwierige Situation durchzustehen, und sie hoffte, dass er sie ihr geben würde.

Nachdem sie noch einmal tief durchgeatmet hatte, öffnete sie die Tür und streckte sofort die Arme nach Bridget aus, als eine zerfahrene Rebecca sie ihr reichte.

„Ich habe noch ein paar Zeitschriften und was zu essen im Auto. Kannst du ihr den Schneeanzug ausziehen?" Ohne die Antwort abzuwarten, lief Rebecca zu ihrem Wagen zurück.

Fünf Minuten später, nachdem sie die Stiefel ausgezogen, ihren Mantel aufgehängt und den Teller mit den Muffins in der Küche verstaut hatte, zog Rebecca ihr Handy aus ihrer Handtasche. „Kann ich eben noch ein Telefonat erledigen, Mama? Ein Reporter hat mich zu Hause überrascht und ich möchte Agent Carson Bescheid sagen."

„Gab es ein Problem?"

„Nein, aber er hat das hier gesehen." Sie zog das Foto der

Stoffpuppe aus dem Stapel Zeitschriften und reichte es Jeannette. „Er hat daraus sofort geschlossen, dass sie aufgetaucht ist."

Jeannette betrachtete das Bild. Es war Megans Puppe, daran bestand kein Zweifel. Sie hatte den ursprünglichen Flicken vor drei Jahrzehnten auf dieses Gesicht genäht. Im Laufe der Zeit war er ein paar Mal erneuert worden, und neue Flicken an Armen und Beinen waren hinzugekommen, aber der große über dem rechten Auge war zuerst da gewesen.

Der Zustand der Puppe erschreckte sie jedoch. Und überzeugte sie davon, dass sie die richtige Entscheidung getroffen hatte. Sie wollte ihre Enkelin gesund und munter wiedersehen – nicht zerrissen und mitgenommen wie diese Puppe. An Rachel Suttons Schwingungen zu glauben, war vielleicht ein verzweifelter Versuch, aber sie konnte eine solche Spur nicht im Sande verlaufen lassen, so unwahrscheinlich sie auch sein mochte.

„Lass dir Zeit, Liebes. Ich lege Bridget für ihren Mittagsschlaf hin, dann können wir uns unterhalten."

Zehn Minuten später, nachdem Bridget in dem Reisekinderbett im Gästezimmer eingeschlafen war, gesellte Jeannette sich wieder zu Rebecca, die noch immer in der Küche war. Ihre Tochter starrte aus dem Fenster in den gefrorenen, leblosen Garten hinaus. Ihre hängenden Schultern waren stumme Zeugen der Auswirkung, die die vergangenen Wochen auf ihr sonst so fröhliches Wesen gehabt hatten.

Jeannette stellte einen staubigen Schuhkarton auf den Küchentisch und wischte sich die Hände an ihrer Hose ab. Sie hinterließen deutliche Spuren auf dem dunklen Stoff.

Rebecca drehte sich um und betrachtete die vergilbte Pappschachtel. „Was ist das?"

„Das ist eine lange Geschichte. Wie wäre es mit einem heißen Kakao?" Das war immer Rebeccas Trostgetränk gewesen. Immer, wenn es eine Krise gab – wenn eine Freundin sie brüskiert oder sie eine Rolle im Theaterstück der Schule nicht bekommen oder sie nicht zum Abschlussball hatte gehen können, weil sie

Fieber hatte – in all diesen Situationen hatte Jeannette heißen Kakao und eine Schulter zum Ausweinen für sie gehabt. In der Vergangenheit war das alte Hausmittel Balsam für die Seele gewesen.

Sie konnte nur hofften, dass es diese Wirkung immer noch hatte.

„Das klingt gut, Mama. Soll ich ihn machen?"

„Nein, das kann ich im Schlaf. Setz dich und entspann dich."

Als wenn das überhaupt möglich gewesen wäre.

„War es schwierig, Bridget hinzulegen?" Rebecca setzte sich auf den Platz, an dem früher schon ihr Hochstuhl gestanden hatte und auf dem sie seitdem immer saß.

Jeannette maß das Kakaopulver ab und füllte zwei Becher mit Milch.

„Nein. Ich habe ihr zwei Lieder vorgesungen und sie ist sofort eingeschlafen."

„Wenn ich mich recht entsinne, hat das bei mir auch immer funktioniert. Du hast immer dafür gesorgt, dass ich mich sicher und geborgen gefühlt habe. Du warst immer meine Beschützerin." Rebecca blinzelte und blickte auf den Tisch hinunter. „Ich bin nicht besonders erfolgreich in deine Fußstapfen getreten, oder?"

„Das darfst du niemals denken", sagte Jeannette energisch, während sie zu Rebecca trat und einen Arm um ihre Schultern legte. „Du bist eine wunderbare Mutter. Was geschehen ist, war nicht deine Schuld."

„Ich hätte Megan nicht allein lassen dürfen."

„Du bist nur zur Toilette gegangen. Du konntest nicht wissen, dass sich jemand in einer leeren Kirche versteckt."

„Ich hätte vorsichtiger sein müssen."

„Sieh mich an, Rebecca." Jeannette wartete, bis ihre Tochter das Kinn hob. Zum ersten Mal seit der Entführung sah sie, dass Rebeccas starkes, entschlossenes Gesicht ins Wanken geriet, und ihre Kehle schnürte sich zu. „Du hast nichts falsch gemacht.

Du hattest keinen Grund zu glauben, dass jemand es auf dich abgesehen hat. Wer auch immer das war, hat alles gut geplant."

„Das ist egal. Ich hätte Megan mitnehmen sollen." Rebecca fuhr sich mit den Fingern durchs Haar. Die Verzweiflung ließ ihre Züge verhärmt wirken.

Die Mikrowelle klingelte und Jeannette holte die Becher mit dem Kakao heraus. Einen stellte sie vor Rebecca hin und mit dem anderen setzte sie sich auf ihren Stuhl. Dann zog sie den vergilbten Karton näher und betete um Mut. „Mütter haben immer irgendetwas, das sie bereuen, Rebecca. Das liegt in der Natur der Sache, vermute ich. Hinterher ist man immer klüger, wie es so schön heißt." Sie zeichnete mit dem Finger ein Muster in die Staubschicht auf der Schachtel. Ein Herz erschien, als sie den zweiten Bogen vollendet hatte.

„Du hast doch nichts zu bereuen. Du warst – und bist – eine tolle Mutter."

„Ich hoffe, dass du immer noch so denkst, wenn du heute nach Hause gehst." Jeannettes Stimme zitterte.

Rebecca runzelte die Stirn und bedeckte Jeannettes Hand mit ihrer eigenen. „Natürlich werde ich das. Warum machst du dir darüber Gedanken?"

„Wegen dem, was hier drin ist." Jeannette ließ ihre Finger auf dem Karton liegen.

Rebecca betrachtete die Pappschachtel mit einem Blick, der zugleich neugierig und abschätzig war. „Ich weiß, was in deinem Herzen ist. Egal, was in dem Karton ist, es wird nichts daran ändern, was ich für dich empfinde."

Während sie den Deckel öffnete, betete Jeannette, dass ihre Tochter recht hatte. Sie kramte in dem Inhalt und zog ein Foto heraus, das sie mit dem Bild nach unten vor sich auf den Tisch legte. „Ich habe diese Schachtel seit fünfunddreißig Jahren, Rebecca. Lange habe ich mir eingeredet, dass ich das Geheimnis für dich bewahrt habe. Damit du eine geborgene Kindheit haben konntest, die nicht von Unsicherheit und Angst geprägt war.

Aber mit den Jahren bist du zu einer selbstbewussten, in sich ruhenden Frau herangewachsen und diese Ausrede griff nicht mehr. Dein Vater hielt es für einen Fehler, es vor dir geheim zu halten, aber ich konnte mich nicht überwinden. Es war egoistisch von mir. Ich dachte, wenn du die Wahrheit kennen würdest, würdest du mich nicht mehr lieben. Und das konnte ich nicht riskieren. Du warst alles für mich und ich hatte schreckliche Angst, dich zu verlieren."

Jeannette drehte das Foto um und betrachtete es. „Nach all den Jahren dachte ich, das Geheimnis wäre sicher, dass du nie davon erfahren müsstest. Du hast jetzt deine eigene Familie und so schien die Vergangenheit keine Rolle mehr zu spielen. Doch jetzt ist die Stoffpuppe wieder aufgetaucht und sie führt zu Rachel Sutton. Das kann einfach kein Zufall sein. Ich glaube, es ist ein Zeichen, dass eure Wege sich kreuzen sollen. Dass ihr einander kennen sollt."

Sie schob ihrer Tochter das Foto zu und faltete die Hände dann so fest, dass die Knöchel weiß hervortraten, während ihr Herz einen Stakkato-Rhythmus schlug. „Das auf der rechten Seite ist Rachel Sutton."

* * *

Mehrere Sekunden lang starrte Rebecca das verhärmte Gesicht ihrer Mutter an, während sie gegen die Welle der Angst ankämpfte, die über ihr zusammenschlug. Sie wollte das Foto auf dem Tisch vor ihr nicht ansehen. Instinktiv spürte sie, dass es ihre Welt auf den Kopf stellen würde, und sie hatte in den letzten Wochen so viel Aufruhr erlebt, dass es für ein ganzes Leben reichte. Oder auch für zwei.

Aber die Tatsache, dass ihre Mutter ein Foto von der Frau besaß, die Megans Puppe gefunden hatte und mit ihrer merkwürdigen Geschichte zum FBI gegangen war, konnte wirklich kein

Zufall sein. Sie musste sich dem stellen, was auf dem Bild zu sehen war. Unabhängig von den Folgen.

Rebecca betrachtete das Foto, ohne es zu berühren. Das Erste, was sie sah, war die nagelneue Stoffpuppe. Ein kleines Kind mit lockigen roten Haaren und einem Muttermal an der rechten Schläfe hielt die Puppe umklammert.

Ihr Blick wanderte zu dem Rest des Bildes. In der Mitte lächelte eine junge Frau mit langen rotbraunen, gescheitelten Haaren in die Kamera. Ein kleines goldenes Kreuz hing an einer Kette um ihren Hals. Sie hatte einen Arm um das Kind mit der Puppe gelegt – und den anderen um das Spiegelbild des Kindes auf der anderen Seite.

Eineiige Zwillinge.

Abgesehen von dem Muttermal war es unmöglich, die beiden kleinen Mädchen auseinanderzuhalten.

Aber alle Personen auf dem Bild waren Rebecca fremd.

Verwirrt sah sie ihre Mutter an. „Ich verstehe nicht. Woher kennst du diese Leute?"

„Das ist deine Stoffpuppe, Rebecca."

Sie betrachtete das Foto genauer. „Aber … ich habe kein Muttermal."

„Nein. Aber deine Schwester hatte eins."

Die Welt begann zu wanken. Sie hatte eine Schwester? Rachel Sutton, die Frau, die Megans Puppe gefunden hatte, war ihre *Schwester*?

Aber das würde ja bedeuten … die Frau auf dem Foto musste …

„Das ist deine leibliche Mutter, Rebecca. Dein Vater und ich haben dich einen Monat, nachdem dieses Bild aufgenommen wurde, adoptiert."

Der Schock erschütterte Rebecca bis ins tiefste Innere. „Das … das kann nicht sein. Ich habe meine Geburtsurkunde gesehen."

„Wenn ein Kind adoptiert wird, wird die Geburtsurkunde

vom Gericht geändert, sodass sie den Nachnamen der Adoptiveltern trägt. Die ursprüngliche Urkunde wird vom Gericht unter Verschluss gehalten."

Jeannette beugte sich vor und nahm Rebeccas kalte Hand in die ihre. „Es tut mir leid, Liebes. Ich hätte es dir längst sagen sollen. Aber am Anfang wollte ich nicht, dass du dich fragst, wer du bist oder ob du geliebt wirst. Schließlich hätten dein Vater und ich dich auch nicht mehr lieben können, wenn wir deine leiblichen Eltern gewesen wären. Später hatte ich Angst, du würdest in mir nicht mehr deine Mutter sehen, wenn du es wüsstest. Diesen Gedanken konnte ich nicht ertragen. Es tut mir schrecklich leid, Liebes."

Ein Sperrfeuer aus Fragen schrie nach Antworten, während Rebecca versuchte, diese Neuigkeit zu verarbeiten. „Wie hieß meine leibliche Mutter?"

„Michelle Sutton."

„Wer war mein Vater?"

„Er war auf der Geburtsurkunde nicht genannt."

„Ist Rebecca mein richtiger Name?"

„Ja.

„Was ist mit ihr geschehen? Mit ... Michelle?" Wie betäubt starrte Rebecca die junge Frau auf dem Foto an.

„Sie kam bei einem Autounfall ums Leben, als du neun Monate alt warst. Wir haben erfahren, dass sie eine ledige Mutter und von ihrer Familie verstoßen worden war. Es gab niemanden, der sich um dich hätte kümmern können, als sie tot war. Dein Vater und ich hatten seit Jahren auf der Warteliste für eine Säuglingsadoption gestanden. Wir wollten eigentlich ein Neugeborenes, aber als die Agentur uns anrief, und wir dich dann sahen, wussten wir sofort, dass du unsere Tochter sein solltest."

„Warum habt ihr Rachel nicht auch genommen?"

„Sie war bei dem Unfall schwer verletzt worden, Rebecca. Dein Vater und ich waren schon älter und wir glaubten, mit zwei kleinen Kindern nicht zurechtzukommen, zumal klar war, dass eines davon ständige medizinische Pflege brauchen würde – falls es überlebte. Sie hatte auf der Seite im Wagen gesessen, die am schlimmsten getroffen worden war. Du hattest nur ein paar Kratzer abbekommen."

„Aber ... wenn wir eineiige Zwillinge sind, warum sehen wir dann nicht gleich aus? Der FBI-Agent aus St. Louis hätte doch eine so starke Ähnlichkeit bemerkt."

„Rachel hatte auch im Gesicht schwere Verletzungen, die plastische Chirurgie erforderlich machten. Ich vermute, das kann das Aussehen eines Menschen sehr verändern."

Rebecca berührte das Foto. „Und das ist Megans Stoffpuppe."

„Ja."

„Aber auf dem Bild hält Rachel sie in der Hand. Wieso habe ich sie später gehabt?"

„Sie wurde nach dem Unfall im Auto gefunden. Sie muss Rachel beim Aufprall aus der Hand geschleudert worden sein. Wir wussten nicht, wem sie gehörte, also gaben die Behörden sie mir. Erst als wir die Bilder bekamen, erkannte ich, dass sie deiner Schwester gehört haben musste. Aber du hast sie nie aus den Augen gelassen. Vielleicht hat sie dich an sie erinnert."

„Ich habe also eine Zwillingsschwester." Rebecca hoffte, wenn sie die Worte laut aussprach, würde sie die Tatsache besser begreifen.

„Ja. Und eineiige Zwillinge sind auf eine Weise miteinander verbunden, die die Wissenschaft noch immer nicht ganz versteht. Du hattest zum Beispiel als Kind oft Kopfschmerzen und der Arzt konnte nie einen organischen Grund dafür finden. Ich habe mich oft gefragt, ob es etwas mit den Gesichtsverletzungen deiner Schwester zu tun hatte."

„Glaubst du, diese ... Verbindung ... ist der Grund, warum Rachel seit Megans Entführung diese Unruhe verspürt?"

„Ich glaube, es könnte damit zusammenhängen." Jeannette schob den Karton zu Rebecca hinüber. „Dies ist alles, was die Agentur mir geschickt hat. Deine Mutter hatte nur wenige Dinge, die aufzuheben sich lohnte. Ich habe für Rachel ein Bild von eurer Mutter ausgesucht und das goldene Kreuz von dem Foto habe ich ihr auch gegeben. Bei all den gesundheitlichen Problemen, mit denen sie zu kämpfen hatte, dachte ich, sie könnte die Hoffnung, für die es steht, gebrauchen. Ansonsten ist da nicht viel … vor allem Fotos, ein paar persönliche Gegenstände, ein wenig Modeschmuck."

Rebecca kramte in der Schachtel. Noch immer fühlte sie sich wie vor den Kopf gestoßen.

„Ist alles in Ordnung, Liebes?" Jeannette legte vorsichtig eine Hand auf Rebeccas Arm.

„Ich weiß es nicht."

„Bitte sei mir nicht böse." Jeannettes Stimme brach. „Ich wollte immer nur das Beste für dich. Es tut mir schrecklich leid, dass ich dir wegen meiner eigenen Unsicherheit Informationen vorenthalten habe, auf die du ein Anrecht hattest."

„Ist schon in Ordnung, Mama." Rebecca drückte ihre Hand, auch wenn sie sich nicht sicher war, ob es wirklich in Ordnung war. Aber sie verspürte das Bedürfnis, die einzige Mutter, die sie jemals gekannt hatte, zu beruhigen. Die Frau, die sich diesen Titel in jeder Hinsicht verdient hatte. „Ich … muss nur darüber nachdenken. Und dann möchte ich meine Schwester kennenlernen."

„Das verstehe ich. Warum bittest du nicht den FBI-Agenten aus St. Louis, das für dich zu arrangieren? Und vielleicht spürt sie, wenn sie dich sieht, noch mehr Schwingungen, die den Behörden helfen können, Megan zu finden."

„Meinst du, das ist möglich?" Die erkaltende Glut der Hoffnung in Rebeccas Herzen flammte neu auf.

„Ich weiß nicht, was ich glauben soll. Aber ich würde nichts unversucht lassen."

„Da hast du recht. Ich rufe den Agenten an." Rebecca schlang die Finger um ihren Kakaobecher und fing mit ihren Händen die Restwärme des abkühlenden Getränks ein. „Weißt du, ich habe für eine Wiedervereinigung gebetet. Aber ich hatte dabei meine Tochter im Sinn, nicht eine Schwester."

„Vielleicht geschieht ja beides."

„Das glaube ich auch. Ich bin mehr denn je davon überzeugt, dass es Megan gut geht und dass ich sie bald wieder in den Armen halten werde. Ich glaube nicht, dass Gott Rachel als einen Ersatz wieder in mein Leben gebracht hat, sondern als eine Zugabe."

„Halt an dieser Hoffnung fest, Liebes." Eine Träne kullerte über Jeannettes Wange und sie wischte sie mit zittrigen Fingern fort. „Und jetzt ruf den FBI-Mann an und fahr zu deiner Schwester."

Kapitel 14

Als Nick am späten Dienstagnachmittag ins Büro kam, klingelte sein Telefon. Wegen Blitzeis hatte er drei Stunden auf der Startbahn des Chicagoer O'Hare-Flughafens festgesessen. Aber ausnahmsweise hatte ihm die Verzögerung einmal nichts ausgemacht, weil er zu sehr damit beschäftigt gewesen war, Theorien aufzustellen und wieder zu verwerfen, die eine Erklärung für die unheimliche Ähnlichkeit zwischen Rachel, Rebecca und Rachels Mutter liefern konnten. Am wahrscheinlichsten erschien ihm nach wie vor, dass die drei Frauen miteinander verwandt waren, und er war fest entschlossen herauszufinden, auf welche Weise.

Aber das Geheimnis lüftete sich ohne sein weiteres Zutun, denn als er das Gespräch entgegennahm, erklang am anderen Ende der Leitung Rebecca O'Neils Stimme. Während Nick ihrer Geschichte lauschte, verspürte er eher Erleichterung als Überraschung. Er hatte in der Regel ein gutes Gespür und hatte allmählich schon das Gefühl gehabt, sein Instinkt würde ihn in diesem Fall im Stich lassen. Stattdessen hatte er den Nagel auf den Kopf getroffen.

Rebecca schloss mit einer Bitte. „Da Sie schon mit Rachel zu tun hatten, habe ich mich gefragt, ob Sie ihr vielleicht die Neuigkeit schonend beibringen und sie fragen könnten, ob sie sich mit mir treffen würde. Ich könnte schon morgen zu ihr fahren, wenn das in ihre Pläne passt. Ich kann es kaum erwarten, sie kennenzulernen und ihr dafür zu danken, dass sie den

Schwingungen, die sie durch die Puppe gespürt hat, nachgegangen ist."

„Das arrangiere ich gerne. Kann ich Sie später heute Abend zurückrufen?"

„Das wäre gut. Danke."

Nick hatte gerade aufgelegt, als Mark den Kopf in Nicks Arbeitsbox streckte. „Wie war Chicago?"

Nick drehte sich zu ihm um. „Ereignisreich."

„Ja? Inwiefern?" Mark unterdrückte ein Gähnen und lehnte sich an die Trennwand, die Nicks Arbeitsbereich abtrennte.

„Rebecca O'Neil und Rachel Sutton sind eineiige Zwillinge."

„Was?" Mark richtete sich auf und seine Haltung änderte sich binnen einer Sekunde von müde zu gespannt.

„Unglaublich, oder? Ich wusste, dass Rebeccas Foto in der Akte mich an irgendjemanden erinnerte. Und als ich ihr heute Morgen begegnete, hatte sie die gleichen Angewohnheiten wie Rachel. Dadurch wurde mir ihre ungeheure Ähnlichkeit mit dem Foto bewusst, das Rachel von ihrer Mutter hat."

Auf Marks Stirn traten Falten der Skepsis. „Aber ich habe Bilder von Rebecca O'Neil gesehen. Und ich habe Rachel kennengelernt. Die beiden sehen sich nicht ähnlich. Wie können sie dann eineiige Zwillinge sein?"

„Rebecca sagte, dass Rachel bei dem Unfall, der ihre Mutter das Leben kostete, schwer verletzt worden sei. Die Operationen könnten ihr Aussehen verändert haben. Vielleicht kann Rachel die offenen Fragen beantworten."

„Ich frage mich, ob die Tatsache, dass sie Zwillinge sind, auch die Schwingungen erklären kann, die Rachel gespürt hat."

„Das vermute ich. Glaubst du, Emily kann uns diesbezüglich weiterhelfen?"

„Wir rufen sie an und fragen sie. Das Konferenzzimmer ist frei. Sollen wir eben rübergehen?"

„Gut. Aber ich brauche noch einen Augenblick. Ich bin gerade erst reingekommen und muss erst meine Mails abrufen."

„Lass dir Zeit. Es kann sowieso sein, dass sie in einer Therapiesitzung ist. Ich klingle dich an, sobald ich sie in der Leitung habe."

Zehn Minuten später rief Mark ihn ins Konferenzzimmer. Als Nick eintrat und die Tür hinter sich schloss, stellte Mark das Telefon auf Lautsprecher. „Nick ist hier, Em."

„Hi, Nick. Mark hat es mir gerade erzählt. Du hast wirklich ein paar ungewöhnliche Entwicklungen in diesem Fall. Parapsychologie. Psychometrie. Und jetzt Telepathie bei Zwillingen."

„Gibt es so etwas?"

„Wenn deine Frage darauf abzielt, ob es wissenschaftliche Beweise dafür gibt, dann lautet die Antwort Nein. Aber es gibt viele Einzelberichte, die vermuten lassen, dass es bei eineiigen Zwillingen vorkommt."

„Selbst wenn sie nichts von der Existenz des jeweils anderen wissen und seit frühester Kindheit getrennt waren?"

„Ja. Das ist ein faszinierendes Thema. Es gibt Fälle, in denen ein Zwilling verletzt wurde und der andere einen körperlichen Schmerz in dem betreffenden Körperteil spürte. Eineiige Zwillinge haben oft auch ähnliche Jobs, Autos, Haustiere und Lieblingsgerichte. Es gibt sogar die Theorie, dass eineiige Zwillinge eine einzigartige gemeinsame Sprache haben, wenn sie klein sind."

„Rebecca und Rachel haben die gleichen Angewohnheiten", warf Nick ein. „Und sie sind beide musikalisch und künstlerisch aktiv. Was ist mit der Telepathie, die du erwähnt hast? Könnte sie Rachels Gefühle erklären?"

„Ich glaube immer noch, dass Rachels Reaktion auf die Puppe sich auf eine Erfahrung in der Vergangenheit bezieht", sagte Emily. „Vielleicht hat sie unterbewusst eine Erinnerung daran, die Puppe bei dem Unfall in der Hand gehalten zu haben. Was das Gefühl der inneren Unruhe seit dem Tag betrifft, an dem die Tochter ihrer Schwester entführt wurde, könnte das möglicherweise mit der Zwillingstelepathie zusammenhängen – wenn man die Theorie, dass es so etwas gibt, akzeptiert. Im Allgemeinen müsste das Gefühl einer gemeinsamen Erfahrung etwas sehr Traumatisches, hoch Emotionales betreffen, und das trifft auf die Entführung eindeutig zu."

„Rebecca hat darum gebeten, Rachel treffen zu dürfen. Glaubst du, es besteht eine Chance, dass Rachel uns weitere Hinweise zu dem Fall geben kann, wenn sie sich sehen?"

„Ich wünschte, ich könnte das bejahen. Aber ihre telepathische Verbindung, falls sie so etwas hat, bezieht sich auf das Erleben ihrer Schwester, nicht auf das ihrer Nichte."

„Okay. Danke, Emily."

„Ich freue mich, wenn ich helfen kann, Nick. Mark, denkst du daran, fürs Abendessen Pizza zu holen?"

Mark grinste. „Habe ich jemals etwas vergessen, das mit Essen zu tun hatte?"

„Auch wieder wahr."

„Bis später, Em." Er beendete das Gespräch, lehnte sich zurück und sah Nick an. „Interessant, das alles."

„Stimmt. Aber wenn Emily recht hat und diese Telepathiegeschichte nicht über Rachel und Rebecca hinausgeht, wird uns das alles nicht helfen, Megan zu finden."

* * *

Rachel hatte gerade ihre nackten Füße in ihre pinkfarbenen Plüschpantoffeln geschoben und eine Ladung Wäsche aufgehoben, als es an ihrer Haustür klingelte.

Sie blieb oben an der Kellertreppe stehen und sah auf die Uhr. Beinahe neun Uhr. Kein gutes Zeichen. Vielleicht war es diese neugierige Reporterin von der *St. Louis Scene*. Oder jemand, der den Artikel gelesen hatte und wollte, dass sie mit einem verschollenen Angehörigen Kontakt aufnahm.

Beide Vorstellungen waren wenig verlockend.

Sie überlegte, die Klingel zu ignorieren, aber als es wieder läutete – zweimal hintereinander – beschloss sie, doch nachzusehen. Sie ließ die Wäsche im Flur auf den Boden fallen, ging vorsichtig zur Tür und legte lautlos das Auge an den Spion.

Auf der anderen Seite der Tür stand Nick, den Kragen gegen die bittere Kälte hochgeschlagen, die Hände tief in den Taschen seines Mantels vergraben.

Ein wärmendes Gefühl der Freude durchströmte sie. Nach ihrer kurzen Unterhaltung gestern hatte sie nicht erwartet, ihn zu sehen oder von ihm zu hören, bevor der O'Neil-Fall gelöst war. Aber vielleicht hatte sein Besuch in Chicago zu einer heißen Spur geführt und sie hatten das entführte Baby gefunden, sodass sie dort weitermachen konnten, wo sie am letzten Wochenende aufgehört hatten.

Der Gedanke ließ einen wohligen Schauer über Rachels Rücken laufen und sie lächelte.

Sie fuhr mit den Händen über die Hosenbeine ihrer verwaschenen Jeans und zog die Tür auf. „Hi. Das ist aber eine nette Überraschung."

Nick erwiderte ihr Lächeln und die Wärme in seinen blauen Augen verriet ihr, dass er froh war, hier zu sein. Aber die Fältchen um seine Augen waren ein eindeutiger Hinweis darauf, dass er eigentlich todmüde war.

„Heißt das, dass ich reinkommen darf?"

Rachel trat zur Seite, sodass er in die winzige Ecke ihres Wohnzimmers treten konnte, die ihr als Eingangsbereich diente. „Komm, ich nehme dir den Mantel ab."

„Danke." Rasch ließ er ihn von seinen Schultern gleiten und reichte ihn ihr.

Der Wollstoff fühlte sich kalt an und Rachel hielt ihn von sich fort, während sie einen Kleiderbügel holte und den Mantel in ihrem kleinen Schrank verstaute. Ein Schauer durchfuhr sie und sie zuckte entschuldigend mit den Schultern, als Nick die Augenbrauen hochzog. „Die Kälte zieht mir immer sofort in die Knochen. Eigentlich müsste ich in den Tropen leben.

Weißer Sand, Palmen, eine warme Brise … und nie mehr kalte Füße."

„Für dieses Problem scheinst du doch eine Lösung gefunden zu haben." Er zog neckend einen Mundwinkel hoch, als er auf ihre Hausschuhe hinuntersah.

Sie wackelte mit den Zehen und grinste. „Sie sind vielleicht etwas speziell, aber sie erfüllen ihren Zweck."

„Ich finde sie süß."

Rachel errötete und beschloss, dass es an der Zeit war, das Thema zu wechseln. „Erzähl mir von Chicago. Da du hier bist, vermute ich, dass es bezüglich des Falls Neuigkeiten gibt?" Sie machte es sich in einer Ecke ihrer Couch bequem und zog die Füße unter sich.

„Ich habe tatsächlich Neuigkeiten. Aber sie haben nicht unmittelbar mit dem Fall zu tun."

Sein Tonfall ließ sie aufmerken. „Was für Neuigkeiten denn?"

„Ich habe vielleicht eine Erklärung für die innere Unruhe, die du spürst, seit das Baby der O'Neils entführt wurde."

Damit hatte er endgültig ihre volle Aufmerksamkeit gewonnen. „Wirklich? Welche? Ich habe mir das Hirn zermartert, um eine Erklärung zu finden, und bin zu keinem Ergebnis gekommen."

„Es hat mit Rebecca O'Neil zu tun." Nick ging zum Kamin, nahm das Foto ihrer Mutter in die Hand und setzte sich dann neben sie aufs Sofa. „Wie sie selbst gerade erst herausgefunden hat, besteht eine ganz besondere Beziehung zwischen euch beiden. Rebeccas Mutter hat ihr heute Nachmittag erzählt, dass sie vor fünfunddreißig Jahren adoptiert wurde. Und dass sie eine eineiige Zwillingsschwester hatte, die bei dem Unfall, bei dem ihre Mutter starb, schwer verletzt wurde. Eine Schwester, die in Pflege gegeben wurde." Sein Blick suchte den ihren. „Du und Rebecca O'Neil, ihr seid Zwillinge, Rachel."

Sekunden verstrichen, während Rachel Nick anstarrte. Die einzigen Geräusche, die im Zimmer zu hören waren, waren das

Knistern des Feuers, das Zischen, wenn Wasser aus dem noch feuchten Holz verdampfte, und das plötzliche Zusammenfallen der Holzscheite, die sich mit fliegenden Funken auflösten.

Ich habe eine Schwester. Eine Zwillingsschwester.

Die Worte hallten in Rachels Kopf wider. Sie verstand, was Nick gesagt hatte, aber sie konnte es nicht fassen. Ihr ganzes Leben lang hatte sie gedacht, sie sei allein auf der Welt. Dass es niemanden gebe, an den sie sich in Zeiten der Not wenden oder mit dem sie besondere Gelegenheiten teilen könne. So viele einsame Thanksgiving- und Weihnachtsfeste und Geburtstage waren vergangen. Und die ganze Zeit über hatte sie eine Schwester gehabt – *eine Schwester!* –, die Teil ihres Lebens hätte sein können.

Ihr Magen verkrampfte sich, als ihr diese Ungerechtigkeit bewusst wurde.

„Rachel? Ist alles in Ordnung?"

Nicks sanfte Frage brachte sie in die Gegenwart zurück. Seine langen, schlanken Finger lagen auf ihrem Arm und seine zarte, aber zugleich kräftige Berührung bot ihr Unterstützung an, wenn sie sie brauchte. Als sie den Kopf hob, sah sie, dass er sie nicht aus den Augen ließ und besorgt die Stirn runzelte.

„Meine Gefühle lassen sich mit dem Wort Schock nicht mal annähernd beschreiben." Ihre unsichere Antwort war kaum mehr als ein Flüstern. „Wie konnte Rebeccas Mutter das all die Jahre geheim halten?"

„Ich glaube, Rebecca hat auch Mühe, das zu verstehen." Er stellte das Foto auf den Couchtisch. „Sie hat übrigens sehr viel Ähnlichkeit mit deiner Mutter. Aber auch wenn ihr beide einige Eigenarten gemeinsam habt, seht ihr euch überhaupt nicht ähnlich."

„Bei mir musste viel durch Operationen rekonstruiert werden. Der Unfall hat nicht nur mein Bein ruiniert, sondern auch mein Gesicht." Die Antwort kam beinah automatisch, während sie immer noch mit dem Tsunami ihrer Gefühle rang.

„Das habe ich auch gehört. Rebecca hat ein Foto von euch beiden mit eurer Mutter und damals saht ihr gleich aus. Und dieses Foto hat noch eine interessante Erkenntnis zu Tage gefördert: Die Stoffpuppe gehörte dir, Rachel. Du hattest sie im Auto bei dir, als der Unfall passierte. Emily glaubt, das ist der Grund, warum du so stark auf sie reagiert hast.“

Rachel nickte langsam und versuchte sich auf die Unterhaltung zu konzentrieren. „Das wäre natürlich möglich. Vielleicht habe ich unterbewusst eine Erinnerung an das Ereignis. Aber was ist mit meiner Angespanntheit? Hat sie dafür auch eine Erklärung?“

„Nichts, was wissenschaftlich anerkannt wäre. Aber sie sagte, es gebe viele Fälle, in denen von einer Art Telepathie zwischen Zwillingen berichtet wurde. Selbst zwischen solchen, die von Geburt an getrennt waren. Und Rebecca und du wart vor eurer Trennung neun Monate lang zusammen. Rebeccas Mutter hat ihr erzählt, dass Rebecca als kleines Kind oft Kopfschmerzen hatte, ohne dass eine organische Ursache festgestellt werden konnte. Und dass sie gelegentlich hinkte, wieder ohne ersichtlichen Grund. Das könnte mit deinen Operationen zusammenhängen.“

„Das ist doch bizarr.“

„Stimmt. Aber eine Vielzahl von Berichten legt die Vermutung nahe, dass zwischen euch beiden tatsächlich eine besondere Verbindung bestehen könnte.“ Nick beugte sich vor und verschränkte seine Finger mit den ihren. „Sie würde dich gerne kennenlernen, Rachel. So bald wie möglich. Sie hat vorgeschlagen, dass sie morgen herkommen könnte, wenn du sie sehen willst.“

„Natürlich will ich sie sehen!“ Rachel fühlte sich vielleicht in den Grundfesten erschüttert und verunsichert, aber was die Entscheidung anging, ob sie ihre Schwester kennenlernen sollte, war sie sich hundertprozentig sicher. „Ich habe eine Familie, Nick! Eine Familie.“ Sie wiederholte die Worte voller Staunen.

„Ich fühle mich so, wie du dich gefühlt haben musst, als Dan Foley dich unter seine Fittiche nahm und dir das Gefühl gab, dazuzugehören. Es ist ein unglaubliches Geschenk."

„Ich hatte gehofft, dass du es so sehen würdest."

„Wie sollte ich es sonst sehen?"

Er strich mit dem Daumen über ihren Handrücken. „Es ist dein gutes Recht, wütend zu sein. Es war schließlich nicht gerecht, dass man dir nichts von deiner Schwester gesagt hat."

„Ich bin auch wütend. Aber ich habe schon vor langer Zeit gelernt, dass das Leben nicht gerecht ist, Nick. Und wütend zu sein, ändert auch nichts daran." Sie berührte das Kreuz um ihren Hals und erinnerte sich daran, dass der Pastor in der Predigt am Sonntag gesagt hatte, man solle Gott das Urteilen überlassen. „Ich versuche mich stattdessen darauf zu konzentrieren, wie dankbar ich für dieses unglaubliche Wunder bin. Es ist beinahe so groß, dass ich beten könnte."

Es war nur teilweise scherzhaft gemeint und Nick schien das zu erkennen. „Du hast am letzten Sonntag schon einen ersten Schritt in Richtung Glauben getan. Vielleicht können wir wieder zusammen zum Gottesdienst gehen, wenn der Fall gelöst ist."

„Auf das Angebot werde ich möglicherweise zurückkommen."

Nick drückte ihre Hand und ließ sie dann los. „Was soll ich Rebecca sagen, wann sie morgen hier sein soll? Ich habe versprochen, dass ich sie heute Abend noch anrufe, nachdem ich mit dir gesprochen habe."

Rachel schob sich das Haar hinter die Ohren. „Glaubst du, sie würde zum Essen hierherkommen? Oder sollen wir uns irgendwo anders treffen?"

„Ich könnte mir vorstellen, dass es ihr recht wäre, wenn ihr euch hier in deinem Haus trefft, wo ihr ungestört seid."

„Gut. Aber … kommst du auch? Wenigstens für eine Weile? Vielleicht können wir zusammen essen und du kannst bleiben, bis das Eis gebrochen ist."

„Wenn du möchtest, dass ich komme, werde ich hier sein. Aber jetzt" – Nick blickte auf seine Armbanduhr – „muss ich gehen. Und du musst schlafen."

Er stand auf und sie folgte ihm zur Tür. „Ich glaube nicht, dass ich heute Nacht ein Auge zutun werde."

„Irgendetwas sagt mir, dass es Rebecca genauso gehen wird." Er lächelte, als er seinen Mantel aus dem Schrank holte.

„Nick? Ist sie nett?"

Als er ihre leise Frage hörte, drehte er sich zu ihr um. Die Arme hatte er bereits in den Mantel geschoben. „Sehr nett. Genau wie ihre Schwester." Er berührte ihre Wange ... ließ seine Finger einen Augenblick lang auf ihrer Haut liegen ... und zog die Hand dann fort, um sie in seine Tasche zu stecken. „Und ihr werdet viel haben, worüber ihr reden könnt. Sie liebt Musik und Kunst, genau wie du."

Plötzlich legte sich ein Schatten über Rachels Freude. „Glaubst du, sie will mich nur deshalb sehen, weil sie hofft, ich könne bei dem Fall helfen?"

Nick legte die Hände auf ihre Oberarme und sah ihr in die Augen. „Ich werde heute Abend klarstellen, dass dem nicht so ist. Aber ich glaube, das spielt für sie keine Rolle. Ich bin mir sicher, sie ist genauso glücklich wie du, dass sie eine Schwester hat."

„Ich hoffe es." In Rachels Stimme schlich sich ein Funken Wehmut. „Ich bin immer gut allein zurechtgekommen, aber manchmal ist es einsam, wenn man niemanden hat, der einen wirklich liebt. Verstehst du das?"

„Oh ja, das tue ich."

Als Nick sie ansah, bemerkte Rachel, wie seine Augen zu glühen begannen. Sie spürte den Funken, der zwischen ihnen übersprang. Und sie wusste, dass er sie küssen wollte.

Vielleicht sogar genauso sehr, wie sie von ihm geküsst werden wollte.

Aber er war ganz und gar Profi. Ein Mann, der nichts davon

hielt, Arbeit und Privatleben zu vermischen. Und obwohl es den Anschein hatte, als erwäge er, an diesem Abend eine Ausnahme zu machen, überraschte es Rachel nicht, als er sie losließ und einen Schritt zurücktrat.

„Ich rufe dich nachher an, nachdem ich mit Rebecca gesprochen hatte."

„Das wäre schön."

Sie folgte Nick zur Tür und wartete darauf, dass er sie öffnete.

„Schließ hinter mir zu."

Wieder berührte er ihr Gesicht.

Und wieder zog er die Hand zurück.

Dann, als er in die Nacht hinaustrat, senkte er den Kopf gegen den eisigen Wind und ging zielstrebig zu seinem Auto.

Eine eiskalte Windböe kühlte Rebeccas Wangen, als sie ihm nachsah, aber sie bemerkte es kaum. Weil ihr Herz voller Wärme war.

Kapitel 15

„Hallo Claudia. Hast du eine Minute Zeit?“

Claudia klemmte sich das Handy zwischen Schulter und Ohr und tippte weiter, während sie versuchte, den Lärm in der Nachrichtenredaktion auszublenden und gleichzeitig mit ihrer Schwester zu sprechen. „Aber wirklich nur eine. Ich muss gleich etwas abgeben. Was ist los?“

„Heute Morgen gab es in der *Tribune* einen Artikel, von dem ich glaube, dass er dich interessieren wird.“

„Ja? Worum geht es?“

„Weißt du noch, die Sache mit dem Medium, die du mir letzte Woche gemailt hast? Ich fand das ja wirklich zum Schießen. Aber heute hat die *Tribune* einen Folgeartikel über die O'Neil-Entführung gebracht, und weißt du was? Die Puppe des Babys ist gefunden worden. Eine alte Stoffpuppe wie die in deiner Geschichte. Meinst du, da könnte ein Zusammenhang bestehen?“

Claudias Finger erstarrten auf der Tastatur. „Das wäre ein ziemlich großer Zufall.“

„Wann hat dich das jemals davon abgehalten, einer Spur nachzugehen?“

„Auch wieder wahr. Also gut, ich sehe mir die Online-Version des *Tribune*-Artikels an. Wie bist du denn eigentlich darauf gestoßen?“ Claudia liebte ihre Schwester, aber Keri war ein bisschen oberflächlich. Normalerweise interessierte sie sich mehr für einen Vorsprechtermin für eine Hundefutter- oder Deowerbung als für die Tageszeitung ihrer Heimatstadt.

„Ich war bei meinem Agenten und da lag die Zeitung rum. Die Geschichte stand auf der Titelseite, und als ich das Bild von dem Baby gesehen habe – ein süßes Ding –, habe ich die ersten Zeilen überflogen. Die Puppe wurde gleich am Anfang erwähnt."

„Wenn daraus was wird, hast du was gut bei mir."

„Lad mich einfach zur Verleihung ein, wenn du den Pulitzerpreis bekommst."

„Ja, klar." Ihre Chancen darauf waren etwa so groß wie Keris auf einen Oscar. „Bist du in letzter Zeit für was Spannendes gesucht worden?"

„Ich soll bei einem Zahnpasta-Werbespot mitmachen."

„Viel Glück, Kleines. Bis bald."

Während Claudia ihr Handy zuschnappen ließ, sah sie auf ihre Uhr. Fünf Uhr. Stacy war sicherlich noch da. Die Redakteurin ging nie, bevor die offizielle Arbeitszeit zu Ende war, und blieb oft länger. Gut. Denn Claudia brauchte ihre Genehmigung, die Story über Leute mit ungewöhnlichen Haustieren, an der sie gerade arbeitete, beiseitelegen und sich um eine Anschlussgeschichte zu dem Artikel von letzter Woche kümmern zu dürfen. Da morgen Mittag um zwölf Redaktionsschluss war, würde sie jede wache Minute brauchen, um eine fesselnde Geschichte zu schreiben.

* * *

Rachel strich eine winzige Falte aus dem leinenen Tischtuch, zupfte einen Zweig Schleierkraut zurecht, den sie aus Nicks Rosen gerettet und in einen frischen Strauß Nelken gesteckt hatte, und faltete eine Serviette neu. Der Tisch war für drei Personen gedeckt, ein Schweinefiletbraten garte im Ofen, selbst gemachte Brötchen lagen vorbereitet auf dem Backblech in der Küche und mussten nur noch in letzter Minute in den Ofen geschoben werden und ein Apfelkuchen kühlte bereits auf dem Gitter ab. Sobald sie aus der Schule nach Hause gekommen war, hatte sie sich in hektische Betriebsamkeit gestürzt, um Vorbereitungen für den bedeutsamen Abend zu treffen.

Aber das war in Ordnung. Die Beschäftigung half ihr, ihre nervöse Unruhe ein wenig abzubauen. Hätte sie tatenlos herumgesessen und gewartet, wären ihre Nerven zum Zerreißen gespannt gewesen.

Es klingelte und Rachels Hand wanderte unwillkürlich zu dem Kreuz um ihren Hals – eine Geste, die für sie in Zeiten der Anspannung zum Reflex geworden war. Doch während sie es früher nur als hübsches Schmuckstück und als Verbindung zu der Mutter, die sie nie gekannt hatte, betrachtet hatte, begann sie allmählich, es als das Symbol für eine viel größere Wahrheit zu begreifen. Eine Wahrheit, die sie noch nicht ganz verstand, die sie aber auf faszinierende Weise anzog. Und Nick sei Dank hatte sie vor, diese Wahrheit näher zu erforschen, sobald ihr Leben sich ein wenig normalisiert hatte.

Rachel holte tief Luft und durchquerte das Wohnzimmer. Nick hatte gesagt, er würde um sechs Uhr kommen, damit er als Erster eintraf, und ein Blick durch den Spion bestätigte, dass er sein Versprechen gehalten hatte.

Als sie die Tür öffnete, lächelte er und musterte ihre grüne Seidenbluse, den schmalen schwarzen Rock und die klassischen schwarzen Pumps kurz, aber gründlich. „Hübsch."

Ihr Puls schlug unter seinen anerkennenden Blicken schneller. „Nicht zu schick?"

„Nein, überhaupt nicht. Es ist perfekt so." Ein Windstoß erfasste ihn von hinten und er trat lachend über die Schwelle. „Ich glaube, das ist ein Wink mit dem Zaunpfahl, dass ich reinkommen soll."

Während er seinen Mantel von den Schultern gleiten ließ, öffnete sie die Tür des Garderobenschranks. Der Kleiderbügel, den sie herausholte, fiel ihr aus der Hand.

„Nervös?"

„Ist es so offensichtlich?"

„Das ist ganz normal." Er hängte den Mantel selbst auf und schloss die Schranktür. „Ich bin mir sicher, Rebecca geht es genauso. Kann ich noch etwas tun, um dir bei den Vorbereitungen zu helfen?"

„Beten?" Ihr Tonfall war halb scherzhaft, halb ernst.

„Das habe ich schon getan", antwortete er mit großer Ernsthaftigkeit und sie war gerührt von seiner Fürsorge. „Sonst noch was?"

Ich könnte eine Umarmung brauchen.

In der Stille, die folgte, wurden Nicks Augen dunkler und Glut flackerte in ihren Tiefen auf. Hatte sie die Worte tatsächlich ausgesprochen? Nein, natürlich nicht. Aber allmählich bekam sie den Eindruck, dass Nick ihre Gedanken lesen konnte.

Überwältigt trat sie einen Schritt zurück und versuchte, beiläufig zu klingen, aber ein leichtes Zittern in ihrer Stimme verriet sie. „Ich muss nur noch den Salat fertig machen."

Fasziniert beobachtete sie, wie er die Glut zum Erlöschen brachte. Sie bewunderte seine Selbstbeherrschung, doch gleichzeitig hegte sie den unvernünftigen Wunsch, er besäße nicht ganz so viel davon.

„Salate kann ich gut. Lass mich das machen."

Seine sanfte Antwort stand in einem starken Kontrast zu der Spannung, die in der Luft lag, aber Rachel bemühte sich, seinem Beispiel zu folgen, als er ihr in die Küche vorausging. Heute stand bereits genug emotional Aufwühlendes auf dem Programm – sich zusätzlich noch mit ihren Gefühlen füreinander auseinanderzusetzen wäre *keine* gute Idee.

So verlockend diese Vorstellung auch war.

* * *

Interessant.

Sehr interessant.

Als Claudia ihren Wagen einige Häuser von Rachels Bungalow entfernt ausrollen ließ und die dunkle Limousine, die am Bordstein parkte, genauer betrachtete, verzogen ihre Lippen sich zu einem selbstgefälligen Grinsen. Sie holte ihr Notizbuch aus ihrer Handtasche und blätterte darin. Bingo. Es war das Auto des FBI-Agenten, den sie damals zusammen mit Rachel auf dem Parkplatz vor dem Restaurant gesehen hatte. Die Beschreibung und das Nummernschild, die sie sich notiert hatte, passten. Es zahlte sich immer aus, gründlich zu sein. Schließlich konnte man nie wissen, wann solche Einzelheiten nützlich waren.

Bevor sie zu Rachels Haus gefahren war, hatte Claudia sich mit dem O'Neil-Fall vertraut gemacht. Hatte frühere Ausgaben der *Tribune* überflogen, sich die Fotos von dem Baby und den Eltern angesehen. Eine traurige Sache. Das Baby war jetzt seit acht Wochen verschwunden, was in der Welt der Strafverfolgung eine lange Zeit war. Claudia bezweifelte, dass das FBI die Kleine finden würde – es sei denn, es gab in dem Fall einen Durchbruch.

Zum Beispiel ein Medium, das die Schwingungen einer Stoffpuppe aufnahm.

Nicht, dass sie selbst viel von solchen Dingen hielt. Wer glaubte schon an so etwas? Aber sie hielt es auch nicht für völlig ausgeschlossen. Vielleicht gab es ja ganz selten doch jemanden mit besonderen Fähigkeiten. Sie hatte eine Menge gelernt, während sie den ersten Artikel zu diesem Thema verfasst hatte, und es gab eindeutig Dinge in der Welt des Übersinnlichen, die man mit Logik nicht erklären konnte. Vielleicht war dies so ein Fall. Und wenn das FBI immer noch mit Rachel Sutton in Verbindung stand, mussten *sie* doch auch dieser Meinung sein.

Weder die Behörde noch Rachel Sutton waren bislang bereit gewesen, mit ihr zu sprechen, aber Claudia hatte vor, es noch einmal zu versuchen. Schon ein Zitat wäre eine Bereicherung für den Artikel.

Sie nahm ihre Handtasche vom Beifahrersitz und wollte gerade die Tür öffnen, als ein zweiter Wagen gegenüber von Rachels Haus hielt.

Mit der Hand am Türgriff hielt Claudia inne – und wartete.

Eine Minute verging. Zwei. Drei Minuten. In dem anderen Auto rührte sich nichts und es war zu dunkel, als dass Claudia hätte sehen können, wer darin saß.

Fünf Minuten verstrichen. In ihrem Wagen wurde es aufgrund der frostigen Temperaturen allmählich ungemütlich und sie trommelte mit ihren behandschuhten Fingern auf dem Lenkrad. Wer saß in dem Wagen? Und worauf wartete dieser Jemand? Hatte die Person irgendetwas mit Rachel Sutton zu tun, sodass sie weiter in Beobachtungsposition bleiben sollte, oder war es nur ein verliebtes Pärchen, das sich zufällig diesen Ort ausgesucht hatte, um ein bisschen herumzuknutschen?

Nach sechs Minuten beschloss Claudia, dass sie lange genug gewartet hatte. Ihre Finger wurden allmählich taub von der Kälte, und wer auch immer in dem Auto saß, schien sich nicht rühren zu wollen.

Sie schob den Riemen ihrer Handtasche über ihre Schulter, klemmte sich ihr Notizbuch unter den Arm und stieg aus.

Kaum war sie ein paar Schritte gegangen, öffnete sich die Tür des anderen Wagens und eine schlanke Frau stieg aus. Claudia ging langsamer und beobachtete die Frau, die ihren Mantel glatt strich, sich durch die Haare fuhr und den Riemen einer schmalen Handtasche umklammerte, bevor sie die Straße überquerte und auf Rachels Haus zuging.

Sie wirkte irgendwie vertraut, obwohl die schnörkeligen Straßenlaternen eher dekorativ als praktisch waren und das Gesicht der Frau kaum erhellten. Claudia beschleunigte ihre Schritte, um mehr erkennen zu können.

Die Frau bemerkte Claudia erst, als sie von der Straße auf den

Bürgersteig vor Rachels Haus trat. Sie blieb stehen, wandte sich ab und kramte in ihrer Handtasche. Claudia zögerte nicht. Sie ging weiter und warf der Frau ein unverfängliches Lächeln zu.

„Ganz schön kalt, nicht wahr?"

Die Frau hob das Kinn und erwiderte Claudias Lächeln, doch ihre Miene wirkte im Schein der Laterne angespannt. „Ja, sehr kalt."

Claudia traf beinahe der Schlag.

Die Frau war Rebecca O'Neil.

Die Mutter des entführten Babys.

Sie erkannte sie von den Fotos in der Zeitung, die sie sich vor nicht einmal einer Stunde angesehen hatte.

Irgendwie gelang es Claudia, ihre Verblüffung zu verbergen und weiterzugehen. Sie durfte sich nicht umdrehen, bevor Rebecca O'Neil das Haus betreten hatte, denn das könnte Verdacht erregen.

Aber in drei Minuten würde sie nicht zu ihrem Auto zurück gehen, sondern rennen.

Denn eine solche Nachricht gab es nur einmal im Leben! Rachel Sutton und das FBI mochten behaupten, dass sie nicht an übersinnliche Phänomene glaubten, aber für Claudia zählten Taten mehr als Worte.

Die Leser der *St. Louis Scene* würden diese Story verschlingen.

* * *

Rebecca sah auf ihre Armbanduhr. Punkt halb sieben. Zeit, ihre Schwester kennenzulernen.

Sie hob die Hand und wollte klingeln, doch dann zögerte sie. Mühsam versuchte sie ihre Atmung zu beruhigen, aber es gelang ihr nicht.

Was war, wenn sie einander nicht leiden konnten? Was, wenn diese Wiedervereinigung ihrer beider Leben nur durcheinanderbrachte? Was, wenn …

Ihre ängstlichen Überlegungen wurden dadurch unterbrochen, dass die Tür aufging. Vor ihr stand Special Agent Nick Bradley, als hätte er nach ihr Ausschau gehalten. Als hätte er vermutet, sie könnte kalte Füße bekommen. Als hätte er erraten, dass sie einen letzten Schubs brauchte, um über die Schwelle und in eine ungewisse Zukunft zu treten.

„Hallo, Mrs O'Neil. Wir haben Sie schon erwartet." Er lächelte und beugte sich ein wenig vor, während er die Stimme senkte und ihr zuzwinkerte. „Und Rachel ist wegen dieser Sache genauso nervös wie Sie."

Ein Teil von Rebeccas Anspannung löste sich. Sie würde es schaffen. Sie hatte für diese Begegnung gebetet und in ihrem Herzen wusste sie, dass sie das Richtige tat. Rachel zu treffen, brachte ihr vielleicht nicht Megan zurück – der FBI-Agent hatte ihr schon erklärt, dass nur wenig Aussicht bestand, dass die Verbindung, die Rachel zu ihr hatte, sich auch auf ihre Tochter erstreckte –, aber Schwestern sollten einander kennen.

Sie holte tief Luft und trat ein.

* * *

Von ihrem Platz am Kamin aus, beobachtete Rachel, wie Rebecca O'Neil – ihre Zwillingsschwester – ihr Haus betrat. Sie hatte, nachdem Nick die Bombe hatte platzen lassen, im Internet nach Bildern von ihr gesucht, sodass sie wusste, wie Rebecca aussah. Aber ein Foto stand in keinem Vergleich zu einem lebendigen, atmenden Menschen.

Während Nick Rebecca aus dem Mantel half und ihre Handtasche nahm, begegneten sich die Blicke der Schwestern. Gleichzeitig fuhren sie sich mit der Zungenspitze über die Lippen und schoben ihre Haare hinters Ohr. Rachel starrte Rebecca an, verblüfft über die gespiegelte Geste. Rebecca starrte zurück.

Rachel brachte ein zittriges Lächeln zustande, aber sie war sich nicht sicher, ob ihre Beine sie tragen würden. Trotzdem ging sie auf ihre Schwester zu und streckte die Hand aus. „Herzlich willkommen."

Anstatt ihre Hand zu nehmen, schloss Rebecca sie in die Arme. „Ich glaube, Schwestern können ruhig mehr als sich die Hand geben, meinst du nicht auch?"

Die Tränen in Rebeccas Augen spiegelten die, die in Rachels aufstiegen, während sie die Umarmung erwiderte. „Unbedingt. Es tut mir nur so leid, dass wir uns unter diesen Umständen kennenlernen."

„Mir auch." Rebecca löste sich aus der Umarmung und nahm Rachels Hände in die ihren. „Aber ich habe die Hoffnung nicht aufgegeben. Ich weiß, dass alle ihr Bestes tun, um Megan zu finden. So wie du es getan hast, als du mit der Puppe zum FBI gegangen bist. Das war echt mutig von dir. Ich kann mir vorstellen, wie sie dort reagiert haben."

Rachel warf Nick über Rebeccas Schulter hinweg einen Blick zu. „Ehrlich gesagt waren sie sehr viel einfühlsamer, als ich erwartet hatte."

„Da bin ich aber froh." Rebecca blinzelte wieder und trocknete ihre Augen, während sie unsicher lachte. „Weißt du, selbst wenn wir keine Beweise dafür hätten, dass wir Zwillinge sind, ist das hier doch ein ziemlich eindeutiges Indiz, oder?" Sie deutete erst auf ihre eigene und dann auf Rachels Kleidung.

Erst jetzt, wo Rebecca sie darauf aufmerksam machte, wurde Rachel die auffallende Ähnlichkeit ihrer Garderobe an diesem Abend bewusst. Wie sie trug Rebecca schwarze Pumps, einen schmal geschnittenen schwarzen Rock und eine Seidenbluse mit der gleichen Webstruktur und einem ähnlichen Schnitt. Nur dass ihre nicht grün war, sondern blau.

Rachel schüttelte den Kopf. „Wahnsinn. Das ist wirklich erstaunlich."

„Und das ist noch nicht alles." Rebecca ging zur Couch und strich über den wollenen Überwurf. „Ist der von Pottery Barn?"

„Ja."

„Ich habe genau den gleichen in unserem Wohnzimmer."

Rachel verschränkte die Arme und ließ sich auf die Armlehne des Sofas nieder. „Nick hat mir erzählt, dass du auch ein Herz für die Musik hast. Welches ist dein Lieblingsmusical?"

„Camelot." Als Rachel grinste, lächelte Rebecca. „Lass mich raten: Das magst du auch am liebsten."

„Stimmt. Und magst du Schokolade?"

„Ich liebe Schokolade."

„Dunkle oder helle?"

„Helle. Besser kann Schokolade nicht schmecken."

„Da hast du völlig recht." Rachel legte den Kopf schief. Sie fing an, die Situation zu genießen. „Aber ich hasse Kokos."

„Ich auch. Und Erbsen kann ich auch nicht leiden. Es sei denn, heute Abend gibt es welche …"

„Natürlich nicht. Erbsen gehören für mich in dieselbe Kategorie wie Rizinusöl. Aber Brokkoli … das ist was anderes."

„Ich liebe Brokkoli."

„Gut. Der steht nämlich heute auf der Speisekarte. Und wo wir gerade davon sprechen – das Essen ist fertig. Ich dachte, du hast vielleicht Hunger nach der langen Fahrt."

„Ich bin völlig ausgehungert. Aber kann ich mich eben noch ein bisschen frisch machen?"

„Natürlich. Die erste Tür auf der rechten Seite, am Ende des Flures."

Als Rebecca verschwand, wandte Rachel sich zur Küche um – und sah Nick an der Haustür stehen. Er hatte eine Schulter gegen den Türrahmen gelehnt, die Arme verschränkt und ein Bein so übergeschlagen, dass die Fußspitze auf dem Wohnzimmerteppich aufgestützt war. Lächelnd stieß er sich ab und schlenderte auf sie zu. „Sieht so aus, als brauchtest du mich doch nicht, um dir den Rücken freizuhalten. Das Eis ist nicht nur gebrochen, es ist gleich komplett geschmolzen. Wie wäre es, wenn ich mich unauffällig verabschiede und euch beiden die Gelegenheit gebe, euch in Ruhe auszutauschen?"

„Kommt nicht in Frage. Ich habe dir ein Essen versprochen." Sie nahm seinen Arm und zog ihn ins Esszimmer. „Außerdem kann es doch sein, dass die Unterhaltung ins Stocken gerät und wir dich brauchen, um uns da rauszuhelfen."

„Also gut. Bevor ich mich schlagen lasse … Das Essen duftet köstlich."

Aber schließlich musste Rachel zugeben, dass seine Anwesenheit überflüssig war. Rebecca und sie quasselten während des Essens die ganze Zeit, als hätten sie einander die ganzen fünfunddreißig Jahre lang gekannt, und beendeten oft die Sätze der jeweils anderen. Gelegentlich erinnerten sie sich an Nicks Anwesenheit und versuchten ihn in ihren lebhaften Austausch mit einzubeziehen, aber es überraschte Rachel nicht, als er seine Serviette nach dem Dessert auf den Tisch legte und sich erhob.

„Ich glaube, ich ziehe mich zurück, meine Damen."

Beide Frauen sahen auf ihre goldenen Armbanduhren, die in einem ähnlichen Stil gehalten waren.

„Ich kann gar nicht glauben, dass es schon neun Uhr ist." Rebecca schüttelte den Kopf.

„Bist du dir sicher, dass du nicht noch ein bisschen bleiben kannst?", fragte Rachel Nick.

„Ein andermal."

„Dann bringe ich dich zur Tür. Entschuldigst du mich kurz, Rebecca?"

„Lass dir Zeit. Ich bin glücklich mit meinem Milchkaffee. Danke, dass Sie dieses Treffen arrangiert haben, Nick." Sie streckte die Hand aus.

„Es war mir ein Vergnügen." Nachdem er ihr die Hand geschüttelt hatte, folgte er Rachel ins Wohnzimmer. Sie hatte seinen Mantel schon aus dem Schrank geholt und er grinste. „Wie ich sehe, bist du ganz erpicht darauf, mich loszuwerden."

„Überhaupt nicht." Sie ließ seinen Mantel sinken. „Möchtest du gerne noch ein bisschen bleiben?"

Nick berührte ihre Wange und seine Augen wurden weich.

„Das war ein Witz. Ich bin froh, dass ihr beide euch so gut versteht.“

Sie lehnte sich in seine Berührung und seine Finger legten sich um ihr Kinn und strichen ihr das Haar aus der Stirn. Als er sprach, erkannte sie an dem heiseren Klang seiner Stimme, dass sie nicht die Einzige war, bei der die einfache Berührung etwas auslöste. „Genieß den Augenblick, in Ordnung? Solche besonderen Abende gibt es nicht oft.“

„Rachel? Hast du noch ein bisschen Milch im … oh, Entschuldigung.“ Rebecca trat einen Schritt zurück und lächelte verlegen, als Nick seine Hand sinken ließ. „Ich finde sie schon in der Küche. Ihr braucht euch wegen mir wirklich nicht zu beeilen.“

„Ich habe das Gefühl, dass ich mir dazu gleich noch ein paar Bemerkungen anhören kann. So sind Geschwister, habe ich mal gehört.“ Rachel lächelte. *Das Wort gefällt mir.* „Aber weißt du was? Es macht mir gar nichts aus.“

„Was wirst du ihr erzählen?“ Nick nahm den Mantel und schob die Arme in die Ärmel.

Sie warf ihm einen prüfenden Blick zu. „Was *soll* ich ihr denn erzählen?“

„Wie wäre es mit der Wahrheit? Dass wir miteinander ausgehen.“

„Tun wir das?“

„Darauf kannst du dich verlassen. Sobald der Fall vorbei ist.“

Ein köstliches Kribbeln durchfuhr sie. „Schade, dass ich den Prozess nicht beschleunigen kann. Ich wünschte, die Sache mit der Telepathie ginge über Rebecca hinaus.“ Ihr Glücksgefühl trübte sich ein bisschen. „Sie hat sich heute Abend tapfer geschlagen, Nick, aber ein Kind durch eine Entführung zu verlieren … das muss schrecklich sein. Als ich sie umarmt habe, konnte ich ihre Knochen spüren. Sie ist viel zu dünn. Und das Make-up kann die dunklen Ringe unter ihren Augen nicht wirklich verbergen.“

„Das habe ich auch bemerkt. Aber wir haben nicht viele Hinweise. Die Spuren sind ziemlich im Sand verlaufen."

„Rebecca hat nicht aufgegeben."

„Ich weiß."

„Hat das FBI aufgegeben? Bitte sag mir die Wahrheit, Nick."

Er schaute sie prüfend an und sie sah, dass er sich seine Antwort gut überlegte.

„Es ist acht Wochen her, Rachel. Die Entführer können inzwischen überall sein. Megan könnte ..." Er zögerte. „Ich will es mal so sagen: Nach so langer Zeit sehen wir nicht oft glückliche Familienzusammenführungen."

Sie wusste seine Ehrlichkeit zu schätzen, aber sie würde nicht aufgeben. Noch nicht.

„Rebecca und ich haben uns nach fünfunddreißig Jahren wiedergefunden, Nick. Das war auch sehr unwahrscheinlich. Mir geht es wie Rebecca. Ich habe das Gefühl, dass diese Entführungsgeschichte gut ausgehen wird. Und zwar bald."

„Ich würde sagen, es lohnt sich, dafür zu beten. Gute Nacht, Rachel."

Als Nick den Weg zu seinem Auto hinunterging, schloss Rachel nachdenklich die Tür. Sie war zutiefst dankbar dafür, dass Rebecca und sie einander gefunden hatten, aber vielleicht war es einfach zu viel verlangt, auf eine Wiedervereinigung von Mutter und Baby zu hoffen.

Und doch hatte sie das ganz merkwürdige Gefühl, dass es in diesem Fall bald einen Durchbruch geben würde.

Kapitel 16

„Debra? Bist du das?“

Mit klopfendem Herzen bezog Debra den Sicherheitsgurt um Danielles Kindersitz fest, schloss die Tür und drehte sich um, sodass sie den Blick ins Auto versperrte. Was in aller Welt tat Warren Peterson in St. Louis? Sie hatte sich für diese Stadt entschieden, weil sie hier niemand kannte. Weil sie Begegnungen wie diese hatte vermeiden wollen.

Während der Kollege ihres Ex-Mannes über den Parkplatz auf sie zukam, versuchte Debra ihre wachsende Panik in den Griff zu bekommen. Für solche Notfälle hatte sie sich eine Geschichte zurechtgelegt. *Ganz ruhig bleiben. Du musst dich ganz normal verhalten. Und ihn so schnell wie möglich loswerden.*

„Hallo, Warren.“

„Da habe ich dich doch richtig erkannt. Ich wusste nicht, dass du in St. Louis bist.“

„Ich bin vor ein paar Monaten hergezogen. Nach der Scheidung.“

„Hm.“ Er schob die Hände in die Taschen seines zu großen Mantels. „Es hat mir leidgetan, als ich von eurer Trennung gehört habe.“

„Das kann passieren.“ Es gelang ihr, beiläufig zu klingen, während sie gegen den Drang ankämpfte, laut zu kreischen: *„Geh weg. Lass mich in Ruhe!“*

„Und wie geht es dir?“

Smalltalk. Der Mann wollte plaudern, während sie nichts anderes wollte, als dass er verschwand. Sie hatte Warren noch nie gemocht. Er war ein Langweiler. Keinerlei Sozialkompetenz – und ebenso wenig Sinn für Mode. Heute trug er ockerfarbene Cordhosen, die zu kurz waren, abgewetzte Wanderschuhe und einen übelriechenden grünen Mantel, an dem ein Knopf fehlte. Aber viele Akademikerkollegen ihres geschiedenen Mannes waren so. Ganz der Zerstreute-Professor-Typ. Wenigstens war Allen in der Lage gewesen, jeden Morgen ein passendes Paar Socken zu finden.

„Mir geht es gut, Warren. Was machst du denn hier?"

„Ich bin hier zu einer Chemiekonferenz."

„Ist Allen auch hier?" Wieder stieg Panik in ihr auf.

„Nein. Ich bin allein hergekommen. Ich hätte auch schon heute Abend zurückfahren können, aber ich dachte mir, ich sehe mich noch ein bisschen um. Aber nachdem ich mich zum dritten Mal verlaufen hatte, habe ich beschlossen, mir lieber einen Film anzusehen." Mit einem dümmlichen Grinsen zeigte er auf das Kino auf der anderen Seite des Parkplatzes. „Ich hatte noch nie einen guten Orientierungssinn. Aber wie auch immer ... jedenfalls fahre ich erst morgen früh zurück. In diesem Semester habe ich freitags ein lockeres Programm, nur ein Seminar am Nachmittag, und bis dann bin ich problemlos wieder zu Hause. Ich stehe sowieso immer mit den Hühnern auf."

Debra klimperte mit ihren Schlüsseln. Warum hatte sie ausgerechnet heute auf dem Heimweg beim China-Imbiss Halt gemacht? Warren hatte sie früher schon einmal in die Ecke gedrängt bei einer Weihnachtsfeier und ihr ein Ohr abgekaut, bis sie ihn endlich hatte abschütteln können. Heute schien er das wieder vorzuhaben. Schade, dass er nicht mehr wie Allen war. Die introvertierte Schweigsamkeit ihres Ex-Gatten wäre vermutlich für viele Frauen ein Problem gewesen, aber ihr hatte das nie etwas ausgemacht. Sie hatte ihn nicht der Gespräche wegen geheiratet.

Sie schlug den Kragen ihres Mantels hoch und tat so, als fröstelte sie. „Ich muss los, mir wird kalt."

„Hier ist es wirklich ziemlich kühl." Warren rührte sich nicht vom Fleck.

So viel zu subtilen Hinweisen. Debra drehte sich um, öffnete die Wagentür und machte Anstalten, sich hinters Lenkrad zu setzen.

„Süßes Baby."

Sie fuhr zusammen. Warren lächelte dem Säugling auf dem Rücksitz zu und machte die albernen Grimassen, die Erwachsene kleinen Kindern immer zumuteten. Vielleicht waren sie aber auch ein Ausdruck seiner wahren Persönlichkeit. Debra warf Warren einen düsteren Blick zu, während sie der Versuchung widerstand, ihm einen Stoß zu versetzen und mit quietschenden Reifen davonzufahren.

„Ich spiele den Babysitter für eine Freundin. Mach's gut, Warren." Sie gratulierte sich zu ihrem gelassenen Tonfall, obwohl sich ihr der Magen umdrehte, während sie auf dem Fahrersitz Platz nahm und die Tür zuzog.

Warren setzte sich erst in Bewegung, als sie den Motor anließ, den Rückwärtsgang einlegte und anfing, aus der Parkbucht zu setzen.

Als sie davonfuhr, winkte er ihr mit einem dämlichen Grinsen im Gesicht nach.

Während er in ihrem Rückspiegel immer kleiner wurde, versuchte Debra, sich von ihrer Angst nicht beirren zu lassen. Sie musste rational denken, wie sie es bei der Arbeit tat.

Du darfst dich von deiner Panik nicht durcheinanderbringen lassen, sonst machst du Fehler. Und Fehler könnten deinen Traum vernichten.

Das wiederholte Debra in Gedanken immer wieder, bis ein fröhliches Gurgeln vom Rücksitz ihre Aufmerksamkeit erneut zum Rückspiegel lenkte. Danielle ruderte mit den Armen und plapperte in ihrer unverständlichen Babysprache vor sich hin.

Was war sie doch für ein unbeschwertes Kind! Bei ihrem Anblick entspannten sich Debras Lippen zu einem Lächeln und das Glück löste die Anspannung in ihren Schultern. Das Engelchen war das Licht ihres Lebens. Wenn dieses Licht ihr jemals geraubt werden sollte …

Ihre zitternden Finger schlossen sich fester um das Lenkrad. Das würde nicht geschehen. Sie würde nicht zulassen, dass es geschah. Sie war bereit zu tun, was auch immer nötig war, um ihr kleines Mädchen zu behalten. Für immer.

Was Warren betraf … auf dem Parkplatz war es dunkel gewesen und der Rücksitz hatte im Schatten gelegen. Er konnte Danielle nicht klar erkannt haben. Und selbst wenn, spielte es keine Rolle. Ihre Haare waren gewachsen und die braune Farbe war unauffällig. Nicht, dass Warren das überhaupt bemerken würde. Einem Typen, der ständig vergaß, wo er geparkt hatte, wie er bei einer Fachbereichsparty einmal zugegeben hatte, würden solche Einzelheiten nicht auffallen.

Trotzdem hatte Debra keinen Zweifel daran, dass er Allen von ihrer Begegnung erzählen würde. Der Mann konnte den Mund einfach nicht halten. Aber Allen würde sich kaum für Informationen über seine Ex-Frau interessieren. Bei ihrer Trennung hatte er deutlich gemacht, dass er nichts mehr mit ihr zu tun haben wollte.

Das Gefühl beruhte auf Gegenseitigkeit.

Aber es konnten andere Gefahren auf dem Weg lauern. Welche, die kritischer waren als Warren. Das war ihr klar geworden, nachdem sie in der letzten Woche den Artikel in der *St. Louis Scene* gelesen hatte, der letzten Endes keine Folgen gehabt hatte. Aber er hatte sie aufgeschreckt. Den Samstag hatte sie damit verbracht, mit Danielle zu spielen – und einen Plan B zu erstellen. Am Sonntag hatte sie die ländliche Gegend in einem Radius von mehreren Kilometern um ihr Haus erkundet und einen idealen Ort gefunden, um ein etwaiges … Problem loszuwerden. Und Anfang der Woche hatte sie die nötige Ausrüstung gekauft.

Für Warren brauchte sie ihren Plan nicht in die Tat umzusetzen. Ihn zufällig zu treffen, war eher nervig als bedrohlich gewesen.

Aber sie war bereit, mit jedem fertigzuwerden, der eine Gefahr darstellte.

***

„Du bist schon wieder in den Schlagzeilen."

Nick, der im Pausenraum des FBI-Gebäudes an der Kaffeemaschine stand, drehte sich zur Tür um und sah Ellen Levine fragend an. Sein Magen zog sich zusammen, als sie die jüngste Ausgabe der *St. Louis Scene* vor seiner Nase schwenkte.

„Was ist es denn diesmal?"

„Oben auf Seite drei." Sie blätterte in der Zeitung, faltete die ersten Seiten zurück und reichte sie ihm. „Frisch aus der Druckerpresse. Ich habe sie auf dem Weg zum Mittagessen geholt."

Nick nahm das Blatt und las die Schlagzeile.

MEDIUM HAT VERBINDUNG
ZUR O'NEIL-ENTFÜHRUNG

Die Zeile darunter wurde noch genauer.

Die von Rachel Sutton gefundene Puppe gehörte
Megan O'Neil – die Mutter des entführten Kindes
trifft sich mit Sutton und FBI

Das Boulevardblatt hatte das Foto von Rachel, das sie bereits letzte Woche abgedruckt hatten, noch einmal verwendet, dazu Bilder von Rebecca und Megan O'Neil aus offiziellen Pressemitteilungen.

Nick presste grimmig die Lippen zusammen. „Diese Reporterin muss Rachel wieder beobachtet haben." Der Bericht in der *Tribune* am Mittwoch, in dem über den Fund der Puppe spekuliert worden war, war seiner Meinung nach nicht so schlimm gewesen, aber das hier war gewichtiger.

„Ich hatte schon einen Anruf von der *Post*. Und vom lokalen Ableger von *Fox News*. Ich gehe davon aus, dass noch mehr Leute sich dafür interessieren werden."

Nick unterdrückte ein unschönes Wort. Falls die Entführerin noch in der Stadt war, dann bestand immerhin eine Chance, dass sie nicht zum Leserkreis der *St. Louis Scene* gehörte, da das Blatt nur eine begrenzte Reichweite hatte. Aber wenn wichtige Zeitungen und Fernsehsender sich der Sache annahmen, würde die Nachricht die Runde machen. Und wenn die Entführerin das mit der Telepathie ernst nahm, würde sie über eine übersinnliche Detektivin alles andere als erbaut sein. Die Sache könnte heikel werden.

„Was habt ihr vor?" Seine Frage klang schroff.

„Ich bin gerade auf dem Weg zu Marty. Willst du mitkommen?"

„Ja." Nick stellte seinen Kaffee auf die Theke, ohne davon zu trinken. Viele Special Agents in Führungspositionen waren politische Figuren, die ihre Tage in Besprechungen verbrachten, aber bei Marty war das anders. In medienwirksamen Fällen wie diesem war er derjenige, der über die Weitergabe von Informationen an die Presse entschied – nachdem er mit dem Büro in Chicago gesprochen hatte. Aber Nick hatte ein besonderes Interesse an dieser Entscheidung und wollte dabei sein, wenn darüber diskutiert wurde.

Während er Ellen den Gang hinunter folgte, überflog er den Artikel. Er war größtenteils eine Zusammenfassung des Falls, zusammengeklaubt aus früheren Berichten in anderen Zeitungen und aus Pressemitteilungen. Außer der Verbindung zwischen Rebecca, Rachel und der Puppe gab es kaum neue Informationen. Aber genau diese Enthüllung verkomplizierte die Sache. Und zwar sehr.

Im besten Fall würden Ellen und ihre Leute eine Möglichkeit finden, wie dies dem FBI dienen konnte.

Im schlimmsten Fall würde durch die Enthüllung eine unschuldige Frau in Gefahr geraten.

Und allein der Gedanke daran ließ das Blut in seinen Adern gefrieren.

* * *

Zehn Minuten später, nachdem er sich von Ellen auf den neuesten Stand hatte bringen lassen, schob Marty Holtzman den Stuhl von seinem Schreibtisch zurück, ging zum Fenster und starrte durch die Scheibe nach draußen. Nick wusste, dass er zu seinen Glanzzeiten ein Top-Agent gewesen war, und er war auch jetzt noch schlank und drahtig und bewegte sich mit der katzenartigen Anmut eines geborenen Sportlers. Als er sich zu ihnen umdrehte, ließ ein Strahl der Nachmittagssonne sein kurzes graues Haar silbern aufleuchten. „Was würden Sie tun, Ellen?"

„Wir könnten bei unserer ‚Kein Kommentar'-Haltung bleiben, aber vielleicht wäre es für uns von Vorteil, wenn wir ein paar zusätzliche Informationen liefern würden. Ich habe mit Shaun Watson, der Pressesprecherin des Chicagoer Büros, gesprochen, und seit der Geschichte in der *Tribune* am Mittwoch klingelt auch bei ihnen pausenlos das Telefon."

Nick verstand die Logik hinter Ellens Vorschlag. Die gezielte Weitergabe von Informationen an die Presse führte oft zu Hinweisen aus der Bevölkerung. Die meisten davon waren unbrauchbar, aber manchmal reichte eine gute Spur, um einen Fall zu knacken. Das Problem war, dass sie nicht viel hatten, was sie veröffentlichen konnten.

„Was würden wir denn sagen?", erkundigte sich Nick. „Wir haben nichts Neues. Die Befragung der Angestellten in dem Schnellrestaurant hat nichts gebracht. Das Einzige, was wir haben, ist die Puppe."

„Ganz im Gegenteil“, widersprach Ellen. „Wir haben etwas, das die Leute interessiert. Rebecca und Rachel sind eineiige Zwillinge. Sie wurden kurz nach ihrer Geburt getrennt und die Puppe, die Rachel gefunden hat, gehörte früher ihr. Das ist ziemlich heißer Stoff und die Presse wird es lieben.“

„Rebecca und Rachel aber sicher nicht.“ Nick trommelte mit den Fingern auf der Armlehne seines Stuhls „Und diese Verbindung ist für den Fall nicht von Bedeutung. Sie hilft uns bei den Ermittlungen nicht weiter.“

„Das stimmt“, gab Ellen zu. „Aber mein Hauptziel ist es, die Geschichte wieder in die Schlagzeilen der großen Zeitungen zu bringen, damit wir ein paar neue Hinweise bekommen.“

„Es könnte aber auch die Entführerin in Panik versetzen.“ Marty setzte sich wieder auf seinen Stuhl und verschränkte die Arme auf der aufgeräumten Schreibtischplatte. „Wenn Megan O'Neil noch am Leben ist und wir öffentlich Druck machen, könnte unsere Entführerin auf die Idee kommen, dass das Baby das Risiko nicht mehr wert ist.“

„Aber wenn wir es richtig machen, könnte es die entgegengesetzte Wirkung haben.“ Nick spielte in Gedanken ein Vorgehen durch, das die Gefahr für Megan – und für Rachel – verringern würde. „Angenommen, unsere Entführerin hat von Rachels angeblichen übersinnlichen Fähigkeiten gehört. Wenn sie naiv ist, hat sie es vielleicht geglaubt. Wir könnten die Pressekonferenz dazu benutzen, die Sache mit der Zwillingstelepathie zu erklären – und klarstellen, dass sie sich nicht auf Nichten erstreckt. Das müsste die Entführerin beruhigen. Eine Andeutung, dass die aktiven Ermittlungen zurückgefahren werden, könnte ebenfalls dazu beitragen. Aber es würde die Leute nicht davon abhalten, uns neue Hinweise zu geben, und die wollen wir ja.“

„Das sehe ich auch so.“ Marty sah Ellen an. „Sind Sie mit dieser Vorgehensweise einverstanden?“

„Das ist mehr oder weniger das, was Shaun und ich uns auch überlegt hatten.“

„Gut. Ich bespreche das mit meinem Kollegen in Chicago. Nick, Sie setzen sich mit Rebecca O'Neil und Rachel Sutton in Verbindung. Machen Sie sie auf den *Scene*-Artikel aufmerksam und sorgen Sie dafür, dass wir sie während des Wochenendes rund um die Uhr telefonisch erreichen können."

Während Marty zum Telefon griff, stand Nick auf und ging zur Tür. Dann trat er zur Seite und ließ Ellen den Vortritt, als sie auf den Flur hinausgingen.

„Angesichts der Anrufe, die ich schon bekommen habe, würde ich die beiden Schwestern so bald wie möglich warnen", schlug Ellen vor.

„Irgendeinen Rat, den ich ihnen geben soll?"

„Sag ihnen, sie sollen sich auf ‚Kein Kommentar' beschränken, bis wir einen konkreten Plan haben. Hoffentlich heute Abend." Sie winkte ihm zum Abschied und schlug den Weg zu ihrem Büro ein.

Nick ging zu seinem Arbeitsplatz zurück und sah auf seine Armbanduhr. Rachel war noch im Unterricht, deshalb hinterließ er ihr eine Nachricht auf ihrer Mailbox und rief dann Rebecca an. Nachdem er ihr von dem jüngsten Zeitungsartikel erzählt und Ellens Rat weitergegeben hatte, versprach er erneut anzurufen, sobald er Genaueres wusste.

Als er auflegte, blinkte sein Anrufbeantworter. Rachel, vermutete er. Es überraschte ihn nicht, dass sie gleich beim ersten Klingeln dranging.

„Nick? Ist alles in Ordnung?"

Die Angst in ihrer Stimme zog ihm den Magen zusammen. Er hasste es, ihr schlechte Nachrichten zu überbringen, aber sie würde ohnehin von dem Artikel erfahren, also sollte sie es lieber von ihm hören. „Ich wollte dich warnen, dass die *St. Louis Scene* dich wieder im Visier hat."

„Bitte sag, dass das ein Witz ist." Sie klang betroffen.

„Ich wünschte, es wäre so. Ich vermute, deine nette Reporterin hat den Artikel in der *Tribune* gesehen, die Verbindung zu der

Puppe hergestellt und beschlossen, dass du eine zweite Nachricht wert bist. Ich weiß nicht, ob sie dir gefolgt ist oder dich besuchen wollte und mit dem Zeitpunkt einfach Glück hatte, aber sie weiß, dass du, Rebecca und ich uns am Mittwochabend bei dir getroffen haben. In ihrem Artikel deutet sie an, dass das FBI eine übersinnliche Spur in der O'Neil-Entführung verfolgt."

„Aber das ist eine Lüge!"

„Wir reden hier von der *St. Louis Scene*, Rachel."

Sie seufzte frustriert. „Und was geschieht jetzt?"

„Wir arbeiten an einem Plan. Bis der steht, schlage ich vor, dass du dich bedeckt hältst. Beschränk dich auf ‚Kein Kommentar', wenn die Presse Kontakt mit dir aufnimmt."

„Und was ist mit den Leuten, die wollen, dass ich mit ihrem toten Onkel spreche oder ihren vermissten Hund finde? Jetzt kommen die auch wieder aus ihren Löchern gekrochen."

„Stell den Anrufbeantworter an, sobald du nach Hause kommst."

„Das mache ich, das kannst du mir glauben." Wieder stieß sie laut hörbar den Atem aus. „Weißt du, allmählich glaube ich, dass diese *Scene*-Reporterin selbst übersinnliche Fähigkeiten hat. Oder sie hat einfach unverschämtes Glück."

„Stimmt. Aber bis zum Ende des Tages müssten wir eigentlich einen Plan entwickelt haben, wie wir ihre Behauptungen abwiegeln können. Bist du heute Abend zu Hause? Ich könnte vorbeikommen, und wenn wir Rebecca per Lautsprecher dazuschalten, könnten wir zu dritt darüber sprechen."

„Ich bin da. Aber ich könnte mir eine schönere Beschäftigung für den Freitagabend vorstellen."

Nick lachte. „Ich mir auch. Und wenn das alles vorbei ist, widmen wir uns den Alternativen. Aber was heute betrifft ... was hältst du davon, wenn ich Pizza mitbringe?"

„Das klingt nett und normal. Abgemacht. Weißt du, mir ist sehr schnell klar geworden, dass ich mich für die Abenteuergeschichten nicht eigne. Ich mag Dinge, die sicher sind – so wie

Kunst und Unterrichten und Klavierspielen. Oh, wo wir gerade von Vorlieben sprechen: bitte keine Oliven auf der Pizza, ja?"

„Keine Oliven. Notiert. Ich rufe dich an, bevor ich das Büro verlasse, damit du weißt, dass ich auf dem Weg bin. Es könnte ein bisschen später werden als sonst. Und Rachel ... geh gleich nach Hause, in Ordnung?" Er las die Schlagzeile des *Scene*-Artikels noch einmal und versuchte gegen das flaue Gefühl in seinem Magen anzukämpfen.

„Warum? Meinst du, irgendein Verrückter könnte mir im Supermarkt auflauern, um mich zu einer Séance zu überreden?"

„Ich würde es lieber nicht drauf ankommen lassen. Sei einfach ein bisschen vorsichtig, bis wir unseren Plan ausgetüftelt haben. Du hast ja meine Handynummer ... ruf an, wenn dir irgendetwas Verdächtiges auffällt."

„Jetzt weiß ich mit Sicherheit, dass ich für diese Abenteuersachen nicht geschaffen bin." Sie versuchte scherzhaft zu klingen, aber es gelang ihr nicht.

„Mach dir keine Sorgen, Rachel. Wir haben alles unter Kontrolle."

„Gut." Aber sie klang immer noch ziemlich erschüttert. „Bis später."

Nick hörte das Klicken in der Leitung und wünschte, er wäre so zuversichtlich, wie er gerade geklungen hatte. Aber er war schon lange in diesem Geschäft und selbst die besten Pläne gingen manchmal schief. Auch wenn er sich sicher war, dass die Strategie, die Ellen und ihre Leute sich überlegten, Hand und Fuß haben würde – Garantien gab es nicht.

Hätte er geglaubt, es würde etwas nützen, Personenschutz für Rachel zu beantragen, hätte er es getan. Aber das FBI hatte dafür nicht genügend Personal. Keine Behörde im Bereich der Strafverfolgung hatte genug Leute. Nur VIPs und Zeugen bekamen Leibwächter, und die kamen meist von der Bezirkspolizei.

Er konnte nur sein Möglichstes tun, selbst auf Rachel aufzupassen, bis die Gefahr vorüber war.

Und bis Ellen und ihre Leute einen Plan hatten, mit dem diesem Unsinn von wegen übersinnliche Fähigkeiten, der von der *St. Louis Scene* verbreitet wurde, ein Ende gesetzt werden konnte, und durch den die Entführerin davon überzeugt wurde, dass Rachel keine Bedrohung darstellte, würde er in ihrer Nähe bleiben.

* * *

„Hallo, Ms Kraus." Marsha warf ihre langen blonden Haare über ihre Schulter zurück, legte die Zeitung, in der sie gelesen hatte, beiseite und lächelte Debra strahlend an. „Sie sind heute aber früh dran. Können Sie freitags manchmal früher Feierabend machen?"

„Ja." In Wirklichkeit hatte Debra das Büro um drei Uhr unter dem Vorwand verlassen, einen Zahnarzttermin zu haben. Seit ihrem gestrigen Zusammentreffen mit Warren war sie nervös und dass sie die ganze Nacht Albträume gehabt hatte, half auch nicht. In ihrem Traum war sie immer wieder aufgewacht und hatte das Kinderbett leer vorgefunden. Schließlich war sie noch vor Tagesanbruch aufgestanden, um sich in den Schaukelstuhl neben dem Bett ihrer Tochter zu setzen und sie beim Schlafen zu beobachten. Nur das gab ihr eine gewisse innere Ruhe.

„Schön für Sie. Ich wünschte, ich könnte freitags auch ab und zu früher Schluss machen." Marsha rutschte von ihrem Hocker am Empfang. „Ich hole Danielle. Setzen Sie sich doch so lange. Oh, und sehen Sie sich das hier mal an, während Sie warten." Sie reichte ihr die Zeitung, in der sie gelesen hatte. „Erinnern Sie sich noch an den Artikel von letzter Woche? Den über das Medium? Sieht so aus, als wäre doch etwas dran. Ziemlich verrückt, wenn Sie mich fragen."

Während Marsha den Sicherheitscode an der Wand hinter ihrem Tresen eintippte und durch die Tür entschwand, las Debra die Überschrift. Und hätte sich beinahe übergeben.

Alle ihre Schlussfolgerungen in Bezug auf den Bericht von letzter Woche waren falsch gewesen.

Das FBI hatte Rachel Sutton *nicht* als Spinnerin abgetan. Die Frau *hatte* konkrete Informationen gehabt. Und sie hatte sie zu Rebecca O'Neil geführt.

Megans Mutter.

Mit zitternden Händen überflog Debra den Artikel, in dem allerdings auch nicht viel mehr stand als in der Schlagzeile. Aber diese paar Informationen waren mehr als genug.

Nur dass die Reporterin ein wichtiges Detail ausgelassen hatte.

Megan O'Neil hatte vor zwei Monaten aufgehört zu existieren, und zwar an dem Tag, an dem Danielle – *ihre* Tochter – den Platz des anderen Babys eingenommen hatte.

Für die Mutter war es natürlich schlimm, dass Megan fort war. Debra konnte das nachempfinden, konnte ihren Verlust verstehen. Aber sie hatte noch eine andere Tochter, Bridget. Warum konnte sie damit nicht zufrieden sein?

Sie wäre es wahrscheinlich gewesen, wenn Rachel Sutton nicht gewesen wäre. Debra warf einen düsteren Blick auf das Foto von der Frau am Klavier. Wenn diese Rachel Schwingungen von der Puppe gespürt und die Polizei zu Rebecca geführt hatte, welche anderen Informationen würde sie dann noch zutage fördern, jetzt, wo die beiden Frauen einander begegnet waren? Würde sie irgendeine Frequenz oder so aufspüren, die die Behörden zu Debra und Danielle führte?

Ihr erster Reflex war, ihre Tochter zu nehmen, sich ins Auto zu setzen und zu fliehen. Zu verschwinden.

Andererseits … vielleicht war es nicht möglich zu verschwinden, wenn man es mit einem Medium zu tun hatte. Vielleicht konnte diese Rachel die Schwingungen spüren, egal, wohin Danielle und sie gingen.

Der Plan B, den sie geschmiedet hatte, kam ihr in den Sinn. Aber das war ein drastischer Schritt. Keiner, den sie ernsthaft in Erwägung gezogen hatte – oder den sie tun wollte.

Aber nichts war wichtiger, als das Leben, das sie Danielle und sich aufgebaut hatte, zu beschützen.

Nichts.

„Hier ist sie, Ms Kraus." Marsha zog die Kapuze des Schneeanzugs über Danielles Kopf, während sie durch die Tür kam. „Wir wollen es doch schön warm haben, nicht wahr, meine Süße?" Sie tippte auf die Nase des Babys und Danielle kicherte, als Marsha sie in Debras wartende Arme übergab. „Bitte schön, Mama. Sie ist so ein Wonneproppen. Bestimmt haben Sie viel Spaß mit ihr."

„Ja, den habe ich."

Und das würde sich auch nicht ändern.

Debra ging zu ihrem Wagen und schirmte ihr Baby dabei mit ihrem eigenen Körper vor den eisigen Windböen ab. Nachdem sie Danielle in ihren Maxi-Cosi gesetzt hatte, reichte Debra ihr den Teddy, den ihre Tochter inzwischen heiß und innig liebte. Ein Ersatz für die Puppe, die viel zu viele Probleme verursacht hatte.

Sie hätte ihrem Instinkt folgen und die Puppe entsorgen sollen, auch wenn ihre Tochter dann geweint hätte. Aber sie konnte die Vergangenheit nicht ändern. Sie konnte nur ihre Zukunft schützen.

Indem sie stattdessen etwas anderes entsorgte.

Kapitel 17

Drei Stunden später setzte Nick sich zu Rachel an ihren Esszimmertisch und legte das BlackBerry vor sich hin. „Rebecca? Ich bin hier bei Rachel. Sie sind auf Lautsprecher gestellt."

„Hi, Rachel", ertönte Rebeccas Stimme aus dem Telefon. „Habt ihr eure Pizza schon gegessen?"

Nick zog die Augenbrauen hoch und sah Rachel an.

„Ich habe mit ihr gesprochen, nachdem wir telefoniert hatten", flüsterte Rachel, dann sprach sie lauter. „Noch nicht, Rebecca. Wir wollten das hier erst hinter uns bringen."

„Dann lasst uns anfangen. Colin ist hier bei mir, so wie Sie es vorgeschlagen haben, Nick."

„Gut." Nick faltete die Hände auf dem Tisch. „Die Büros in St. Louis und Chicago haben einen Plan ausgearbeitet, der hoffentlich neues Interesse an dem Fall wecken wird. Aber dazu müssten Sie und Rachel bereit sein, der Presse persönliche Informationen zu geben."

„Was für Informationen?"

„Die Entdeckung, dass ihr eineiige Zwillinge seid. Eure fünfunddreißigjährige Trennung. Und wie die Puppe euch zusammengeführt hat."

„Ich tue alles, wenn es uns hilft, Megan zu finden", erwiderte Rebecca. „Aber ich verstehe nicht, was es bringen soll, wenn wir mit der Zwillingsgeschichte an die Öffentlichkeit gehen."

„Unseren Medienexperten zufolge weckt eine solche Geschichte großes Interesse, weil sie menschlich ist, sodass viele Medien darüber berichten werden. Das wird die Leute an den Fall erinnern und vielleicht jemanden mit neuen Informationen dazu bringen, sich zu melden. Wie Matt Carson Ihnen erzählt hat, sind bisher alle Spuren im Sande verlaufen. Wir brauchen dringend neue Informationen. Außerdem finden wir es wichtig, öffentlich die Behauptungen der *St. Louis Scene* zu entkräften, dass wir es hier mit irgendwelchen übersinnlichen Fähigkeiten zu tun hätten."

„Meinen Sie denn, das glaubt irgendjemand?" Colins Frage klang skeptisch.

„Die meisten Leute werden es nicht glauben. Und wenn die Berichterstattung sich auf das Boulevardblatt beschränkt hätte, würde ich mir nicht so viele Gedanken machen. Aber die Geschichte von heute hat mehrere Anfragen verschiedener Medien zur Folge gehabt, und wir erwarten, dass sie Kreise zieht. Deshalb müssen wir alle Spekulationen im Keim ersticken." Er sah zu Rachel hinüber. Er hasste es, sie zu erschrecken, aber Vorsicht war besser als Nachsicht. „Aus Sicherheitsgründen."

Sie starrte ihn an, während Rebecca sprach. Ihre Worte klangen zögernd und nachdenklich. „Sie machen sich Sorgen, dass die Entführerin Rachel als Bedrohung empfinden könnte." Es war eine Aussage, keine Frage, und die Besorgnis in ihrer Stimme entsprach der in Rachels Gesicht.

„Es wäre möglich. Entführer sind nicht immer die rationalsten Menschen."

Rachel faltete krampfhaft die Hände auf dem Tisch, aber sie sagte nichts.

„Dann müssen wir unsere Geschichte offenlegen und der Presse klar machen, warum Rachel diese Gefühle hatte. Sollen sie sich lieber auf die Sache mit der Zwillingstelepathie konzentrieren als auf die Idee mit der übersinnlichen Detektivin", erklärte Rebecca.

„Das sehe ich auch so", fügte Colin hinzu.

„Rachel?“ Nick streckte die Hand aus und legte sie über ihre kalten Hände.

„Ich schließe mich der Mehrheit an.“

„Also, wie sieht der Plan aus?“, fragte Colin.

„Eine Pressekonferenz am Montagmorgen mit allen Beteiligten. Wir wollen, dass es am Dienstag in den Zeitungen steht. Das ist oft ein Tag, an dem es nicht viel zu berichten gibt, sodass wir es in vielen Städten auf die Titelseite schaffen könnten. Wir würden es lieber hier machen, weil hier die Puppe gefunden wurde und sie unsere jüngste Spur ist. Schaffen Sie das, Rebecca?“

„Ich nehme mir den Montag frei, damit wir am Sonntagnachmittag rüberkommen können“, erwiderte Colin.

„Rachel, kannst du den Vormittag freibekommen?“, fragte Nick.

„Ja, das kriege ich irgendwie hin.“

„Gut. Um halb neun gibt es eine Besprechung bei uns im Büro. Die Pressekonferenz findet dann um zehn Uhr statt. Unser Abteilungsleiter wird die offizielle Mitteilung verlesen, dann werden wir Fragen zulassen. Die Einzelheiten können wir vorher noch besprechen.“

„Bekommen Sie durch so etwas öfter neue Hinweise?“

Nick hörte den Hoffnungsschimmer in Rebeccas Frage und versuchte ihr Mut zu machen, ohne überzogene Erwartungen zu wecken. „Es kann passieren. Manchmal reicht zur Lösung eines Falles ein guter Hinweis.“

„Gut zu wissen.“ Rebecca zögerte und räusperte sich. „Und jetzt esst eure Pizza. Wir haben schon gegessen. Und pass auf dich auf, Rach.“

„Mach ich. Bis Montag.“

Die Verbindung wurde unterbrochen und Nick ließ Rachels Hand los, damit er die Mithörfunktion ausschalten konnte. Als er seine Anzugjacke zurückschob, um das Telefon in seine Halterung zu stecken, fiel Rachels Blick auf die Waffe an seinem Gürtel.

Sie schluckte und schob sich die Haare hinters Ohr. „Ich hole die Pizza."

Als sie Anstalten machte aufzustehen, ergriff er wieder ihre kalte Hand. „Rachel, das wird schon. Mach dir keine Sorgen."

Der Anflug eines Lächelns umzuckte ihre Mundwinkel. „Bin ich so leicht zu durchschauen?"

„Nein. Aber du hast selbst gesagt, dass dir diese Abenteuergeschichten nicht liegen. Ich weiß, dass die Sache dich belastet."

„Für Rebecca und Colin ist es schlimmer. Wir müssen Megan finden, Nick. Wenn ich eine Pressekonferenz über mich ergehen lassen und ein paar Tage lang auf mich aufpassen muss, um dazu beizutragen, dann schaffe ich das."

„Mach du die Pressekonferenz und ich übernehme das Aufpassen. Und ein paar andere Dinge." Er grinste und zwinkerte ihr zu. „Ehrlich gesagt hatte ich gehofft, ich könnte am Wochenende eine Menge Zeit mit dir verbringen."

Sie lächelte unsicher. „Ich dachte, du wolltest Abstand halten, bis der Fall aufgeklärt ist, abgesehen von offiziellen Anlässen."

„Ich glaube, das hier fällt in die offizielle Kategorie. Obwohl ich es nicht gerade als großes Opfer bezeichnen würde."

Eine sanfte Röte durchzog ihre Wangen. „Ich würde mich über die Gesellschaft freuen. Aber jetzt lass uns die Pizza essen."

Während Rachel durch die Schwingtür in die Küche verschwand, betrachtete Nick die hübsche mediterrane Landschaft an ihrer Esszimmerwand. Er wünschte, er könnte sie eine Zeitlang an so einen Ort bringen, irgendwohin, wo sie sicher und weit weg war und niemand auf sie aufpassen *musste*.

Da das nicht möglich war, würde er sein Bestes tun, auf sie aufzupassen, wie er es versprochen hatte. Und tatsächlich war es eher unwahrscheinlich, dass Rachel unmittelbar in Gefahr war.

Trotzdem hatte Nick irgendwie ein ungutes Gefühl.

Er versuchte seine Nervosität der Tatsache zuzuschreiben, dass er für die Frau, die vor drei Wochen mit einer alten Stoffpuppe in der Hand in sein Büro – und sein Leben – getreten war, mehr und mehr empfand. Angesichts seiner Gefühle für sie war es nur logisch, dass jeder Hauch von Gefahr seine Alarmglocken schrillen ließ.

Aber er spürte, dass die Quelle seiner Beunruhigung unheimlicherer Natur war. Dass sie weniger mit seinen Gefühlen für Rachel zu tun hatte und mehr mit irgendeiner Bedrohung, die in der Nähe lauerte.

Das war kein neues Gefühl für Nick. Er hatte schon früher solche Ahnungen gehabt. Und er hatte gelernt, seinem Instinkt zu vertrauen. Obwohl das Gefühl in diesem Fall eher vage war, war es zugleich stark, und er hatte nicht vor, es zu ignorieren.

Und das bedeutete, dass Rachel einen Schatten bekommen würde.

* * *

„He, Allen. Was machst du denn am Samstag bei der Arbeit?"

Allen Harris blickte von seiner Fachzeitschrift auf. Er sah, dass Warren Peterson mit einem dicken Beutel in der Hand in seiner Bürotür stand. „Die Frage könnte ich genauso gut dir stellen. Du kommst doch sonst nie am Wochenende rein."

Sein Kollege zuckte mit den Schultern und schob seine freie Hand in die Hosentasche. „Ich bin ein bisschen ins Hintertreffen geraten, weil ich verreist war, und muss noch ein paar Seminararbeiten korrigieren. Hier ist es ruhiger als zu Hause. Caitlin hat gestern Nacht ihren zehnten Geburtstag gefeiert und Freundinnen zum Übernachten eingeladen. Das Haus ist ein einziges Chaos. Ein Dutzend aufgedrehter Mädchen, ein kläffender Welpe, auf den Joan für ihre Schwester aufpasst, und dazu noch dieser Krach, den die Mädchen als Musik bezeichnen. Joan hatte Mitleid mit mir und hat mich aus dem Haus gescheucht."

Einer von Allens Mundwinkeln zuckte amüsiert nach oben,

aber in seiner Stimme schwang ein Hauch von Melancholie mit. „Sie ist echt ein Schatz, Warren."

„Das brauchst du mir nicht zu sagen. Ich werde nie verstehen, was sie in mir gesehen hat. Und sie hat eine Engelsgeduld. Sie wird noch nicht einmal sauer, wenn ich unseren Hochzeitstag vergesse, so wie die meisten Frauen es würden. Oh, da fällt mir was ein." Er ließ seine Aktentasche auf den Boden plumpsen. „Ich bin in St. Louis deiner Ex über den Weg gelaufen."

Das war eine Überraschung. Allen war davon ausgegangen, dass Debra immer noch in Chicago war. Aber eigentlich war ihm ziemlich gleichgültig, wo sie war. Im Gegensatz zu Warren hatte er in der Liebe kein Glück gehabt. Seine Ehe war von Anfang an eine Katastrophe gewesen. Er würde zehn Jahre seines Lebens dafür geben, die drei Jahre, in denen er mit Debra verheiratet gewesen war, ungeschehen machen zu können.

„Sie lebt jetzt dort", fuhr Warren fort, als Allen nicht antwortete. „Hatte ein süßes kleines Baby auf dem Rücksitz ihres Wagens. Sie hat gesagt, sie passe für eine Freundin auf die Kleine auf."

„Wir haben keinen Kontakt mehr, Warren. Wie war die Tagung?"

„Tut mir leid." Der Mann errötete und bückte sich, um seine Aktentasche wieder aufzuheben. „Sensibles Thema, was? Ich hatte noch nie ein Gespür für die feinen Untertöne. Die Tagung war in Ordnung – ein paar interessante Vorträge dabei. Soll ich dir die Unterlagen weiterleiten?"

„Ja, danke."

Mit einem Nicken zog Warren von dannen.

Allen drehte sich auf seinem Schreibtischstuhl zum Fenster um und starrte in die leblose Winterlandschaft hinaus. Die Bäume waren kahl, der Himmel grau und das Gras abgestorben. So ähnlich hatte er sich gefühlt, nachdem Debra in sein Leben getreten war und es völlig durcheinandergebracht hatte.

Er hatte sich in den letzten paar Jahren alle möglichen Vorwürfe gemacht. Hatte sich gesagt, er hätte sie von Anfang an durchschauen müssen. Aber sie war gut gewesen. Sehr gut. Und sehr zielstrebig. Sie hatte das, was sie wollte, mit Entschlossenheit verfolgt, und trotz seines Doktortitels, seiner akademischen Würden und seines hohen IQs war er auf ihre Tricks restlos hereingefallen.

Aber er hatte keinen Grund gehabt anzunehmen, dass ihre Gefühle für ihn etwas anderes als echt sein könnten. Sie hatte ihm mit ihrer Aufmerksamkeit von dem Tag an geschmeichelt, an dem sie beide um den einzigen noch freien Tisch in einem beliebten Mittagslokal gekämpft und am Ende beschlossen hatten, ihn gemeinsam zu nutzen. Anschließend hatte nicht er sie angerufen, sondern sie ihn. Und für einen achtunddreißigjährigen introvertierten Chemieprofessor war es ausgesprochen aufregend gewesen, die Aufmerksamkeit einer so attraktiven Frau auf sich gerichtet zu sehen. Obwohl Frau und Kinder zu haben immer sein Wunsch gewesen war, hatte seine Schüchternheit ihm bei der Umsetzung dieses Traumes im Weg gestanden. Debra hatte es ihm leicht gemacht. Sie hatte ihn fast in die Heirat gelockt.

Aber sobald sie verheiratet gewesen waren, hatte sie etwas anderes im Blick gehabt. Bei ihrem unerbittlichen Streben nach einer Schwangerschaft war er sich allmählich immer mehr wie ein Mittel zum Zweck vorgekommen. Ihre Beziehung hatte sich mit einer solch rasanten Geschwindigkeit von romantisch zu zweckmäßig entwickelt, dass ihm schwindelig geworden war.

Er hatte versucht, mit Debra darüber zu reden. Doch Worte waren noch nie seine Stärke gewesen. Als sie erst die erste und dann die zweite Fehlgeburt gehabt hatte, war sie außer sich gewesen. Er hatte versucht sie dazu zu überreden, professionelle Hilfe in Anspruch zu nehmen, was ihre emotionalen Probleme betraf. Er hatte an das Eheversprechen „in guten wie in schlechten Tagen“, das sie einander gegeben hatten, geglaubt. Er hatte geglaubt, dass er trotz ihrer Probleme zu seiner Frau halten sollte.

Nur dass ihre Probleme nicht gerade alltäglich gewesen waren. Und sie hatten ihn überfordert, vor allem, als nach der dritten Fehlgeburt klar gewesen war, dass sie keine Kinder würde bekommen können. Er hatte das Gefühl gehabt, mit ihr unterzugehen, war nicht damit fertiggeworden und so angespannt gewesen, dass sein Arzt ihm Valium verschrieben hatte. Sein Berufsleben hatte begonnen darunter zu leiden. Er hatte nachts nicht mehr schlafen können. Irgendwann hatte er sogar angefangen, sich ganz konkret um seine Sicherheit Sorgen zu machen.

Da war ihm klar geworden, dass er dem ein Ende setzen musste.

Es war eine Frage des Überlebens gewesen.

Am Ende, als ihm die Scheidungsurkunde mit der Post zugestellt worden war, hatte er sich, obwohl er eine Trennung eigentlich niemals in Erwägung hatte ziehen wollen, so gefühlt, als wäre ihm eine ungeheure Last von den Schultern genommen worden. Er hatte Debras Leben verlassen und sich nicht mehr umgedreht. Und er dachte auch nicht mehr an sie, es sei denn, er wurde an sie erinnert.

So wie vor ein paar Minuten.

Und selbst diese kurze Unterhaltung hatte seinen Puls beschleunigt.

Allen lehnte den Kopf an die Rückenlehne seines Ledersessels und führte einige Atemübungen durch, die er im vergangenen Herbst in einem Entspannungskurs gelernt hatte. Sie halfen besser als alle Beruhigungspillen, von denen er sich mühsam entwöhnt hatte. Und die Erinnerung daran, dass Debra für immer aus seinem Leben verschwunden war, half auch. Ihre Probleme, wie auch immer sie heutzutage aussahen, waren nicht mehr seine Probleme.

Gott sei Dank.

* * *

Mit einer Kadenz beendete Rachel das Stück, das sie immer zum Schluss spielte, „Our Love is Here to Stay“, bedankte sich für den vereinzelten Applaus der Gäste, die bei Tee und Gebäck saßen, und klappte ihre Noten zu. Sie wollte so schnell wie möglich nach Hause und Nick anrufen, wie sie es versprochen hatte. Dieses Telefonat würde ein schöner Abschluss für ein schönes Wochenende.

Nick hatte sein Versprechen wahr gemacht und war in den letzten beiden Tagen kaum von ihrer Seite gewichen. Am Samstag hatten sie zusammen zu Mittag gegessen und bis in den Nachmittag hinein in dem Café die Skizzen für das Wandgemälde in Nicks Esszimmer diskutiert, die sie für ihn angefertigt hatte. Anschließend hatten sie sich einen Film angesehen, gefolgt von einem späten chinesischen Imbiss, den sie bei ihr zu Hause gegessen hatten.

An diesem Morgen war sie mit Nick in den Gottesdienst gegangen, und auch diesmal hatte es sie innerlich nicht unberührt gelassen. Nicht nur die Gesänge und Gebete, sondern auch die Predigt des Pastors über den einundsechzigsten Psalm hatten unerwarteten Trost gespendet.

Nick hatte vorgehabt, sie im Hotel abzusetzen, ein paar Erledigungen zu machen und anschließend bei ihr vorbeizukommen, aber in letzter Minute hatte Mark ihn angepiepst. Das Spezialeinsatzkommando war einberufen worden, um bei der Festnahme eines Risiko-Verdächtigen zu helfen – und er war in dieser Spezial-Truppe, wie sie heute Morgen herausgefunden hatte. Offenbar war es eine zusätzliche Verpflichtung ausgewählter Agenten aus der allgemeinen Einsatztruppe. Diese Neuigkeit hatte kein warmes und kuscheliges Gefühl bei ihr hinterlassen, und das Wort „Risiko“ hatte auch nicht zu ihrer Beruhigung beigetragen. Risiko für wen – für den Verdächtigen oder für das Spezialeinsatzkommando?

Als sie Nick diese Frage gestellt hatte, war seine Antwort ausweichend gewesen. Er machte sich mehr Sorgen um sie als um sich selbst. Aber sie hatte ihm versprochen, besonders vorsichtig zu sein. Sie hatten ausgemacht, dass sie dicht am Hotel parken, anschließend sofort nach Hause fahren und ihn auf seinem BlackBerry anrufen würde, sobald sie dort ankam.

Trotz all dieser Vorsichtsmaßnahmen war Rachel nicht sehr ängstlich, als sie ihren Mantel aus dem Aufenthaltsraum für die Angestellten holte und anzog. Der jüngste Artikel in der *St. Louis Scene* hatte keine neuen Anrufe von Verrückten nach sich gezogen. Offenbar hatten die alle bereits nach der ersten Geschichte angerufen. Die Presse hatte sich auch ziemlich zurückgehalten. Zwei Anrufe von Lokalsendern, einer davon wegen einer Radio-Talkshow, aber sie hatte ihren Anrufbeantworter anspringen lassen und nicht zurückgerufen. Nicks Fürsorge war rührend, aber allmählich war sie der Meinung, dass es sich um einen Sturm im Wasserglas handelte.

Sie klemmte sich die Noten unter den Arm, zog ihre Handschuhe an und ging in die Hotellobby hinaus.

„Pack dich lieber warm ein, Rachel." Der große, stattliche Türsteher lächelte und hielt ihr die Tür auf. „Als ich das letzte Mal nachgesehen habe, war es minus zehn Grad draußen, und du willst dir ja sicher keine Erkältung holen."

„Danke für die Warnung, Henry." Sie schlug den Kragen ihres Mantels hoch. „Was sagt die Wettervorhersage?"

„Nach Mitternacht soll es noch kälter werden."

„Dann fahre ich am besten gleich nach Hause und setze mich mit einem guten Buch an den Kamin."

„Das klingt gut. Bis nächste Woche dann."

Eine eisige Windböe erfasste Rachel, als sie hinaustrat, und sie vergrub sich tiefer in ihrem Mantelkragen. Was sie anging, konnte der Frühling gar nicht früh genug kommen. Sie beschleunigte ihre Schritte, erpicht darauf, die Heizung in ihrem Wagen voll aufzudrehen und nach Hause zu fahren.

Sie war nur noch wenige Meter von ihrem Auto entfernt, als eine Stimme sie aufhielt.

„Rachel Sutton?“

Rachel drehte sich um und sah die Person an, die sie angesprochen hatte. Der Stimmlage nach zu urteilen, war sie sich sicher, dass es sich um eine Frau handelte, aber ansonsten war das unmöglich zu erkennen. Die Person trug einen langen, formlosen grauen Mantel, und eine tief in die Stirn gezogene Wollmütze verbarg ihre Haare. Eine riesige Sonnenbrille verdeckte die obere Hälfte des Gesichts, ein lilafarbener Tweedschal die untere Hälfte.

Es war die Sonnenbrille, die bei Rachel die Alarmglocken losschrillen ließ. Es war den ganzen Tag über bedeckt gewesen und es dämmerte schon ein wenig. Da brauchte man keine Sonnenbrille.

Sie näherte sich ihrem Wagen. „Kann ich Ihnen irgendwie helfen?“

„Ich habe Sie von dem Bild in der *St. Louis Scene* erkannt.“

Na, fantastisch. Wieder ein Fan übersinnlicher Phänomene. Wahrscheinlich war die Frau harmlos, aber Rachel sah sich verstohlen auf dem Parkplatz um, nur für den Fall der Fälle. Leider schien die Kälte alle Menschen in ihre Häuser getrieben zu haben. Und sie wollte selbst auch nach Hause. Je eher, desto besser.

„Tut mir leid, ich muss los.“

Als sie einen Schritt weiter ging, kam die Frau näher.

Zu nah.

Sie stand direkt vor ihr.

Bevor Rachel zurückweichen konnte, packte die Frau sie am Arm. Rachel erschrak so sehr, dass die Notenmappe ihr entglitt und auf das Pflaster fiel. Die Blätter flatterten in alle Richtungen davon.

Die Frau fluchte in ihr Ohr und Rachel fühlte, wie etwas in ihre Seite gestoßen wurde. Selbst durch mehrere Lagen Wolle konnte sie spüren, dass es sich um einen harten Gegenstand handelte. Und einen stumpfen.

„Das ist eine Waffe. Und ich werde sie benutzen, wenn du

nicht genau das tust, was ich sage. Heb die Noten auf. Und glaub mir … eine falsche Bewegung und du stirbst hier auf diesem Parkplatz."

Das kann doch nicht wirklich geschehen.

Während ihr das durch den Kopf schoss, widerlegte ein schmerzhafter Druck in ihrer Seite diesen Gedanken.

„Heb die Noten auf." Ein härterer Stoß.

Rachel bückte sich wie ferngesteuert. Sie versuchte die losen Blätter aufzusammeln, aber ihren behandschuhten Fingern gelang es nicht. Und die Tatsache, dass ihre Hände zitterten, war auch nicht gerade hilfreich.

„Beeil dich!"

Die Frau klang jetzt nervöser. Rachel sammelte die Noten ein, so schnell sie konnte, weil sie Angst hatte, ihre Angreiferin könnte von ihren ungeschickten Bemühungen so genervt sein, dass sie abdrückte.

Als sie das letzte Blatt in der Hand hielt, trat die Frau neben sie, die Hände in den Manteltaschen vergraben. „Steh auf."

Rachel erhob sich und hoffte, dass ihre zitternden Knie sie tragen würden. „Was wollen Sie?"

„Los. Da rüber." Die Frau deutete mit dem Kopf auf eine Seitenstraße, als hätte sie Rachels Frage nicht gehört.

Rachel versuchte, die Situation einzuschätzen und sich einen Plan zu überlegen, aber die Frau gab ihr keine Gelegenheit, ihre panischen Gedanken zu ordnen.

„Los. Jetzt." Sie trat näher und stieß Rachel vorwärts. Stolpernd setzte Rachel einen Fuß vor den anderen. War die Frau eine Spinnerin, die einen Privatzugang in die Welt des Übersinnlichen suchte? Oder jemand mit religiösen Wahnvorstellungen, der wegen ihrer angeblichen übernatürlichen Fähigkeiten dachte, dass sie einen Bund mit dem Teufel geschlossen haben musste? Oder war Nicks Befürchtung tatsächlich wahr geworden?

War diese Frau Megans Entführerin?

Obwohl das im Moment keine Rolle spielte. Entscheidend war, dass die Frau nicht rational dachte. Und sie hatte eine Waffe. Rachel zweifelte keinen Augenblick daran, dass sie auch davon Gebrauch machen würde.

Aber die Waffe war in ihrer Manteltasche. Und ein schneller Blick über ihre Schulter, während sie zum Ende des Parkplatzes gingen, sagte ihr, dass die Frau abgelenkt war. Nervös. Sie drehte den Kopf hin und her, sah sich permanent um.

Rachel blickte sich ebenfalls um, in der Hoffnung, jemand zu sehen, der ihr vielleicht helfen könnte. Aber an diesem bitterkalten Tag hatte sich niemand hinausgetraut. Jeder vernünftige Mensch, der in der ruhigen Gegend rund um das Hotel wohnte, war zu Hause geblieben.

„Geh zu dem schwarzen Auto." Die Frau zeigte auf eine Limousine neueren Datums am Ende der Sackgasse, die dicht an einer Hecke geparkt war.

Als sie zu dem Wagen kamen, hörte Rachel erst das Geräusch eines Schlüsselbundes, dann das Klicken des Kofferraumschlosses.

„Geh nach hinten."

Rachel wurde flau im Magen und sie zögerte. In den wenigen Sekunden, die in der Zwischenzeit vergangen waren, hatte sie den Entschluss gefasst, falls die Frau sie zwingen sollte, irgendwohin zu fahren, würde sie warten, bis sie auf einer verkehrsreichen Straße waren, und dann ein anderes Auto rammen. Es war kein großartiger Plan, aber wenigstens wären dann andere Menschen da. Und vielleicht könnte sie die Schrecksekunde des Aufpralls nutzen, um der Frau die Waffe zu entreißen.

Aber ihre Angreiferin hatte andere Pläne.

Sie würde sie in den Kofferraum legen.

Auf keinen Fall, beschloss Rachel. Wenn sie erst einmal dort drin wäre, hätte sie keine Chance mehr. Wenn sie sterben musste, dann würde sie es lieber hier tun. Bei Tageslicht. Und nicht ohne Kampf.

Als könnte sie ihre Gedanken lesen, packte die Frau Rachels freien Arm und drehte ihn ihr auf den Rücken, ohne Rücksicht auf Rachels Schmerzenslaute zu nehmen. „Versuch ja nicht abzuhauen."

Wieder spürte Rachel den stumpfen Gegenstand in ihrem Rücken, und als die Frau ihr einen Stoß versetzte, stolperte sie vorwärts. Sie gingen zum Kofferraum, der mit einer Plane ausgelegt war.

Darauf sollte sie liegen.

Es war Rachel egal, ob die Frau sie auf der Stelle erschoss. Sie würde auf keinen Fall in den Kofferraum steigen.

Sie riss ihren Arm los und fuhr herum.

Im gleichen Moment verlor sie auf den hochhackigen Schuhen, die sie immer bei ihren Auftritten im Hotel trug, das Gleichgewicht.

Dieser kurze Augenblick der Unsicherheit wurde ihr zum Verhängnis. Die Frau stieß sie gegen das Auto. Panisch versuchte Rachel sich festzuhalten. Sie suchte nach irgendeinem Halt.

Aber während sie darum kämpfte, ihr Gleichgewicht wiederzuerlangen, konnte sie nichts tun, als zuzusehen, wie die Frau die Hand hob. Sich umdrehte. Und ausholte.

Der Lauf der Waffe traf sie mit voller Wucht an der Schläfe.

Einmal.

Zweimal.

Sie schwankte.

Dann wurde alles um sie herum schwarz.

Kapitel 18

Nick sah zum wiederholten Mal auf seine Armbanduhr.

Fünf Uhr.

Rachel hätte längst anrufen müssen.

Eine Schulter an die abblätternde Tapete der leeren Wohnung im ersten Stock gelehnt, wandte Nick den neun anderen schwarz gekleideten Männern im Raum den Rücken zu. Mehr Privatsphäre gab es in dem Bereich, der dem SEK zur Verfügung stand nicht, aber es musste reichen. Er zog sein BlackBerry heraus und wählte Rachels Festnetznummer.

Nach viermaligem Klingeln sprang der Anrufbeantworter an.

Er versuchte es auf ihrem Handy.

Mit dem gleichen Ergebnis.

Während er das Telefon wieder in die Tasche an seinem Gürtel schob, wägte er die Möglichkeiten ab. Aus diesem Auftrag kam er auf keinen Fall heraus. Der Typ, der sich in der Wohnanlage auf der anderen Straßenseite verschanzt hatte, hatte drei Frauen in genauso vielen Bundesstaaten umgebracht, und das FBI suchte ihn seit Wochen. Alle Mannschaften standen auf Abruf. Die örtliche Polizei bildete den äußeren Ring, während er und seine Kollegen vom FBI in unmittelbarer Nähe Stellung bezogen hatten. Außerdem standen Scharfschützen bereit und ein Unterhändler wartete auf seinen Einsatz. Die Sache würde noch heute Nacht über die Bühne gehen.

Leider ging Nick nicht davon aus, dass es in Kürze zu einer

Verhaftung kommen würde. Sie wussten, dass der Kerl in dem Gebäude war, weil sie von einer zuverlässigen Quelle den Tipp bekommen hatten, aber in den letzten vier Stunden hatte niemand die Wohnanlage verlassen. Es hatte lange gedauert, die umliegenden Wohnungen zu evakuieren, ohne dass der Verdächtige die Anwesenheit der Polizei bemerkte. Jetzt setzten sie technische Untersuchungsmethoden ein, darunter Mikrofone, um herauszufinden, ob sich noch jemand in der Wohnung befand, der möglicherweise zur Geisel werden könnte. Falls ja, würden sie versuchen, mit dem Täter in Verbindung zu treten und vielleicht zu verhandeln. Die ganze Operation wurde von der strategischen Einsatzzentrale geleitet, die in der Nähe eingerichtet worden war.

Es würde eine lange Nacht werden.

„Also, hört zu."

Die Mitglieder des Spezialkommandos scharten sich um Mark, als er zu sprechen begann. Nick schloss sich ihnen an.

„Ich habe gerade mit Steve in der Einsatzzentrale gesprochen. Wir wissen jetzt, dass sich in der Wohnung mit dem Tatverdächtigen auch noch eine Frau befindet. Es liegen Pläne von dem Gebäude vor, die jeden Augenblick hier sein müssten. Sobald wir sie haben, planen wir unsere Vorgehensweise. Dann ruft der Unterhändler an und versucht, den Mann rauszulocken. Irgendwelche Fragen?" Als niemand antwortete, fuhr er fort. „Gut. Sorgt dafür, dass ihr am ganzen Körper Schutzkleidung tragt und vergesst eure Ohrstöpsel nicht, damit wir miteinander kommunizieren können. Nick, ich muss mit dir sprechen." Er winkte ihn zu sich.

Die Aufforderung überraschte Nick, doch er folgte Mark anstandslos in einen benachbarten leeren Raum.

Mark stemmte die Fäuste in die Hüften und sah ihn durchdringend an. „Was ist los?"

Nick runzelte die Stirn. „Was meinst du?"

„Du bist nicht hundertprozentig bei der Sache. Das hier ist

eine gefährliche Operation und ich brauche absolute Konzentration."

Nick spürte, wie sein Hals warm wurde. Er hätte wissen müssen, dass Mark seine Abgelenktheit bemerken würde. Seit der ehemalige Geiselnahmenspezialist zur Einsatztruppe in St. Louis gestoßen war und die Leitung des Spezialkommandos übernommen hatte, war das ohnehin schon harte Training noch anspruchsvoller geworden. Es wurde mit niemandem Nachsicht geübt. Und bei Einsätzen war von Marks ansonsten entspannter Art nichts mehr zu sehen. Im Geiselrettungsteam, das hatte er ihnen erzählt, hatte er genügend Situationen erlebt, bei denen ein Menschenleben ausgelöscht worden war, weil nur einen einzigen Augenblick lang die Konzentration gefehlt hatte. Die Folge davon war, dass er Disziplin und volle Aufmerksamkeit von seinem Team forderte. Nick respektierte das – und Marks Scharfsinn.

„Ich mache mir Sorgen um Rachel."

„Wieso?"

In wenigen Sätzen erklärte Nick die Situation. Als er fertig war, sah er auf Marks Stirn eine steile Falte.

„Könnte es sein, dass sie vergessen hat anzurufen?"

„Nein."

„Gut. Ich bitte Steve, eine Streife der örtlichen Polizei bei ihr vorbeizuschicken, um zu kontrollieren, ob sie zu Hause ist. Und einer unserer Leute soll im Hotel nachfragen. Herausfinden, ob jemand gesehen hat, wie sie gegangen ist. Gibt es sonst noch etwas, das sie tun sollen?"

„Nein, damit würde ich anfangen."

„Wird erledigt." Mark verschränkte die Arme vor der Brust und sah Nick prüfend an. „Ich brauche dich, wenn die Sache hier heikel wird. Aber ich bin nicht bereit, dich oder ein anderes Mitglied der Truppe in Gefahr zu bringen. Wenn du dich nicht voll und ganz konzentrieren kannst, dann sag es jetzt."

Kein einziges Mal in seinen Jahren bei der Polizei und beim FBI hatte Nick sich von persönlichen Gefühlen in seiner Arbeit beeinträchtigen lassen, und er hatte nicht vor, jetzt damit anzufangen. Mark würde die notwendigen Schritte einleiten, um Rachel zu finden. Bis sie von der Polizei und vom Hotel eine Rückmeldung bekamen, könnte er ohnehin nichts tun. Und er war der Mannschaft seine Unterstützung schuldig. Sie waren gemeinsam ausgebildet worden und sie verließen sich aufeinander. Hier gehörte er hin. Im Moment jedenfalls.

„Wenn ich weiß, dass die Situation überprüft wird, ist die Konzentration kein Problem." Er hielt Marks Blick stand.

Mark sah ihn noch ein paar Sekunden lang an, bevor er kurz nickte. „Gut. Ich sage dir Bescheid, sobald ich etwas in Erfahrung gebracht habe."

Er zog sein BlackBerry aus der Tasche, tippte eine Nummer ein und ging davon.

Während Nick ihm nachsah, fingen die anderen Mitglieder des Spezialkommandos im Nachbarraum an, sich leise zu unterhalten oder ihre Ausrüstung zu überprüfen. Er tat keins von beidem. Seine Ausrüstung war bereit und das einzige Gespräch, das er führen wollte, konnte er in der Stille seines Herzens führen.

Herr, bitte beschütze Rachel.

* * *

Etwas stieß sie in die Seite. Es tat weh.

Stöhnend öffnete Rachel die Augen und blinzelte. Sie versuchte, ihren Blick scharfzustellen, aber es gelang ihr nicht. Als sie die Hand hob, um ihre Brille zurechtzurücken, merkte sie, dass sie keine Brille trug.

„Steh auf."

Der Befehl war leise und klang wie ein Echo, als käme er von weit weg. Rachel blinzelte noch einmal und blickte nach oben. Hinter dem schwachen Schein, der sie umgab, herrschte Dunkelheit. Nur eine verschwommene Silhouette ließ vermuten, woher der Befehl kam.

„Ich habe gesagt, du sollst aufstehen."

Ein Arm packte ihre Schulter und schüttelte sie.

Ihr Kopf explodierte.

Mit einem erneuten Stöhnen rollte Rachel sich zusammen. Ein Schauer durchfuhr sie und ihre Zähne begannen zu klappern.

Warum dröhnte ihr der Kopf?

Und warum war ihr so kalt?

Plötzlich erschien ein Gesicht in ihrem Blickfeld, nur wenige Zentimeter entfernt. Der Mund war hinter einem Tweedschal verborgen, aber die Augen waren sichtbar. Sie wirkten etwas trübe und schienen irgendwie durch sie hindurchzusehen, anstatt sie anzusehen.

Der Schal brachte die Erinnerung zurück. Sie war auf dem Parkplatz des Hotels entführt worden. Und als sie nicht in den Kofferraum hatte steigen wollen, hatte die Frau sie niedergeschlagen. Mit einer Waffe.

Kein Wunder, dass ihr Kopf hämmerte.

„Wenn du nicht aussteigst, mache ich den Kofferraum wieder zu und fahre den Wagen zu einer Klippe am Fluss." Die Frau sprach in einer Art Singsang, als redete sie mit einem kleinen Kind. „Es gibt eine richtig hohe nicht weit von hier. Da geht es ziemlich tief runter. Ich glaube nicht, dass du den Sturz überleben würdest. Und selbst wenn – das Wasser ist ganz schön kalt. Und die Strömung stark. Du würdest ertrinken, bevor du ans Ufer schwimmen kannst. Und das willst du doch nicht, oder?"

Wieder lief Rachel ein Schauer über den Rücken. Und diesmal hatte er nichts mit der Kälte zu tun.

„Kommst du jetzt raus oder nicht?"

Die Frage klang so, als wollte die Frau wissen, ob Rachel mit ihr ins Kino gehen wollte.

Während die Panik ihr die Kehle zuschnürte, versuchte Rachel ihr träges Gehirn in Bewegung zu setzen. Sie könnte im Kofferraum liegen bleiben und hoffen, dass sie wieder zu Kräften käme, während die Frau sie zum Fluss fuhr, und sich dann besser verteidigen konnte. Aber was, wenn die Frau beschließen sollte, den Wagen einfach über die Klippe rollen zu lassen, ohne den Kofferraum noch einmal zu öffnen?

Keine gute Lösung.

Sie musste sich hier zur Wehr setzen.

Wo auch immer „hier" war.

Von Angst und Adrenalin getrieben gelang es ihr, sich aufzusetzen, obwohl sich alles in ihrem Kopf drehte. Die Frau verschwand in der Dunkelheit und sah von dort aus zu, wie Rachel sich abmühte, ihre Beine über die Ladekante des Kofferraums zu heben, und dabei ihre Strumpfhose zerriss. Sie fiel nach vorne, hielt sich an der Stoßstange fest und kämpfte gegen die aufsteigende Übelkeit an, als ihre Füße den Boden berührten.

Du darfst dich nicht übergeben! Sonst wird die Frau vielleicht wütend und erledigt dich gleich hier.

„Stell dich gerade hin."

Rachel richtete sich auf zitternden Beinen mühsam auf. Sie schwankte und griff nach der Heckklappe des Wagens. Doch zu spät. Sie fiel hin und schlug mit der Schulter auf.

Der Schmerz war so stechend, dass sie scharf die Luft einsog. Und noch einmal, als die Frau hinter sie trat, in Rachels Haare fasste und daran zog.

„Ich habe gesagt, du sollst aufstehen." Sie benutzte immer noch diesen unheimlichen Singsang, diese beinahe engelhafte Stimme – ein merkwürdiger Kontrast zu ihrem gewalttätigen Verhalten.

Rachel unterdrückte ein Schluchzen und tastete nach dem Auto, um sich daran hochzuziehen. Bevor sie begriff, was geschah, riss die Frau Rachels Arme nach vorne und ließ ein Paar Handschellen um ihre Handgelenke zuschnappen.

Wieder stieg die Galle in Rachels Kehle auf, als sie auf ihre gefesselten Arme blickte.

Wenn sie ihre Hände nicht benutzen konnte, hatte sie kaum eine Chance, sich zu verteidigen.

„Los. Da entlang.“ Die Frau deutete mit der Waffe in die entsprechende Richtung, knallte den Kofferraumdeckel zu und hob eine Einkaufstasche hoch, die neben ihr stand. Rachel blinzelte in die Nacht hinaus und versuchte sich zu konzentrieren. Ohne ihre Brille war alles unscharf. Und die Beule an ihrer Schläfe half auch nicht. Kein einziger künstlicher Lichtstrahl durchbrach die Dunkelheit, aber der dreiviertelvolle Mond am klaren Winterhimmel beleuchtete einen schmalen Weg, der aus zwei Schotterspuren bestand, und auf beiden Seiten von dichtem Wald eingerahmt wurde.

Dieser einsame Ort war genauso schlecht wie das Flussufer. Rachels Panik wuchs.

„Wenn du vernünftig bist, werde ich dich nicht umbringen.“ Die Frau fuchtelte mit der Waffe vor Rachels Gesicht herum und Rachel zuckte zurück. „Da lang.“ Wieder zeigte sie auf den Wald.

Gott, was soll ich tun?

Der stille, verzweifelte Schrei kam tief aus Rachels Herzen. Sie hob die Hände an ihr Kinn, faltete sie und senkte den Kopf.

„Was machst du da?“ Ein misstrauischer Unterton veränderte die Stimme der Frau. „Betest du?“

„Ja.“

„Das ist Zeitverschwendung. Gott hört nicht zu.“

„Woher wissen Sie das?“ Rachel hob den Kopf.

„Ich habe früher auch gebetet. Ist lange her. Und es hat nie geholfen.“

Jetzt klang sie vernünftiger. Und sie sprach so, als glaubte sie an Gott. Vielleicht war das ein gutes Zeichen.

„Ich habe einen Freund, der meint, dass es hilft. Er sagte, es helfe ihm, Entscheidungen zu treffen.“

„Ich treffe meine eigenen Entscheidungen. Dazu brauche ich Gott nicht.“

„Vielleicht könnte er Ihnen helfen, bessere Entscheidungen zu fällen. Wissen Sie, Gott will nicht, dass wir einander wehtun."

Die Miene der Frau wurde wieder abweisender. „Ich tue nie jemandem weh. Das würde ich nicht tun. Aber jetzt geh. Den Weg da runter." Energisch deutete sie mit der Waffe auf den Wald.

Rachel erkannte, dass ihr nichts anderes übrig blieb. Der kurze Augenblick der Vernunft war vorbei. Ihre Entführerin hatte sich wieder in sich zurückgezogen. Jetzt konnte Rachel nur ihren Anweisungen folgen, so viel Zeit wie möglich schinden und versuchen, irgendeinen Fluchtweg zu entdecken.

Nachdem sie den Waldweg hinter sich gelassen hatten, wurde der Boden unebener. Die Absätze von Rachels Pumps versanken in jedem Loch auf dem rauen Untergrund und die Brombeersträucher und kahlen Äste, die den zugewachsenen Pfad überwucherten, blieben ständig an ihrem Mantel hängen.

Du musst Spuren hinterlassen.

Die Worte blitzten wie eine Botschaft in Rachels Gedanken auf. Ja. Gute Idee. Irgendwann würde jemand sie suchen. Viele Jemande, wenn Nick ein Wörtchen mitzureden hatte. Sie musste ihnen irgendeinen Hinweis geben, der ihnen weiterhalf.

So unauffällig wie möglich zog sie ihre Handschuhe aus, knüllte sie zusammen und ließ sich auf eine Seite des Weges fallen. Während sie sich mit Händen und Knien abstützte, schob sie die Handschuhe unter ein paar Blätter.

„Was ist los? Steh auf."

Rachel spürte deutlich die Waffe in ihrem Rücken. Mit klopfendem Herzen packte sie einen Baumstumpf und zog sich hoch. „Ich bin ausgerutscht." Sie setzte sich wieder in Bewegung.

„Das liegt an den Schuhen. Zieh sie aus."

Sie ging weiter. Weg von der Stelle, an der sie die Handschuhe zurückgelassen hatte. „Aber der Weg ist ganz steinig."

„Es ist nicht mehr weit. Zieh sie aus."

Rachel bückte sich und streifte ihre Schuhe ab.

„Lass sie fallen."

Rachel warf die Schuhe auf den Boden.

„Geh ein Stück weiter."

Nachdem sie getan hatte, was die Frau gesagt hatte, bückte diese sich, nahm die Schuhe und tat sie in ihre Tüte. „Weiter."

Scharfkantige Steine und spitze, mit Eiszapfen überzogene Zweige schnitten in ihre Fußsohlen, während sie auf dem eisigen Untergrund vorwärtsstolperte.

„Halt."

Als dieser scharfe Befehl einige Meter weiter ertönte, blieb Rachel stehen und blickte geradeaus. Sie meinte vor sich ein kleines Gebäude auf einer Lichtung zu erkennen, aber ohne ihre Brille konnte sie sich dessen unmöglich sicher sein.

Ganze dreißig Sekunden standen sie schweigend da. Eine eiskalte Windböe ließ Rachel noch mehr zittern. Sie war für diese Kälte nicht richtig angezogen. Ihre schicke Kleidung, die aus einem schwarzen Rock und einer langärmeligen weißen Seidenbluse bestand, war für drinnen gedacht, nicht für eine nächtliche Winterwanderung. Ihr Mantel konnte auch keinen dauerhaften Schutz gegen die Kälte bieten und die zerrissene Strumpfhose ließ ihre Beine gänzlich schutzlos. Rachel konnte sich nicht erinnern, jemals so gefroren zu haben.

Oder so viel Angst gehabt zu haben.

„Gut. Geh weiter. Zu dem Schuppen."

Rachel machte ein paar zögernde Schritte auf die Lichtung zu. Sie waren an ihrem Ziel angekommen, also blieb ihr nicht mehr viel Zeit. Sie musste irgendetwas tun.

„Stell dich –"

Bevor die Frau ihren Satz beenden konnte, krachte es plötzlich im Gebüsch. Gleichzeitig drehten sie sich um. Ein Reh kam aus dem Wald gesprungen, so erschrocken über ihre Anwesenheit wie sie über die seine.

Dies war ihre Chance, erkannte Rachel, während das Adrenalin durch ihre Adern schoss. Vielleicht ihre einzige.

Sie hob die Arme, warf sich auf ihre Entführerin und stieß sie, so fest sie konnte. Die Frau stürzte. Die Waffe flog ihr aus der Hand und Rachel hechtete hinterher.

Gerade als ihre Finger sich um den Lauf der Waffe schlossen, rollte die Frau auf sie zu. Stieß sie um. Packte ihren Hals. Und drückte zu.

Rachel versuchte sie abzuschütteln und zu atmen, aber der Schlag auf den Kopf und die heftige Kälte hatten sie ihrer Kraft beraubt. Während sie um sich schlug, schlossen die Finger der Frau sich immer fester um ihren Hals. Dunkle Wellen begannen über ihr zusammenzuschlagen und ihr Widerstand wurde schwächer.

Ihr letzter Gedanke, bevor sie bewusstlos wurde, galt Nick … und der vielversprechenden Zukunft, die sie jetzt nicht mehr erleben würden.

* * *

Allen Harris ließ sich auf dem Sessel am Kamin in seinem kleinen Bungalow nieder und schlug die erste Seite der *Tribune* auf. Die entspannte Zeitungslektüre war eines der Wochenendrituale, die er am meisten genoss. Sie war der Abschluss eines erholsamen Sonntags, zu dem immer der Gottesdienstbesuch, das Essen in seinem Lieblingsrestaurant und ein paar Stunden in seiner Werkstatt im Keller gehörten. Wenn er mit der Zeitung fertig war, würde er sich ein einfaches Abendessen zubereiten, ein Sandwich mit Pute oder Schinken oder Käse, und dazu würde er ein paar Chips essen.

Manche hätten diese Routine als langweilig empfunden, aber er fand sie beruhigend. Heutzutage war Berechenbarkeit für ihn tröstlich – und er schätzte sie.

Die O'Neil-Entführung war wieder in den Schlagzeilen, stellte er fest, als er die erste Seite überflog. Ein trauriger Fall. Und das FBI schien nicht gut mit den Ermittlungen voranzukommen, wenn man dem Bericht Glauben schenken durfte. Die einzige echte Neuigkeit war, dass die Stoffpuppe des Kindes in St. Louis gefunden worden war, sodass man jetzt vermutete, das Baby könnte sich in dieser Region aufhalten. In der *Tribune* wurde ein Artikel einer Zeitung aus St. Louis zitiert, dem zufolge ein Medium in die Sache verwickelt war. Die Mutter des Babys hatte diese Frau sogar besucht.

Allen schüttelte den Kopf. Wenn Menschen verzweifelt waren, griffen sie wirklich nach jedem Strohhalm.

Bei diesem Gedanken fiel ihm Debra wieder ein. Sie hatte sich mehr als alles auf der Welt ein Baby gewünscht – jedenfalls deutlich mehr, als sie sich einen Ehemann und Partner gewünscht hatte, das hatte er schnell herausgefunden.

Aber er wollte nicht an seine Ex-Frau denken. Es war zu schmerzlich. Deshalb hatte er das Gespräch mit Warren gestern auch so abrupt beendet und alle Gedanken an sie verdrängt, sobald sein Kollege gegangen war.

Aber etwas an ihrer Unterhaltung war ihm merkwürdig vorgekommen. Mit gerunzelter Stirn ging er Warrens Bemerkungen noch einmal durch. Etwas über ein Baby, das war es. Sein Kollege hatte gesagt, Debra habe ein Baby bei sich gehabt. Und sie habe behauptet, es sei das Kind einer Freundin, auf das sie aufpasse.

Nur dass Debra in Chicago niemals Freundinnen gehabt hatte. Keine einzige – obwohl sie ihr ganzes Leben in dieser Stadt verbracht hatte. Erst später hatte er begriffen, dass sie deshalb darauf bestanden hatte, durchzubrennen, anstatt eine richtige Hochzeit zu feiern. Außer ihrem Vater hatte es niemanden gegeben, den sie hätte einladen können, und mit ihm hatte sie zu diesem Zeitpunkt bereits seit Jahren nicht mehr gesprochen.

Allen hatte keine Ahnung, wie lange Debra jetzt schon in St. Louis war, aber es konnten nur ein paar Monate sein, denn ihre Scheidung war erst vor etwas mehr als einem Jahr gewesen. Angesichts ihrer Vorgeschichte erschien es Allen unwahrscheinlich, dass sie in der Zwischenzeit schon irgendwelche Freundschaften geschlossen haben könnte. Erst recht eine, die so eng war, dass die Mutter Debra mit ihrem Baby allein im Auto herumfahren ließ. Ohne sie.

Während Allen auf den Zeitungsbericht über die O'Neils starrte, blitzte ein einzelnes Wort plötzlich vor seinem geistigen Auge auf.

Verzweiflung.

Großer Gott ... konnte es sein, dass sie ...?

Nein. Allen unterdrückte den Gedanken. Das war doch lächerlich. Debra würde kein Kind entführen.

Aber verzweifelte Menschen taten verzweifelte Dinge. Dass ansonsten vernünftige Menschen sich in diesem Fall an ein Medium wandten, war ein eindeutiger Beweis für diese These.

Und Debra war verzweifelt gewesen. Er dachte an ihre hysterischen Anfälle, nachdem ihre letzte Schwangerschaft in der Katastrophe geendet hatte. Er erinnerte sich daran, wie sie ihn im Krankenhaus mit Fäusten bearbeitet hatte, als er ihr die Nachricht überbracht hatte. Die Krankenschwestern hatten sie festhalten und ihr schließlich ein Beruhigungsmittel geben müssen.

Als er mit ihr nach Hause gefahren war, war es nur noch schlimmer geworden. Stundenlang hatte sie mit einer Puppe im Arm in dem leeren Kinderzimmer gesessen und ihr etwas vorgesungen. Er hatte sie gezwungen, mit einem Therapeuten zu sprechen, und sie buchstäblich beinahe zu den Sitzungen geschleppt. Die Medikamente hatten geholfen – solange sie sie nahm. Aber ihre ohnehin wackelige Ehe war daran endgültig zerbrochen.

Mehr als alles andere hatte ihn ihre gleichgültige Reaktion verletzt, als er sagte, er wolle sich von ihr scheiden lassen. Ihr war es völlig egal gewesen, dass er sie verließ. Er war überflüssig, jetzt, wo er ihr nicht mehr zu dem verhelfen konnte, was sie am meisten wollte.

Ein Baby.

Er erinnerte sich noch an ihre letzten Worte an dem Tag, an dem sie ausgezogen war. Sie hatte ihn mit wildem, trotzigem Blick angesehen.

„Ich *werde* mein Baby kriegen, Allen. Mit dir oder ohne dich."

Aber eine Entführung – wäre sie überhaupt in der Lage, so etwas durchzuziehen?

Vielleicht, musste er sich eingestehen. Sie mochte eine Einzelgängerin sein, aber in ihrem Beruf funktionierte sie einwandfrei. Und sie war intelligent. Sie konnte Pläne schmieden. Nur was Kinder betraf, war sie wie besessen. Und wahnhaft.

Trotzdem wäre es ein gewaltiger Schritt, sie ernsthaft mit der O'Neil-Entführung in Verbindung zu bringen, nur aufgrund dessen, was Warren gesehen hatte.

Aber irgendetwas stimmte da nicht.

Allen fuhr sich mit den Fingern durchs Haar und seufzte. Er konnte schließlich schlecht mit nichts weiter als einem merkwürdigen Gefühl zu den Behörden gehen. Obwohl diese Frau aus St. Louis das getan hatte, als ihr die Puppe des Kindes in die Hände gefallen war. Und sie hatten ihr zugehört.

Aber es konnte gut sein, dass sein Verdacht völlig unbegründet war. Er hatte sich in Bezug auf Debra schon einmal von seinen Gefühlen leiten lassen, und wohin das geführt hatte, hatte er ja erlebt. Er vertraute diesem „Gefühl" nicht, dass es eine Verbindung zwischen Debra und der O'Neil-Entführung geben könnte. Wahrscheinlich machte er sich ganz umsonst so viele Gedanken.

Am besten vergaß er die Sache einfach. Debra hatte schon genug Probleme. Das Letzte, was sie brauchte, war, dass das FBI bei ihr auf der Matte stand.

Allen legte den Leitartikel beiseite und nahm den Sportteil in die Hand. Und dann verbannte er die Gedanken an seine Ex-Frau und all ihre Probleme in den hintersten Winkel seines Gedächtnisses.

Wo sie hingehörten.

Kapitel 19

Um sechs Uhr beendete Mark ein kurzes Telefonat, schob sein BlackBerry in die Tasche an seinem Gürtel und trat in die Mitte der schäbigen Wohnung. „Gut, Jungs, die Sache ist gelaufen. Der Unterhändler hat unseren Verdächtigen überredet rauszukommen. Wir können zusammenpacken und nach Hause gehen."

Man konnte förmlich spüren, wie die Anspannung im Raum von einer Sekunde auf die andere nachließ. Die meisten Einsätze des Spezialeinsatzkommandos endeten so. Aber es gab immer Ausnahmen und das Team ging bei jedem neuen Auftrag davon aus, dass er eine dieser Ausnahmen war. Der Adrenalinlevel war hoch, bis die jeweilige Situation entweder mit einer erfolgreichen Verhandlung oder einem Zugriff zu Ende gebracht worden war.

Während die anderen anfingen, die Ausrüstung zusammenzupacken, gab Mark Nick ein Zeichen, ihm wieder ins Nachbarzimmer zu folgen.

Marks grimmige Miene ließ Nicks Puls schneller gehen.

„Steve hat mir gerade den aktuellen Stand in Sachen Rachel durchgegeben. Die Polizei war bei ihrem Haus. Niemand war zu Hause und die Garage war leer. Unsere Jungs haben mit den Leuten im Hotel gesprochen. Der Türsteher hat gesehen, wie sie um viertel nach vier gegangen ist. Sie haben Rachels Nummernschild herausgefunden und den Parkplatz abgesucht. Ihr Auto steht noch immer dort. Wir haben eine Fahndung rausgegeben."

Nicks Magen zog sich zusammen und die Muskeln in seinem Unterkiefer verspannten sich. „Und was ist mit den Überwachungskameras auf dem Parkplatz?"

„Die Bänder werden gerade überprüft. Kurt kümmert sich darum. Ich habe ihm gesagt, er soll dich anrufen, sobald er etwas weiß."

„Ich gehe sofort hin." Nick wandte sich um und begann, noch während er ins Wohnzimmer zurückging, seine Schutzkleidung auszuziehen. Eine Hand auf seinem Arm hielt ihn zurück und er blickte über seine Schulter.

„Soll ich mitkommen?"

„Ja, wenn du dir das nach der Sache hier noch antun willst." Er deutete auf die Wohnung.

„Kein Thema. Betrachte es als Revanche für die Nachtwache im Krankenhaus letzten Sommer."

Keiner der beiden Männer würde je die Nacht vergessen, in der Emily beinahe ums Leben gekommen war. Oder die Tatsache, dass Nick während dieser langen, dunklen Stunden an Marks Seite gewesen war.

„Danke." Nick holte tief Luft. „Wir brauchen die Hundestaffel der Bezirkspolizei."

Mark nickte und zog sein BlackBerry heraus. „Gib mir fünf Minuten, um hier alles abzuwickeln und mit Steve zu sprechen. Steht dein Wagen bei der Einsatzzentrale?"

„Ja."

„Dann nehmen wir deinen. Ich bin mit einem der Jungs hergekommen."

Fünfzehn Minuten später, nachdem sie mit Steve die nächsten Schritte besprochen und ihre Uniformen gegen Jeans getauscht hatten, machten Nick und Mark sich auf den Weg zum Auto.

Während sie darauf zugingen, fing Nicks Handy an zu vibrieren. Er zog es vom Gürtel ab und warf Mark den Autoschlüssel zu. „Du fährst, in Ordnung?"

„Wir haben eine interessante Aufnahme", sagte Kurt als Antwort auf Nicks kurz angebundene Begrüßung. „Das Opfer wurde auf dem Parkplatz in der Nähe seines Wagens angesprochen. Wie es aussieht, hatte der Angreifer eine Waffe, aber die Aufnahme ist zu körnig, um das ohne Vergrößerung genauer sagen zu können. Wir können auch nicht erkennen, ob es sich um einen Mann oder eine Frau handelt. Zwei Minuten später haben sie den Parkplatz verlassen und waren damit außerhalb der Reichweite der Überwachungskameras."

Noch nie in seiner beruflichen Karriere hatte Nick die Nerven verloren. Aber jetzt war er kurz davor.

„Bist du noch da, Nick?"

Kurts Frage half ihm, seine Fassung wiederzuerlangen. Er stieg in den Wagen und schloss die Tür. „Ja, ich bin hier."

„Wir müssen die Hundestaffel einschalten."

„Sie steht auf Abruf bereit."

„Gut. Ich sage den Kollegen Bescheid. Können wir ein Kleidungsstück von dem Opfer bekommen?"

„Ich kümmere mich darum und treffe dich im Hotel. Gib uns eine halbe Stunde." Er beendete das Gespräch mit einem Tastendruck.

Während Mark den Wagen in Richtung Autobahn lenkte, warf er Nick einen Blick zu. „Neuigkeiten?"

„Ja." Nick versuchte den Kloß in seiner Kehle herunterzuschlucken, aber es gelang ihm nicht. „Jemand hat Rachel auf dem Parkplatz des Hotels entführt. Wir müssen bei ihrem Haus vorbeifahren und ein paar Sachen für die Hunde holen."

„Hast du einen Schlüssel?"

„Nein. Aber sie hat einmal erwähnt, dass sie einen unter der Vogeltränke im Garten aufbewahrt."

Indem sie Rachels Haus betraten, begaben sie sich rechtlich auf heikles Terrain. Nick wusste das und er war froh, dass Mark nichts dazu sagte. Die Bürokratie, die offiziell nötig gewesen wäre, um ihnen Zutritt zu dem Haus zu verschaffen, hätte sie nur Zeit gekostet, die sie möglicherweise nicht hatten. Außerdem hatte Rachel ihm gesagt, dass der Schlüssel für Notfälle sei.

Und dies war wohl eindeutig einer.

In Rachels Haus verschwendete Nick keine Sekunde. Auf methodische, effiziente Weise erledigte er seine Aufgabe. Er versuchte, sich nicht ihre warmen, intelligenten Augen und den rötlichen Schimmer in ihrem Haar vorzustellen, während er den Bezug von ihrem Kopfkissen zog, versuchte den schwachen Blumenduft zu ignorieren, der so typisch für Rachel war, als er ein paar Kleidungsstücke aus ihren Schubladen und Schränken nahm, und versuchte nicht an ihr spontanes Valentinstagsessen zu denken, während er die Gegenstände in der Küche in die Plastiktüte des italienischen Restaurants stopfte, von dem an jenem Abend das Essen gewesen war.

Vor allem aber versuchte er die grausigen Szenarien zu verdrängen, die ihm durch den Kopf gingen.

Aber das Zittern seiner Hände konnte er nicht verhindern.

Und als er sich mit Mark wieder ins Auto setzte und sie zusammen zum Hotel rasten, schickte Nick wieder ein stilles Gebet gen Himmel.

Bitte, Herr, beschütze Rachel, bis wir sie gefunden haben.

* * *

Die Dunkelheit war vollkommen.

Die Kälte war brutal.

Der hämmernde Schmerz in ihrem Kopf war entsetzlich.

Aber sie war am Leben.

Noch jedenfalls.

Während sie langsam wieder zu Bewusstsein kam, versuchte Rachel eine Bestandsaufnahme zu machen und sich zu orientieren.

Sie lag auf etwas, das sich wie ein fester Lehmboden anfühlte. Ihre zitternden Finger bestätigten diese Vermutung mit einer schnellen Berührung der unebenen Oberfläche. Sie musste sich in dem kleinen Schuppen befinden, den sie auf der Lichtung gesehen hatte.

Und die Handschellen waren fort. Das war gut. Aber ihr Mantel fehlte ebenfalls.

Die Erleichterung wich neuerlicher Panik.

Bei Temperaturen um den Gefrierpunkt und der Aussicht, dass sie noch weiter sinken würden, bevor es Tag wurde, bezweifelte sie, dass sie die Nacht ohne ihren Mantel überleben würde. Sie musste einen Fluchtweg finden.

Auf Händen und Knien erkundete Rachel den stockfinsteren kleinen Raum. Er maß etwa zweieinhalb mal drei Meter, schätzte sie, und war leer, abgesehen von einem kleinen, scharfkantigen Stein in einer Ecke. Ihr Mantel und ihre Schuhe waren verschwunden.

Rachel stand auf, indem sie sich an der Wand abstützte, und versuchte das Gleichgewicht zu behalten. Selbst ohne den Schlag auf den Kopf wäre ihr Gleichgewichtssinn in der verwirrenden lautlosen Dunkelheit beeinträchtigt gewesen. Trotzdem arbeitete sie sich entlang der Wand, so gut es ging, vorwärts, während jeder Zentimeter ihres Körpers schmerzte und ihre Kehle trocken war. Das Gebäude schien aus Betonblöcken zu bestehen. Keine Fenster. Eine schwere Holztür, die ein bisschen nachgab, aber offensichtlich verschlossen war.

Eine Welle der Verzweiflung drohte über Rachel zusammenzuschlagen, doch sie kämpfte dagegen an. Sie sollte dankbar sein. Die Frau hätte sie töten können und so war dies ein Aufschub. Eine Chance zu entkommen.

Wenn sie nicht in Panik geriet.

Und wenn sie nicht vorher an Unterkühlung starb.

Sie musste einen Weg finden, sich zu wärmen, bis Nick sie fand. Und das würde er. Dessen war sie sich hundertprozentig sicher.

Was sie nicht wusste, war, ob er rechtzeitig kommen würde.

Aber sie würde ihren Teil zu ihrer Rettung beitragen, indem sie so viel Zeit gewann wie möglich.

Rachel zitterte vor Kälte und schlang die Arme um ihren Oberkörper, um sich warm zu halten. Aber das Zittern war gut. Hatte sie nicht irgendwann einmal gelesen, dass Zittern die Wärmeproduktion des Körpers anregte? Jedenfalls eine Zeit lang.

Das Wichtigste war, dass sie in Bewegung blieb. Aktiv war. Allerdings nicht so sehr, dass sie ins Schwitzen geriet, denn sie erinnerte sich deutlich daran, dass es einen Zusammenhang zwischen Dehydrierung und Unterkühlung gab. Aber doch so aktiv, dass sie ein wenig Wärme produzierte.

Und wenn sie ohnehin aktiv bleiben musste, könnte sie genauso gut eine Aktivität wählen, die ihr gleichzeitig half, aus diesem Eisschrank zu entkommen. Also gut … vielleicht könnte sie mit dem scharfkantigen Stein, den sie auf dem Boden erfühlt hatte, die Türangeln bearbeiten. Vielleicht das Holz um die Bleche herum herauskratzen und sie lockern. Ja, das war eine gute Idee. Es war ein Plan. Und Pläne halfen, die Kräfte zu bündeln.

Während Rachel sich wieder auf Hände und Knie begab, um nach dem Stein zu suchen, fiel das kleine Kreuz um ihren Hals nach vorne. Sie ging in die Hocke und umfasste das Kreuz mit ihren kalten Fingern, während sie versuchte, sich an den Bibelvers zu erinnern, über den der Pastor gepredigt hatte – war das wirklich erst heute Morgen gewesen? Es schien eine Ewigkeit her zu sein. Es ging in diesem Vers darum, dass Gott der Fels und die Rettung eines Menschen war. Dass er der Seele Ruhe und Hoffnung gab. Und dass man keine Angst zu haben brauchte, wenn man an ihn glaubte.

Nick glaubte, und das merkte man an seinem Verhalten. Er strahlte einen tiefen inneren Frieden aus und eine Zuversicht, was seinen Platz in dieser Welt betraf. Es war klar, dass er mit sich und seiner Beziehung zu Gott im Reinen war.

Wieder durchfuhr Rachel ein Schauer. Vielleicht sollte sie seinem Beispiel folgen und auf Gott vertrauen. Sie würde ihr Möglichstes tun, um einen Weg aus diesem Gefängnis zu finden, das entsprach ihrem Wesen. Sie konnte nicht einfach die Hände in den Schoß legen. Aber sie glaubte auch nicht, dass Gott das von ihr erwartete. Sicherlich konnte sie gleichzeitig selbst aktiv werden und ihr Schicksal in seine Hände legen, um seine Bewahrung bitten und auf seine Rettung vertrauen. Und wenn sie trotzdem scheiterte, musste sie das vielleicht als Gottes Willen akzeptieren.

Und dankbar dafür sein, dass er einen wunderbaren Mann in ihr Leben gesandt hatte und sie ihre Schwester hatte wiederfinden lassen, wenn auch nur für kurze Zeit.

* * *

„Frierst du, Liebling? Soll ich die Heizung höher stellen?"

Rebecca schlug den Kragen ihres Mantels hoch und schob die Hände in die Tasche, während sie sich umdrehte, um nach Bridget zu sehen, die in ihrem Kindersitz hinten im Auto schlief. Trotz der warmen Luft war ihr bis auf die Knochen kalt.

„Nein, ist schon in Ordnung. Wie weit ist es noch bis St. Louis?"

„Ungefähr eine Stunde noch. Sollen wir anhalten und etwas essen?"

„Nein, dazu bin ich zu nervös."

„Ich bin mir sicher, das FBI wird uns erklären, was wir bei der Pressekonferenz morgen zu erwarten haben."

„Darüber mache ich mir keine Sorgen."

„Was ist denn dann mit dir los?"

Rebecca starrte aus dem Autofenster in die Dunkelheit hinaus. „Ich weiß es nicht."

„Vielleicht ist es der Stress. Und der Schlafmangel. Die letzten paar Wochen waren ziemlich hart."

„Nein, es hat gerade erst angefangen. Etwa zu der Zeit, als wir zu Hause losgefahren sind." Wieder durchfuhr sie ein Schauer und sie rutschte nervös auf ihrem Sitz herum. „Ich glaube, ich rufe Rachel an."

Sie schwiegen, während Rebecca ihr Handy aus der Handtasche zog und Rachels Nummer eintippte. Sie kannte sie schon auswendig.

Nach viermaligem Klingeln sprang der Anrufbeantworter an.

Wieder rann ihr ein eiskalter Schauer über den Rücken.

Dann durchfuhr sie eine Welle neuer Besorgnis.

Und plötzlich wusste sie, was los war.

„Colin ..." Panik schnürte ihr die Kehle zu. „Rachel ist in Schwierigkeiten. Ich muss Nick anrufen."

Sie konnte Colins prüfenden Blick spüren, während sie in ihrer Handtasche kramte und Nicks Karte suchte.

„Bist du dir sicher, Liebling? Es ist Sonntagabend."

„Ja. Ich habe dir doch erzählt, worüber Rachel und ich uns an dem Abend unterhalten haben, als ich bei ihr zu Besuch war. Als Kind hatte ich Kopfschmerzen und habe gehinkt, wann immer sie wegen der Unfallverletzungen operiert wurde. Rachel, die niemals krank wird, konnte nicht arbeiten, weil sie Bauchschmerzen hatte – was sie für eine Magen-Darm-Geschichte hielt – und zwar an genau den beiden Tagen, an denen ich mit unseren Mädchen in den Wehen lag. Sie verspürt seit dem Tag, an dem Megan entführt wurde, diese innere Unruhe. Wir haben eine besondere Verbindung, Colin. Ich kann es nicht erklären, aber es stimmt. Ich weiß, dass sie in Gefahr ist."

„Gut. Dann ruf Nick an."

Rebecca hob das Telefon an ihr Ohr. „Habe ich schon."

* * *

Die Sackgasse, in der Rachel verschwunden war, bot in der Tat keinen Ausweg. Nick fuhr sich mit den Fingern durchs Haar und ließ den Blick über die vornehmen Backsteinvillen schweifen. Die Ermittlungen des FBIs hatten nichts ergeben.

Die Hundestaffel hatte Rachels Geruch aufgenommen und sie bis zum Ende der Straße geführt, aber dort war die Spur abgerissen. Zusätzliche Agenten waren gekommen und hatten die Nachbarn befragt, unterstützt von der örtlichen Polizei. Auch sie hatten nichts herausgefunden. Keiner der Anwohner hatte etwas gesehen oder gehört. Die Spurensicherung war im Gange, aber mit bloßem Auge war wenig zu erkennen. Und wenn es irgendwelche Spuren gab, würde die Analyse zu lange dauern, um ihnen bei der Suche nach Rachel behilflich zu sein.

Zumindest, wenn sie sie lebend finden wollten.

Der Knoten in seinem Magen zog sich noch fester zusammen. *Herr, bitte mach, dass wir einen Hinweis finden.*

„Ellen ist hier." Mark gab die Neuigkeit weiter, als er sich zu ihnen gesellte.

„Hat die Presse schon Wind von der Sache bekommen?"

„Ja. Und ein Journalist hat mit dem Türsteher gesprochen, der ihm Rachels Namen genannt hat. Jetzt, wo klar ist, dass es einen Zusammenhang zwischen ihr und der O'Neil Entführung gibt, stürzen sich alle darauf. Ellen feilt gerade an den offiziellen Stellungnahmen, die wir morgen geben wollten. Marty hat mit Chicago gesprochen und die Kollegen dort haben zugestimmt, dass wir angesichts der jetzigen Umstände schon heute Abend an die Öffentlichkeit gehen sollten. Der leitende Special Agent vor Ort wird in Chicago zur gleichen Zeit eine Pressekonferenz abhalten und dieselbe Stellungnahme verlesen. Ich vermute, dass Rachels Foto in den Zehn-Uhr-Nachrichten zu sehen sein wird."

Gut. Jetzt, wo Rachel entführt worden war, gab es keinen Grund, auch nur eine Sekunde länger zu warten. Sie brauchten Hinweise. Und zwar schnell. Wenn Rachels Bild erst im Umlauf war, rief vielleicht jemand an, der sie gesehen hatte.

„Wir müssen die Hundestaffel auf ..." Sein BlackBerry fing an zu vibrieren. „Bradley."

„Nick? Hier ist Rebecca O'Neil."

„Rebecca." Er wechselte einen Blick mit Mark. Er hatte diesen Anruf hinausgezögert, in der Hoffnung, bessere Nachrichten weitergeben zu können. „Ich wusste, dass Sie auf dem Weg hierher sind. Ich wollte Sie in einer Stunde im Hotel anrufen. Ich habe –"

„Nick." Er runzelte die Stirn, als sie ihm so brüsk ins Wort fiel. „Hören Sie, ich weiß, es klingt merkwürdig, aber ich bin davon überzeugt, dass Rachel in Gefahr ist. Ich kann es spüren."

Nick war augenblicklich ganz Ohr und bedeutete Mark, er solle in der Nähe bleiben. „Erzählen Sie mir davon." Er wollte hören, was Rebecca zu sagen hatte, bevor ihre Eindrücke von seinen Fakten beeinflusst wurden.

„Seit ungefähr vier Stunden bin ich ganz unruhig. Colin dachte, ich wäre vielleicht nervös wegen der Pressekonferenz morgen, aber das ist es nicht, Nick. Und außerdem ist mir entsetzlich kalt. Mir läuft ein Schauer nach dem anderen über den Rücken und Colin hat die Heizung im Auto schon ganz aufgedreht. Wo auch immer Rachel ist, sie muss schrecklich frieren." Ihre Worte klangen zittrig und sie holte tief Luft. „Jetzt weiß ich, wie Rachel sich gefühlt haben muss, als sie die Puppe zu Ihnen gebracht hat. Das klingt verrückt, nicht wahr?"

Vor ein paar Wochen hätte er noch Ja gesagt. Er hatte bei seiner Arbeit als Ermittler bislang immer auf Tatsachen gebaut, nicht auf Gefühle. Aber seitdem hatte er ein paar Dinge dazugelernt.

„Das finde ich nicht. Ich habe inzwischen einen gesunden Respekt vor Zwillingstelepathie." Er schluckte und umfasste sein Handy fester. „Ihre Gefühle sind berechtigt, Rebecca. Ich wusste, dass Sie schon unterwegs sind, sonst hätte ich früher angerufen. Rachel ist entführt worden."

Er hörte, wie sie scharf die Luft einsog. „So etwas in der Art hatte ich befürchtet." Ihre Worte wurden undeutlich, als sie Colin von der Nachricht erzählte. „Was ist passiert?"

Nick brachte sie auf den neuesten Stand. „Was meinen Sie, wann Sie hier sein werden?"

„Es dauert keine Stunde mehr. Wer hat das getan, Nick? War es Megans Entführerin?"

„Wir wissen es nicht. Und der Täter war zu gut verkleidet, als dass man ihn hätte erkennen können. Gibt es noch etwas, das Sie mir sagen können, das uns vielleicht hilft, Rachels Aufenthaltsort zu bestimmen? Zum Beispiel, ob sie drinnen oder draußen ist?"

„Nein. Nur die Kälte. Wo sie ist, gibt es keine Heizung. Und die Temperaturen sollen heute Nacht in den zweistelligen Minusbereich fallen, Nick!"

Er hörte die Panik in ihrer Stimme. Die gleiche Panik, die er in seinem Magen spürte. Aber er bemühte sich, ruhig zu antworten. „Ich weiß. Wir arbeiten, so schnell wir können. Wir hoffen, dass die Berichterstattung in den Medien ein paar Hinweise bringt. Ich rufe Sie an, sobald sich etwas tut, in Ordnung?"

„Gut. Aber Nick ... bitte finden Sie sie. Ich möchte die Schwester, die ich gerade erst kennengelernt habe, nicht verlieren." Bei dem letzten Wort brach ihre Stimme.

„Ich will sie auch nicht verlieren, Rebecca." Seine eigene Stimme klang heiser und er räusperte sich.

„Gibt es irgendetwas, das ich tun kann, um zu helfen?"

„Es wäre gut, wenn Sie beten würden. Und rufen Sie an, wenn Sie irgendwelche neuen Gefühle haben, ja?"

„Gut."

„Ich melde mich." Er beendete das Gespräch und schob das BlackBerry in die Halterung an seinem Gürtel.

„Was ist los?", wollte Mark wissen.

„Wieder ein Fall von Zwillingstelepathie. Rebecca wusste, dass Rachel etwas zugestoßen ist. Und dass sie irgendwo ist, wo es sehr kalt ist."

„Irgendwelche genaueren Angaben?"

„Nein. Aber wenn sie der Kälte ausgesetzt ist, müssen wir schnell sein."

Und auf ein Wunder hoffen.

***

Debra fuhr die Auffahrt zu dem Haus hinauf, das Marsha sich mit drei anderen Collegestudentinnen teilte, stellte den Motor aus und sah auf ihre Armbanduhr. Viertel vor acht. Sie hatte der Mitarbeiterin der Kindertagesstätte gesagt, dass sie Danielle um acht Uhr abholen würde, und sie war früh dran, da sie besonders schnell gefahren war. Sie hatte ihr Baby so bald wie möglich wieder im Arm halten wollen.

Aber sie hatte die Stunden, die sie von ihrer Tochter getrennt gewesen war, sinnvoll genutzt. Rachel Sutton stellte für niemanden mehr eine Bedrohung dar. Sie war wie vom Erdboden verschluckt, genau wie Megan O'Neil. Und Debra war zuversichtlich, dass sie diesmal keinen Fehler mit irgendwelchen Gegenständen begangen hatte, die später auftauchen und ihr Schwierigkeiten bereiten könnten. Der Mantel und die Handtasche des Mediums, zusammen mit der Plane und den Werkzeugen, waren an einem Ort versteckt, an dem niemand suchen würde.

Nachdem sie ihre Frisur und ihr Make-up im Rückspiegel überprüft und sich davon überzeugt hatte, dass nichts daran auszusetzen war, stieß Debra die Wagentür gegen den Widerstand des eisigen, böigen Windes auf. Sie würde Danielle besonders warm einpacken müssen, um sie vor dem üblen Wetter zu schützen. Mutter Natur war ein flatterhaftes Ding und ließ ihre Wut mit unparteiischer Hemmungslosigkeit auf die Menschen los. Hurrikans, Überschwemmungen, Erdbeben … Kälte. All das konnte töten. Und Schuld hatten allein die Elemente. Oder eine „höhere Gewalt“, wie Gerichte und Versicherungsgesellschaften es oft nannten.

Debra legte mit schnellen Schritten den kurzen Weg bis zur Haustür zurück und betätigte die Klingel. Sie hatte Marsha nur ungern gebeten, auf Danielle aufzupassen, aber es gab niemand anderen, den sie hätte fragen können. Und für den heutigen Nachmittag hatte sie ihre ganze Konzentration gebraucht.

Aber jetzt war es Zeit, ihr Baby nach Hause zu holen.

„Hi, Ms Kraus." Marsha trug Danielle auf der Hüfte, als sie die Tür öffnete. „Wir haben schon auf Sie gewartet, nicht wahr, meine Süße?" Sie tippte auf die Nase des Babys und die Kleine kicherte. „Kommen Sie doch rein, während ich ihr den Schneeanzug anziehe. Es ist kalt heute, nicht wahr?"

Debra trat über die Türschwelle. In dem Wohnzimmer, das mit einem bunten Sammelsurium an Möbeln eingerichtet war, saßen zwei weitere junge Frauen. Debra blieb gleich hinter der Haustür stehen. „Das kann ich doch machen."

„Es macht mir nichts aus." Marsha trug das kleine Mädchen ins Zimmer, sodass Debra gezwungen war, ihr zu folgen. Sie legte Danielle aufs Sofa und schob ihre Arme und Beine in den einteiligen Anzug. „Haben Sie Ihre Arbeit fertigbekommen?"

Die Frage verwirrte Debra – bis sie sich an den Grund erinnerte, den sie Marsha dafür genannt hatte, dass sie ihre Babysitterdienste an einem Sonntag benötigte. Ein dringender Fall, der bis morgen früh bearbeitet sein musste.

„Ja, alles erledigt."

„Gut. Es ist ätzend, wenn man am Wochenende arbeiten muss, oder? Aber das wird wohl später auch mal mein Schicksal sein, wenn ich wirklich Krankenschwester werde." Sie grinste, zog den Reißverschluss des Schneeanzugs hoch und überreichte Debra das warm eingepackte Baby. „Bis morgen dann."

„Danke, dass Sie auf Danielle aufgepasst haben." Debra reichte ihr einige gefaltete Geldscheine.

„Kein Problem. Ich kann immer ein paar Dollar zusätzlich gebrauchen. Fahren Sie vorsichtig."

Debra winkte und ging.

„Zeit, nach Hause zu fahren, mein Schatz", flüsterte sie, als sie sich über das Baby beugte, um es so weit wie möglich vor dem Wind zu schützen. „Nur du und ich. Ist das nicht schön?"

Danielle antwortete, indem sie leise seufzte und sich dichter an sie schmiegte.

Debras Herz schmolz. Jeder konnte sehen, dass sie beide zusammengehörten. Dass dies vorherbestimmt war. Von dem Tag an, an dem sie Megans Foto gesehen hatte und Rebecca O'Neil davon hatte reden hören, wie viel Arbeit zwei kleine Kinder machten, hatte sie gewusst, dass Danielle ihr gehören sollte.

Heute, als Rachel Sutton von Gott gesprochen hatte, waren ihr ganz kurz Zweifel an ihrem Plan gekommen, das Medium auszuschalten. Aber diese Gedanken waren schnell wieder verschwunden gewesen. Sie hatte für sich und ihr Baby ein neues Leben aufgebaut und sie hatte das Recht, dieses Leben vor Bedrohung von außen zu schützen. Das war das Recht einer Mutter. Rachel hätte ihre Nase nicht in Dinge stecken sollen, die sie nichts angingen. Ihre Entscheidung, die Puppe zum FBI zu bringen, war der Grund für das, was heute geschehen war. Sie hatte sich das alles selbst zu verdanken.

Aber das war jetzt vorbei. Debra atmete tief ein, um sich zu beruhigen, während sie das Baby im Autositz anschnallte. Man würde keine weiteren Puppen finden und Rachel spielte keine Rolle mehr. Jetzt konnte nichts und niemand mehr das Leben, das Debra sich geschaffen hatte, gefährden.

Sie und ihr Baby waren in Sicherheit.

* * *

„Es gibt eine neue Entwicklung im Fall der O'Neil-Entführung." Der Sprecher der Neun-Uhr-Nachrichten nahm ein Blatt Papier in die Hand, während Fotos von Megan O'Neil, ihrer Mutter und einer jungen Frau am Klavier auf dem Bildschirm erschienen.

Während der Mann die Verbindung zwischen den beiden Frauen erläuterte und von Rachels Entführung berichtete, trat Allen näher an den Fernseher in seinem Schlafzimmer und setzte sich auf die Bettkante.

„Die Profiler des FBIs gehen davon aus, dass es sich bei Megan

O'Neils Entführer um eine Frau in den Dreißigern oder Vierzigern handelt, die sich ganz einfach ein Baby gewünscht hat. Sie kann in den meisten Lebensbereichen durchaus intelligent sein und einwandfrei funktionieren, aber leidet unter Umständen an einer wahnhaften Störung. Das FBI bittet darum, mögliche Informationen zu der Entführung von heute Nachmittag so schnell wie möglich zu melden." Der Nachrichtensprecher las die Nummer vor, die zeitgleich eingeblendet wurde.

Ohne nachzudenken, nahm Allen einen Stift von seinem Nachttisch und notierte sich die Nummer auf einer Klausur, die er gerade korrigiert hatte. Dann starrte er die Ziffern minutenlang an, während der Sprecher weitere Nachrichten verlas.

Seit er vorhin den Bericht in der *Tribune* gelesen hatte, war ihm der Gedanke an das Baby der O'Neils nicht mehr aus dem Kopf gegangen. Auch wenn er sein Möglichstes getan hatte, um sich eine mögliche Verbindung zwischen Debra und der Entführung auszureden, traf die Beschreibung der FBI-Profiler genau auf seine Ex-Frau zu. Und sie war in St. Louis. Mit einem Baby unbekannter Herkunft.

Es war trotzdem sehr unwahrscheinlich. Das wusste er. Und er würde Debra unnötigen Kummer zufügen, wenn er falschlag.

Aber was, wenn dem nicht so war?

Was, wenn das Leben der entführten Frau auf dem Spiel stand?

Könnte er damit leben, wenn er schwieg und später herausfand, dass seine Ahnung ihn nicht getrogen hatte und jemand gestorben war?

Am Ende der Nachrichten wusste Allen, dass er keine Wahl hatte.

Er betete, dass er nicht einen riesigen Fehler beging, der für alle Beteiligten unendlich peinlich würde, und griff zum Telefon.

Kapitel 20

„Warum legst du dich nicht ein bisschen hin, Rebecca? Du könntest dich wenigstens einen Moment lang ausruhen, auch wenn du nicht schlafen kannst. Das FBI meldet sich, sobald sie etwas Neues wissen."

Rebecca ging weiter im Hotelzimmer auf und ab und lehnte Colins Vorschlag mit einem Kopfschütteln ab. „Ich bin zu aufgeregt. Und mir ist zu kalt." Sie trug zwei Pullover und fror noch immer. Bibbernd zog sie ihr Handy hervor und wählte Rachels Nummer, so wie sie es jede Viertelstunde getan hatte.

„Sie wird nicht antworten, Liebling."

„Woher willst du das wissen?", fauchte Rebecca, bereute ihre schroffe Reaktion auf seine sanfte Bemerkung jedoch sofort. „Tut mir leid." Sie schob sich die Haare hinters Ohr und schlang die Arme um ihren Oberkörper. „Ich denke immer, wenn sie bewusstlos ist, dann kommt sie vielleicht irgendwann wieder zu sich und geht ans Telefon. Sonst kann ich doch nichts tun, Colin. Ich weiß, dass es nicht viel ist, aber es ist besser, als nur hier zu sitzen und zu warten."

„Das verstehe ich." Er stellte die Nachrichten aus und klopfte auf das Bett neben sich. „Komm her. Ich kann doch wenigstens versuchen, dich ein bisschen zu wärmen."

Rebecca durchquerte den Raum und blieb auf dem Weg zu Colin neben dem Kinderbett stehen, das ihnen vom Hotel zur Verfügung gestellt worden war. Bridget schlief und ihre blonden

Locken umrahmten ihr liebes, unschuldiges Gesicht. Rebecca streichelte sanft die weiche, vollkommene Wange ihrer Tochter. Ihre Kehle war vor Zärtlichkeit wie zugeschnürt. Seit Megans Verschwinden hatte Rebecca viel zu viel Aufhebens um Bridget gemacht. Selbst ihrer Tochter war es irgendwann zu viel geworden. Wenn das alles endlich vorbei war, musste sie daran denken, ihre Töchter nicht zu erdrücken.

Plural.

Denn Megan *würde* nach Hause kommen.

Nachdem sie die Decke um Bridget zurechtgezogen hatte, ging Rebecca weiter zum Bett, während sie wieder Rachels Nummer anwählte und gleichzeitig neben Colin Platz nahm und sich an das Kopfteil des Bettes lehnte. Er legte den Arm um sie und sie kuschelte sich an ihn. Das Telefon klingelte.

Einmal.

Zweimal.

Dreimal.

Nach dem vierten Klingeln sprang die Mailbox an.

Colin hatte recht. Rebecca seufzte und versuchte nicht zu enttäuscht zu sein, als sie das Handy zuklappte. Wahrscheinlich war das die reinste Zeitverschwendung. Wo auch immer Rachels Handy war, es bestand kaum eine Chance, dass sie es hören und drangehen konnte.

Aber sie würde trotzdem weiter anrufen.

Nur für den Fall.

* * *

Gary Feltrop blieb abrupt stehen, als er das brach liegende Feld neben der zweispurigen Landstraße überquerte. Sein Atem bildete eisige Wolken in der klaren Nachtluft. Vor ein paar Minuten, als er hinausgegangen war, um sich zu vergewissern, dass die Wasserpumpe, die seine Rinder auf der oberen Weide mit der

Nase bedienen konnten, nicht wieder verstopft war, hatte er das schwache Summen schon einmal gehört, aber er hatte es nicht einordnen können.

Doch diesmal war das Geräusch näher. Und obwohl es gedämpft war, konnte er jetzt genau erkennen, was es war.

Ein Telefon klingelte.

Verblüfft sah er in die Richtung, aus der das Geräusch kam, und suchte das verlassene Feld mit den Blicken ab. Der Mond bot genügend Licht, um zu sehen, dass er der Einzige hier war. Und wer außer einem Viehbauern würde sich auch um neun Uhr an einem so bitterkalten Abend hier draußen auf den Feldern herumtreiben?

Aber das Geräusch hielt an.

Er ging ein paar Schritte darauf zu.

Dann verstummte das Klingeln.

Er zögerte und hob den Arm, um die Umgebung mit dem Strahl seiner Taschenlampe abzuleuchten. Zwei Möglichkeiten fielen ihm ein. Entweder jemand versteckte sich hinter dem Brunnen oder jemand hatte das Telefon verloren, als er unbefugt das Feld überquert hatte. Dass jemand sein Land betrat, beunruhigte Gary nicht weiter. Ein paar Mal hatte er Schüler schon dabei erwischt, wie sie eine Abkürzung über seine Felder genommen hatten, aber sie richteten damit ja keinen Schaden an.

Wenn sich allerdings wirklich jemand in einer bitterkalten Nacht wie dieser hinter dem Brunnen versteckte, war das etwas anderes.

Er umkreiste den Brunnen in einigem Abstand, den Lichtstrahl auf die bröckelnde Mauer gerichtet. Vor Jahren hatte der Brunnen das Wasser für ein lange zerfallenes Haus geliefert, das in der Nähe eines Feldweges gestanden hatte. Der Weg war ebenfalls verschwunden, und der Brunnen, der jetzt ausgetrocknet war, nutzte niemandem mehr. Er sollte ihn abreißen und das Loch auffüllen. Irgendwann würde er das tun.

Nachdem er einmal um den Brunnen herumgegangen war,

trat er ein Stück näher. Dort war niemand. Und nach dem verlorenen Handy könnte er das Feld auch morgen absuchen.

Gary ließ den Strahl seiner Taschenlampe über die Steine wandern und stellte fest, dass einige fehlten. Das war neu. Anscheinend fiel das Ding allmählich auseinander. Bald würde der Brunnen ganz einstürzen und eine gefährliche Falle im Boden hinterlassen. Noch etwas, das er auf seine To-Do-Liste schreiben musste. Er schüttelte den Kopf und zog seine Mütze fester über seine Ohren. Das Gute war jedoch, dass es nicht viel Arbeit machen würde, einen solchen Trümmerhaufen abzutragen. Und in der Grube dürfte mehr als genug Platz für all die Steine sein.

Um sich dessen zu vergewissern, lehnte er sich über die Öffnung und leuchtete in die Tiefe.

Gary runzelte die Stirn und kniff die Augen zusammen, um besser sehen zu können.

Was war das für ein golden glänzendes Ding auf dem Grund? Es war halb begraben unter den heruntergefallenen Steinen.

Er zog seine Brille aus seiner Jackentasche, setzte sie auf und sah noch einmal hin.

Es war eine Schnalle. Und wie es aussah, gehörte sie zu einer Damenhandtasche.

Was um alles in der Welt machte eine Handtasche hier im Brunnen?

Gary spähte noch intensiver hinein und wünschte sich, seine Lampe wäre stärker. Der Brunnen war nur drei bis vier Meter tief, aber die dunklen Lehmwände absorbierten das Licht. Trotzdem konnte er ein Stück sandfarbenen Stoff unter den Steinen erkennen. Er sah wie Segeltuch aus. Wie man es für ein Zelt benutzte. Und es war sauber.

Was bedeutete, dass jemand die Sachen erst vor kurzer Zeit in den Brunnen geworfen hatte.

Vor sehr kurzer Zeit.

Und wer auch immer das gewesen war, hatte mit Sicherheit nichts Gutes dabei im Sinn gehabt. Im besten Fall war die Handtasche gestohlen. Im schlimmsten Fall ... Gary hatte genügend Krimis gesehen, um zu wissen, dass in der Welt viel Böses geschah. Hier im ländlichen Missouri hatte er allerdings noch nicht viel davon gesehen.

Er bezweifelte, dass es dem örtlichen Polizeichef anders ging. Joe war ein guter Mann und seine entspannte Art zeigte bei den Farmern durchaus Wirkung. Aber Gary war sich ziemlich sicher, dass er nicht begeistert wäre, wenn er am Sonntagabend wegen etwas geweckt würde, was er für eine gestohlene Handtasche halten würde. Es war besser, wenn er das Ding selbst herausholte und es am Morgen zu Joe brachte. Er musste sowieso in die Stadt fahren, um ein paar Vorräte einzukaufen.

Nach einem schnellen Marsch zum Stall und zurück ließ Gary einen Haken in den trockenen Brunnen hinunter, zerrte an dem Riemen der Handtasche, zog sie unter den Steinen hervor und holte sie nach oben.

Gerade als die Tasche über dem Brunnenrand erschien, fing das Telefon wieder an zu klingeln.

Jetzt, wo er nicht mehr von dicken Mauern gedämpft wurde, hallte der Klingelton laut und durchdringend und mit überraschender Klarheit in der stillen Nachtluft wider. Gary hätte beinahe den Haken fallen lassen, aber es gelang ihm, die Handtasche zu ergreifen, bevor sie wieder in den Abgrund des Brunnens glitt.

Während das Telefon weiter klingelte, starrte er es an und überlegte, was er tun sollte. Dies war das dritte Mal in den letzten fünfundvierzig Minuten, dass das Handy klingelte. Wahrscheinlich versuchte jemand, die Besitzerin der Handtasche zu erreichen. Jemand, der sich Sorgen machte. Ein Vater vielleicht? Oder ein Ehemann?

Gary war beides, und er konnte das Gefühl nachempfinden. Also tat er, was sein Mitgefühl ihm eingab.

Er nahm das Gespräch an.

* * *

Es gab keinen Grund, noch länger hierzubleiben. Nick wusste das. Das FBI hatte, unterstützt von der örtlichen Polizei, alle Angestellten des Hotels befragt, die zum Zeitpunkt der Entführung im Dienst gewesen waren, aber niemand hatte etwas gesehen. Sie hatten sich auch die Bänder der Überwachungskameras angesehen, von zehn Minuten vor bis zehn Minuten nach dem Zeitpunkt, zu dem Rachel gezwungen worden war, den Parkplatz zu verlassen, und alle Personen waren anhand ihrer Autos identifiziert worden. Mit den meisten dieser Leute hatten sie bereits gesprochen, und keiner von ihnen hatte etwas Ungewöhnliches bemerkt. Auch die Spurensicherung hatte nichts Verwertbares gefunden.

Was sollte er jetzt also tun? Nach Hause gehen und schlafen?

Ganz bestimmt.

Ein Pappbecher mit Kaffee erschien vor seiner Nase.

„Ich habe ihn in der Hotellobby geschnorrt." Mark nahm einen Schluck aus seinem eigenen Becher, während Nick den angebotenen Kaffee entgegennahm.

„Danke." Er trank einen großen Schluck von dem Gebräu und die heiße Flüssigkeit brannte sich ihren Weg durch seine Kehle. „Hör zu, du musst nicht hierbleiben. Du kannst meinen Wagen nehmen und ich fahre dann später mit jemand anderem mit."

„Ich bleibe hier."

Nick warf ihm einen dankbaren Blick zu. „Danke."

„Wir werden sie finden."

„Ich weiß."

Keiner von ihnen sprach die offensichtlichste Befürchtung aus.

Wird es rechtzeitig sein?

Als Nicks BlackBerry anfing zu vibrieren, zog er es in Windeseile von seinem Gürtel. „Bradley."

„Matt Carson." Der Agent aus Chicago hielt sich nicht mit

Höflichkeiten auf, sondern kam sofort zur Sache. „Es könnte sein, dass wir einen Durchbruch haben, was die Entführung betrifft."

Der Kaffeebecher bog sich, als Nick ihn fester umklammerte. „Ich höre."

„Vor zehn Minuten hat ein Mann angerufen, der glaubt, seine Ex-Frau könnte etwas damit zu tun haben. Ich bin auf dem Weg zu seinem Haus, in etwa zehn Minuten bin ich dort. Ich möchte dich per Konferenzschaltung dazuholen, wenn ich mit ihm spreche. Geht das?"

Nick bedeutete Mark, er möge ihm folgen, und ging in Richtung Hotel. „Ja. Ich bin mit Agent Mark Sanders an dem Ort, an dem Rachel Sutton entführt wurde. Wir suchen uns ein stilles Plätzchen, wo wir beide mithören können. Wer ist der Mann?"

„Er ist sauber. Hat eine Professur in Chemie." Der Agent nannte die Universität. „Seine Akte ist sauber. Der Name seiner Ex-Frau ist Debra Kraus und sie wohnt in der Gegend von St. Louis. Er hat keine Adresse. Ihr könntet in der Zwischenzeit schon mal anfangen, sie zu suchen."

„Ich kümmere mich darum. Ruf an, sobald ihr soweit seid."

Ohne auch nur einen Schritt langsamer zu werden, setzte Nick Mark, der jetzt neben ihm herlief, ins Bild. Als er fertig war, klingelte sein Handy wieder. Er erkannte die Nummer der Anruferin.

„Rebecca, wir haben –"

„Nick, ein Mann ist an Rachels Telefon gegangen!"

Angesichts ihres fast hysterischen Tonfalls blieb Nick wie angewurzelt stehen. „Was?"

„Ich habe immer wieder ihre Nummer gewählt und er ist einfach drangegangen." Das letzte Wort kam als Schluchzer heraus.

„Noch mal von vorne, Rebecca. Sprechen Sie von dem Telefon zu Hause oder von Rachels Handy?"

„Hier … ich gebe Ihnen Colin."

Während das Telefon weitergereicht wurde, begann Nicks Herz zu hämmern.

„Was ist los?", fragte Mark.

„Ich weiß es nicht. Ich hoffe, Colin kann es mir erklären."

„Nick? Colin hier. Rebecca hat alle fünfzehn Minuten auf Rachels Handy angerufen und gerade ist ein Mann drangegangen. Ein Farmer, glaube ich, der Gary Feltrop heißt. Er wohnt bei einem Ort namens New Melle. Er war bei seinen Rindern draußen und hat das Telefon klingeln hören. Er hat es aus ... es war auf dem Grund eines ausgetrockneten Brunnens."

Schlagartig wich die Luft aus Nicks Lunge, und er musste sich zwingen, die nächste Frage zu stellen. „Hat er noch etwas dort gefunden?"

„Ja. Ein Stück Plane, das wie eine Zeltbahn aussieht. Aber oben drauf liegen Steine. Als wäre die Brunnenwand eingestürzt – oder absichtlich demoliert worden."

„Warten Sie eine Sekunde, Colin."

Nick schaltete das Handy auf stumm und versuchte Luft zu holen.

„Was ist los?" Mark runzelte die Stirn und trat näher.

„Rebecca hat Rachels Handy angerufen. Ein Farmer in New Melle ist rangegangen. Er hat es in einem Brunnen gefunden."

In Marks Kiefer zuckte ein Muskel.

„Colin? Geben Sie mir den Namen und die Nummer des Mannes." Nick bedeutete Mark, Stift und Notizblock herauszuholen, dann wiederholte er laut die Informationen, die Colin ihm gab. „Okay. Bleiben Sie, wo Sie sind. Wir haben auch einen Hinweis, dem wir gerade nachgehen. Aus Chicago dank der Nachrichtensendung. Sagen Sie Rebecca, dass wir alle Spuren verfolgen."

Während er sein Handy verstaute, drehte Nick ab und ging zu seinem Auto, anstatt ins Hotel. „Kannst du die nötigen Anrufe machen, während ich fahre? Wir brauchen so schnell wie möglich die Spurensicherung und die Hundestaffel bei der Farm dieses Mannes. Und unsere Leute müssen versuchen, alles über Debra Kraus herauszufinden. Ich muss meine Leitung für den Anruf von Carson freihalten."

Nick hatte den Satz noch nicht beendet, da tippte Mark bereits eine Nummer in sein BlackBerry ein.

Fünf Minuten später, während Nick in westlicher Richtung aus der Stadt fuhr, kam der Anruf aus Chicago, und er erklärte seinem Kollegen dort die aktuelle Situation in St. Louis.

„Sonst noch was in dem Brunnen?", fragte Matt Carson.

„Wir sind gerade auf dem Weg dorthin, um nachzusehen." Nick konnte hören, wie Mark mit dem Farmer sprach und ihm Anweisungen gab. Seine Finger schlossen sich fester ums Lenkrad.

„Ich bin jetzt bei Allen Harris. Er ist mit der Konferenzschaltung einverstanden. Wollen Sie jetzt reden oder warten?"

„Lassen Sie uns reden. Ich will keine Zeit verschwenden. Wenn wir eine Pause machen müssen, weil wir Neuigkeiten haben, sage ich Bescheid."

„Gut. Ich stelle Sie jetzt laut." Ein Klicken ertönte, dann sprach Matt Carson wieder. „Professor Harris, Special Agent Nick Bradley ist von St. Louis aus zugeschaltet und hat vielleicht ein paar Fragen, während wir reden."

„Kein Problem."

„Bitte erzählen Sie uns, was Sie dazu bewegt hat, uns heute Abend anzurufen."

„Der Artikel in der *Tribune* heute Morgen. Und die Nachrichten von vorhin. Wahrscheinlich ist es eine falsche Fährte, und wenn es so ist, möchte ich mich jetzt schon dafür entschuldigen. Aber ich habe irgendwie ein komisches Gefühl und ich könnte nicht damit leben, wenn jemand stirbt, weil ich Angst hatte, mich zu blamieren."

„Wir wissen das zu schätzen, Professor Harris", versicherte Matt ihm. „Können Sie etwas genauer sagen, was Sie damit meinen, dass Sie ein komisches Gefühl haben?"

„Ja. Meine Ex-Frau, Debra Kraus, wünschte sich sehnlichst ein Baby. Sie war wie besessen von dem Gedanken. Wenn ich ehrlich bin, war das wohl der einzige Grund, warum sie mich geheiratet hat. Aber es funktionierte nicht. In unseren drei Jahren Ehe hatte sie zwei Fehlgeburten, nach denen sie am Boden zerstört war, und bei ihrer dritten Schwangerschaft gab es lebensbedrohliche Komplikationen. Als daraus wieder nichts wurde, ist sie durchgedreht."

„Definieren Sie ‚durchgedreht'", warf Nick ein.

„Zuerst wollte sie nicht glauben, dass sie schon wieder eine Fehlgeburt hatte. Sie war davon überzeugt, dass jemand ihr das Baby gestohlen hatte. Und sie saß stundenlang im Kinderzimmer und sang einer Puppe etwas vor, so als wäre sie ihr Baby. Ich habe sie zu einem Psychiater geschleift, aber es hat nicht viel bewirkt. Und es war ein Kampf, sie dazuzubringen, dass sie ihre Medikamente nahm. Ich glaube nicht, dass sie die Tatsache, dass ihre letzte Schwangerschaft ihr kein Kind geschenkt hat, jemals ganz akzeptiert hat."

„Warum glauben Sie, dass sie in die O'Neil-Entführung verwickelt sein könnte?", fragte Matt.

„Ein Kollege von mir ist ihr vor ein paar Tagen in St. Louis über den Weg gelaufen. In einem Viertel namens Chesterfield – ich habe ihn nach der Gegend gefragt, bevor ich Sie angerufen habe. Sie hatte ein Baby bei sich und hat ihm erzählt, sie passe für eine Freundin auf das Kind auf. Aber hier hatte sie nie Freundinnen. Sie ist eine Einzelgängerin. Und während ihrer Behandlung habe ich erfahren, dass sie ihr ganzes Leben lang schon psychische Probleme hatte."

„Was für Probleme?", hakte Nick nach.

„Depressive Episoden. Labilität. Im College hatte sie einmal einen Nervenzusammenbruch, der sie zwang, ihr Studium zu unterbrechen. Zumindest hat ihr Vater mir das erzählt. Ich habe ihn ausfindig gemacht, als ich mit ihr nicht mehr weiterwusste. Genaueres hat er mir nicht gesagt."

„Wie lange sind Sie schon geschieden?"

„Ein Jahr."

„Könnte es sein, dass das Baby, das Ihr Kollege gesehen hat, ihr eigenes Kind ist?"

„Nein. Bei ihrer letzten Schwangerschaft hatte sie etwas, das sich Placenta accreta nennt. Sie hat das Baby verloren und die Gebärmutter musste entfernt werden. Und mit ihrer Vorgeschichte an psychischen Erkrankungen wäre sie für eine Adoption nie in Frage gekommen."

„Wissen Sie, wo wir Ihre Ex-Frau finden können?"

„Nein. Ich hatte kein Interesse daran, mit ihr in Kontakt zu bleiben. Aber sie ist Rechtsanwaltsgehilfin, falls Ihnen das weiterhilft. Das ist ja das Merkwürdige. Bei ihrer Arbeit kommt sie gut klar. Der Psychiater, der sie behandelt hat, nannte ihre Erkrankung eine wahnhafte Störung, so wie Ihr Profiler es auch getan hat. Er sagte, Menschen, die daran leiden, seien beruflich oft erfolgreich und ihr abwegiges Verhalten beschränke sich nur auf ihren Wahn. Ich vermute, dass sie immer noch in diesem Bereich arbeitet."

Mark, der leise telefoniert hatte, gab Nick ein Zeichen.

„Matt, ich muss euch kurz auf stumm schalten." Nick betätigte die Taste und sah Mark an.

„Mr Feltrop hat die Steine mit einem Haken aus dem Brunnen geholt und die Plane herausgezogen. Er sagt, es sehe aus, als lägen irgendwelche Kleidungsstücke und ein paar Werkzeuge darunter."

„Das ist alles?"

„Ja."

„Was für Kleidungsstücke?"

„Das Einzige, was er sicher identifizieren kann, ist ein grünblauer Mantel."

Rachels Mantel. Aber wenigstens gab es keine Leiche.

„Gut." Das Wort klang heiser und er räusperte sich, während er den Lautsprecher wieder einschaltete. „Professor Harris? Meinen Sie, Ihre Ex-Frau wäre imstande, Gewalt anzuwenden?"

„Vielleicht. Wenn sie wütend genug ist oder wahnhaft genug."

„Könnte ihr Vater wissen, wo sie ist?"

„Das bezweifle ich. Sie sprechen seit Jahren nicht mehr miteinander."

„Wir würden uns trotzdem gerne mit ihm unterhalten. Haben Sie eine Telefonnummer?"

„Ja. Vor einem Jahr hat er hier in der Stadt gelebt. Das kann sich natürlich geändert haben."

„Wir fangen dort an", sagte Matt. „Sie können mir gleich die Informationen geben. Hast du noch Fragen, Nick?"

„Im Moment nicht. Aber wir müssen vielleicht noch mal auf Sie zurückkommen, Professor Harris."

„Ich werde tun, was ich kann, um zu helfen."

Es klickte in der Leitung und als Matt wieder sprach, fehlte der Hall der Konferenzschaltung. „Ich kümmere mich um den Vater."

„Und wir versuchen, Debra Kraus zu finden. Sie passt zu dem Profil, das unsere Leute erstellt haben. Ruf mich an, wenn du etwas herausgefunden hast."

„Mach ich."

Mark und Nick beendeten ihre Telefonate beinahe zum gleichen Zeitpunkt.

„Was meinst du?", fragte Mark.

„Ich glaube, Debra Kraus ist unsere Tatverdächtige Nummer eins. Ihr Ex-Mann sagte, sie habe ernsthafte psychische Probleme, auch abgesehen von ihren Wahnvorstellungen in Bezug aufs Muttersein. Er glaubt, dass dieser Wahn sich auch in Gewalt äußern könnte, wenn sie sich bedroht fühlt. Was hast du?"

„Die Spurensicherung und die Hundestaffel müssten ungefähr gleichzeitig mit uns dort eintreffen. Ein Telefon ist auf den Namen Debra Kraus nicht registriert. Wir versuchen es jetzt mit Strom und Gas. Sowohl im Bezirk St. Louis als auch in den angrenzenden Gebieten."

„Ihr Ex sagte, sie sei Rechtsanwaltsgehilfin und arbeite wahrscheinlich auch in diesem Bereich. Das wäre eine Möglichkeit, sie zu finden."

„Wenn man bedenkt, wie viele Rechtsanwaltspraxen es in St. Louis gibt, würde es lange dauern, sie sonntagnachts ausfindig zu machen."

Zu lange.

Die unausgesprochene Tatsache war laut und deutlich. Bei diesem Wetter wäre es schon für jemanden mit warmer Kleidung tödlich, den Elementen ausgesetzt zu sein. Jemand, der sich kaum vor der Kälte schützen konnte, hatte fast keine Chance. Die schicke Seidenbluse und der schwarze Rock, in die sich Rachel bei ihren Auftritten im Hotel kleidete, waren bei diesem frostigen Winterwetter kaum warm genug für drinnen.

„Wir brauchen einen Helikopter, der auf abrufbereit steht, um die Gegend mit der Wärmekamera abzusuchen, sobald wir einen Bereich eingegrenzt haben. Für den Fall, dass sie draußen ist." Nick bemühte sich, professionell zu klingen, aber Mark kannte ihn zu gut.

„Ist schon erledigt." Mark legte eine Hand auf seine Schulter. „Wir finden sie, Nick. Wir hatten zwei wichtige Hinweise. Ich glaube, wir haben es bald geschafft. Und ich bete."

„Ich auch."

Den Großteil seines Lebens hatte Nick sich von Gott leiten, trösten und stärken lassen.

An diesem Abend hoffte er, dass sein Gebet noch mehr bewirken würde.

Er hoffte, Gott würde das Leben der Frau retten, die sein Herz im Sturm erobert hatte.

* * *

„He, Marsha, sieh dir das mal an." Kristal sah von ihrem Psychologiebuch auf und rief nach ihrer Mitbewohnerin.

„Was denn?" Marsha nahm ihre Getränkedose und schlenderte von der Küche ins Wohnzimmer.

„Ein Bericht über die O'Neil-Entführung." Sie deutete auf

den Fernseher, auf dem gerade das Foto von einem Baby erschien. „Sie glauben, dass das Mädchen in St. Louis ist.“

„Ich weiß. Diese Reporterin von der *St. Louis Scene* hat das vor ein paar Tagen schon mal behauptet.“

„Aber jetzt ist das Medium aus dem Artikel damals entführt worden. Offenbar ist sie gar kein Medium, sondern die Schwester von der Mutter des Babys. Eineiige Zwillinge, die bei der Geburt getrennt wurden.“

„Echt?“ Marsha setzte sich auf die Armlehne des Sofas.

„Jedenfalls: Findest du nicht, dass die Kleine, auf die du heute aufgepasst hast, diesem Baby ziemlich ähnlich sieht?“

„Danielle?“ Marsha legte den Kopf schief und betrachtete das Foto auf dem Bildschirm. „Das Baby ist jünger. Und die Haarfarbe stimmt nicht.“

„Ja, aber hast du den braunen Fleck hinter Danielles Ohr bemerkt? Ich habe ihn gesehen, als du sie auf dem Arm hattest.“

„Den habe ich auch gesehen, als ich ihr den Schneeanzug angezogen habe. Warum?“

„Wenn du mich fragst, sah das aus wie Haarfärbemittel.“ Kristal fuhr sich mit der Hand durch ihre eigenen kastanienbraunen Strähnen. „Du kannst mir glauben, ich kenn mich mit so was aus. Das Zeug ist hartnäckig. Und das Foto von dem Baby muss von Weihnachten sein, wegen der rot-grünen Sachen. Babys verändern sich in zwei Monaten ganz schön. Weißt du etwas über die Mutter?“

„Sie redet nicht viel. Aber ich weiß, dass sie vor Kurzem aus Chicago hergezogen ist.“ Marsha runzelte die Stirn und ließ die Flüssigkeit in ihrer Getränkedose kreisen. „Weißt du, als ich ihr den ersten Artikel über das Medium in der *St. Louis Scene* zeigte, hat sie ganz komisch reagiert.“

„Das FBI hat uns darüber informiert, dass Megan O'Neil ein kleines erdbeerförmiges Muttermal über der rechten Hüfte hat“, fuhr der Nachrichtensprecher fort. „Das Kind hat blaue Augen und …“

„Du meine Güte.“ Marsha klappte die Kinnlade herunter und sie erstarrte, die Getränkedose auf halbem Weg zum Mund.

„Was ist?“ Kristal legte den Kopf in den Nacken, um ihre Mitbewohnerin anzusehen.

„Danielle hat so ein Muttermal an ihrer Hüfte.“

„Wow.“ Kristal zog ihr Handy aus ihrer Hosentasche und reichte es Marsha. „Ich glaube, du rufst besser das FBI an.“

* * *

Der Stein rutschte aus Rachels gefühllosen Fingern. Schon wieder.

Ihr kamen die Tränen, aber sie kämpfte dagegen an.

Nicht weinen! Du darfst nicht aufgeben! Mach weiter!

Diese Befehle wiederholte sie nun schon seit Stunden, wie es ihr schien, aber tatsächlich hatte sie keine Ahnung, wie lange sie jetzt schon das Holz neben den Angeln bearbeitete. Sie hatte jegliches Zeitgefühl verloren.

Sie verlor auch noch andere Sachen. Ihre Fähigkeit, klar zu denken, zum Beispiel. Und ihre Fähigkeit, sich aufrecht zu halten. Auch ihre Motorik hatte sich dramatisch verschlechtert. Aber wenigstens war ihr nicht mehr so kalt wie vorher, obwohl ihr Körper immer noch von heftigen Schauern geschüttelt wurde. Es war ihr auch nicht mehr so wichtig, sich an ihren Plan zu halten. Die Motivationssätze, die sie vor sich hin sagte, verloren allmählich ihre Wirkung.

Als Rachel sich auf dem Boden niederließ, überlegte sie, ob sie dort sitzen bleiben sollte. Es wäre so einfach. Sie könnte in die Bewusstlosigkeit gleiten und diesen Albtraum beenden. Warum die Quälerei noch verlängern?

Sie spielte eine Weile mit diesem Gedanken. Er war verlockend. Sie hatte schließlich getan, was sie konnte, nicht wahr? Was nutzte es, wenn sie noch ein paar Splitter mehr aus dem Holz kratzte? Sie war immer noch an dem ersten Scharnier. Am

Ende würden ihre Bemühungen zu nichts führen. Sie könnte unmöglich eine Türangel lösen, geschweige denn beide.

Halt durch und mach weiter.

Die Stimme, die sie anspornte, kam von irgendwo aus ihrem Innern. Es war dieselbe Stimme, die sie im Lauf der Jahre immer wieder gehört hatte, wenn das Leben ihr übel mitgespielt hatte. In den emotionalen Wirren des Pflegesystems, bei den Schmerzen nach den vielen Operationen, in den einsamen Jahren als Erwachsene ohne einen Menschen, zu dem sie nach Hause kommen konnte, hatte sie auf diese Stimme gehört und sich an ihr orientiert.

Und ihre Ausdauer hatte sich gelohnt, auch wenn das nicht immer an konkreten Ergebnissen sichtbar geworden war. Aufzugeben wäre ein schreckliches Ende für ihr Leben.

Rachel nahm all ihre Kraft zusammen und tastete im Dunkeln auf dem Lehmboden herum, bis ihre Hände den scharfkantigen Stein wieder fanden.

Sie zwang ihre unwilligen Finger, ihn zu umschließen, und hob ihn auf.

Dann machte sie sich wieder an die Arbeit.

Kapitel 21

Das Erste, was Nick sah, als er an dem Brunnen eintraf, war das Blut.

Es befand sich auf der Plane, die der Techniker von der Spurensicherung aus dem dunklen Loch zog, während Nick und Mark über das Feld die letzten Meter auf den Lichtkegel zugingen, den die aufgestellten Flutlichter erzeugten.

Er stolperte.

Mark packte seinen Arm.

Nick blieb stehen und rang um Fassung. Dann zog er seinen Arm weg. „Alles in Ordnung. Sehen wir uns an, was sie haben." Er setzte sich wieder in Bewegung und Mark folgte ihm.

Clair Ellis, die Leiterin des Spurensicherungsteams, war bekannt für ihren Bleifuß, und sie hatte ihn auf der Fahrt vom Tatort am Hotel zur Farm offenbar nutzbringend eingesetzt. Als Nick und Mark in den Lichtschein traten, untersuchte sie gerade bereits die Plane, wobei sie ihre Brille auf der Nase nach oben schob und ihre kurzen blonden Haare unter ihrer Wollmütze hervorlugten.

Nick blieb neben ihr stehen und betrachtete die dunkelbraunen Flecken. Sein einziger Trost war, dass es nicht sehr viele waren.

„Was habt ihr?" Seine gepressten Worte wurden von einer eisigen Atemwolke begleitet.

„Die Handtasche ist da drüben." Sie zeigte auf eine Abdeckplane, die auf dem Boden ausgebreitet worden war. „Sieht nicht so aus, als würde etwas fehlen. Das Portemonnaie ist drin, mit dem Ausweis und Geld. Im Brunnen liegt noch mehr. Wir holen die Sachen gerade hoch."

Noch während sie sprach, zog ein anderer Techniker Rachels Mantel aus den dunklen Tiefen. Clair legte die Plane beiseite, um zu ihm zu gehen. Vorsichtig hielt sie den Mantel mit ihren Latexhandschuhen hoch und untersuchte die Fasern. „Kein Blut. Und kein Loch."

Was bedeutete, dass er nicht von einer Kugel oder einem Messer durchbohrt worden war. Nick las zwischen den Zeilen ihrer Bemerkung.

Er trat zur Seite und sah zu, wie weitere Gegenstände geborgen wurden. Vor laufender Videokamera verstaute Clair sie in Asservatentüten, versiegelte die Beutel, unterschrieb darauf und notierte die Nummer jedes einzelnen in der Liste der Beweisstücke.

Nick machte im Geiste eine Bestandsaufnahme, während er zusah. Ein Paar schwarze Pumps. Ein Schraubenzieher. Ein Bolzenschneider. Ein großes, rostiges Vorhängeschloss. Jeder eingetütete Gegenstand wurde auf die Abdeckplane gelegt, wie die Teile eines Puzzles.

Nur dass er keine Ahnung hatte, wie er sie zusammenfügen sollte. Oder wo er die fehlenden Stücke herbeibekommen könnte, die ihn zu Rachel führten.

„Das Schloss hat auch schon mal bessere Zeiten gesehen."

Nick drehte sich um und musterte den untersetzten Mann Ende fünfzig, der außerhalb des Lichtkegels stand. Sein unordentliches, mit grauen Strähnen durchsetztes Haar schaute unter einer Strickmütze hervor und ein paar widerspenstige Locken waren ihm in die Stirn gefallen. Er trug einen dicken, gut eingetragenen Mantel, abgewetzte Jeans und feste Arbeitshandschuhe.

Das musste Gary Feltrop sein.

Nick ging zu ihm hinüber und stellte sich vor. „Sie haben das Telefon gefunden?"

„Jo. Hab das Klingeln bis zu meiner Weide dahinten gehört. Das war schon komisch, wie das Geräusch so aus dem Nichts gekommen ist. Bin froh, dass ich hingegangen bin, um zu sehen, was da los ist."

„Wir sind auch froh darüber. Sie haben heute Abend nichts und niemanden in dieser Gegend gesehen, oder?"

„Nee. Im Winter wird die Weide hier nicht viel genutzt. Aber ich hab eine Pumpe weiter hinten, die Probleme macht, und das hier ist 'ne Abkürzung. Hab aber niemanden gesehen. Nur das Telefon gehört."

„Irgendeine Vorstellung, woher das Schloss kommen könnte?"

Der Mann trat ins Licht und untersuchte das rostige Stück Metall von Nahem. „Nee. So welche benutzen die Leute hier in der Gegend viel. Meistens an Schuppen oder so. Sie sind nicht wirklich sicher, deshalb benutzen wir sie eher, um Kinder oder Witzbolde abzuschrecken. Obwohl das hier auch dafür nichts taugen würde. Das ist doch total durchgerostet. Würde sagen, das war lange draußen."

„Nick." Mark sprach ihm ins Ohr. „Die Leute von der Hundestaffel sind hier."

Nick entschuldigte sich und drehte sich zu Mark um, während der Farmer wieder im Schatten verschwand. Hinter seinen Kollegen erblickte er einen Beamten der Bezirkspolizei mit einem Hund. Nick deutete mit dem Kopf auf die Abdeckplane. „Irgendwelche Ideen, Mark?"

Sein Freund betrachtete die Sammlung aus Gegenständen. „Ich vermute, dass die Werkzeuge dazu benutzt wurden, das rostige Schloss abzumachen. Clairs Team müsste uns das bestätigen können."

„Unser Farmerfreund hier hat gesagt, das Schloss sei nutzlos. Es ist durchgerostet. Daraus schließe ich, dass es sich um ein verlassenes Gebäude handelt. Wir könnten nach einer Art Lagerschuppen suchen, die seiner Erfahrung nach oft mit solchen Vorhängeschlössern gesichert werden. Die Entführerin hat Rachel vielleicht dort versteckt und das rostige Schloss durch ein neues ersetzt." Er fuhr sich mit den Fingern durchs Haar und schüttelte den Kopf. „Aber das mit dem Mantel und den Schuhen verstehe ich nicht."

„Vielleicht hatte unsere Verdächtige nicht die Nerven für einen direkten Mord", überlegte Mark. „Kälte kann genauso verhängnisvoll sein wie eine Kugel. Sie tötet auch. Nur nicht so schnell."

„He, Jungs, guckt euch das mal an."

Auf Clairs Worte hin gesellten Nick und Mark sich zu ihr. Sie hielt eine Pistole der Marke Glock in der Hand, ähnlich der, die sie selbst bei sich trugen. Außer …

Nick beugte sich vor, um die Waffe zu untersuchen. „Die ist nicht echt."

„Stimmt. Ein Spielzeug. Sieht aber ziemlich echt aus." Clair nahm die Replik in die Hand. „Und schwer ist sie auch. Ich wäre beinahe drauf reingefallen."

Und ganz sicher würde jemand darauf hereinfallen, der keine Erfahrung mit Waffen hatte.

Jemand wie Rachel.

Nick schloss die Augen, als er den offensichtlichen Schluss zog.

Rachel war mit einer Spielzeugpistole entführt worden.

Wenn die Situation nicht so todernst gewesen wäre, hätte man darüber lachen können.

Aber nichts lag ihm ferner, als zu lachen. Vor allem, als der nächste Gegenstand, der aus dem Brunnen geborgen wurde, eine Einkaufstasche mit Rachels Noten war. Ihm war, als hätte ihm jemand in den Magen getreten, als Clair die Mappe aufschlug und ein einzelnes Blatt zu Boden flatterte.

Es war die erste Seite von „Our Love Is Here to Stay".

Konnte diese Sache noch unerträglicher werden?

Als Nicks BlackBerry zu vibrieren begann, holte er tief und langsam Luft. *Du darfst jetzt nicht durchdrehen. Du kannst Rachel nicht helfen, wenn du dich von deinen Gefühlen leiten lässt. Sieh die Noten als positive Botschaft – dass eure Liebe von Dauer sein wird.*

Er bemerkte, dass Mark ebenfalls an seinen Gürtel griff. Sie drehten sich voneinander weg, um ihren jeweiligen Anruf entgegenzunehmen.

„Bradley." Seine Begrüßung klang heiser.

„Nick, hier ist Matt. Ich habe mit dem Vater von Debra Kraus gesprochen. Er ist ziemlich gewöhnungsbedürftig. Ich glaube, ich weiß jetzt, woher sie ihre psychischen Probleme hat."

„Wusste er, wo sie ist?"

„Nein. Und es war ihm auch egal. Er sagte, sie mache nur Schwierigkeiten, seit sie geboren wurde. Er hat sie als faul, egoistisch, unterbelichtet, unattraktiv, was Männer angeht, völlig erfolglos und als Versagerin in Sachen Mutterschaft bezeichnet. Und das sind nur ein paar der Attribute, mit denen er sie bedacht hat. Er wollte nur wissen, ob wir für irgendwelche Informationen eine Belohnung zahlen."

Die Beschreibung des widerlichen Kerls hinterließ in Nicks Mund einen unangenehmen Geschmack. „Nicht gerade ein Kandidat für die Vater-des-Jahres-Medaille."

„Das kannst du laut sagen. Nachdem ich mir seine Tiraden angehört hatte, habe ich Debras Hintergrund ein bisschen recherchiert und herausgefunden, dass ihre Mutter starb, als sie neun war. Sie ist Einzelkind und ihr Vater hat sie großgezogen. Ich habe ein paar Polizeiberichte von damals ausgegraben, und es sieht so aus, als hätte er gelegentlich wegen Ruhestörung eine Nacht im Gefängnis verbracht. Er hatte eine Tendenz, sich mit anderen anzulegen. Unsere Verdächtige könnte als Kind auch einer Missbrauchssituation ausgesetzt gewesen sein, obwohl das auf den ersten Blick nicht aus der Akte hervorgeht. Habt ihr sie schon ausfindig machen können?"

„Noch nicht, aber wir sind dran. Ich glaube …“ Er unterbrach sich, als Mark ihm ein Zeichen gab. „Warte kurz, vielleicht haben wir was Neues.“ Er schaltete das Handy auf stumm.

„Die Stadtwerke haben eine Kundin namens Debra Kraus in Defiance“, berichtete Mark ihm. „Ich habe die Adresse.“

Nick nahm sein Gespräch wieder auf. „Wir haben eine Adresse. Ich melde mich wieder.“

„Steve ist unterwegs.“ Mark schob sein BlackBerry zurück in die Gürtelhalterung. „Und er hat Verstärkung angefordert. Die schlechte Nachricht ist, dass die Hunde die Spur auf der Straße verloren haben.“

„Das überrascht mich nicht.“ Nick vermutete, dass die Entführerin in einem Auto gesessen und gerade lange genug angehalten hatte, um die Sachen in den Brunnen zu werfen. „Aber ich habe das Gefühl, dass wir dicht dran sind. Warum sollte jemand mit belastenden Beweisstücken im Wagen lange damit durch die Gegend herumfahren?“

„Ich glaube, da sind wir uns alle einig. Steve will die Einsatzzentrale in der Polizeiwache von New Melle einrichten. Er hat den örtlichen Polizeichef gebeten, uns über die Gegend zu informieren, und unsere Leute setzen sich mit den Vermietern von Debra Kraus in Verbindung, um herauszufinden, was sie wissen. Das Haus ist ungefähr fünf Meilen von hier entfernt, auf halbem Weg zwischen Defiance und New Melle.“

„Wann wird Steve eintreffen?“

„Etwa in zwanzig Minuten.“

„Dann machen wir uns auch auf den Weg zur Polizeiwache.“

Während sie über den unebenen Boden zu Nicks Auto gingen, wurden sie von einer eisigen Windböe erfasst. Keiner von ihnen sprach. Jedenfalls nicht laut.

Aber Nick war sich sicher, dass Mark und er dasselbe dachten: Fallende Temperaturen waren so tödlich wie eine tickende Bombe.

***

Der Polizeipräsident wartete bereits, als sie eintrafen.

„Joe Richter", stellte er sich vor und reichte ihnen die Hand. „Ich habe Kaffee aufgesetzt. Möchten Sie welchen? Es könnte eine lange Nacht werden."

Nick presste die Lippen aufeinander. Nicht, wenn er es verhindern konnte.

„Danke, Kaffee wäre gut", antwortete Mark, als Nick schwieg.

„Was können Sie uns über das Haus sagen, das unsere Verdächtige gemietet hat?", fragte Nick, während der Mann Mark einen Kaffee einschenkte.

„Das Haus gehört den Schroeders. Peggy und Harold. Nette Leute. Harold war früher in unserer Bowlingmannschaft. Hat damals sogar den einen oder anderen Wettbewerb gewonnen. Sie sind vor ein paar Monaten in die Stadt zurückgezogen. Harold hat Probleme mit dem Herzen und sie wollten in der Nähe eines Krankenhauses sein. Nur für den Fall. Wenn man älter wird, fängt man an, sich über solche Dinge Gedanken zu machen, nehme ich an." Er trank einen Schluck Kaffee. „Aber sie konnten sich nicht dazu durchringen, das Haus zu verkaufen, schließlich haben sie fünfzig Jahre dort gelebt. Deshalb wollten sie es erst einmal eine Zeit lang vermieten."

„Und das Haus?", erinnerte Nick ihn, während er versuchte, seine Ungeduld zu zähmen.

„Oh ja, das Haus. Schönes kleines Anwesen. Holz, ein Stockwerk. Ich war schon oft dort. Es steht mitten in ungefähr zwei Hektar Wald und Feldern, etwas zurückgesetzt von der Straße. Einhundert Meter etwa. Ein gemütliches Wohnzimmer, eine hübsche große Essküche. Drei kleine Schlafzimmer."

„Könnten Sie uns einen Grundriss von Haus und Gelände aufzeichnen?", fragte Nick.

„Ich bin kein großer Künstler, aber ich kann es versuchen."

Während der Mann sich auf seine Zeichnung konzentrierte, traf Steve ein, gefolgt von mehreren zusätzlichen Agenten.

Wie es seine Art war, kam der Leiter der Einsatztruppe gleich zur Sache. „Wir haben mit dem Ehepaar gesprochen, dem das Haus gehört, und die beiden haben bestätigt, dass Debra Kraus ihre Mieterin ist. Sie hat ihnen erzählt, dass sie eine kleine Tochter habe. Harold Schroeder war einmal dort, seit sie eingezogen ist, um nach einem Leck im Dach zu sehen. Er hat das Baby gesehen und sagte, es habe zufrieden und wohlgenährt ausgesehen, aber er kann sich nicht daran erinnern, wie das Kind genau aussah."

„Das sieht Harold ähnlich", warf Joe ein. „Seine Beobachtungsgabe war noch nie besonders."

„Bring mich auf den neuesten Stand." Steve stemmte die Hände in die Hüften und sah Nick an.

Während Nick ihm berichtete, was sie über Debra Kraus erfahren hatten, und von der Entdeckung des Brunnens und von Rebeccas plötzlichem Schüttelfrost erzählte, traten zwei steile Falten auf die Stirn des Einsatzleiters.

„Unsere erste Priorität muss Rachel Sutton sein. Wenn sie noch am Leben und ohne Mantel irgendwo da draußen ist, dann hat sie nicht mehr viel Zeit. Momentan liegt die Temperatur immer noch bei minus zehn Grad, aber die gefühlte Temperaturdifferenz ist enorm. Und laut Vorhersage soll es nach Mitternacht noch deutlich kälter werden. Wenn Ms Kraus das Baby der O'Neils hat, und wenn sie Ms Sutton entführt hat, dann müssen wir das wissen. Jetzt."

„Haben wir einen Durchsuchungsbeschluss?" Die Frage kam von Mark.

„Nein." Steves Augen verengten sich, als er ihn ansah. „Du warst wohl so lange bei der Geiselrettung, dass du vergessen hast, wie die richtige Welt funktioniert. Der Beschluss ist in der Mache, aber wir werden ihn nicht so schnell bekommen, wie wir ihn brauchen."

„Wenn wir bestätigen könnten, dass Debra Kraus das Baby der O'Neils hat, bräuchten wir keinen Durchsuchungsbeschluss", warf Nick ein.

„Und wie sollen wir das anstellen?" Steve verschränkte die Arme vor der Brust. „Es ist zehn Uhr am Sonntagabend. Ich vermute, dass beide schlafen. Wenn Ms Suttons Leben nicht in akuter Gefahr wäre, würden wir abwarten und die Frau zur Rede stellen, wenn sie das Haus am Morgen mit dem Baby verlässt, um zur Arbeit zu gehen. Aber da das nicht möglich ist, brauchen wir einen Einsatzplan, um …"

Er unterbrach sich mitten im Satz und griff zu seinem BlackBerry. „Preston."

Das Gespräch war ziemlich einseitig.

„Nehmen Sie eine ausführliche Aussage auf. Aber im Moment haben wir, was wir brauchen." Er schob das Handy in die Halterung zurück.

„Wir haben eine neue Entwicklung, meine Herren. Die Mitarbeiterin aus der Kindertagesstätte, in der Ms Kraus ihr Baby untergebracht hat, hat vor ein paar Minuten angerufen. Sie hat vorhin die Nachrichten gesehen und bestätigt, dass das Baby von Debra Kraus genau so ein Muttermal hat wie Megan O'Neil. Sie hat außerdem heute von zwei bis etwa acht Uhr auf das Kind aufgepasst. Und dabei hat sie einen Flecken am Ohr des Babys bemerkt, der von Haarfärbemittel stammen könnte."

Ein Adrenalinstoß durchfuhr Nick. „Das passt alles zusammen."

„Das sehe ich auch so. Wir haben jetzt sowohl einen hinreichenden Verdacht als auch Gefahr im Verzug. Was meint ihr?"

„Wenn man die Spielzeugpistole bedenkt, bezweifle ich, dass sie bewaffnet ist", sagte Mark.

„Das kann sein. Aber nach allem, was ich gehört habe, haben wir es hier nicht mit einem rational denkenden Menschen zu tun. Wenn wir reingehen, will ich, dass alle schusssichere Westen tragen."

„Was ist mit der Gefahr für das Baby?“, fragte Mark.

„Nach dem, was die Kita-Mitarbeiterin erzählt hat, scheint Ms Kraus eine liebevolle Mutter zu sein, die alles für das Kind tun würde. Das Baby ist gesund und glücklich. Ich bezweifle, dass sie ihm etwas antun würde, aber wir dürfen diese Möglichkeit nicht ganz außer Acht lassen.“

„Der sicherste Plan wäre, für eine Ablenkung zu sorgen, die sie aus dem Haus lockt, sodass wir sie festnehmen können.“ Nick verschränkte die Arme vor der Brust.

„Wir könnten die Taktik mit dem falschen Gasmann oder Pizzaboten anwenden“, schlug Mark vor.

„Es ist schon spät, da könnte sie die Klingel einfach ignorieren. Oder sie schöpft Verdacht“, entgegnete Nick.

„Wie wäre es mit einem Feuer?“ Der Polizeipräsident, der das Gespräch aus dem Hintergrund mitverfolgt hatte, kam jetzt näher und zeigte auf ein Viereck auf der Zeichnung, die er angefertigt hatte. „Es gibt einen kleinen Holzschuppen unweit der Garage. Ich bezweifle, dass sie die Feuerwehr rufen und Aufmerksamkeit auf sich lenken würde. Wahrscheinlich würde sie versuchen, das Feuer selbst zu löschen.“

„Mag sein, dass Sie recht haben, aber das könnte gefährlich werden.“ Steve runzelte die Stirn.

„Unsere Feuerwehr kann bereitstehen, falls das Feuer außer Kontrolle gerät“, wandte Joe ein. „Und unser Feuerwehrhauptmann weiß alles, was man über Feuer wissen kann. Er könnte den Brand in Sekundenschnelle legen.“

„Der Gedanke gefällt mir nach wie vor nicht, aber ich muss zugeben, dass es eine gute Möglichkeit wäre, sie nach draußen und von dem Baby wegzulocken.“ Steve sah Nick an. „Willst du die Eltern anrufen? Wir brauchen sie für eine Identifizierung.“

„Ich organisiere das.“

„Gut. Reden wir über unsere Vorgehensweise.“

* * *

Fünfzehn Minuten später, in schusssicheren Westen und denselben schwarzen Schutzanzügen, die sie bei ihrem Einsatz als Spezialeinsatzkommando getragen hatten, setzte Mark sich hinters Steuer, während Nick Rebecca anrief.

Sie ging beim ersten Klingeln dran.

„Rebecca, hier ist Nick. Wir haben gute Neuigkeiten. Aufgrund der Nachrichtensendung haben wir einen Hinweis erhalten und sind ziemlich sicher, dass eine Frau namens Debra Kraus Megan hat. Wir sind gerade auf dem Weg zu ihrem Haus und wir möchten, dass Sie und Colin in der Nähe sind."

Er hörte, wie sie nach Luft schnappte. Dann klang ihre Stimme gedämpft, weil sie sich vom Telefon abwandte, um Colin Bericht zu erstatten. „Sagen Sie uns, wo wir hinkommen sollen", sagte sie anschließend mit bebender Stimme zu Nick.

„Ein Agent ist auf dem Weg, um Sie abzuholen. Ein anderer wird bei Bridget bleiben. Können Sie in zehn Minuten fertig sein?"

„Wir sind fertig. Nick … was ist mit Rachel?"

„Keine Neuigkeiten. Ich hoffe, Debra Kraus ist auch dazu der Schlüssel."

„Glauben Sie, sie wird die Entführung zugeben? Und Ihnen sagen, wo Rachel ist?"

„Ich hoffe es. Ist Ihnen noch kalt?"

„Ja. Und ich bin furchtbar müde. Was merkwürdig ist, wenn man bedenkt, wie aufgedreht ich bin."

Ein Muskel in Nicks Kiefer begann hektisch zu zucken und er schluckte die plötzlich in ihm aufsteigende Angst hinunter. Müde war nicht gut. Es könnte bedeuten, dass Rachel das Bewusstsein verlor. Aber er hatte nicht vor, Rebecca das zu sagen. Die Situation war für sie schon belastend genug. „Ich glaube, wir sind alle müde, Rebecca. Ich habe jedenfalls vor, zwölf Stunden ununterbrochen zu schlafen, wenn das hier vorbei ist. Wir sehen uns gleich."

Nachdem er das Gespräch beendet hatte, starrte Nick zum

Fenster hinaus in die dunkle Landschaft. Er war Rebeccas Fragen ausgewichen, aber sie hatte angesprochen, was ihn selbst seit Stunden beschäftigte.

Er wusste, wie man einen normalen Verdächtigen effektiv verhörte. Aber allem Anschein nach fiel Debra Kraus nicht in diese Kategorie. Nicht einmal annähernd. Und er hatte keine Ahnung, wie er eine Frau, die am Rande des Wahnsinns taumelte, dazu bringen sollte zu kooperieren.

Aber er kannte jemanden, der es vielleicht wusste.

Er wandte sich auf seinem Sitz zu Mark um. „Unsere Verdächtige klingt ziemlich unberechenbar. Ich habe nicht das Fachwissen, um ihr schnell die Informationen, die wir brauchen, zu entlocken, falls sie sich querstellt. Kannst du das?"

„Nein."

„Meinst du, Emily wäre bereit, ein paar Vorschläge zu machen, wenn wir nicht weiterkommen?"

„Sie hält sich schon für eine mögliche Telefonrücksprache bereit. Ich habe sie angerufen, bevor wir New Melle verlassen haben."

Er hätte wissen müssen, dass Mark ihm in dieser Sache einen Schritt voraus war. Mark war mit Emily verheiratet und bekam hautnah mit, wie sie jeden Tag Menschen mit psychischen Problemen behandelte. Und er wusste, dass es hier um alles ging. „Danke."

Während sie durch die Nacht fuhren, hoffte Nick, dass sie Emilys Expertise nicht brauchen würden. Er hoffte, dass Debra bereitwillig kooperierte und ihnen ohne viel Zureden sagte, wo sie Rachel hingebracht hatte.

Aber er hatte das Gefühl, dass das nicht so einfach vonstattengehen würde.

Oder so schnell.

Und inzwischen zählte jede Minute.

* * *

Um elf Uhr waren alle auf ihrem Posten.

Von seinem Versteck aus hinter einer buschigen Eibe hinter Debras dunklem Haus konnte Nick sehen, wie der Feuerwehrhauptmann sich im Schatten des kleinen Schuppens zu schaffen machte. Mark stand hinter einer zweiten Eibe auf der gegenüberliegenden Seite des Holzgebäudes, und ein halbes Dutzend weitere Agenten umstellten das Haus. Alle waren über Funk mit Steve verbunden, der neben einem kleinen Geräteschuppen saß, von dem aus er eine gute Sicht auf die Rückseite des Hauses und den Holzstapel hatte.

Während Nick wartete, ertönte eine Stimme aus seinem Ohrknopf.

„Ich bin so weit." Das war der Feuerwehrhauptmann.

„Gut. Fangen Sie an", erwiderte Steve.

Fünf Sekunden verstrichen. Mark zog seine Waffe. Der Feuerwehrbeamte hechtete in Sicherheit und fünf Sekunden später ließ eine kleine, aber laute Explosion hinter dem Holzschuppen Flammen an der Seite des Gebäudes aufflackern.

Im Zimmer über Nick ging das Licht an. Nach der Skizze des Polizeipräsidenten zu urteilen war es eins der Schlafzimmer. Die Jalousie war teilweise kaputt und so zogen sich Nick in die Dunkelheit zurück.

Während Steve die restliche Mannschaft über Debras Bewegungen auf dem Laufenden hielt, ging auf der Veranda das Licht an. Nick duckte sich noch tiefer. Er hörte, wie sie den Riegel an der Hintertür öffnete, aber er konnte sie nicht sehen und verließ sich daher blind auf Steves Regieanweisungen.

„Sie ist jetzt an der Tür. Sie hat sich einen Mantel über ihren Schlafanzug geworfen. Sie scheint nicht bewaffnet zu sein ... Jetzt ist sie auf der hinteren Veranda ... sieht das Feuer ... kommt die Treppe hinunter .... Sie geht zu dem Stapel Holzscheite, um nachzusehen ... Wartet auf mein Zeichen ... Zugriff!"

Lautlos näherten Nick und Mark sich ihr von hinten, während Steve vor sie trat, seine Waffe genau auf Debras Brust gerichtet.

„FBI. Strecken Sie die Arme zur Seite aus, die Handflächen nach hinten gedreht."

Als sie den Befehl hörte, zuckte Debra zusammen, als wäre sie geschlagen worden. Sie fuhr herum und sah Nick und Mark. Ihr Blick huschte an ihnen vorbei zu den anderen Agenten, die sich aus den Schatten lösten. Es war zu dunkel, um viel zu erkennen, aber Nick sah den wilden Blick in ihren Augen, bevor sie sich wieder zu Steve umdrehte.

„Strecken Sie die Arme zur Seite aus, die Handflächen nach hinten gedreht", wiederholte Steve.

Nach kurzem Zögern folgte sie seinen Anweisungen.

„Und jetzt bewegen Sie langsam die Hände hinter den Rücken."

Während sie gehorchte, trat Nick näher. Die Handschellen hielt er bereit. Aber plötzlich fuhr sie herum und schwang einen Arm in seine Richtung. Er sah den Schlag kommen, während der Mantel von ihren Schultern glitt und zu Boden fiel, aber er konnte nicht schnell genug reagieren und traf so ihre Faust ihn über dem rechten Auge. Sein Kopf flog zurück. Er stöhnte und schwankte von der Wucht des unerwarteten Schlages.

Bis er sein Gleichgewicht wiedergefunden hatte, war Debra von Mark zu Boden gerungen und mit Handschellen gefesselt worden.

„Alles in Ordnung?" Mark warf ihm einen Blick zu.

„Ja." Aber das stimmte nicht ganz. Er konnte schon jetzt fühlen, wie sein Augenlid anschwoll.

Nick schob seine Waffe in das Halfter zurück und funkelte die Frau mit dem irren Blick böse an. Sie konnte kaum größer als eins sechzig, eins fünfundsechzig sein, und dennoch hatte sie ihn beinahe k.o. geschlagen. Das würde er noch lange aufs Brot geschmiert bekommen.

Noch ein Grund, sie nicht zu mögen.

Aber es gab schon mehr als genug andere Gründe dafür.

Rachels Entführung stand ganz oben auf der Liste.

Das plötzliche, gedämpfte Weinen eines Babys drang durch die halb geöffnete Hintertür und Debra reagierte sofort. Obwohl ihr die Hände auf dem Rücken gefesselt waren, warf sie sich auf dem Boden hin und her und versuchte aufzustehen. Zwei Agenten waren nötig, um sie festzuhalten.

„Mein Baby braucht mich!“ Debras Klage war wie ein Aufheulen, das durch die dunkle Nacht drang.

„Sie ist nicht Ihr Baby, Debra.“ Steve sagte die Worte mit ruhigem, sachlichem Tonfall.

„Doch, das ist sie.“ Debras Brust hob und senkte sich. „Ich bin ihre Mutter. Ich habe ihre Geburtsurkunde. Sie ist im Haus. In Danielles Zimmer.“

Der Einsatzleiter warf Nick und Mark einen Blick zu. „Sie ist Rechtsanwaltsgehilfin“, erinnerte Nick ihn. „Sie weiß bestimmt, wie man so ein Dokument fälscht.“

Steve bedeutete Nick und Mark, ihm zum Haus zu folgen. Den beiden anderen Agenten, die Debra festhielten, gab er die Anweisung: „Wartet hier. Wir holen das Baby.“

Während sie über den Rasen liefen, sagte Steve: „Clair ist auf dem Weg hierher. Sie kann es kaum erwarten, das Auto zu untersuchen. Die O'Neils müssten in zehn Minuten bei der Polizeiwache eintreffen. Dort steht auch schon ein Arzt bereit, um das Baby zu untersuchen. Ich fahre mit Megan dorthin. Ein anderer Hundeführer ist unterwegs. Wollt ihr hier mit Ms Kraus über Rachel Suttons Verschwinden sprechen?“

„Ja. Ich würde lieber keine Zeit verschwenden“, sagte Nick.

„Einverstanden.“

Die drei Männer zogen Latexhandschuhe über, betraten das Haus durch die Hintertür und folgten dem Geräusch des weinenden Babys bis zum Kinderzimmer. Nick schaltete das Licht ein.

Und erstarrte.

Das Zimmer war der Traum eines jeden kleinen Mädchens. Die Wände waren zartrosa gestrichen und wurden von einer bunten Borte mit Kinderbuchfiguren verziert. Ein Mobile aus Elfen hing über dem weißen Kinderbett. Überall im Zimmer waren gerahmte Bilder von Debra und dem Baby aufgestellt. Es gab eine Lampe in Form einer Cinderella-Statue und in einer Ecke des Raumes stand eine bis zum Bersten gefüllte Spielzeugkiste. Hauchzarte Vorhänge mit Schmetterlingsmuster hingen vor den Fenstern.

„Wow", fasste Mark die Reaktion der drei Männer zusammen, als sie sich in das kleine Zimmer drängten.

Aber sie hatten keine Gelegenheit, die Einrichtung näher zu betrachten, denn sobald es die drei großen Fremden erblickte, umklammerte das Baby den Rand des Kinderbetts, in dem es stand, und fing noch lauter an zu heulen.

Die Kleine steckte in einem warmen Schlafsack und starrte sie aus blauen Augen an, während die Tränen über ihre runden Wangen liefen. Sie glich dem lächelnden Engelchen mit dem süßen Mund, das Nick auf den Fotos in Chicago gesehen hatte, nicht sehr, aber vielleicht lag es daran, dass die Haare nicht passten. Megan O'Neil hatte leuchtend rotes Haar. Die Haare dieses Kindes waren schmutzig braun.

„Wer will das mit dem Muttermal überprüfen?", fragte er.

Alle betrachteten das weinende Baby. Als keiner der beiden anderen Männer sich freiwillig meldete, trat er näher.

„Also gut, es muss sein." Langsam streckte er die Hand aus, um dem Baby über den Kopf zu streichen. „Ist ja schon gut", murmelte er. „Wir tun dir nicht weh." Während er redete, öffnete er den Reißverschluss des Schlafsacks. „Mark, kannst du nachsehen, während ich mich mit der kleinen Dame unterhalte?"

Er spürte, wie Mark neben ihn trat, während er weiter auf das Baby einredete. Er hörte, wie der Klebeverschluss der Windel aufgezogen wurde.

„Die Kita-Mitarbeiterin hatte recht. Das Muttermal ist genau dort, wo es sein muss." Mark schloss die Windel wieder und richtete sich auf.

„Ich habe im Bad nachgesehen", berichtete Steve ihnen. „Auf der Ablage steht Haarfärbemittel. Braun."

„Sucht mal eine Jacke für das Baby. Und eine zusätzliche Decke." Nick hob die Kleine aus dem Bett und ließ sie vorsichtig auf seinem Arm auf und ab wippen. „Und beeilt euch, bevor ich taub werde." Er musste seine Stimme erheben, um das Gebrüll des Babys zu übertönen.

Wenige Minuten später, als er sah, wie der Einsatzleiter mit dem warm eingepackten Baby das Haus verließ, dachte Nick an die fröhliche Wiedervereinigung, die bald stattfinden würde.

Es war ein glücklicher Tag für die O'Neil-Familie.

Aber sie hatten erst die Hälfte ihrer Arbeit geschafft, und er hatte nicht vor, sich mit weniger als zwei Wiedervereinigungen an diesem Abend zufriedenzugeben. Die Muskeln in seinem Unterkiefer spannten sich an.

Debra *würde* ihnen sagen, wo sie Rachel versteckt hielt.

Was auch immer dazu nötig war.

Kapitel 22

„Also gut, Ms Kraus. Reden wir über Rachel Sutton." Er hatte Debra ihre Rechte vorgelesen und jetzt trat Nick näher, bis sein Gesicht nur wenige Zentimeter von ihrem entfernt war. Sie standen noch immer hinter dem Haus. Die beiden anderen Agenten hatten sich ein paar Schritte zurückgezogen und Mark hatte an Debras Seite Stellung bezogen, die Arme vor der Brust verschränkt. Der Feuerwehrhauptmann löschte die Glut des Feuers im Holzschuppen.

„Ich will mein Baby."

„Wir reden über Rachel Sutton."

„Die kenne ich nicht."

Nick ließ die Autoschlüssel, die er auf der Küchenarbeitsplatte entdeckt hatte, vor ihrer Nase baumeln. „Nein? Das werden wir ja herausfinden."

Clair trat aus der Dunkelheit und er warf ihr den Schlüssel zu. Sie lief zur Garage. Wenige Sekunden später hörten sie, wie das Garagentor hochfuhr.

Nick sah Debra mit einem durchdringenden Blick an, während er die Latexhandschuhe abstreifte und in seine Manteltasche stopfte. „Wo haben Sie Rachel hingebracht, Debra?"

„Ich kenne keine Rachel. Ich will mein Baby." Ihr Blick wanderte überall im Garten umher, nur ihn sah sie nicht an.

„Debra."

Keine Reaktion.

„Debra, sehen Sie mich an." Nick beugte sich noch weiter vor, sodass sein Atem eine eisige Wolke auf ihrer Haut bildete. Ihr Blick huschte zu ihm, aber es war eher so, als sehe sie durch ihn hindurch. Nick beschloss, dass er nicht mehr erwarten konnte. „Haben Sie Rachel getötet?" Die harten Worte hinterließen einen bitteren Geschmack in seinem Mund.

Sie blinzelte und ein Ausdruck des Entsetzens trat auf ihr Gesicht. „Nein!" Ihr Tonfall war bestimmt. „Ich würde nie jemanden töten."

„Wo ist sie dann?"

„Ich weiß es nicht."

Clair kam zurück und blieb ein paar Schritte entfernt stehen.

Frustriert wandte Nick sich an die Technikerin. „Was haben Sie?"

„Die hier habe ich in einer Ecke des Kofferraums gefunden, unter der Matte." Sie hielt mit ihren Latexhandschuhen eine Brille hoch, deren einer Bügel verbogen war.

Nick erkannte den kupfernen Farbton des Metallgestells. Er schluckte. „Die gehört Rachel."

„Es sind auch ein paar Blutflecken im Kofferraum. Ich vermute, dass sie zu dem Blut auf der Plane passen."

„Noch etwas?" Die Frage war an Clair gerichtet, aber Nick hatte sich wieder Debra zugewandt.

„Nichts Offensichtliches. Sobald wir den Durchsuchungsbeschluss haben, untersuchen wir alles gründlich."

„Danke." Er verschränkte die Arme vor der Brust und wartete, bis Clair wieder in der Garage verschwunden war.

„Rachel Sutton war in Ihrem Kofferraum, Debra." Er sprach langsam. Deutlich. Eiskalt.

Panik flackerte in ihren Augen auf. „Ich will einen Anwalt."

„Den können Sie anrufen, sobald wir auf der Wache sind. Aber ein Anwalt wird auch nichts an der Tatsache ändern, dass Rachels Blut sich in Ihrem Kofferraum befindet. Außerdem haben wir die Sachen gefunden, die Sie in den Brunnen geworfen haben."

Wieder zuckte sie zusammen, als hätte jemand sie geschlagen. „Das können Sie nicht …" Sie presste die Lippen zusammen und wandte sich von ihm ab. „Es ist kalt hier draußen. Ich will reingehen." Sie zitterte in ihrem Mantel, den ihr jemand wieder über die Schultern gelegt hatte.

Nick spürte, wie Wut in ihm aufstieg und überbrodelte. Er streckte die Hand aus, riss ihr den Mantel von den Schultern und warf ihn Mark zu.

„He! Was machen Sie denn da? Es ist eiskalt hier draußen!" Sie funkelte ihn wütend an.

„Rachel hat auch keinen Mantel, Debra." Nick presste die Worte zwischen zusammengebissenen Zähnen hervor. „Und sie ist schon viel länger draußen als Sie. Was meinen Sie, wie kalt ihr wohl ist?"

Ein Schauer durchfuhr die Frau neben ihm. Nick hatte keinerlei Mitleid mit ihr.

„Ich kenne keine Rachel. Ich muss auch gar nicht mit Ihnen reden. Ich will sofort einen Anwalt. Und ich will meinen Mantel."

Nicks nächste Bemerkung richtete sich an Mark. „Kannst du Emily ans Telefon holen?"

Mark bedeutete den beiden anderen Agenten, dass sie Nicks und seinen Platz einnehmen sollten, und zog sein BlackBerry heraus. Während er auf die Garage zuging, rief er der Technikerin, die drinnen arbeitete, zu: „Können wir uns Ihren Wagen mal kurz ausleihen, Clair?"

„Klar." Sie winkte ihm zu, ohne den Blick von Debras Kofferraum zu heben.

Keine Sekunde später kletterten sie auf die vorderen Sitze des Vans und schlossen die Türen. Im selben Moment ging Emily ans Telefon. Mark stellte den Lautsprecher an und legte das BlackBerry auf das Armaturenbrett.

„Nick ist hier bei mir, Em. Wir brauchen deine Hilfe. Debra hatte das Baby der O'Neils und in ihrem Kofferraum haben wir

Rachels Brille gefunden, aber sie will uns nicht sagen, wo sie sie hingebracht hat."

„Wir hatten gehofft, du könntest uns einen Rat geben, wie wir sie zum Reden bringen können", fügte Nick hinzu. „Wenn Rachel bei dieser Kälte draußen ist, wird sie nicht lange ..." Seine Stimme klang heiser und er verstummte.

„Ich verstehe, Nick. Und ich helfe euch gerne. Aber ohne mit Debra zu reden, kann ich keine fundierte Einschätzung abgeben. Alles, was ich euch sagen werde, ist mehr ein Instinkt als sonst etwas."

„Das hier kommt nicht in die Akten, Em", beruhigte Mark sie. „Und wir nehmen alles, was wir kriegen können. Wir haben keine Zeit für ein offizielles psychologisches Gutachten." Er berichtete, wie das bisherige Gespräch verlaufen war.

„Okay. Meiner Meinung nach klingt das alles, als hätte diese Frau sich selbst eingeredet, das Baby der O'Neils gehöre ihr. Das ist euer Druckmittel, Jungs. Ihr müsst ihr versprechen, was auch immer euch die Informationen bringt, die ihr braucht. Wenn das bedeutet, ihr zu sagen, dass sie ihr Baby wiederbekommt, dann müsst ihr es eben tun. Vielleicht hilft in dieser Situation nichts anderes."

Nick runzelte die Stirn. „Ich lüge normalerweise niemandem an, Emily. Nicht einmal Verdächtige."

„Ich auch nicht. Aber das hier ist eine absolute Ausnahmesituation. Willst du Rachel lebend wiedersehen?", entgegnete Emily.

Ihre schonungslose Erwiderung half ihm, die Dinge im rechten Licht zu sehen – und brachte ihn auf einen Gedanken. „Ich sehe ein, dass wir schwere Geschütze auffahren müssen. Und dank dir habe ich jetzt eine Idee, Emily."

Während Mark sein Handy verstaute, holte Nick tief Luft. „Gut. Hier ist mein Plan."

* * *

Rebecca hielt Megan auf dem Schoß und hob einen zitternden Finger, um die vertrauten Sommersprossen auf der Nase ihrer Tochter zu berühren. Sie zog die vollkommene Form ihres Ohrs nach und konnte sich an den langen Wimpern, die auf den weichen Wangen ruhten, gar nicht satt sehen. Als sie den kleinen Mund sah, der sich im Schlaf bewegte, lächelte sie.

Ihr Baby war wieder zu Hause.

Endlich.

Der kräftige kleine Körper in ihrem Arm half mehr als alles andere, die Kälte zu vertreiben, die sie seit Stunden empfand.

„Mr und Mrs O'Neil?" Nach einem leisen Klopfen streckte Steve Preston den Kopf in das winzige Büro, in dem Colin und sie ihre Tochter in die Arme hatten schließen können und in dem man sie allein gelassen hatte, damit sie diesen Augenblick genießen konnten.

„Kommen Sie rein, Mr Preston." Colin blieb auf dem Stuhl neben ihr sitzen, einen Arm um ihre Schultern gelegt. Die andere Hand ruhte auf dem weichen, tröstlich warmen Bündel auf ihrem Arm.

„Gibt es etwas Neues von Rachel?" Rebecca zwang sich, den Blick von Megan loszureißen.

„Nein. Nick und Mark haben versucht, Debra Kraus zu verhören, aber sie redet nicht, und allmählich wird die Situation kritisch. Wenn Ihre Schwester noch am Leben ist, Mrs O'Neil, dann wird sie es spätestens in ein, zwei Stunden nicht mehr sein. Die Temperaturen sollen nach Mitternacht weiter fallen, und das ist in einer halben Stunde."

„Ich weiß, dass sie lebt, Mr Preston. Mir ist immer noch sehr kalt."

„Können wir irgendetwas tun, um bei der Suche zu helfen?", fragte Colin.

Der Mann hockte sich halb auf die Schreibtischkante und sah sie an. „Wir haben einen Plan, der Debra zum Reden bringen könnte. Aber dazu brauchen wir Ihre Mithilfe."

„Wir werden tun, was in unserer Macht steht", versicherte Rebecca ihm.

„Vielleicht warten Sie mit dieser Äußerung besser, bis Sie wissen, was wir vorhaben", warnte er sie.

Als der Einsatzleiter ihnen seinen Vorschlag unterbreitete, verstand Rebecca die Warnung. Sie würde all ihren Mut aufbringen müssen, um den Plan des FBIs zu unterstützen.

Als Steve fertig war, erhob er sich. „Ich verstehe, dass das eine schwierige Entscheidung ist. Ich warte draußen, während Sie das besprechen."

Sobald sich die Tür hinter ihm geschlossen hatte, sah Rebecca Colin an. Seine Augen spiegelten den Kampf, der sich in ihrem Herzen abspielte.

Sie wollten beide Rachel retten.

Aber konnten sie dafür die Tochter, die ihnen gerade wiedergegeben worden war, in Gefahr bringen?

* * *

Das heftige Zittern hatte wieder aufgehört.

Auf irgendeiner Bewusstseinsebene nahm Rachel die Veränderung in ihrem Körper wahr, während sie zusammengerollt auf dem Lehmboden lag. Das Zittern kam jetzt schon seit einiger Zeit in Wellen. Das Muster hatte sich verändert, nachdem ihre Hände so taub geworden waren, dass sie nichts mehr damit anfangen konnte, und ihre Beine sie nicht mehr trugen. Sie konnte nur noch auf dem Boden liegen.

Und während der wachen Momente, die immer seltener wurden, beten.

Wenigstens spürte sie die Kälte nicht mehr. Eigentlich spürte sie überhaupt nicht mehr viel. Auch keine Angst.

Sie tastete nach der Kette, die nach wie vor um ihren Hals hing. Ihre Finger konnten die dünnen Kettenglieder und das Kreuz, das daran hing, nicht mehr spüren, aber sie wusste, dass sie die Kette umfasst hatte, als sie zog und den Druck in ihrem Nacken spürte. Sie zwang ihre Finger, sich um das Kreuz zu schließen, in der Hoffnung, dass es ihr gelang, denn sie erinnerte sich an den Rat, den Nick ihr vor Kurzem gegeben hatte. Er hatte gesagt, sie solle sich an das Kreuz halten, wenn sie sich einsam fühlte.

Aber Gott würde sie selbst dann hören, wenn es ihr nicht gelang. Das hatte Nick ihr ebenfalls versichert. Und sie vertraute ihm. Er würde sie nicht anlügen. Wenn er glaubte, dass Gott zuhörte, dann war Rachel sich sicher, dass dem so war. Sie hatte gedacht, sie könnte selbst die Wahrheiten entdecken, die das Fundament für Nicks Gottvertrauen gelegt hatten, aber wie es schien, hatte Gott nicht vor, ihr so viel Zeit zu geben. Sie hoffte, dass er ihr Glaubensbekenntnis aus zweiter Hand akzeptieren würde. Mehr konnte sie in diesem frühen Stadium ihrer geistlichen Reise nicht bieten.

Während sie langsam das Bewusstsein verlor, brachte Rachel noch ein letztes kurzes Gebet zustande.

Sei bei mir, Herr. Vergib mir das Unrecht, das ich anderen angetan habe. Bitte bring Megan zu Rebecca zurück. Segne Nick. Und bitte lass ihn irgendwie wissen, wie viel er mir bedeutet hat.

* * *

„Die O'Neils sind mit dem Plan einverstanden."

Als Steve ihm die Nachricht übermittelte, schloss Nick für einen kurzen Moment die Augen. *Danke, Gott.*

Er klemmte das BlackBerry zwischen Ohr und Schulter und wartete, bis Mark zum Beifahrersitz herübersah. Er hob den Daumen in die Höhe.

„Wann seid ihr da?", fragte Steve.

„Keine zehn Minuten mehr."

„Gut. Ich sage dir, was euch bei eurer Ankunft erwartet."

Während Nick zuhörte, warf er einen Blick über seine Schulter. Debra saß auf dem Rücksitz zwischen den beiden anderen Agenten, immer noch ohne ihren Mantel, und starrte ausdruckslos vor sich hin. Sie war von Minute zu Minute weniger ansprechbar gewesen, als sie sie ins Auto gesetzt und sich auf den Weg zur Polizeiwache von New Melle gemacht hatten. Er betete, dass ihr Plan sie lange genug in die Wirklichkeit zurückholen würde, damit sie ihnen brauchbare Informationen liefern konnte.

„Haupteingang“, sagte er zu Mark, als sie wenige Minuten später bei der Wache eintrafen.

Steve erwartete sie schon an der Tür. Er warf einen prüfenden Blick auf Nicks Auge. „Da musst du Eis drauftun.“

„Später.“

Ohne eine weitere Bemerkung schob Nick Debra in das Büro, in dem Rebecca und Colin vorhin mit Megan gesessen hatten. Der Schneeanzug des Kindes lag noch auf dem Schreibtisch.

Debra bemerkte ihn sofort.

Ihre Augen wurden etwas klarer. Während Mark und Nick sie auf einen Stuhl setzten, starrte sie unverwandt das rosafarbene Kleidungsstück an. „Mein Baby … ist Danielle hier?“

Anstatt zu antworten, schob Nick den Anzug zur Seite und sprach mit Steve. „Könntest du bitte einen Kaffee für Ms Kraus holen? Es ist ein bisschen kühl hier drin. Oder möchten Sie lieber Tee?“ Sein Tonfall war entspannt.

„Kaffee.“

Steve verließ wortlos den Raum. Mark bezog mit verschränkten Armen hinter Debra Position. Nick setzte sich neben sie und lehnte sich entspannt zurück. Er hatte das Mikrofon, das von seinen FBI-Kollegen angebracht worden war, bereits entdeckt. Es war zwischen zwei Büchern oben auf dem metallenen Aktenschrank versteckt. Steve und ein paar andere Agenten würden vom Nachbarzimmer aus mithören.

„Ms Kraus, möchten Sie Ihr Baby wiedersehen?“

Ihr Kopf fuhr hoch und sie starrte ihn an. Noch immer war

ihr Blick nicht ganz fokussiert, aber wenigstens reagierte sie auf ihn. „Ist sie hier?“

„Den Flur hinunter.“

Die Frau versuchte aufzustehen, aber Mark drückte sie wieder auf den Stuhl zurück.

„Wollen Sie sie sehen?“, wiederholte Nick, der unverändert lässig auf seinem Stuhl saß.

Ihre Augen verengten sich, als sie ihn musterte. Er konnte sehen, dass es in ihrem Kopf arbeitete. Gut.

Die Tür ging auf und Steve kam zurück. Er reichte Nick einen großen Porzellanbecher mit Kaffee und stellte einen zweiten vor Debra auf den Schreibtisch, bevor er Zucker und Milch in abgepackten Portionen danebenlegte. Dann ging er wortlos. Die Tür zog er hinter sich zu.

Nick hob den dampfenden Becher an seine Lippen, nahm einen Schluck und wandte sich dann an Debra. „Möchten Sie Milch oder Zucker?“

„Ich will mein Baby.“ Ein Schauer durchfuhr sie.

„Darüber reden wir gleich. Milch oder Zucker?“

„Zucker. Einen Würfel.“

Nachdem er Zucker in den Becher getan und umgerührt hatte, schob Nick ihn Debra hin. „Mark, mach doch mal die Handschellen los, damit sie ihren Kaffee trinken kann.“

Während Mark gehorchte, trank Nick weiter seinen eigenen Kaffee.

Nachdem ihre Arme frei waren, schlang Debra beide Hände um den warmen Becher und sah ihn skeptisch an. „Warum sind Sie jetzt plötzlich nett zu mir?“

„Sie haben eine Information, die ich will. Und ich glaube, wir können ins Geschäft kommen.“

„Was für ein Geschäft?“

Nick stellte seinen Becher auf dem Tisch ab, beugte sich vor und faltete die Hände zwischen den Knien. „Ich sage Ihnen, wie ich die Sache sehe. Sie haben dem Baby nichts getan. Im Gegenteil. Soweit ich das beurteilen kann, haben Sie sich bestens um die Kleine gekümmert. Das gibt mildernde Umstände, Debra. Die Gerichte mögen gute Mütter. Aber eine Mordanklage? Das wäre nicht so gut."

„Ich habe niemanden umgebracht."

„Und was ist mit Rachel?"

„Ich habe sie nicht getötet."

„Dann ist sie am Leben?"

„Ich weiß es nicht. Es ist kalt draußen. Menschen sterben in der Kälte. Aber das ist nicht meine Schuld." Sie trank einen Schluck Kaffee.

„Aber Sie haben sie irgendwo in der Kälte zurückgelassen."

„Ich habe sie nicht umgebracht."

Sie drehten sich im Kreis. Nick ließ den Köder wieder vor ihrer Nase baumeln. „Wenn Sie mir sagen, wo Sie sie hingebracht haben, hole ich das Baby."

Debra warf einen Blick zu Mark hinüber, der mit den Handschellen spielte.

„Ich glaube, ich sollte mit einem Anwalt sprechen."

„Okay." Nick schob das Telefon auf dem Schreibtisch näher zu ihr hin. „Sie können ein Telefonat führen. Aber Debra …" Er wartete, bis sie ihn ansah. „Wenn Sie das tun, bevor wir erfahren, wo Rachel ist, dann wird nichts aus unserem Geschäft."

Die Hände der Frau begannen zu zittern. „Ich will mein Baby sehen."

„Dann sagen Sie mir, wo Rachel ist."

Verzweiflung verzerrte ihre Miene. „Ich will zuerst mein Baby sehen."

Nick lehnte sich zurück und überlegte. „Hier ist der Deal: Sie sagen mir, was ich wissen will, dann hole ich das Baby. Ja oder Nein."

„Holen Sie erst Danielle."

Mehrere Sekunden verstrichen, bevor Nick langsam nickte. „Also gut. Ich bin in ein paar Minuten wieder da."

Draußen auf dem Gang traf er auf Steve.

„Trotz ihrer psychischen Probleme funktioniert die analytische Seite ihres Gehirns einwandfrei“, sagte Steve. „Ich hätte nicht gedacht, dass sie feilschen würde.“

„Mir ist egal, wie sehr sie feilscht, solange sie dem Handel zustimmt. Wo sind die O'Neils?“

„Konferenzzimmer am Ende des Ganges.“ Steve ging voraus, stieß die Tür auf und ließ Nick dann eintreten.

Rebecca blickte auf, als er ins Zimmer kam. Sie hielt Megan im Arm, die friedlich schlief. Colin saß neben ihr, aber er stand auf, sobald er Nick sah.

„Nick … was ist mit Ihrem Auge?“ Rebecca musterte besorgt die Schwellung in seinem Gesicht.

„Ein kleiner Unfall.“ Er würde ihnen nicht erzählen, dass Debra ihn beinahe niedergeschlagen hätte, und damit ihre Fähigkeit offenbaren, plötzlich gewalttätig zu werden. Er schloss die Tür und trat neben die beiden. „Danke, dass Sie das tun.“

„Wir haben gebetet, um zu wissen, was das Richtige ist“, sagte Rebecca leise und Colin legte eine Hand auf ihre Schulter. „Und uns ist klar geworden, dass wir Megan vielleicht nie gefunden hätten, wenn Rachel nicht gewesen wäre. Dass sie die Puppe entdeckt hat, damit zu Ihnen gegangen ist und versucht hat, jemanden zum Handeln zu bewegen ... dazu gehörte viel Mut. Auch wenn sie nicht meine Schwester wäre, hätte ich das Gefühl, mich dafür revanchieren zu müssen. Colin und ich könnten nicht damit leben, wenn wir nicht alles täten, um sie zu finden. Trotz der Risiken.“

„Wir sorgen dafür, dass diese Risiken minimal sind“, versicherte Nick ihr.

„Ich weiß. Mr Preston hat uns den Plan erklärt. Und diese Frau hat sich wirklich gut um Megan gekümmert. Der Arzt, der sie untersucht hat, sagte, sie sei vollkommen gesund. Ich habe beschlossen, mich darauf zu verlassen, dass sie auch weiterhin nichts tun wird, was Megan schadet.“

„Das glaube ich auch“, erwiderte Nick.

Aber sie alle wussten, dass sie es mit einer instabilen Persönlichkeit zu tun hatten. Mit einer Frau, die extreme Maßnahmen ergriffen hatte, um ein Kind zu bekommen, und die die Person, die sie als Bedrohung betrachtete, entführt und irgendwo in der Kälte dem Tod überlassen hatte.

Einer Frau, die unter Strom stand und durcheinander war.

Einer Frau, die bei der kleinsten Provokation durchdrehen konnte.

Die FBI-Beamten würden tun, was sie konnten, um das Baby zu beschützen.

Aber ein Restrisiko blieb und dessen waren sie sich alle bewusst.

Nick streckte die Arme aus und eine Sekunde lang presste Rebecca Megan fester an sich. Dann, als Colin sanft ihre Schulter drückte, reichte sie Nick das schlafende Kind.

Die Übergabe erfolgte, ohne dass Megan aufwachte. Sie regte sich nur kurz und kuschelte sich dann in Nicks Armbeuge.

„Ich bringe sie Ihnen so bald wie möglich wieder, gesund und munter.“

Mit einem Nicken wischte Rebecca sich ihre Tränen von den Wangen und ergriff Colins Hand.

Während Nick auf den Flur hinaustrat, betete er, dass er sein Versprechen würde halten können.

Kapitel 23

Steve schloss sich Nick an, als dieser den Gang hinunterlief. „Wir sind einsatzbereit, sobald du eine ungefähre Ortsangabe hast. Die Hundestaffel steht auf Abruf und ein Rettungshubschrauber hält sich ebenfalls bereit."

„Sie müssen darauf vorbereitet sein, extreme Unterkühlung zu behandeln."

„Ich habe sie bereits davon in Kenntnis gesetzt. Sie haben jemanden dabei, der früher Rettungsspezialist bei der Küstenwache war. Er hat umfassende Erfahrung mit Hypothermie."

„Gut. Klingt, als wären wir für alle Eventualitäten gerüstet." Nick blieb vor der Bürotür stehen und holte tief Luft.

„Viel Glück." Steve trat zurück, damit er vom Büro aus nicht gesehen werden konnte.

Nick drehte den Türknauf und trat ein.

Debra sprang sofort auf. Ein anderer Agent hatte sich zu Mark gesellt, und die beiden Männer ergriffen ihre Arme, um sie zurückzuhalten, als sie versuchte, auf Nick zuzugehen.

Nick trat einen Schritt zurück. „Setzen Sie sich, Debra, sonst wird nichts aus unserem Geschäft."

Ihr Blick ruhte unverwandt auf dem schlafenden Baby, aber sie gehorchte.

„Jetzt sagen Sie mir, wo Rachel ist."

Wenn er nicht ein so starkes persönliches Interesse an diesem Fall gehabt hätte, wäre der Ausdruck schmerzlicher Sehnsucht auf Debras Gesicht vielleicht genug gewesen, um Mitgefühl in ihm zu wecken.

Vielleicht.

Aber jegliche Regung dieser Art löste sich bei ihrer nächsten Bemerkung in Luft auf.

„Ich erinnere mich nicht."

Panik drohte ihm die Kehle zuzuschnüren. Wenn man ihren labilen psychischen Zustand bedachte, konnte es gut sein, dass sie die Wahrheit sagte. Und wenn das stimmte, dann hatten sie verloren.

Nick versuchte äußerlich ruhig zu bleiben und rückte seinen Stuhl so, dass Debra das Kind nicht berühren konnte, bevor er sich setzte. „Wenn ich keine Informationen bekomme, bringe ich das Baby wieder weg, Debra."

„Ich weiß nicht mehr, wo Rachel ist."

„Gut. Ich werde versuchen, Ihnen zu helfen. Haben Sie sie drinnen oder draußen gelassen?"

„Drinnen. Daran erinnere ich mich noch."

Das bestätigte ihre Theorie. Und es war eine gute Nachricht. Wenigstens war Rachel vor dem eisigen Wind geschützt. Andererseits war die Wärmekamera ihnen dann keine Hilfe. Sie brauchten die Hunde.

„Was für ein Gebäude war es?"

„Ich weiß nicht. Klein. Leer. Dunkel."

„War Rachel am Leben, als Sie sie dort zurückgelassen haben, Debra?"

Die plötzliche Unsicherheit in ihrer Miene gefiel ihm nicht. „Ich glaube schon. Ja. Ich habe gesehen, wie sie geatmet hat."

„Haben Sie ihr wehgetan, Debra?" Nicks Hände schlossen sich fester um das Baby, woraufhin Megan sich wand und ein leises Geräusch ausstieß. Das erinnerte ihn daran, dass er nicht so fest drücken durfte.

Debras Blick wurde trübe. „Sie hat nicht getan, was ich gesagt habe. Und sie hat versucht, mir wehzutun. Es war Notwehr.

Überhaupt ist das alles ihre Schuld. Wenn sie die dämliche Puppe in Ruhe gelassen hätte, anstatt mit all dem übersinnlichen Kram zum FBI zu gehen, hätte ich nie etwas mit ihr zu tun gehabt. Ich will jetzt Danielle halten."

„Sie haben mir noch nicht gesagt, wo Rachel ist."

„Ich bin mir nicht sicher." Debras Augen verengten sich, während sie ihn beobachtete. „Aber vielleicht erinnere ich mich, wenn ich Danielle auf dem Arm habe."

Ihm gingen allmählich die Alternativen aus. Und die Zeit. Nick blickte zu seinen beiden Kollegen hinüber, die noch ein Stück näher traten, während er seinen Stuhl ein paar Zentimeter näher an die Frau heranrückte. So nah, dass sie sich vorbeugen und den Fuß des schlafenden Babys berühren konnte.

„Erinnern Sie sich, Debra?"

Keine Antwort, während sie die winzigen Zehen durch den Fleece-Schlafsack streichelte.

„Debra."

Noch immer keine Reaktion.

„Ich bringe das Baby zurück, wenn Sie nicht mit mir reden."

Bei der Drohung verzerrte ihr Gesicht sich angstvoll. „Ich versuche es ja. Es war abseits von einer Schotterstraße, die durch den Wald ging. In der Nähe habe ich einen See gesehen."

„Welche Straße war das?"

„Ich weiß es nicht. Es gab kein Schild."

„Wie weit war das Gebäude von der Straße entfernt?"

„Ich bin mir nicht sicher. Tagsüber konnte ich es durch die Bäume sehen. Als ich allein dort war, waren es nur ein paar Minuten bis zu dem Haus. Mit ihr hat es länger gedauert. Sie ist immer wieder hingefallen. Ich habe gesagt, sie soll die Schuhe ausziehen. Im Wald hochhackige Schuhe zu tragen, ist sowieso albern."

Sie strich über die Zehen des Babys und fing an, in einer Art Singsang mit ihm zu reden. „Du bist Mamis kleines Mädchen, nicht wahr, Liebling? Wenn du reden könntest, würdest du ihnen das sagen, richtig? Du würdest ihnen sagen, dass du und ich zusammengehören. Und wie lieb wir uns haben.“

Debra entglitt ihnen. Und sie hatten noch nicht genügend Informationen. Nick spürte, wie sein Körper noch mehr Adrenalin freisetzte.

„Debra.“ Er musste alle Selbstbeherrschung aufbringen, um mit normaler Stimme zu sprechen.

Als sie nicht antwortete, beugte er sich vor und rüttelte sacht an ihrer Schulter. Sie hob den Kopf. „Ist das Gebäude, in dem Sie Rachel versteckt haben, in der Nähe Ihres Hauses?“

Sie schien Schwierigkeiten zu haben, die Frage zu verstehen. „Mein Haus?“

„Das Haus, in dem Sie mit Danielle wohnen.“ Er sprach langsam und formulierte jedes Wort ganz deutlich. „Mussten Sie weit fahren, um nach Hause zu kommen, nachdem Sie Rachel in dem Gebäude zurückgelassen haben?“

Ihre Miene wurde träumerisch. „Ich bin nicht nach Hause gefahren. Ich musste doch mein kleines Mädchen abholen. Sie hat auf ihre Mama gewartet. Nicht wahr, Liebling?“ Sie wandte sich wieder dem Baby zu.

Nick und Mark wechselten einen Blick. Die Anspannung im Raum war beinahe mit Händen zu greifen.

„Ms Kraus, wie haben Sie das Gebäude, in dem Rachel ist, denn gefunden?“, versuchte Nick es noch einmal.

Sie blinzelte. Einmal. Zweimal. „Ich bin einen Tag lang herumgefahren … und habe versucht … einen Ort zu finden.“

„Nahe bei Ihrem Haus?“

„Nicht so weit weg. Ich wollte mit Danielle nicht lange über Land fahren, falls mit dem Auto irgendwas wäre. Es ist für ein Baby nicht gut, in der Kälte zu sein, wissen Sie.“

„Was für eine Straße führte zu dem Gebäude?“, warf Mark ein.

„Es waren nur Reifenspuren. Es sah so aus, als wäre lange niemand mehr da gewesen. Da, wo ich abgebogen bin, war ein alter, verrosteter Pflug. Jemand hat sich nicht um sein Werkzeug gekümmert. Meinem Vater hätte das nicht gefallen." Ihre Miene verfinsterte sich. „Er ist immer wütend geworden, wenn ich mein Spielzeug draußen liegen gelassen habe. Wie einmal, als ich vergessen habe, mein Fahrrad in die Garage zu bringen. Da hat er es am nächsten Tag verschenkt. Er hat gesagt, ich hätte es nicht verdient, wenn ich nicht dafür sorgen könnte." Ihre Unterlippe bebte. „Ich habe das Fahrrad geliebt." Sie streichelte wieder Megans Fuß. „Ich würde dir nie so etwas antun, Liebling. Ich würde nicht erwarten, dass du immer perfekt bist."

Mark gab Nick ein Zeichen und schlüpfte auf den Gang hinaus. Ein paar Sekunden später wurde er von einem anderen Agenten ersetzt.

Als Nick aufstand, flackerte Panik in Debras Augen auf. „Ich will mein Baby halten!"

„Sie ist nicht Ihr Baby, Ms Kraus."

Er ging zu Mark auf den Flur hinaus und schaltete ihr Klagegeheul aus, indem er die Tür hinter sich zuzog.

„Ich glaube nicht, dass sie mehr weiß, als sie uns erzählt hat", sagte Mark.

„Das glaube ich auch nicht."

Ein Stück weiter öffnete sich eine Tür und Steve kam heraus, gefolgt vom örtlichen Polizeipräsidenten. „Ich glaube, wir haben einen möglichen Tatort. Chief Richter sagt, ein paar Meilen von hier gibt es ein Grundstück, an dessen Einfahrt ein rostiger Pflug liegt."

„Irgendein Typ aus der Stadt hat es vor ein paar Jahren gekauft", fügte Joe hinzu. „Eine Finanzimmobilie, vermute ich. Man sieht ihn nie dort. Auf dem Grundstück steht zwar kein Haus, aber es könnte einen Schuppen oder etwas Ähnliches geben. War allerdings selbst noch nicht dort."

„Gibt es dort einen See?", fragte Nick.

„Es könnte einen kleinen Teich geben. Wie gesagt, es ist am Rand meines Bezirks, und ich hatte noch nie einen Grund, dort herumzulaufen. Ich könnte Floyd Mueller anrufen. Ihm gehört das Nachbargrundstück. Vielleicht kann er die Frage beantworten."

„Rufen Sie ihn an", sagte Nick.

Nachdem er den Farmer aus dem Schlaf gerissen und mit ihm gesprochen hatte, konnte Joe bestätigen, dass es auf dem Grundstück Gewässer gab. „Floyd sagte, es gebe dort zwei kleine Teiche. Außerdem ein paar Schuppen. Die meisten von ihnen ziemlich baufällig."

Das klang nach dem richtigen Ort. Der nächste Adrenalinstoß ließ Nick in Aktion treten. „Wir müssen da hin. Schnell."

Fünf Minuten später, nachdem er Megan wieder ihren besorgten Eltern übergeben hatte, sprang Nick hinters Steuer. Mark und er folgten dem Wagen des Polizeipräsidenten in einer Geschwindigkeit, die weit über das erlaubte Maß hinausging. Ein Krankenwagen und zwei Hundeführer waren ihnen auf den Fersen, gefolgt von Steve und einigen weiteren Agenten. Der Rettungshubschrauber war ebenfalls gestartet.

Während sie durch die dunkle Nacht fuhren, wanderte Nicks Blick immer wieder zu der digitalen Temperaturanzeige an seinem Armaturenbrett. Vor einer halben Stunde hatte sie noch eine einstellige Minuszahl angezeigt. Jetzt war es schon minus elf Grad.

Sie hatten nicht mehr viel Zeit.

* * *

„Da ist es." Mark zeigte nach vorne, als der Streifenwagen vor ihnen am Straßenrand hielt und der Polizeipräsident raussprang.

Nick parkte hinter ihm, zog die Handbremse an und stieg ebenfalls aus. Die anderen Fahrzeuge folgten ihrem Beispiel. Der Wagen der Hundestaffel hielt neben ihnen.

„Das ist die Straße." Der Polizeibeamte zeigte auf einen zugewachsenen Waldweg. „Und da ist der Pflug." Er deutete mit dem Kopf auf das verrostete Gerät, das am Anfang des Weges lag. Dann reichte er Nick einen Hammer. „Ich gehe davon aus, dass an dem Schuppen ein neues Vorhängeschloss ist. Schlagen Sie auf die Seite, auf der der Haken eingerastet ist."

Während Nick das Werkzeug entgegennahm, betete er, dass er die Gelegenheit haben würde, es zu benutzen. Sie setzten ihre ganze Hoffnung auf eine Detailinformation in Debras Geschichte. Vielleicht hatte sie den Pflug nur beim Herumfahren gesehen. Vielleicht hatte sie sich nicht daran erinnert, weil Rachel hier war, sondern weil der Pflug Erinnerungen an ihr Fahrrad geweckt hatte. Vielleicht …

„Willst du fahren oder laufen?"

Nick bemühte sich, seine Angst in den Griff zu bekommen, als er Marks Frage hörte. Das Fahrzeug der Hundestaffel, das neben ihnen gehalten hatte, war bereits in den Weg abgebogen. Die Hunde sollten an zwei verschiedenen Stellen beginnen und aufeinander zugehen, während sie versuchten, Rachels Geruch aufzunehmen. Nick und Mark würden der Gruppe folgen, die an der Hauptstraße loslief.

„Laufen." Trotz des bitterkalten Windes wollte Nick den Boden unter seinen Füßen spüren und nicht im Warmen sitzen. „Du kannst ja mit dem Auto nachkommen."

Anstatt zu antworten, warf Mark ihm eine der schwarzen Sturmmützen zu, die sie bei kaltem Wetter bei ihren Spezialkommando-Einsätzen trugen. Dann zog er seine eigene an, schlug den Kragen seiner Jacke hoch und machte sich auf den Weg.

Was eine Freundschaft wert war, erwies sich oft in kritischen Situationen, das war Nick nur zu bewusst. Während er sich die Kopfbedeckung überstülpte und Mark folgte, zog sich seine Kehle zusammen, so gerührt war er.

Das Tier, das mit der Suche am Anfang der Straße begann, hatte bereits ein Stück des Waldweges zurückgelegt, und so legten Nick und Mark einen Zahn zu und hefteten sich an die

Fersen des Hundeführers. Der Himmel war klar und der Mond schien hell, sodass sie die Stablampen, die sie aus dem Auto mitgenommen hatten, fast gar nicht brauchten.

Sie gingen schweigend. Nur das Knirschen der gefrorenen Halme unter ihren Füßen, das Knarren kahler Äste, als der Wind an den Bäumen rüttelte, und das Keuchen des Hundes, der seine Aufgabe mit Begeisterung und Konzentration erledigte, waren zu hören.

Mit jeder Minute, die verstrich, und mit jedem Meter, den sie zurücklegten, wuchs Nicks Unruhe. Der Farmer vom Nachbargrundstück hatte gesagt, die zugewachsene Straße, auf der sie sich befanden, sei ungefähr vierhundert Meter lang. Die beiden Hunde würden nicht lange brauchen, um diese Entfernung abzusuchen.

Und wenn sie keinen Erfolg hatten, würde Rachel sterben.

Weil ihnen die Zeit davonlief.

Fünf Minuten später verließ Nick aller Mut, als er den anderen Hundeführer etwa dreißig Meter von ihnen entfernt erspähte.

„Gibt es einen weiteren Ort, der als Versteck in Frage kommt?“ Der Beamte vor ihnen warf ihnen die Frage über die Schulter zu, während der Hund weiter auf dem Boden schnüffelte und an seinem Geschirr zog.

„Nein“, antwortete Mark, als Nick schwieg.

„Wir können noch mal zurückgehen, aber diese Hunde sind gut. Rico hat noch nie –“

Plötzlich blieb der Hund stehen, schnüffelte und tänzelte aufgeregt. Er zerrte an seinem Geschirr und zog den Beamten hinter sich her in Richtung Wald.

„Ich glaube, er hat was gefunden.“

Mark griff nach seinem BlackBerry und wählte Steves Nummer. Rasch berichtete er ihm von der jüngsten Entwicklung, während der Beamte mit seinem Hund einen kaum sichtbaren Pfad entlanglief.

Bitte Gott, mach, dass dies der richtige Ort ist! Nicks Pulsschlag beschleunigte sich, während er Hund und Hundeführer folgte.

Sie waren kaum dreißig Meter weit gegangen, als Rico stehen blieb, sich setzte und die Ohren aufstellte.

Nick hatte oft genug mit Hundestaffeln zusammengearbeitet, um die Haltung des Tieres einzuordnen. Er hatte etwas gefunden. Aber es konnte nicht Rachel sein. Nirgendwo war ein Gebäude zu sehen.

Der Beamte bückte sich und schob vorsichtig mit einem Stock die toten, verfaulenden Blätter beiseite. Nick trat neben ihn und sah zu, wie das Stochern ein Paar dünne, weiche Lederhandschuhe zutage förderte. Er erkannte sie sofort.

Das waren Rachels Handschuhe.

Er erinnerte sich daran, wie er Rachel an dem Tag, an dem er mit ihr zum Tee gegangen war, aufgezogen hatte, die Handschuhe seien für das kalte Wetter völlig ungeeignet. Sie hatte gelacht und erwidert, dass ihre dicken Thermohandschuhe für das schicke Hotel, in dem sie Klavier spielte, wohl kaum angemessen seien. Und dass eine Frau gelegentlich der Schönheit wegen Opfer bringen müsse.

Sein Herz schlug schneller. Sie waren auf der richtigen Fährte!

„Seht euch an, wie sie hier liegen. Ich glaube nicht, dass sie sie verloren hat." Mark hockte sich auf den Boden, um die Stelle zu untersuchen.

Nick sah genauer hin. Mark hatte recht. Die Handschuhe waren zusammengerollt und abseits des Weges unter einigen Blättern versteckt.

Rachel hatte ihnen einen Hinweis hinterlassen.

Trotz ihrer Angst, trotz möglicher Verletzungen hatte sie versucht, denen, die sie suchten, ein Zeichen zu geben.

Erstaunlich.

„Gut gemacht", sagte Mark leise und sprach damit Nicks Gedanken aus. „Ich hole die Sanitäter her." Noch während er aufstand, zog er sein BlackBerry heraus.

Nachdem der Beamte den Hund mit einem Leckerli belohnt hatte, drängte er Rico, weiterzusuchen. Der Hund brauchte nicht viel Ermutigung. Er strebte vorwärts, als spürte er, dass das Objekt seiner Suche in der Nähe war.

Zwei Minuten später, als die kleine Gruppe die Lichtung betrat, nahm Nick aus dem Augenwinkel einen kleinen Teich wahr, doch er beachtete ihn nicht weiter, da der Hund geradewegs auf ein baufälliges Gebäude zulief, das aus Betonblöcken gebaut worden war.

Als Nick den Schein der Stablampe über die Fassade gleiten ließ, fiel ihm vor allem das blitzblanke neue Vorhängeschloss auf.

„Bingo", sagte Mark und zog wieder sein Handy heraus.

Mit dem Hammer in der Hand rannte Nick über den unebenen Boden. Sein Herz hämmerte wie verrückt. *Bitte Gott, lass sie am Leben sein!*

Während der Hundeführer seinen vierbeinigen Partner mit einem weiteren Leckerli belohnte, machte Nick sich an dem Schloss zu schaffen. Er brauchte mehrere Schläge, aber schließlich sprang es auf.

Nick löste den Haken und bereitete sich seelisch darauf vor, das Gebäude zu betreten. Dabei wusste er, dass er in seinem Leben nie wieder einen so schrecklichen Augenblick erleben würde.

Denn was er auf der anderen Seite der Tür vorfinden würde, würde den Rest seines Lebens verändern.

Zum Guten oder zum Schlechten.

Kapitel 24

Der Schein von Nicks Stablampe fand sie sofort. Sie lag in Embryohaltung gleich hinter der Tür, mit dem Rücken zu ihm.

Und sie lag dort so still wie der Tod.

Sein Herz setzte einen Schlag aus und er versuchte den faden Geschmack der Angst herunterzuschlucken, als er über Rachel hinwegstieg und sich neben ihr hinkniete. Er machte eine schnelle Bestandsaufnahme, nahm Notiz von ihrer zerrissenen Strumpfhose, den Abschürfungen an ihren Füßen, der schmutzigen Bluse, die nie wieder makellos weiß werden würde. Das Haar war ihr übers Gesicht gefallen und er hob es sanft zur Seite. Die blutige Beule an ihrer Schläfe ließ sein Herz schneller schlagen. Ebenso wie die eisige Kälte ihrer blassen Haut.

Aber das Schlimmste war, dass er kein Anzeichen für eine Atemtätigkeit entdeckte.

Nick wappnete sich, beugte sich vor und presste seine Finger an Rachels Halsschlagader. Er meinte einen sehr schwachen Puls zu erkennen, aber er war sich nicht sicher.

„Komm schon, Rachel, bleib bei uns." Die Bitte war kaum mehr als ein heiseres Flüstern. Zärtlich strich er ihr über die Wange.

Bewegungen an der Tür erregten seine Aufmerksamkeit und er blickte auf. Zwei Sanitäter traten über die Schwelle, gefolgt von Mark und zwei weiteren Agenten, die sich in die Ecken des kleinen Raumes drückten und ihn mit ihren Lampen so gut wie möglich ausleuchteten, damit der Rettungsdienst arbeiten konnte.

„Der Helikopter kommt in fünf Minuten“, sagte Mark zu ihm. „Wir stellen Fackeln auf, damit sie den Weg finden. Hier ist mehr als genug Platz zum Landen. Wie geht es ihr?“

„Ich weiß es nicht.“ Nick presste die Worte heraus und trat zurück, um den Sanitätern Platz zu machen.

Die Stille in dem kleinen Raum war erdrückend, während die beiden Sanitäter erst Rachels lebenswichtige Funktionen überprüften und dann einen Blick wechselten.

„Was ist?“, fragte Nick angespannt.

„Puls und Atmung sind sehr langsam.“ Während der Sanitäter sprach, breiteten er und sein Kollege eine Thermodecke auf dem Boden aus. „Wir heben sie ganz langsam und vorsichtig hoch“, warnte er seinen Partner. „Bei drei. Eins. Zwei. Drei.“

Mit einer fließenden Bewegung beförderten sie Rachel auf das Polster, immer noch zusammengerollt in Embryonalstellung.

Während die Sanitäter eine dünne Decke über Rachel ausbreiteten, drang das Geräusch von Rotorblättern in Nicks Bewusstsein. Es wurde schnell lauter.

„Habt ihr Jungs nichts Wärmeres mitgebracht?“, fragte Nick ungehalten.

„Wir versuchen, einen Afterdrop zu vermeiden.“

„Was ist das denn?“

„Ein weiteres Absinken der Körperkerntemperatur. Wenn wir die Extremitäten erwärmen, weiten sich die Gefäße in Armen und Beinen und senden kaltes Blut zum Kern, sodass die Temperatur weiter sinkt. So kann man einen Menschen umbringen. Es ist wichtig, zuerst die Kerntemperatur zu erhöhen.“

Nick schluckte schwer. Hätte er hier das Sagen gehabt, dann hätte er bereits einen tödlichen Fehler begangen. „Wie macht man das?“

„Mit Spezialgeräten und erwärmten Infusionen und warmem, befeuchtetem Sauerstoff. Die Kollegen im Rettungshubschrauber haben die Ausrüstung, um die Kerntemperatur zu messen."

Während er darauf wartete, dass das medizinische Personal des Helikopters eintraf, trat Nick näher zu Rachel. Sie lag auf der rechten Seite und so berührte er ihre linke Hand. Dabei bemerkte er, dass sie die Finger um das Kreuz geschlossen hatte, das sie immer noch um den Hals trug. Er konnte ihre weißen Finger nicht davon lösen, deshalb legte er seine Hand um die ihre. Und betete weiter.

Sechzig Sekunden später kamen die Fachleute und übernahmen Rachel. Sie standen unter der Leitung eines Mannes, der etwa Ende vierzig war. Er hatte das gebräunte, wettergegerbte Gesicht eines Seemanns, und seine hellbraunen Haare, die er militärisch kurz geschnitten trug, waren von zahlreichen grauen Strähnen durchzogen. Während die beiden örtlichen Rettungssanitäter beiseitetraten, stieg der Mann über Rachel hinweg und sah, dass Nick ihre Hand umklammert hielt. Er schob ihn fort.

„Sie sehen nach FBI aus."

„Special Agent Nick Bradley."

„Kevin Callahan. Haben Sie ein persönliches Interesse an diesem Fall?"

„Ja." Zu diesem Zeitpunkt sah Nick keinen Sinn mehr darin, seine Gefühle für Rachel zu verbergen. Außerdem hatte er nicht vor, sie aus den Augen zu lassen.

„Gut. Sie können in der Nähe bleiben. Hauptsache, Sie sind mir nicht im Weg."

„Sie müssen der Hypothermie-Experte von der Küstenwache sein."

Der Mann untersuchte bereits Rachels Pupillen, aber seine Lippen verzogen sich zu einem schwachen Lächeln. „Wir werden ja sehen, ob ich ein Experte bin." Er untersuchte ihre bloße Haut, während er mit den beiden Sanitätern sprach, die ihn begleitet hatten. „Wir haben eine beginnende Zyanose. Machen Sie das Tympanon-Thermometer bereit. Und sehen Sie, ob wir eine Vene finden, die nicht eingefallen ist, um eine Infusion zu legen. Normale Kochsalzlösung."

Dann herrschte Stille in dem kleinen Raum. Die medizinischen Helfer machten sich an die Arbeit. Kevin Callahan drehte Rachel vorsichtig auf den Rücken und öffnete die Knöpfe ihrer Bluse. Er schob den Stoff zur Seite und legte die zarte Spitze ihres Unterhemdes bloß – und rote Flecken an ihrem Hals.

Nick sog scharf die Luft ein. Solche Flecken hatte er schon öfter gesehen. Bei Opfern, die erwürgt worden waren.

„Jemand hat alles dafür getan, dass diese Frau den morgigen Tag nicht mehr erlebt", sagte Kevin, während er Rachel an den Herzmonitor anschloss und Klebepflaster auf ihrer Brust befestigte.

„Die Infusion ist gelegt", sagte einer der beiden Helfer.

„Das Tympanon-Thermometer zeigt dreißig Komma sechs an", berichtete der andere Sanitäter.

Nicks Magen zog sich zusammen. Ihre Körpertemperatur war viel zu niedrig.

„Jemand soll dem Piloten sagen, dass er den Motor ausstellen soll." Die Anweisung kam von Kevin.

„Wollen Sie sie nicht transportieren?" Jeder Muskel in Nicks Körper versteifte sich. Er konnte sich nur einen Grund dafür vorstellen, warum Rachel nicht dringend in ein Krankenhaus verfrachtet werden musste. Und diese Möglichkeit wollte er nicht einmal in Erwägung ziehen.

„Doch. Aber ich will nicht, dass sie dem Sog der Rotoren ausgesetzt wird. Schließlich ist die Außentemperatur extrem niedrig."

„Ich kümmere mich darum", bot Mark an und verschwand durch die Tür.

„Wir holen die Trage rein", sagte Kevin.

Einer der Assistenten ging hinaus und schob die Trage kaum dreißig Sekunden später durch die Tür des Schuppens.

„Okay, wir müssen sie vorsichtig bewegen", sagte Kevin. „Wir dürfen sie nicht erschüttern und dadurch kaltes Blut von den Armen und Beinen in den zentralen Blutkreislauf schicken."

„Was ist mit der Vibration des Helikopters?", fragte Nick.

„Wir polstern die Trage, so gut wir können. Bedeckt auch ihren Kopf", wies Kevin die Sanitäter an, als sie Rachel in Decken hüllten.

Während sie Rachel durch die Tür schoben, warf Nick Mark seinen Schlüsselbund zu. „Nimm mein Auto, ja? Ich fliege mit dem Helikopter."

„Kein Problem." Mark hielt Nick mit einer Hand zurück und leuchtete mit seiner Stablampe auf eine der Türangeln. „Sie hat tapfer gekämpft. Das hier habe ich auf dem Boden gefunden." Er öffnete die Hand. Ein kleiner, scharfkantiger Stein lag auf seiner Handfläche.

Als Nick von dem blutigen Stein zu dem ausgefransten Holz neben der Türangel aufsah, verschwamm sein Blick. Trotz der Kälte und Dunkelheit war es Rachel beinahe gelungen, eine der Türangeln aus dem Holz zu kratzen, bevor die Unterkühlung sie überwältigt hatte.

Er fuhr sich mit dem Handrücken über die Augen und trat durch die Tür in die Dunkelheit hinaus. „Bitte ruf Rebecca an, ja?" Er brachte die heisere Bitte kaum heraus.

„Ich kümmere mich darum. Wir treffen uns dann im Krankenhaus."

Nick nickte und lief über das Feld, das von den Fackeln in ein unheimliches Licht getaucht wurde. Die Rotorblätter waren schon wieder in Bewegung, als er bei dem Helikopter ankam. Er duckte sich unter dem Sog hindurch und kletterte an Bord.

„Ich dachte mir, dass Sie mitkommen wollen", sagte Kevin und schloss die Tür hinter ihm.

Nick setzte sich neben Rachel und berührte ihre bleiche Wange. Sie war immer noch eiskalt. „Wird sie …" Er hielt inne und räusperte sich. „Wird sie wieder gesund?"

„Die erste halbe Stunde nach der Rettung ist entscheidend."

Kevin rutschte auf die Bank an Rachels andere Seite. Der Hubschrauber hob ab. „Aber wir tun ganz genau das, was wir tun sollten. Und die Hypothermiebehandlung ist heutzutage viel besser als früher."

„Wollen Sie damit sagen, dass die Aussichten gut sind?"

Kevin schaute auf den Herzmonitor, bevor er antwortete. „Ich habe schon Leute in schlimmerem Zustand gesehen, die überlebt haben."

Die vorsichtige Antwort des Sanitäters trug nur wenig dazu bei, Nicks Nerven zu beruhigen.

Und als der Helikopter in die dunkle Nacht davonflog, waren die Turbulenzen, die er hinterließ, nur eine sanfte Brise im Vergleich zu dem Sturm, der in Nicks Innerem tobte.

* * *

Die Reise zum Traumazentrum in St. Louis war die längste, die Nick je durchgemacht hatte. Und sobald sie dort ankamen, wurde Rachel fortgebracht, sodass er allein im Wartezimmer zurückblieb.

Während der nächsten fünfundvierzig Minuten ging er fünfmal zur Notaufnahme, aber niemand sagte ihm etwas. Er war kein Angehöriger.

Das Einzige, was ihm angeboten worden war, war ein Eisbeutel.

Nick verlagerte seine Position auf dem gepolsterten Sitz des Holzstuhles, lehnte den Kopf an die Wand hinter sich und hielt sich die Kühlkompresse ans Auge. Die ganze Situation erinnerte ihn an die Wache, die er im letzten Sommer mit Mark gehalten hatte.

Es waren keine guten Erinnerungen.

Aber Emily hatte überlebt. Und Rachel würde auch überleben.

Sie musste einfach.

„Nick!"

Er fuhr herum. Rebecca stürmte durch die Tür, dicht gefolgt von Mark. Nick erhob sich sofort.

„Wie geht es ihr?", fragte Rebecca.

„Ich weiß es nicht. Sie sagen mir nichts. Man muss ein Angehöriger sein, um irgendwelche Informationen zu bekommen." Er warf einen düsteren Blick zu der Krankenschwester mittleren Alters hinüber, die hinter der Rezeption saß. Sie ignorierte ihn.

„Du hast ihr das Leben gerettet. Das müsste doch eigentlich reichen." Rebecca ging zu der Empfangstheke. „Ich bin Rachel Suttons Schwester und ich möchte gerne wissen, wie es ihr geht."

Die Krankenschwester blickte Rebecca über ihre Brille hinweg an, dann wanderte ihr Blick einen Moment lang zu Nick, der hinter Rebecca getreten war. „Ich hole einen der Ärzte."

Sie stand auf und verschwand durch eine Tür.

„Nicht gerade Miss Herzlichkeit", bemerkte Mark, der sich inzwischen auch zu ihnen gesellt hatte.

„Man sollte meinen, sie würden in die Notaufnahme jemanden mit ein bisschen mehr Mitgefühl setzen", sagte Rebecca. Die Verärgerung war ihrer Stimme deutlich anzuhören.

„Wo ist Colin?" Da der Eisbeutel seine Finger betäubte, nahm Nick ihn in die andere Hand.

„Einer der Agenten hat ihn und Megan ins Hotel gebracht und ich bin mit Mark hergekommen." Sie rieb sich die Augen, woraufhin Nick die Ringe darunter bewusst wurden. Sie war völlig erschöpft. „Wie ging es ihr, als ihr hier ankamt, Nick?"

„Soweit ich sehen konnte, keine Veränderung."

Neben der Rezeption öffnete sich eine Tür und eine Frau um die fünfzig, die einen weißen Kittel trug, kam näher. „Sind Sie die Familie von Rachel Sutton?"

„Ja", antwortete Rachel für sie alle.

„Ich bin Dr. Kent." Sie reichte ihnen nacheinander die Hand. „Setzen wir uns eine Minute." Sie sah sich in dem leeren Wartezimmer um, deutete auf eine Sitzgruppe und ging ihnen dann dorthin voraus. „Nicht viel los heute Nacht. Offenbar hat sich niemand krank genug gefühlt, um in einer der kältesten Nächte des Jahres aus dem Haus zu gehen. Abgesehen von Ms Sutton."

„Wie geht es ihr, Doktor?" Rebecca beugte sich vor und knetete die Hände auf ihrem Schoß.

Nicks Finger krallten sich um die Armlehnen seines Stuhles, während er sich innerlich wappnete.

„Sie hält sich tapfer. Ihre Kerntemperatur ist auf gut dreiunddreißig Grad gestiegen. Wir erwärmen sie, so schnell es geht, ohne sie weiteren Gefahren auszusetzen. Wir haben einen Röntgen-Thorax und ein EKG gemacht, und jetzt untersuchen wir die Blutwerte. Wir konnten keine Herzrhythmusstörungen feststellen, das heißt, ihr Herz scheint unter der Auskühlung nicht übermäßig gelitten zu haben, aber das werden wir noch eine Weile genau beobachten. Sie hat außerdem eine Gehirnerschütterung und mehrere Prellungen und Quetschungen – darunter ein paar an ihrem Hals, die so aussehen, als hätte jemand versucht, sie zu erwürgen – und ein paar Finger und Zehen haben Erfrierungen zweiten Grades."

„Wie lautet die Prognose?", fragte Nick.

„Wenn die Erwärmung gut verläuft, wird sie bald wieder zu Bewusstsein kommen und kurz darauf anfangen zu sprechen. Die Gehirnerschütterung dürfte uns keine größeren Probleme bereiten. Ihre Finger und Zehen haben wir bereits mit warmem Wasser aufgewärmt. Das kann ziemlich schmerzhaft sein, also ist es in gewisser Weise ein Segen, dass sie bewusstlos ist. Ich rechne mit einigen Blasen und Ödemen – Schwellungen, laienhaft ausgedrückt – in den nächsten zwölf Stunden, und das wird eine Weile unangenehm sein, aber dagegen können wir ihr Schmerzmittel geben. Es kann auch sein, dass sie in den betroffenen Fingern und Zehen längere Zeit ein Kribbeln oder eine gewisse Taubheit spürt. Abgesehen davon und von den blauen Flecken sollten morgen kaum noch körperliche Hinweise auf ihre traumatische Erfahrung zu sehen sein. Die Hypothermie befördert den Körper in eine Art Sicherheitsmodus, der die lebenswichtigen Organe schützt. Es ist ziemlich erstaunlich."

Zum ersten Mal in den vergangenen zehn Stunden ließ die Anspannung in Nicks Schultern ein wenig nach. „Können wir sie sehen?"

„Zwei von Ihnen können mitkommen. Erschrecken Sie nicht, wenn Sie all die Geräte sehen. Sie macht sich wirklich gut."

Als sie aufstanden, wandte Mark sich mit gesenkter Stimme an Nick. „Ich warte hier. Und dann, wenn sie so weit ist, bringe ich Rebecca ins Hotel zurück. Sie sieht aus, als könnte sie sich kaum noch auf den Beinen halten. Was hast du vor?"

„Ich bleibe hier."

„Das dachte ich mir. Ich bitte Emily, morgen früh mit meinem Wagen hinter mir herzufahren, dann bringe ich dir deinen auf dem Weg zur Arbeit hier vorbei."

„Danke."

„Kein Problem."

Die Ärztin und Rebecca warteten an der Tür zur Notaufnahme und Nick hastete zu ihnen. Gemeinsam gingen sie zu einer mit Vorhängen abgetrennten Nische.

Als die Ärztin den Vorhang beiseiteschob, damit sie eintreten konnten, war Nick froh, dass sie ihnen bereits einen positiven Bericht über Rachels Entwicklung gegeben und sie wegen der Geräte vorgewarnt hatte. Wäre er unvorbereitet mit diesem Anblick konfrontiert worden, wäre er in Panik geraten. Eine Sauerstoffmaske bedeckte Rachels Gesicht, an beiden Seiten des Bettes waren Infusionen aufgebaut, ein Herzmonitor zeichnete durchgängig ihre Werte auf, und zusätzlich gab es noch mehrere andere Geräte, die er nicht identifizieren konnte. Außerdem war Rachel mit einer merkwürdig aussehenden Decke zugedeckt.

„Das ist eine Wärmedecke. Sie enthält erwärmte Luft", erklärte die Ärztin, als Nick die Decke vorsichtig berührte. „Wir verabreichen ihr außerdem erwärmten, befeuchteten Sauerstoff, um den Anstieg der Kerntemperatur zu beschleunigen."

Während sie sprach, trat er näher an das Kopfende des Bettes. „Was hat es mit dem Pflaster auf ihrer Wange auf sich?"

„Es sichert den Schlauch für die Speiseröhrensonde. So können wir am genauesten ihre Kerntemperatur beobachten."

„Können wir bei ihr bleiben?", fragte Rebecca, die auf die andere Seite des Bettes getreten war.

„Ja. Es wird gut für sie sein, wenn sie vertraute Gesichter sieht, sobald sie wieder zu sich kommt. Aber offensichtlich haben Sie beide auch eine anstrengende Nacht hinter sich. Vielleicht möchte einer von Ihnen sich hinlegen und versuchen, ein bisschen zu schlafen. Es wird mindestens noch eine Stunde dauern, bis sich hier irgendetwas tut."

„Im Wartezimmer steht ein Sofa", sagte Nick zu Rebecca. „Warum legst du dich nicht ein bisschen hin? Ich rufe dich, sobald sie anfängt, sich zu rühren."

„Ich weiß nicht … ich habe das Gefühl, dass ich hierbleiben sollte." Rebecca schob sich die Haare hinters Ohr und befeuchtete ihre Lippen, während sie einen unsicheren Blick auf Rachel warf.

„Ich gebe dem jungen Mann recht", schaltete sich die Ärztin ein. „Es gibt keinen Grund, warum sich alle um den Schlaf bringen sollten."

Seufzend kapitulierte Rebecca. „Also gut. Aber du rufst mich sofort, wenn sie anfängt aufzuwachen?"

„Ich gebe dir mein Wort", versprach Nick.

„Ich bringe Sie raus und organisiere Ihnen noch ein Kissen", sagte die Ärztin zu Rebecca.

Mit einem letzten Blick auf ihre Schwester setzte sich Rebecca in Bewegung. Die Ärztin zog die Vorhänge wieder zu und ließ Nick mit Rachel allein.

Mehrere Minuten lang stand er regungslos da und sah sie nur an, während er ein stilles Dankgebet sprach. Dann beugte er sich über sie und fuhr mit einem Finger die Linie ihres Haaransatzes entlang, über Haut, die sich immer noch zu kalt anfühlte, bis er zu der Beule an ihrer Schläfe kam. Wenn er daran dachte, dass er sie beinahe verloren hätte, schnürte sich ihm die Kehle zusammen und seine Augen wurden feucht.

Nick blinzelte die Tränen fort und schob seine Hand unter die Wärmedecke, bis sie die ihre fand. Dann umschloss er ihre Finger, ließ sich auf der Bettkante nieder und machte es sich bequem.

Denn er hatte vor zu bleiben, bis sie diese samtbraunen Augen öffnete und er wusste, dass sie wieder da war. Für immer.

Kapitel 25

Jemand hielt ihre Hand. Das war ein gutes Gefühl.

Rachel seufzte und grub sich tiefer in die Wärme, die sie umgab. Auch das fühlte sich gut an. Doch eines war merkwürdig: Obwohl sie in diesem warmen Kokon lag, war ihr bis auf die Knochen kalt. Wirklich seltsam. Und warum nur pulsierten ihre Finger so? Sie versuchte sie zu bewegen und runzelte die Stirn. Das tat weh.

Mit einem Mal verschwand die Hand, die die ihre gehalten hatte. Sofort vermisste sie den tröstlichen Druck – und die Wärme.

Sie versuchte ihre schweren Augenlider zu heben. Einmal. Zweimal. Als alle Anstrengungen erfolglos blieben, ließ sie sich wieder treiben.

Einige Zeit später … eine Minute, eine Stunde, sie hatte keine Ahnung … holte das Murmeln von Stimmen sie zurück. Sie spürte, wie jemand sanft eine ihrer Hände umfasste. Das Gleiche geschah mit ihrer anderen Hand. Wieder versuchte sie die Augen zu öffnen. Diesmal gelang es ihr mit einiger Mühe.

„Kannst du mich hören, Rachel?"

Nicks Stimme. Zumindest glaubte sie, dass es seine Stimme war. Aber er klang heiser. So, als hätte er eine Erkältung.

Sie blinzelte und versuchte klar zu sehen. Dann wurde ihr bewusst, dass sie ihre Brille nicht aufhatte. Sie versuchte, danach zu fragen, aber aus ihrer schmerzenden Kehle kam nur ein krächzender Laut.

„Ist schon gut, Rachel, du brauchst nichts zu sagen." Nick kam näher und drückte ihre Hand sachte und aufmunternd. Obwohl der Druck nicht heftig war, zuckte sie zusammen. Er ließ sofort locker. „Nicht die Hände drücken." Die Bemerkung war an jemanden rechts von ihr gerichtet. „Die Erfrierungen tun offenbar weh."

Erfrierungen. Sie hatte Erfrierungen?

Eine zweite Gestalt lehnte sich vor und beugte sich über sie. Rebecca.

Rachel blickte von einem zum anderen. Jetzt, wo sie näher waren, konnte sie ihre Gesichter erkennen. Einigermaßen jedenfalls. Alles war verschwommen. Aber sie konnte genug sehen, um einen Schrecken zu bekommen. Rebeccas Gesicht war viel zu blass und Nick hatte ein blaues Auge, das einem Boxer Ehre gemacht hätte.

Sie versuchte wieder zu sprechen, aber die Worte wollten sich nicht formen lassen.

„Dir geht es gut, Rachel." Trotz Rebeccas ermutigenden Worten zitterte ihre Stimme. „Nick hat dich rechtzeitig gefunden. Und Megan auch. Sie ist in Sicherheit. Der Albtraum ist vorüber."

Rachel verstand die Worte ihrer Schwester, aber sie wurde schon wieder schläfrig. Es fiel ihr schwer, sich zu konzentrieren. Sie wollte Fragen stellen, aber sie hatte keine Kraft dazu. Sie brachte die Worte einfach nicht heraus.

Aber eines wusste sie: Wenn Nick und Rebecca hier bei ihr waren, dann war sie in Sicherheit. Sie konnte wieder abtauchen. Und wenn sie das nächste Mal zu sich käme, würden ihr Verstand – und ihre Zunge – ihr vielleicht wieder gehorchen.

* * *

Nick trank einen Schluck von seinem schwarzen Kaffee und beobachtete Rachel vom Fußende des Bettes aus. Nachdem sie vor einer Dreiviertelstunde aufgewacht war, hatte er Rebecca überredet, ins Hotel zu fahren und etwas zu schlafen. Jetzt, um viertel vor vier am Morgen, ließ seine Anspannung allmählich nach und auch er hatte Mühe, wach zu bleiben. Er konnte sich nicht daran erinnern, jemals so müde gewesen zu sein, nicht einmal bei seinem längsten Einsatz.

Die Ärztin hatte ihn gedrängt, nach Hause zu fahren und zu schlafen. Aber sie hatte auch gesagt, dass Rachel jederzeit aufwachen konnte. Ihre Temperatur war auf sechsunddreißig Grad gestiegen, und was die Mediziner betraf, war sie außer Gefahr. Sie hatten sie vom Sauerstoff abgehängt und die Schwestern ließen sich nicht mehr so oft blicken. Zwar wollte die Ärztin sie wegen der Gehirnerschütterung noch vierundzwanzig Stunden im Krankenhaus behalten, aber man würde sie bald in ein normales Zimmer verlegen. Es konnte allerdings auch sein, dass sie die ganze Nacht durchschlief.

Er brauchte nicht zu bleiben.

Aber er konnte nicht nach Hause gehen. Nicht, bis er mit ihr gesprochen hatte. Er musste wissen, dass sie wieder da war – und bei klarem Verstand –, bevor die letzte Anspannung in seinen Schultern so weit nachlassen würde, dass er schlafen konnte.

„Nick?"

Als er das Flüstern hörte, zuckte Nick zusammen. Beinahe hätte er seinen Kaffee verschüttet. Er umfasste den Becher mit beiden Händen, damit er ihn nicht fallen ließ, ging um das Fußende des Bettes herum und war mit zwei langen Schritten an ihrer Seite. Erleichtert stellte er fest, dass ihr Blick klar war.

„Hallo." Er meisterte ein schwaches Lächeln. „Ich dachte schon, du würdest rund um die Uhr schlafen."

„Was ist mit deinem Auge passiert?" Sie versuchte die Hand zu heben, um seine geschwollene, abgeschürfte Haut zu berühren, aber ihre Hand war unter einer Decke begraben.

Er drückte sie sanft, aber bestimmt aufs Bett zurück. „Du

hängst an einem Tropf. Versuch, dich nicht zu viel zu bewegen. Bleib ruhig liegen und ruh dich aus."

„Wenn ich verspreche, brav zu sein, erzählst du mir dann, was mit deinem Auge passiert ist?"

Ihre Stimme klang rau und heiser, aber als er das neckische Blitzen in ihren gold-gefleckten Augen sah, musste er grinsen. „Du kannst es dir gar nicht leisten, zu feilschen, weißt du. Ich kann jederzeit die Schwester rufen, wenn du dich nicht benimmst."

„Wenn du das tust, dann frag sie doch bitte, ob sie meine Brille hat, ja? Alles ist so verschwommen."

„Ich fürchte, die ist in einer Asservatentüte."

„In einer Schachtel auf meinem Klavier ist eine Ersatzbrille." Sie sah ihn hoffnungsvoll an.

„Ich werde sehen, was ich tun kann."

„Danke. Aber jetzt zurück zu deinem Auge. Hast du Eis draufgetan?"

Sie wäre beinahe gestorben und machte sich Sorgen um sein Auge. Nick schluckte den Kloß in seiner Kehle herunter. „Ja, Ma'am, das habe ich."

„Was ist passiert?"

„Ich habe mich nicht rechtzeitig geduckt."

„Die Antwort reicht nur leicht."

„Ich erzähle dir später mehr."

Zu seiner Erleichterung ließ sie das Thema fallen und wandte sich wichtigeren Dingen zu.

„Nick ... als Rebecca vorhin hier war ... da hat sie gesagt, dass es Megan gut geht, oder?"

Er stellte seinen Kaffeebecher auf den Nachttisch und griff wieder unter die Decke, um locker ihre Hand zu halten. Diesmal reagierten ihre Finger und schlossen sich warm um die seinen, obwohl er an manchen Stellen Blasen und Schwellungen spürte.

„Ja. Megan geht es gut. Sie schläft friedlich in einem Hotelzimmer mit Rebecca, Colin und Bridget."

„Dann war die Frau, die mich entführt hat … das war Megans Entführerin?“

„Ja.“ Nick setzte sich vorsichtig neben ihr aufs Bett und strich ihr eine Haarsträhne aus dem Gesicht. „An wie viel erinnerst du dich eigentlich, Rachel?“, fragte er behutsam.

Sie legte die Stirn in Falten und er bemerkte eine sofortige Veränderung in ihrer Atmung. „So ziemlich an alles, glaube ich. Vor allem erinnere ich mich daran, wie kalt mir war. Und dass ich gebetet habe, du mögest mich finden, bevor es zu spät ist. Ich vermute, die Entführerin hat über die Medien von meinen angeblichen übersinnlichen Fähigkeiten erfahren und Angst bekommen.“

„Davon gehen wir auch aus. Du warst eine Bedrohung, die sie unbedingt ausschalten wollte.“

Tränen traten in Rachels Augen und eine rollte über ihre Wange. Nick wischte sie mit seiner freien Hand fort.

„Tut mir leid.“ Sie versuchte zu lächeln. „Ich bin eigentlich nicht der weinerliche Typ.“

„Heute darfst du guten Gewissens weinen, nach allem, was du durchgemacht hast.“

„Wenn ich daran denke, dass sie beinahe Erfolg gehabt hätte …“ Ein Schauer durchfuhr Rachel, und sie umfasste Nicks Hand fester. „Das Schlimmste war das Gefühl der Hilflosigkeit.“

„Du warst verletzt und sie hatte eine Waffe. Du hast getan, was du konntest, um dir selbst zu helfen. Wir haben deine Handschuhe gefunden. Und den Stein, mit dem du die Türangeln bearbeitet hast.“ Er strich mit dem Daumen über ihre Hand. „Und du hast dich gewehrt, wenn diese Prellungen mich nicht täuschen.“

Rachel schloss die Augen und holte tief Luft. „Kurz b-bevor wir zu dem Schuppen kamen, sprang ein Reh aus dem Wald. Sie war abgelenkt und ich dachte: Das ist meine letzte Chance zur Flucht. Ich habe sie gestoßen. Als sie stürzte und die Waffe fallen ließ, habe ich versucht, die Pistole zu fassen, aber ich hatte Handschellen um und … ich habe es nicht geschafft." Sie schluckte und schlug die Augen auf. „Sie war nicht bei Sinnen, Nick. Ihr Geist war … nicht normal. Wisst ihr irgendetwas über sie?"

„Ein paar Dinge." Er erzählte ihr das Wichtigste, hielt seinen Bericht aber so kurz wie möglich.

„Wie traurig", murmelte Rachel, nachdem er geendet hatte. „Sie ist offensichtlich eine sehr kranke Frau. Irgendwie tut sie mir leid."

Da er der bekennende Christ war, wusste Nick, dass er Verständnis und Vergebungsbereitschaft für die Frau aufbringen sollte. Aber so weit war er noch nicht. Noch lange nicht. Der Schrecken, der ihn bei dem Gedanken erfüllt hatte, diese wunderbare Frau zu verlieren, die jetzt seine Hand hielt, war noch zu frisch.

„Sie wird professionelle Hilfe bekommen, Rachel. Ich mache mir mehr Sorgen um dich."

Sie sah die Monitore an, die ihr Bett umgaben. „Ich habe ein bisschen Angst, nach meiner Prognose zu fragen, wenn ich bedenke, dass die halbe Krankenhausausstattung in meinem Zimmer geparkt ist."

„Es sieht gut aus. Die Unterkühlung ist beinahe fort, die Erfrierungen dürften keine bleibenden Schäden hinterlassen, und deine Gehirnerschütterung hat keine ernsthaften Schwierigkeiten verursacht. Die Ärztin sagte, du kannst morgen nach Hause." Er blickte auf seine Uhr. „Das heißt, heute."

„Wie spät ist es?"

„Kurz vor vier."

„Morgens?" Ihre Augen weiteten sich.

„Ja."

„Geh nach Hause, Nick. Du musst schlafen."

„Das mache ich. Später."

„Jetzt."

Er zog einen Mundwinkel in die Höhe. „Es geht dir offensichtlich besser, wenn du anfängst, mich herumzukommandieren."

„Das liegt nur daran, dass du mir wichtig bist. Sehr wichtig." Sie bewegte ihre Hand, um ihre Finger mit den seinen zu verschränken.

Die leise, ehrliche Bemerkung überrumpelte Nick. Ebenso wie die Zärtlichkeit in ihren Augen.

„Und aus demselben Grund kann ich dich nicht allein lassen." Seine Worte klangen heiser. Langsam beugte er sich vor und berührte mit seinen Lippen ihre Stirn. Er konnte genauso gut alle Karten auf den Tisch legen.

Als seine Lippen ihre Haut berührten, schloss Rachel die Augen, lächelte und seufzte. „Ich hätte nie gedacht, dass ich jemanden wie dich finden würde", murmelte sie.

„Mir geht es genauso."

„Weißt du, was ich am meisten bedauert habe, kurz bevor ich das Bewusstsein verloren habe?" Ihr Blick begegnete dem seinen, als sie die Frage flüsterte.

„Was?"

„Dass wir nie die Gelegenheit haben würden zu sehen, wohin unsere Beziehung führt."

„Also, in dieser Hinsicht kannst du jetzt ja beruhigt sein." Er legte seine freie Hand so an ihr Gesicht, dass seine Finger sich an ihre Wangen schmiegten. „Denn sobald du hier raus bist, werde ich diese Ermittlung zu meiner obersten Priorität machen. Und ich bin ein sehr gründlicher Ermittler." Er grinste und zwinkerte ihr zu. „Da kannst du meinen Chef fragen."

* * *

Viereinhalb Stunden später, nach einer gesunden Portion Schlaf, aus dem auch ein Transport auf einer fahrbaren Liege sie nicht hatte reißen können, wachte Rachel in einem anderen Zimmer und mit anderen Gestalten um ihr Bett auf. Von ihnen war Rebecca die Einzige, der sie schon einmal begegnet war, aber die anderen erkannte sie von den Fotos, die ihre Schwester ihr bei ihrem Kennenlernen gezeigt hatte. Der große Mann mit dem silbern gesprenkelten Haar und dem netten Gesicht war Colin, das blonde Mädchen auf seiner Hüfte, das die Finger im Mund hatte, war Bridget und das braunhaarige Baby, das auf Rebeccas Arm schlief, musste die kleine Dame sein, deren Entführung diese ganze unglaubliche Folge von Ereignissen angestoßen hatte.

„Schön, dass du wieder da bist." Rebecca lächelte sie an. „Ich dachte, es wird Zeit, dass du deine Familie kennenlernst."

Meine Familie.

Die Worte hallten unzählige Male in Rachels Herzen wider.

„Hallo Rachel. Ich habe schon eine Menge über dich gehört." Colin lächelte und wandte sich dann an Bridget. „Sag deiner Tante Rachel Hallo, Bridget."

Die Kleine schmiegte den Kopf an Colins Schulter, lugte aber hervor und lächelte Rachel schüchtern zu.

„Und das ist Megan." Rebecca sprach den Namen zärtlich aus und trat näher. „Colin, kannst du das Bett aufrichten, damit Rachel sie halten kann?"

Während er den richtigen Knopf suchte, zog Rachel die Arme unter der Decke hervor, weil sie das Baby trotz des Pulsierens in ihren Fingern nehmen wollte. Aber sie zog die Hände voller Entsetzen zurück, als sie sie sah. An mehreren Fingern hatten sich Blasen gebildet und die Haut darum herum war angeschwollen und rot. Sie verspürte das gleiche pochende Gefühl in ihren Zehen, und sie vermutete, dass die nicht besser aussahen.

„Oh, Rachel … tut es sehr weh?" Rebeccas Miene war besorgt.

„Ein bisschen. Aber ich würde meine Nichte trotzdem gern halten."

Das Bett war jetzt in Sitzposition, und Colin half Rachel mit seiner freien Hand, die Kissen zurechtzurücken. Dann legte Rebecca das schlafende Baby auf Rachels Schoß, wobei sie darauf achtete, nicht gegen den Tropf zu kommen, der noch in Rachels linkem Arm steckte.

„Sie ist wunderbar." Ehrfürchtig betrachtete Rachel das friedliche Gesichtchen des schlafenden Säuglings.

„Warte, bis du ihre echte Haarfarbe siehst. Ich werde diese scheußliche Tönung so schnell wie möglich rauswaschen." Rebecca hockte sich neben sie auf die Bettkante, während sie mit Megans Locken spielte. „Rach ..." Als sie das Zögern in Rebeccas Stimme hörte, wandte Rachel ihre Aufmerksamkeit ihrer Zwillingsschwester zu. „Mama und ich haben heute Morgen lange miteinander gesprochen. Und ich bin mir sicher, in den nächsten Tagen werden wir noch viel reden. Aber ich weiß, dass es ihr wirklich leidtut, dass sie meine Adoption – und deine Existenz – geheim gehalten hat. Sie würde dich gerne kennenlernen, wenn es dir wieder besser geht. Könntest du dir das vorstellen?"

Rachel dachte über die Frage nach. Es fiel ihr schwer, der Frau, die ihr so viele Jahre der Einsamkeit beschert hatte, nicht böse zu sein. Sie hatte Rachel die Verwandten geraubt, nach denen sie sich immer gesehnt hatte. Sie und Rebecca hatten so viel verpasst. Aber Vergebung gehörte zum Christsein dazu, so viel hatte sie bei den beiden Gottesdiensten, die sie besucht hatte, schon gelernt. Wenn sie mit dem Glauben an Gott ernst machen wollte – und während ihrer kalten, dunklen Gefangenschaft hatte sie beschlossen, das zu tun – dann würde Vergebungsbereitschaft zu einem Teil ihres Wesens werden. Sie konnte genauso gut jetzt damit anfangen zu üben. Außerdem würden Rebecca und sie, so Gott wollte, noch viele Jahre haben, die sie für die verlorene Zeit entschädigen konnten.

„Ja."

Sie sah, dass Rebecca Tränen in die Augen traten, die sie mit einem verlegenen Lächeln fortwischte. „Ich muss immer heulen, wenn es ein Happy End gibt."

Rachel lächelte durch ihre eigenen Tränen hindurch. „Ich auch. Das muss wohl in der Familie liegen."

Während Colin Megan auf den Arm nahm und Rachel ein Taschentuch aus der Schachtel neben ihrem Bett zog, erregte ein Rascheln ihre Aufmerksamkeit. Ein riesiger Korb mit bunten Blumen schwebte vor der Tür. Nachdem der Korb sich durch die schmale Türöffnung gequetscht hatte, lugte Nick hinter dem Minigarten hervor und lächelte.

Das Lächeln verschwand jedoch augenblicklich, als er ihre Tränen sah, und er blieb wie angewurzelt stehen. „Was ist los?"

„Nichts", versicherte Rachel ihm. „Das sind Freudentränen."

Die plötzliche Steifheit in seinen Schultern ließ nach.

„Wo um alles in der Welt hast du die so früh am Morgen bekommen?" Rebecca zeigte auf den Korb.

„Ich habe Beziehungen. Mark hat sie für mich abgeholt, bevor er meinen Wagen hergebracht hat. Zufällig kenne ich nämlich eine ganz besondere Dame, die frische Blumen mag." Er lächelte Rachel zärtlich zu und stellte den Korb auf einen Schrank hinter dem Fußende des Bettes. „Die hier hat er auch mitgebracht." Er reichte Rebecca Rachels Brille, die sie an ihre Schwester weitergab.

Rachel setzte die Brille auf und betrachtete die Blumen staunend. „Wow! Die sind wunderschön, Nick. Danke."

„Gern geschehen." Seine Worte waren wie ein Streicheln und ihre Blicke verhakten sich einen schier endlosen Moment ineinander. Dann räusperte er sich und schob die Hände in die Hosentaschen. „Ich wusste ja nicht, dass du Besuch hast. Ich kann später wiederkommen. Ich muss mich sowieso umziehen und rasieren."

„Du siehst gut aus. Und wir sind kein Besuch. Wir sind Familie", sagte Rebecca zu ihm.

Er zögerte und sah zu Rachel hinüber.

Sie lächelte und streckte die Hand aus. „Bitte bleib, Nick."

Rebecca blickte zwischen den beiden hin und her. „Colin, ich glaube, unsere beiden kleinen Stinker brauchen dringend eine neue Windel. Lass uns mal kurz ins Wartezimmer gehen."

Ohne Nick oder Rachel die Chance zum Widerspruch zu geben, verschwand Rachels neu gefundene Familie durch die Tür.

„Ich glaube, ich habe sie verjagt." Ein reuloser Nick kam näher und nahm ihre geschwollene Hand in die seine.

„Sie kommen wieder." Rachel hob ihre freie Hand und berührte die dicke, blau angelaufene Stelle über seinem Auge. „Wir sind ein Pärchen, was? So schnell lädt uns keiner zu einem Schönheitswettbewerb ein."

„Das Gute ist, dass wir beide wieder heilen werden." Er setzte sich neben sie und fuhr mit seinen Fingern zärtlich über ihre Wange. „Und wir haben unendlich viel, wofür wir dankbar sein können."

„Ich weiß."

Lächelnd lehnte er sich näher, bis sein Gesicht nur noch wenige Zentimeter von dem ihren entfernt war. „Erinnere mich daran, dass ich mich bei Rebecca für ihr optimales Timing bedanke."

Und dann senkte er seinen Kopf, um ihre Lippen für sich zu beanspruchen, in einem zärtlichen, forschenden Kuss, der von Hoffnung und Versprechen und neuen Anfängen sprach. Einem Kuss, der einen verlockenden Vorgeschmack auf eine Zukunft voller Liebe und Zärtlichkeit und Zweisamkeit bot.

Während Rachel sich in Nicks Umarmung verlor, floss ihr Herz vor Freude über. Noch vor wenigen Wochen war sie ganz allein auf der Welt gewesen. Jetzt, dank des zufälligen Fundes einer zerschlissenen Stoffpuppe, hatte sie eine Schwester. Eine Familie. Einen Mann, den sie liebte. Und die Saat eines Glaubens, von dem sie wusste, dass er wachsen und reifen und sie ihr Leben lang begleiten würde.

Aber Rachel glaubte nicht, dass ihr Aufeinandertreffen mit der Puppe nur ein Zufall gewesen war. Vor langer Zeit hatte sie mal ein Zitat gelesen, das ihr jetzt wieder in den Sinn kam: Ein Zufall ist ein kleines Wunder, bei dem Gott beschließt, anonym zu bleiben.

Jetzt, sicher in Nicks Armen geborgen, dankte sie Gott für die großen und kleinen Wunder in ihrem Leben.

Epilog

Vier Monate später

Rachel fuhr in Nicks Auffahrt, hielt vor dem Haupteingang und zog die Handbremse ihres Wagens an. Es würde zeitlich eng werden, aber sie war entschlossen, das Wandgemälde in seinem Esszimmer rechtzeitig zu dem von ihr selbst gesetzten Termin, zum vierten Juli, fertigzubekommen.

Das war morgen.

Sie nahm ihre Handtasche vom Beifahrersitz und schüttelte den Kopf. Es war ein Endspurt in letzter Minute. Der Termin war ihr nicht unrealistisch erschienen, als sie mit dem Malen angefangen hatte, aber sie war längst nicht so schnell vorangekommen, wie sie gehofft hatte. Zwei Finger an ihrer rechten Hand bereiteten ihr immer noch Probleme, weil die Fingerspitzen abwechselnd kribbelten oder gefühllos waren. Und obwohl die Nachwirkung der Erfrierungen nachließ, war es noch immer eine Herausforderung, einen Pinsel zu halten – oder Klavier zu spielen. Sie hatte zwei Monate gebraucht, um ihre Fingerfertigkeit wieder so weit herzustellen, dass sie im Hotel auftreten konnte, und selbst jetzt beschränkte sie sich noch auf einfachere Stücke. Vor zwei Monaten hatte sie wieder angefangen zu malen, aber ein Bild fertigzustellen, dauerte viel länger als sonst.

Obwohl es Nick nicht das Geringste auszumachen schien, dass sein Esszimmer sich in ein Künstleratelier verwandelt hatte, und er sie gebeten hatte, sich nicht selbst unter Druck zu setzen, wollte sie fertig sein, bevor Coop und Monica mit ihrem Baby für das lange Feiertagswochenende eintrafen. Morgen, wenn sie sich alle hier zum Grillen einfanden, zusammen mit Mark und der seit Kurzem schwangeren Emily, sollten alle die ruhige, friedliche Atmosphäre der Landschaft, die sie gemalt hatte, genießen, anstatt von der Unordnung eines unvollendeten Werks abgelenkt zu werden.

Als Rachel aus dem kühlen Auto stieg, umfing sie die stickige Luft eines typischen Julitages in Missouri auf unangenehme Weise. In der Vergangenheit hatte sie sich oft über die schwüle Sommerhitze in St. Louis beklagt.

Nie wieder würde sie das tun.

Sie wusste nur zu gut, dass das andere Extrem viel schlimmer war.

Nachdem sie den Schlüssel, den Nick ihr gegeben hatte, aus der Handtasche geholt hatte, schob sie ihn in das Schloss seiner herrschaftlichen Backsteinvilla. Jetzt, in den Sommerferien, konnte sie dem Wandgemälde unter der Woche viel mehr Zeit widmen, während Nick arbeitete. Heute würde sie sich den letzten Feinheiten widmen.

Sie drehte den Türknauf und betrat das elegante Foyer. Wie jedes Mal staunte sie über das Gefühl des Zuhauseseins, das sie empfand, wann immer sie durch Nicks Tür trat. Am liebsten war es ihr, wenn er da war und sie mit einer Umarmung und einem Kuss begrüßte. Aber selbst wenn sie wie heute an einem Werktag allein im Haus war, fühlte sie sich glücklich und zufrieden.

Vielleicht lag es daran, dass sie mit Nick glücklich und zufrieden war.

Während sie die Alarmanlage deaktivierte und ihre Handtasche auf den Boden im Esszimmer stellte, betrachtete sie ihr Fresko. Wie das Gemälde war auch ihre Beziehung in den vergangenen Monaten gewachsen und hatte an Tiefe und Dimension gewonnen. Beflügelt durch die dramatischen Ereignisse zu Beginn ihrer Bekanntschaft war ihre anfängliche Romanze schnell zu etwas viel Tieferem erblüht. Und obwohl sie beide Wert darauf legten, nichts zu überstürzen, sich zu gedulden und die Fallstricke einer vorschnellen Entscheidung zu vermeiden, war Rachel klar, dass es mit ihnen beiden ernst war. Wenn ihr Leben nicht eine gänzlich ungeahnte Wendung nehmen würde, ging sie davon aus, dass Nick sie in nicht allzu ferner Zukunft fragen würde, ob sie seine Frau werden wollte.

Und sie wusste schon jetzt, wie ihre Antwort lauten würde. Sie hatte während der Gottesdienste, die sie zusammen mit Nick besucht hatte, und auch an den Wochentagen dazwischen immer wieder darüber gebetet. Sie wusste mit absoluter Sicherheit, dass sie beide füreinander bestimmt waren.

Lächelnd trat sie einen Schritt zurück und legte den Kopf schief, während sie ihre Arbeit betrachtete. Es war das größte Gemälde, das sie jemals in Angriff genommen hatte, aber die Größe und das Motiv passten zu dem Raum. Zwei Reihen hoher Pappeln, die in der Ferne kleiner wurden, rahmten einen parkähnlich angelegten Garten mit Buchsbaumhecken, spiegelnden Teichen und Fontänen ein. Es war ein Garten, wie sie früher in Frankreich oder England üblich gewesen waren, und er entsprach dem Charakter dieses Hauses im Federal Style vollkommen. Ruhige Grüntöne dominierten das Bild, aber Rachel hatte einige Farbtupfer hinzugefügt, indem sie Steinkübel mit überwuchernden Blumen an strategisch wichtigen Punkten verteilt hatte. Heute wollte sie noch ein paar rosafarbene Blüten bei zweien dieser Pflanzkübel ergänzen und eine Bank unter die Pappeln malen.

Aber zuerst … musste sie einen Blick in die Küche werfen. Wenn Nick wusste, dass sie herkam, ließ er morgens irgendein extravagantes Teilchen für sie auf der Küchenzeile stehen, zusammen mit frisch gebrühtem Kaffee. Bei ihrem letzten Besuch hatte sie einen wundervollen Karamell-Pekannuss-Zopf dort vorgefunden. Welche Leckerei sie wohl heute erwartete?

Während Rachel ins Foyer hinaustrat, zog sie ihr Handy aus der Hosentasche. Sie musste herausfinden, wann Rebecca und ihre Familie eintreffen würden. Ein Notfall in Colins Büro hatte ihre Abreise verzögert, aber Rachel hoffte immer noch, dass sie es schaffen würden, bevor morgen Nachmittag die Grillparty bei Nick begann.

Auf dem Weg in die Küche, während sie im Adressbuch den Namen anwählte, warf sie einen beiläufigen Blick ins Wohnzimmer.

Und erstarrte.

In der vorderen Ecke, neben dem Kamin, wie sie es sich bei ihrem ersten Besuch ausgemalt hatte, stand ein Flügel, dessen seidenmattes Walnussholz im Morgenlicht schimmerte.

Sprachlos machte Rachel einige unsichere Schritte darauf zu, als befürchte sie, es sei eine Fata Morgana, die verschwinden würde, wenn sie sich zu schnell näherte. Sie blieb einen Moment stehen. Dann ging sie die nächsten paar Schritte. Jetzt war sie nah genug, um den Titel auf dem druckfrischen Notenblatt zu lesen, das auf der Ablage stand. „Our Love Is Here to Stay."

Ihr Markenzeichen.

„Gefällt er dir?"

Als sie die leise Frage hörte, fuhr Rachel mit einem kleinen Aufschrei herum. Nick stand in der Tür zu seinem Arbeitszimmer, eine Schulter gegen den Rahmen gelehnt, die Hände in den Taschen seiner Jeans vergraben, während ein zärtliches Lächeln seine Lippen umspielte.

„Ich wusste nicht, dass du zu Hause bist. Die Alarmanlage war an."

„Ich habe mir den Tag freigenommen. Und im Arbeitszimmer sind keine Sensoren."

Sie deutete verwirrt hinter sich. „Du hast einen Flügel gekauft?"

„Ja. Er wurde gestern geliefert."

„Du spielst doch gar nicht."

„Stimmt. Aber ich kenne jemanden, der es tut."

Er stieß sich vom Türrahmen ab und schlenderte auf sie zu. Elektrizität lag in der Luft, als er näher kam, und ein wohliger Schauer lief ihr über den Rücken.

Er nahm ihre Hand und führte sie zu dem Flügel. „Wie findest du ihn?"

Rachel war ganz nervös, sodass sie Mühe hatte, sich auf seine Frage zu konzentrieren. „Er ist wundervoll. Aber Nick … der muss ein Vermögen gekostet haben."

„Bei besonderen Gelegenheiten darf man auch mal verschwenderisch sein."

„Ist das hier eine besondere Gelegenheit?" Ihre Stimme bebte ein wenig, als sie ihn ansah.

„Ich hoffe es." Er führte sie zum Klavierhocker und bat sie, sich zu setzen.

Sie brauchte kein langes Zureden, denn ihre Knie wurden mit jeder Sekunde weicher.

Nick setzte sich neben sie, nahm ihr das Handy aus der Hand und legte es neben den Notenhalter. Dann griff er nach dem Notenblatt. Sie bemerkte, dass seine Finger ein wenig zitterten, aber das machte nichts. Ihre taten es auch. „Wir haben deine ursprünglichen Noten von diesem Lied in dem Brunnen gefunden, nachdem du entführt worden warst. Ich weiß noch, wie ich dort in der Kälte stand und es anstarrte, weil ich glauben wollte, dass es eine Botschaft war – ein Versprechen, dass unsere Liebe von Dauer sein würde. Und jeder Tag, der seitdem vergangen ist, hat mich mehr davon überzeugt, dass ich recht hatte."

Nick stellte die Noten zurück und wandte sich ihr zu, indem er ihre Hände in die seinen nahm. „Ich weiß, dass wir gesagt haben, wir würden uns Zeit lassen, Rachel. Und ich will dich nicht drängen, wenn du noch nicht so weit bist. Aber die letzten Monate waren die besten meines Lebens, und ich möchte, dass das nie mehr aufhört." Seine Finger schlossen sich fester um die ihren, und seine Lippen verzogen sich zu einem nervösen Lächeln. „Weißt du, ich habe meinen Freunden früher vorgeworfen, sie seien zu zurückhaltend. Ich habe ihnen immer geraten, sich zu öffnen, zu sagen, was sie fühlen. Jetzt verstehe ich, warum sie sich so schwer damit getan haben. Es ist eine beängstigende Sache."

„Warum?" Rachel löste eine Hand aus seinem Griff und legte sie an seine Wange.

Er nahm ihre Finger und küsste ihre Handfläche. „Wegen der Angst, zurückgewiesen zu werden. Damit kann ich weniger gut umgehen als mit jedem bewaffneten Verbrecher, dem ich je begegnet bin."

Sie fühlte Tränen in ihrer Kehle aufsteigen, weil er so ehrlich war. „Du brauchst keine Angst zu haben, Nick." Ihre Worte waren so leise, dass er sich vorbeugte, um sie besser hören zu können. Rachel sah das Notenblatt an und starrte auf den Text des vertrauten Gershwin-Liedes. „Es ist nämlich so: Auch wenn die Musik immer ein Teil meines Lebens war, war sie es nur äußerlich. Ich habe Musik studiert. Ich habe sie gespielt. Und ich habe sie unterrichtet. Aber du hast mein Herz zum Klingen gebracht." Ihre Stimme brach bei dem letzten Wort.

In Nicks Augen lag ein verräterischer Glanz, als er von der Bank rutschte und sich auf ein Knie niederließ, sodass sie einander in die Augen sahen, während er immer noch ihre Hand in der seinen hielt. „Du hast Musik in mein Leben gebracht. Und ich möchte, dass dieses Lied niemals zu Ende geht." Er holte tief Luft. „Rachel Sutton, würdest du mir die Ehre erweisen, mich zu heiraten? Willst du meine Frau werden?"

Es war still im Zimmer. Aber Rachel hörte in ihrem Herzen Jubelklänge und ein fröhliches Crescendo samt einer Posaunenfanfare, als sie in die blauen Augen des Mannes blickte, den sie mit einer Tiefe und Intensität lieben gelernt hatte, die sie manchmal überwältigte.

„Ja", flüsterte sie.

Die Anspannung schwand aus seiner Miene und wich der Erleichterung – und Freude. Er legte beide Hände um ihr Gesicht, lehnte sich vor und …

Das plötzliche, durchdringende Klingeln ihres Handys zerstörte den romantischen Augenblick.

Er hielt inne, seine Lippen nur wenige Zentimeter von den ihren entfernt. „Wenn das kein schlechtes Timing ist", murmelte er.

„Wir könnten es ignorieren. Oder ausschalten." Sie legte die Arme um seinen Hals und zog ihn näher.

„Gute Idee." Er griff nach dem Handy. Während er die Aus-Taste suchte, sah er auf die Anruferkennung und zögerte. „Es ist Rebecca."

„Ich kann sie zurückrufen."

Er drückte auf die Taste und legte das Handy wieder auf den Flügel. „Wo waren wir stehen geblieben?"

„Ich glaube, wir wollten unsere Verlobung auf traditionelle Weise besiegeln."

„Ach ja." Er lächelte. „Ich erinnere mich. Versuchen wir es noch einmal."

Er streichelte ihre Wange, legte den Kopf schief, kam näher und …

Es klingelte auf dem Festnetz.

Seufzend lehnte er seine Stirn an ihre. „Das läuft nicht so, wie ich es mir vorgestellt hatte."

Im Arbeitszimmer sprang der Anrufbeantworter an, und Rebeccas Stimme ertönte. „Bist du da, Rachel? Du hast doch gesagt, dass du heute an dem Wandbild arbeiten wolltest. Hör zu, ich will dich nicht stören, aber ich habe gerade hier gestanden und Wäsche zusammengefaltet, und da hatte ich plötzlich ein unglaubliches Glücksgefühl. Und da die Wäsche normalerweise nicht solche positiven Gefühle in mir auslöst, dachte ich, vielleicht hast du ja irgendwelche … Neuigkeiten. Also ruf an. Nick, wenn du diese Nachricht zuerst abhörst, dann … ach, egal. Ich sehe euch beide ja morgen."

Die Verbindung wurde unterbrochen.

„Das ist wirklich unheimlich." Nick lehnte sich ein wenig zurück, fuhr sich mit den Fingern durchs Haar und schüttelte den Kopf. „Ich glaube, sie weiß es schon."

„Sie weiß nichts Genaues." Rachel rutschte auf dem Klavierhocker vor, um die Lücke zwischen ihnen zu schließen. „Wir haben nur vage Empfindungen, was die andere betrifft."

„Daran muss ich mich erst gewöhnen."

„Wir wissen keine Einzelheiten, falls dich das beruhigt. Rebecca hat vielleicht eine Ahnung, dass etwas Wichtiges geschehen ist, aber das ist alles. Sie wird später alle romantischen Details wissen wollen, bis dahin, was ich angehabt habe." Rachel blickte mit einem ironischen Lächeln an ihrem mit Farbklecksen übersäten T-Shirt und den Jeans hinunter. „Wobei ich mir nicht sicher bin, wie ich diese Kleidung romantisch klingen lassen kann."

„Sag ihr, in meinen Augen siehst du wundervoll aus. So anziehend, als würdest du ein Designerkleid des teuersten französischen Modeschöpfers tragen."

„Wow. Ich bin beeindruckt."

„Oh, ich habe noch mehr auf Lager." Er stand auf und zog Rachel ebenfalls hoch. Während er seine Arme um ihre Taille legte, lächelte er zu ihr hinunter. „Sag ihr, ich habe dir einen Flügel geschenkt, weil ich den Rest unseres Lebens damit verbringen will, mit dir zusammen wunderbare Musik zu machen. Sag ihr, als du meinen Antrag angenommen hast, war es ein Gefühl, als wäre nach einem langen, kalten Winter die Sonne herausgekommen. Sag ihr, dass ich dich anbete und dass ich, wenn ich dich im Arm halte, endlich das Gefühl habe, nach Hause gekommen zu sein."

„Zweimal wow", hauchte Rachel. „Aber weißt du was? Sie wird nur eine gekürzte Fassung davon zu hören bekommen. So lieb ich sie habe, sie braucht nicht alle Details zu wissen."

„Das freut mich zu hören. Denn das nächste Detail ist nur für uns gedacht."

Und als er sie an sich zog und ihre Lippen endlich fanden, dankte Rachel Gott.

Für den engagierten Polizisten in Nicks Vergangenheit, der das Risiko eingegangen war, sich für einen missratenen Jungen einzusetzen.

Für den tragenden Glauben, der heute ihr Leben bestimmte.

Und für das wunderbare Geschenk der Liebe, das ihre Zukunft bereichern würde.

Weitere Titel von Irene Hannon

Gegen jede Chance
ISBN 978-3-86827-178-2
368 Seiten, Paperback

Der FBI-Agent Evan Cooper versteht sein Handwerk. Doch sein neuester Auftrag stellt selbst ihn vor eine große Herausforderung. Seine Schutzperson, die sturköpfige Diplomatentochter Monica Callahan, wird von Terroristen bedroht. Trotz bester Sicherheitsvorkehrungen gelingt es ihnen, Monica zu entführen und an einem geheimen Ort gefangen zu halten. Ein Wettlauf mit der Zeit beginnt.
Evan Cooper ist frustriert und verwirrt: Noch nie hat er bei einem Auftrag derart versagt. Und noch nie ist eine Frau seinem Herzen so nahe gekommen wie Monica. Wird er es schaffen, sie zu befreien, bevor das Ultimatum abläuft?

„Ich habe jemanden entdeckt, der Romantik-Thriller noch besser schreibt als ich."
Dee Henderson über Irene Hannon

Im Fadenkreuz des Zweifels
ISBN 978-3-86827-225-3
336 Seiten, Paperback

FBI-Agent Mark Sanders hat seinen letzten Einsatz vermasselt. Damit Gras über die Angelegenheit wachsen kann, wird er nach St. Louis versetzt. Dort steht eines Tages überraschend seine Jugendliebe Emily vor ihm.
Mark kann sein Glück kaum fassen, doch ihr freudiges Wiedersehen findet ein jähes Ende. Sie werden von einem Heckenschützen ins Visier genommen. Dabei wird die Psychologin Emily verletzt. Mark ist zutiefst erschüttert. Er weiß, er muss den Täter finden, bevor er wieder zuschlägt. Doch was ist sein Motiv – und wer von ihnen sein eigentliches Ziel? Der ganze Fall ist mehr als undurchsichtig. Klar ist Mark nur eins: Er muss Emily beschützen und hinter die Identität des Schützen kommen, bevor es zu spät ist ...

Ein weiterer spannender Roman

DiAnn Mills
Eine Frage des Vertrauens
ISBN 978-3-86827-263-5
368 Seiten, Paperback

Paige Rogers ist mit ganzem Herzen CIA-Agentin – bis ihr gesamtes Team bei einem Geheimeinsatz ums Leben kommt und alles darauf hindeutet, dass ihr Boss Daniel Keary dafür verantwortlich ist. Paige ist sich sicher: Er hat sie verraten.
Voller Ernüchterung und Angst um ihr Leben taucht sie unter und beginnt als Kleinstadt-Bibliothekarin ein neues Leben. Nicht einmal dem sympathischen Football-Trainer, der neue Farbe in ihr Leben bringt, vertraut sie ihre Vergangenheit an.
Doch dann verkündet Keary seine Kandidatur für den Posten als Gouverneur ihres Staates – und macht Paige ausfindig, um sicherzustellen, dass sie auch weiterhin den Mund hält. Ein Katz-und-Maus-Spiel beginnt.
Wird Paige erneut alles und jeden verlieren, der ihr am Herzen liegt, oder kann sie aus diesem Duell als Siegerin hervorgehen?

Hochspannung von Dee Henderson

Dee Henderson
Die Augenzeugin
ISBN 978-3-86827-226-0
320 Seiten, kartoniert

Sara Walsh ist seit Jahren auf der Flucht vor dem Mann, den kein Zeugenschutzprogramm daran hindern kann, sie immer wieder ausfindig zu machen. Einzige Konstante in ihrem Leben ist ihr Bruder, der FBI-Agent Dave Richman. Das Letzte, was sie sich erlauben darf, ist, sich ausgerechnet in eine Berühmtheit zu verlieben.
Doch dann trifft sie Adam Black. Der frühere Football-Profi steht nach wie vor im Rampenlicht. Und nach einer außergewöhnlichen Begegnung mit Sara setzt er alles daran, sie wiederzusehen.
Sara ist darüber alles andere als begeistert. Ihre Sicherheit kann nur gewahrt werden, wenn sie unsichtbar bleibt. Sich in diesen Mann zu verlieben, könnte ihr Tod sein. Wie kann Adam sich so sicher sein, dass es trotzdem eine Zukunft für sie beide gibt?
Tatsächlich wird der Mann, der Sara lieber tot als lebendig sehen will, schon bald wieder aktiv. Ein Kampf gegen die Zeit beginnt ...

Die Vermittlerin
ISBN 978-3-86827-013-6
368 Seiten, kartoniert

Wie beschützt man eine Frau, deren Beruf es ist, ihren Schutzengel herauszufordern? FBI-Agent Dave Richman soll ein Auge auf die Polizeiermittlerin Kate O'Malley haben, die noch jedes Geiseldrama entschärft hat. Als Kates Welt ins Schlingern gerät, ist er an ihrer Seite ...

Der Beschützer
ISBN 978-3-86122-768-7
336 Seiten, kartoniert

Ein Richter wird umgebracht. Shari Hanford ist zur falschen Zeit am falschen Ort. Sie hat den Killer gesehen, er hat sie gesehen – nur einer von beiden kann überleben. Und nur einer kann ihr helfen. Marcus O'Malley wird ihr ständiger Begleiter. Er hat damit gerechnet, dass sie ihm ans Herz wächst. Dass sie ihn restlos erobert, hat er nicht geahnt.

Die Gerichtsmedizinerin
ISBN 978-3-86122-825-7
336 Seiten, kartoniert

Der Fall der verschwundenen Amy lässt Quinn Diamond nicht los – sieht er doch einen Zusammenhang mit dem Mord an seinem Vater. Zusammen mit der Gerichtsmedizinerin Lisa O'Malley stellt er prompt Zusammenhänge zu anderen Verbrechen her. Doch ihre Zeit wird knapp, denn der Killer zeigt, dass er sein Geheimnis um jeden Preis hüten will ...

Der Lebensretter
ISBN 978-3-86122-831-8
336 Seiten, kartoniert

Jack O'Malley ist Feuerwehrmann. „Brenzlige" Situationen gehören zu seinem Alltag. Als eine Serie von Brandanschlägen die Stadt überzieht, kämpft Jack an vorderster Front. Wer ist der Täter, der seine Tatorte mit Popcorn und roten Wandschmierereien markiert? Ein gefährlicher Fall, der den Sachverstand des gesamten O'Malley-Clans fordert.

Die Psychologin
ISBN 978-3-86122-877-6
336 Seiten, kartoniert

Rachel O'Malley arbeitet als Psychologin mit traumatisierten Menschen und weiß, wie man Krisen begegnet. Mit der Wucht des Leides jedoch, die sie nun zu spüren bekommt, war sie bisher nicht vertraut. Ob es die Krebserkrankung ihrer Schwester Jennifer ist oder die Fragen der Überlebenden einer blutigen Schulschießerei – es fällt ihr nicht leicht, diese Probleme mit ihrem Bild von Gott unter einen Hut zu bringen. Die liebevolle Nähe von Cole Parker kann sie gut gebrauchen in diesen Tagen. Vor allem, als die Situation gefährlich wird. Denn – wo ist die Waffe, mit der das Verbrechen begangen wurde?

Der Aussteiger
ISBN 978-3-86122-935-3
370 Seiten, kartoniert

Stephen O'Malley ist auf der Flucht: Der Tod seiner Schwester hat ihn in eine tiefe Krise gestürzt. In einer fremden Stadt und einem neuen Job sucht er seinen Seelenfrieden. Ein offenes Ohr findet er bei Megan, einer alten Freundin. Doch auch Megan kann Hilfe brauchen. Skrupellose Juwelendiebe scheinen die blinde junge Frau als Spielfigur in einem verbrecherischen Spiel zu missbrauchen ...